CB142872

# ALGUÉM PARA CORRER COMIGO

DAVID GROSSMAN

# Alguém para correr comigo

*Tradução do hebraico*
George Schlesinger

COMPANHIA DAS LETRAS

Copyright © 2000 by David Grossman

*Título original*
Mishehu larutz itô

*Capa*
Raul Loureiro

*Foto de capa*
Patricia Doyle / Getty Images

*Preparação*
Denise Pessoa

*Revisão*
Otacílio Nunes
Ana Maria Barbosa

*Os personagens e as situações desta obra são reais apenas no universo da ficção; não se referem a pessoas e fatos concretos, e sobre eles não emitem opinião.*

Dados Internacionais de Catalogação na Publicação (CIP)
(Câmara Brasileira do Livro, SP, Brasil)

Grossman, David
Alguém para correr comigo / David Grossman; tradução George Schlesinger. — São Paulo : Companhia das Letras, 2005.

Título original: Mishehu larutz itô
ISBN 85-359-0660-6

1. Romance israelense (Hebraico) I. Título .

05-3779 CDD-892.43

Índice para catálogo sistemático:
1. Romance : Literatura israelense em hebraico 892.43

[2005]
Todos os direitos desta edição reservados à
EDITORA SCHWARCZ LTDA.
Rua Bandeira Paulista 702 cj. 32
04532-002 — São Paulo — SP
Telefone (11) 3707-3500
Fax (11) 3707-3501
www.companhiadasletras.com.br

*Para meus filhos,*
*Ionathan, Uri e Ruti*

# MINHA SOMBRA E EU SAÍMOS A CAMINHO

UM CÃO GALOPA PELAS RUAS, e atrás dele corre um rapaz. Uma longa corda une os dois e se embaraça nas pernas das pessoas, que ficam passando de um lado a outro, e se irritam e xingam; o rapaz murmura sem parar: "Desculpe, desculpe", e, em meio às desculpas, grita para o cachorro: "Pare! *Stop!*", e uma vez, cúmulo da vergonha, escapa-lhe também um "Porra!". E o cachorro continua correndo.

Ele voa, cruza ruas cheias de tráfego e ultrapassa sinais fechados. Seu pêlo amarelo some da vista do jovem e reaparece entre as pernas dos transeuntes, como sinais de um código. "Mais devagar", grita o rapaz, e pensa que poderia chamá-lo pelo nome se soubesse qual é, e talvez então o cão parasse de correr, ou ao menos diminuísse a velocidade; mas, no fundo do coração, ele sente que ainda assim o cachorro continuaria correndo e, mesmo que a corda aperte seu pescoço até sufocar, ele vai correr desenfreadamente até o local aonde quer chegar, e tomara que cheguemos mesmo, e que ele finalmente me solte.

Tudo isso acontece numa época não muito boa. O jovem,

Assaf, corre para a frente, mas seus pensamentos ficam para trás, encalhados; ele não quer pensar, precisa se concentrar totalmente na correria do cachorro, sente que os pensamentos vão se arrastando atrás dele como uma corrente de latas enferrujadas. A lata da viagem de seus pais, por exemplo. Neste exato momento estão sobrevoando o oceano, pela primeira vez na vida viajam de avião, afinal por que tiveram de viajar tão de repente? E a lata da sua irmã mais velha, em quem ele simplesmente tem medo de pensar, pois dali só saem problemas; e há outras latas, pequenas e grandes, que ficam batendo umas nas outras dentro de sua cabeça, e, lá no final da corrente, vai se revirando a lata que se arrasta atrás dele já há duas semanas; o som que ela faz o deixa maluco, é um ruído infernal, insistindo que ele tem de se apaixonar loucamente por Dafi, pois, afinal, por quanto tempo é possível adiar? E Assaf sabe que precisa parar um momento, ajeitar um pouco a irritante corrente de latas, mas o cachorro tem outros planos.

"Que inferno!", geme Assaf, pois um momento antes de a porta se abrir e o chamarem para ver o cachorro, ele estava perto, muito perto, do lugar preciso e exato da paixão por ela, Dafi. Chegara a sentir como finalmente atingia seu ponto de recusa no fundo do estômago, a voz calma e suave que lhe sussurrava: ela não é para você, essa Dafi, ela só pensa em ferrar os outros, passar por cima de todo mundo, especialmente de você; por que você precisa continuar com essa encenação boba, noite após noite? E então, quando estava quase conseguindo silenciar a voz provocadora, abriu-se a porta da sala onde, na última semana, ficava todo dia das oito às quatro; no vão da porta estava Abram Danoch, magro, moreno e amargurado, vice-diretor do Departamento de Saúde Pública da prefeitura, mais ou menos amigo do seu pai; fora ele quem lhe arranjara trabalho para todo o mês de agosto. Disse-lhe para deixar de ser preguiçoso, e vir imediatamente junto com ele até o canil, pois até que enfim havia trabalho para Assaf.

Danoch caminhava depressa, explicando algo sobre um cachorro, e Assaf não prestou atenção; geralmente precisava de alguns segundos para passar de uma situação a outra. Foi se arrastando atrás de Danoch ao longo dos corredores da prefeitura, por entre pessoas que vieram pagar taxas e impostos, ou se queixar de vizinhos que haviam feito construções sem alvará, e desceu atrás dele a escada de emergência em direção ao pátio dos fundos. Tentou sentir dentro de si se já havia conseguido eliminar o último ponto de oposição a Dafi, e o que diria à noite a Roy, que exigia que ele deixasse as indecisões de lado e começasse a se comportar como homem. E, mesmo de longe, já conseguia ouvir os latidos agressivos e insolentes, e se assustou, pois geralmente todos os cães latiam juntos, às vezes o coro deles chegava a perturbar seus sonhos no terceiro andar. Agora havia apenas um cachorro latindo. Danoch abriu uma portinhola na cerca, deu meia-volta e disse a Assaf alguma coisa difícil de entender por causa dos latidos, abriu uma segunda portinhola e, com um gesto, indicou-lhe que entrasse e percorresse a estreita trilha entre os cercados dos cachorros.

Era impossível enganar-se. Era impossível pensar que Danoch trouxera Assaf por causa de algum outro cão. Havia ali oito ou nove cães, cada um deles trancado no seu próprio cercado, mas na verdade havia um único cachorro, era como se ele sugasse para dentro de si todos os outros, deixando-os silenciosos e ligeiramente assustados. O cão não era muito grande, mas era vigoroso e feroz, e estava visivelmente desesperado. Assaf jamais tinha visto tal desespero num cão. Jogava-se seguidamente contra a cerca de arame, e toda a fileira de cercados tremia e balançava, e então ele emitia um som alto e assustador, uma estranha mistura de uivo e lamento. Os outros cães, em pé ou deitados, o fitavam em silêncio, com perplexidade e até mesmo reverência. Assaf teve uma sensação estranha, de que se visse um comportamento desse em algum ser humano se sentiria obrigado a ir ajudá-lo, ou teria de sair dali para que a pessoa pudesse ficar sozinha com suas preocupações.

Nos curtos intervalos entre os latidos e as furiosas investidas contra o cercado, Danoch fala depressa, em voz baixa. Um dos fiscais trouxe o cachorro anteontem de uma batida no centro da cidade, ao lado da praça Zion. No começo, o veterinário achou que se tratava de um estágio inicial de raiva, mas não havia nenhum sintoma e, com exceção da sujeira e de algumas feridas localizadas, o estado geral era saudável. Assaf repara que Danoch fala pelo canto da boca, como se quisesse ocultar alguma coisa do cachorro a quem se refere: "Ele está desse jeito já faz quarenta e oito horas", murmura Danoch, falando para o lado, "e a bateria ainda não descarregou. Que belo animal, hein?", acrescenta, e se empertiga um pouco quando o cão lança um olhar, "não é um simples cachorro de rua".

"Mas quem é o dono?", pergunta Assaf, e logo se arrepende, pois o cão se atirou de novo contra a grade e acirrou o alarido no canil. "É exatamente isso", choraminga Danoch, debatendo-se na sua aflição, "é exatamente isso que *você* vai ter de descobrir." "Mas como?", assustou-se Assaf. "Onde é que vou achar o dono?" E Danoch responde que no instante em que esse *cão* — e usa a palavra em árabe, como um xingamento — sossegar um pouco, a gente pergunta a ele. Assaf olha sem entender, e Danoch diz que simplesmente fariam o que sempre se faz em situações como essa, amarramos o cão numa corda deixando que ele se vá, e vamos atrás durante algum tempo, uma, duas horas, e ele próprio nos conduz diretamente até os seus donos.

Assaf julgou que era pilhéria, quem já ouviu uma coisa dessa? Mas Danoch tirou do bolso da camisa um papel dobrado, e disse que, antes de entregar o cachorro, era muito importante fazer que os donos assinassem aquele formulário, o modelo 76. Ponha no bolso, Assaf, e cuide para não perder, a verdade é que você me parece um pouco desnorteado, pois é fundamental você explicar a ele, o prezado dono do cão, que a multa anexa — uma multa de cento e cinqüenta paus, e é multa ou processo — ele é obrigado a pagar, primeiro porque a responsabilidade de cuidar do cachorro é dele, e talvez com isso aprenda a lição, e segundo, como uma indenização *mí-ni-ma* (Danoch mastigou com prazer cada sílaba) por toda a confusão e perturbação que causou à prefeitura, e pelo tempo perdido por uma força de trabalho *es-pe-cia-li-za-da*! E agarrou Assaf com força pelo cotovelo dizendo que, após encontrar os donos do cachorro, ele poderia voltar à sua sala no Departamento de Águas, e continuar ali se coçando até o fim das férias de verão, por conta dos contribuintes.

"Mas como é que eu posso...", objetou Assaf, "olhe só para ele... ele parece meio louco..."

E então aconteceu: o cão ouviu a voz de Assaf. Parou de repente. Cessou de investir contra o cercado. Aproximou-se devagar e fitou Assaf. Suas costelas ainda arfavam intensamente, mas os movimentos se tornaram mais vagarosos, seus olhos pareciam muito profundos e concentrados. Virou a cabeça para o lado, como se estivesse considerando o comentário de Assaf, e Assaf pensou que o cão ia abrir a boca para dizer numa voz perfeitamente humana: Louco é você!

O cão se ajoelhou e em seguida se deitou sobre a barriga, inclinou a cabeça, e suas patas dianteiras se enfiaram debaixo do cercado, num movimento de cavar, como se estivesse suplicando, e da sua garganta escapou um som novo, fino e agudo, como um choro de filhote, ou de criança.

Assaf se agachou diante dele, do outro lado do cercado. Ele o fez sem perceber. Até mesmo Danoch, sujeito duro, que havia arranjado o trabalho para Assaf sem muito prazer, sorriu levemente ao ver como Assaf se ajoelhou num piscar de olhos. Assaf olhou para o cão e falou calmamente com ele: "A quem você pertence? O que aconteceu com você? Por que está tão agitado?". Falou devagarinho, deixando espaço para as respostas, sem perturbar o cão com olhares prolongados demais. Ele sabia — o namorado de sua irmã Réli lhe havia ensinado — a diferença entre falar *para* o cão e falar *com* o cão. O cão resfolegava, permanecia deitado, e então, pela primeira vez, pareceu frágil, cansado, menor do que parecera até então. Finalmente fez-se silêncio no canil, e os outros cães começaram a circular em seus cercados e voltar à vida. Assaf enfiou um dedo por uma das brechas do cercado e tocou sua cabeça. O cão não se mexeu. Assaf acariciou com o dedo o pêlo, que estava sujo e pegajoso. O cão começou a choramingar intensamente, incessantemente, como se estivesse ansioso. Como se precisasse contar alguma coisa para alguém, algo que não conseguia mais guardar só para si. Sua língua vermelha tremia, seus grandes olhos cheios de ansiedade.

E, por causa desse momento, Assaf não discutiu mais com Danoch, que rapidamente aproveitou a calma do cachorro, entrou no cercado e amarrou uma corda comprida à coleira laranja, oculta no emaranhado de pêlos.

"Vamos, pegue-o", ordenou Danoch, "agora ele irá com você como um bonequinho", e recuou um pouco ao ver de repente o cão do lado de fora do cercado, como se, de um momento para o outro, ele tivesse se livrado de todo o cansaço e submissão, olhando para os lados com irritação renovada e farejando o ar como se tentasse escutar alguma voz longínqua. "Veja só, vocês dois já estão se entendendo", Danoch tentava convencer a Assaf e a si mesmo. "Você só precisa tomar cuidado quando estiver andando com ele pela cidade, eu prometi ao seu pai." As últimas palavras sumiram na sua garganta.

Nesse ínterim, o cão tinha ficado concentrado e alerta. Sua expressão se tornara aguçada, e por um momento ele pareceu um lobo. "Escute", murmurou Danoch com um leve remorso, "tudo bem se eu mandar você com ele desse jeito?" Assaf não respondeu. Apenas observou surpreso a mudança que ocorrera no cachorro ao se ver livre. Danoch o agarrou de novo pelo cotovelo: "Você é um rapaz forte, e sabe disso, é mais alto que eu e que seu pai; vai conseguir controlá-lo, não vai?".

Assaf quis perguntar o que deveria fazer se o cão não o conduzisse ao dono, e até quando teria de ficar correndo atrás dele, (no refeitório, sobre a mesa, estavam à sua espera os três sanduíches do almoço); e se o cachorro tivesse brigado com os donos, e não tivesse a menor intenção de voltar para casa...

Essas perguntas não foram feitas naquele momento, nem nunca mais. Assaf não voltou a se encontrar com Danoch naquele dia, e tampouco nos dias seguintes. Às vezes é tão fácil determinar o instante exato em que algo — a vida de Assaf, por exemplo — começa a se modificar, inconscientemente, irreversivelmente, para sempre.

Pois assim que a mão de Assaf se fechou em torno da corda, o cão se arrancou de seu lugar com um impulso súbito, arrastando Assaf consigo. Danoch esticou o braço, assustado, conseguindo ainda dar um ou dois passos atrás do impotente Assaf, chegando mesmo a correr atrás dele — mas tudo isso não adiantou nada. Assaf já percorria velozmente o estreito corredor da prefeitura, tropeçando pelos degraus, saindo desenfreado para a rua. Depois colidiu contra um carro estacionado, contra uma lata de lixo, contra os transeuntes. Ele corria...

A CAUDA GRANDE E PELUDA balançava com força diante de seus olhos, varrendo para os lados pessoas e veículos. Assaf fica praticamente hipnotizado pela cauda, às vezes o cão pára por um momento, ergue a cabeça e fareja, então se vira para a rua transversal e prossegue seu caminho, correndo; parece saber exatamente aonde vai, de modo que há uma possibilidade de que a correria acabe logo em algum lugar, de que o cachorro encontre sua casa, e ali mostre a Assaf o seu dono, e graças a Deus o encontramos. Porém, no meio da corrida, Assaf começa a pensar no que fará se o dono do cão não quiser pagar a multa. Assaf dirá: Meu senhor, meu dever não me permite nenhuma concessão nesta ocorrência. Ou o senhor paga, ou é processado! E o homem já começa a discutir, e Assaf responde com argumentos frágeis, se apressa em balbuciar contrito algumas palavras e mover os lábios hesitantes, e sabe muito bem que não vai conseguir, pois discussões nunca foram o seu forte, e por fim sempre lhe é mais confortável ceder e não criar caso; afinal, é exatamente por causa disso que ele fica remoendo noite após noite o assunto Dafi Kaplan, só para não criar caso, ele pensa e vê diante de si a alta e magra Dafi, e odeia a si mesmo pela sua fraqueza, e percebe que o homem alto de sobrancelhas desalinhadas e chapéu branco de cozinheiro está lhe fazendo uma pergunta.

Assaf olha, um pouco confuso. O rosto muito claro de Dafi, com seu olhar fixo, zombeteiro, e suas pálpebras transparentes de lagartixa, transforma-se rapidamente em outra face, redonda e irada; assustado, ele firma o olhar e vê à sua frente um cubículo, como se tivesse sido escavado na parede, e no seu interior um forno aceso, e fica claro que o cão por algum motivo resolveu parar ao lado de uma pequena pizzaria, e o pizzaiolo sorri do outro lado do balcão e pergunta novamente a Assaf, pela segunda ou talvez terceira vez, acerca de certa jovem. “Onde ela está?”, pergunta. “Sumiu, já faz um mês que não a vemos.” Assaf cuidadosamente se afasta para o lado, talvez o homem esteja falando com alguém atrás dele. Mas não, o pizzaiolo está falando com ele mesmo, Assaf, e está interessado em saber se a moça é irmã ou namorada dele, e Assaf assente com perplexidade e tenta ganhar tempo. Depois de uma semana de trabalho na prefeitura, ele já sabe que as pessoas que trabalham no centro têm, às vezes, hábitos e um jeito de falar só delas, e também um senso de humor esquisito. Talvez devido ao trabalho com clientes diversos e turistas de outras terras, acostumaram-se a falar pouco, por segurança, como se sempre houvesse uma platéia presenciando o diálogo. E ele só deseja se safar dali e prosseguir na correria atrás do cachorro. Mas o cão está sentado olhando o pizzaiolo com ar de expectativa e língua de fora, o homem assobia para ele de forma amigável, como se fossem velhos conhecidos, e, num gesto rápido, como numa jogada de basquete, a mão que está atrás das costas atira por cima do balcão uma grossa fatia de queijo, que o cão abocanha no ar e engole.

E também a fatia que vem a seguir, e mais uma, e ainda outra.

O homem da pizza tem sobrancelhas encaracoladas, como dois tufos de relva selvagem, que provocam em Assaf uma inquietação desagradável. O homem diz que nunca viu a cadela tão faminta. "Cadela?", pergunta Assaf, atônito. Até o momento não lhe ocorrera que era uma cadela, pensava nela como um cachorro macho, com toda a rapidez, firmeza e energia de seu movimento. No meio daquela corrida maluca, no meio da raiva e do rebuliço, houve momentos em que Assaf teve prazer com a imagem que projetavam juntos, ele e seu cão, uma aliança máscula e vigorosa; e de repente, de repente lhe parece ainda mais estranho que esteja correndo desse jeito atrás de uma cadela.

O pizzaiolo junta seus dois tufos de sobrancelhas, lança a Assaf um olhar inquiridor, talvez também cheio de suspeita, e pergunta: "E aí, ela resolveu mandar você no lugar dela?". E começa a girar no ar uma rodela voadora de massa fina, jogando e agarrando com habilidade. Assaf faz um meneio oblíquo, na fronteira entre o sim e o não, não quer mentir. O homem continua a espalhar fatias de queijo sobre a massa, mesmo que Assaf não veja outros clientes além dele mesmo, e espalha sobre a massa azeitonas e cebola, e cogumelos e anchovas, e também alho e *zaatar*, e de vez em quando atira, por cima do balcão e sem olhar, pequenos pedaços de queijo, e a cadela, que há um instante era cachorro, pega-os no ar como se soubesse de antemão que isso iria acontecer.

Assaf fica parado observando espantado aqueles dentes, aquela dança coordenada, e se esforça para entender o que na verdade está fazendo ali, o que é que está efetivamente esperando. Na sua cabeça brota uma pergunta que deveria fazer ao homem da pizza, algo relacionado com a jovem que aparentemente costuma ir lá com a cadela; mas qualquer pergunta que possa fazer lhe parece ridícula e exige explicações complexas sobre os procedimentos de devolução de cães perdidos, sobre trabalhos nas férias em prefeituras, e Assaf começa finalmente a compreender a gigantesca complicação que existe na incumbência que lhe foi atribuída, pois vejam — será que é o caso de começar a perguntar a cada pessoa na rua se conhece os donos da cadela? Será que isso é parte da sua função? E como é que ele concordou em ser enviado por Danoch a uma tarefa dessa, sem ao menos tentar se opor? E ele repassa na sua cabeça tudo o que deveria ter dito a Danoch quando estavam no canil; como um advogado arguto, sagaz e até mesmo um pouco arrogante, ele enumera seus brilhantes argumentos contra a tarefa impossível, e em certo momento, como sempre acontece em situações como essa, encurva ligeiramente o corpo, coloca a cabeça entre as largas palmas das mãos, e espera.

E, remexido por dentro por todas as pequenas e grandes aflições que o oprimem, até explodirem como uma pequena erupção de lava, e se transformarem em uma ferida que arde de raiva em relação a Roy, que conseguira convencê-lo a saírem os quatro também essa noite, pela enésima vez, e ainda se dera ao trabalho de lhe explicar que, aos poucos, Assaf descobriria o quanto Dafi era exatamente o seu tipo, do ponto de vista do mundo interior e essa coisa toda. Isso dissera ele, Roy, dirigindo a Assaf um olhar longo e fixo, um olhar dominador, e Assaf observara o brilho em seus olhos, o brilho dourado e tênue de escárnio que circunda suas pupilas, e pensou com desânimo que ao longo dos anos a amizade entre eles havia se transformado em alguma outra coisa, mas que nome dar a isso, a essa outra coisa? E numa súbita urgência, como se algo o tivesse mordido, prometera que iria junto à noite, e Roy bateu de novo no seu ombro e disse: "É assim que gosto de você, meu irmão". E Assaf se foi, e pensou que gostaria de ter coragem de se virar e jogar na cara de Roy o tal do "mundo interior", pois a verdade é que Roy precisa que Assaf e Dafi sejam uma espécie de imagem invertida, que ressalte a ele e a sua Meital o brilho e a leveza que eles possuem, pois andam juntos e se beijam a cada dois passos, enquanto Assaf e Dafi caminham lentamente atrás, em silêncio, em tédio mútuo.

"Ei, o que é que há?", irrita-se o pizzaiolo. "Estou falando com você!"

Assaf percebe que a pizza já está dentro de uma embalagem de papelão branca, cortada em oito pedaços, e o pizzaiolo diz com firmeza, como se estivesse cansado de repetir as palavras: "Olhe bem, é o de sempre: dois de cogumelos, um de anchovas, um de milho, dois normais e dois de azeitonas, ande logo para não esfriar, são quarenta shekels".

"Levar para onde?", pergunta Assaf, distraído.

"Você não tem bicicleta?", admira-se o pizzaiolo. "Sua irmã

coloca a embalagem no bagageiro. Como é que você vai levar?" Ele estende diante de Assaf um braço longo e peludo. Assaf, desconcertado, enfia a mão no bolso, e a raiva sobe do bolso e toma conta dele todo: seus pais lhe deixaram dinheiro suficiente antes de viajar, mas ele programou suas despesas de forma bem meticulosa, e todo dia abria mão do almoço no restaurante da prefeitura, de modo que lhe sobrasse dinheiro para comprar mais uma lente para a Canon que seus pais haviam prometido trazer dos Estados Unidos, e essa despesa inesperada o deixa nervoso, é realmente irritante. Mas ele não tem alternativa, está claro que o homem preparou a pizza especialmente para ele, quer dizer, para quem sempre vem com a cadela. E se Assaf não estivesse tão indignado, certamente acabaria perguntando quem é a moça dona da cadela, mas pelo visto, por causa da irritação, ou por causa da aguda sensação de que sempre existe alguém para mandar nele e decidir por ele o que fazer, ele paga a pizza e sai dali com um movimento brusco, pretendendo dessa forma compensar sua timidez e o dinheiro que lhe foi tomado de forma fraudulenta. E a cadela — ela não espera até que o sentimento exato se mostre em seu rosto, dispara novamente numa corrida desenfreada, esticando de vez a corda até o seu comprimento máximo, e Assaf voa atrás dela com um grito mudo, a face retorcida pelo esforço de segurar com uma das mãos a enorme embalagem e agarrar a corda com a outra, e só por milagre ele passa pelas pessoas na rua sem encostar, a caixa balança no alto de seu braço estendido para cima, e ele sabe, não tem nenhuma dúvida sobre esse assunto, que nesse instante parece uma caricatura de garçom, e além de tudo o cheiro da pizza começa a exalar da caixa, e Assaf desde de manhã comeu apenas um sanduíche e, obviamente, tem todo o direito de comer um pedaço da pizza que está agora sobre sua cabeça, pois afinal pagou cada azeitona e cogumelo, mas por outro lado sente que ela afinal não lhe pertence de todo, pois em certo sentido alguém a comprou, e para outro alguém, e ele não conhece nenhum deles.

E assim, nessa mesma manhã, com a pizza na mão, ele atravessa mais praças e ruas e faróis vermelhos. Jamais tinha corrido pelas ruas desse jeito, jamais tinha violado tantas leis de trânsito de uma só vez, e a cada instante alguém buzinava, tropeçava, xingava ou berrava, mas após algum tempo já não estava mais se incomodando, e de passo em passo foi passando também a raiva de si mesmo, pois de forma inesperada estava totalmente livre, fora do escritório opressivo e enfadonho, livre de todos os problemas, pequenos e grandes, que haviam recaído sobre seus ombros nos últimos dias, livre como um cometa em sua trajetória, percorrendo toda a extensão do céu, deixando atrás de si um rastro cintilante. E depois parou de pensar, e de ouvir o ruído do mundo à sua volta, era apenas o movimento de suas pernas sobre a calçada, as batidas de seu coração e a respiração ofegante, e mesmo que não fosse aventureiro por natureza, ao contrário, ia andando e se sentindo preenchido por uma sensação nova e misteriosa, o prazer da corrida rumo ao desconhecido, e, no fundo do seu ser, uma sensação deliciosa, como uma bola flexível, cheia de ar, começando a pular e rolar — *e tomara, tomara* que isso nunca *se* acabe.

UM MÊS ANTES DE ASSAF E A CADELA SE CONHECEREM — para ser mais exato, trinta e um dias antes —, numa estrada secundária e tortuosa, acima de um dos vales que cercam Jerusalém, uma moça desceu do ônibus. Uma moça miúda, frágil. Era quase impossível ver seu rosto sob a cabeleira preta encaracolada. Desceu os degraus, cambaleando sob o peso da enorme mochila encaixada nas costas. O motorista perguntou com hesitação se precisava de ajuda, e ela, perplexa com o fato de ele se dirigir a ela, encolheu-se um pouco, mordeu os lábios e retrucou com rispidez: Não.

Depois, esperou no ponto vazio até o ônibus se afastar. E continuou esperando até ele desaparecer na curva da estrada. Ficou parada, praticamente sem se mexer, lançou um olhar para a esquerda, um olhar para a direita, repetiu o movimento várias vezes, e um brilho reluzia toda vez que o sol da tarde atingia a argola azul pendurada na sua orelha.

Ao lado do ponto de ônibus repousava um enorme galão de gasolina, enferrujado e cheio de furos. Um cartaz de papelão preso a um poste de eletricidade dizia: PARA O CASAMENTO DE SÍGUI E MÓTI, e a seta indicava para o céu. A jovem olhou para os lados pela última vez e viu que não havia ninguém. Carros também não passavam pela estrada estreita. Virou-se lentamente, e contornou a cobertura da parada. Observou o vale a seus pés. Teve o cuidado de não mover a cabeça, porém seus olhos corriam de um lado a outro, examinando a paisagem.

Quem desse uma olhada rápida pensaria que era uma moça saindo para uma pequena excursão. Era exatamente essa a impressão que ela queria dar. Mas se passasse algum carro, o motorista também estava sujeito a se enganar, refletir um segundo, como é que uma moça sozinha desce para um vale como esse? E talvez pensasse consigo mesmo alguma outra coisa, alguma idéia incômoda, por que uma jovem que sai para um pequeno passeio à tarde, num vale tão perto da cidade, carrega nas costas uma mochila tão grande, como se estivesse partindo para uma longa viagem? Mas nenhum motorista passou, e no vale não havia ninguém. Ela desceu em meio aos pés de mostarda amarelados, por entre rochas quentes, nas quais não dava sequer para encostar, e desapareceu no emaranhado de árvores e arbustos cheios de espinhos.

Caminhava depressa, o tempo todo tropeçando por causa da mochila que a puxava para a frente e para trás. Seus cabelos rebeldes se enrolavam em torno do rosto. A boca ainda estava contraída na mesma posição dura e determinada que assumira ao dizer "Não" ao motorista do ônibus. Após alguns instantes começou a ofegar intensamente. O coração batia forte, e os pensamentos ruins começaram a girar na sua cabeça. Esta é a última vez que ela vem para cá sozinha, pensou, e da próxima vez, da próxima vez...

Se houver uma próxima vez.

Finalmente chegou embaixo, no fundo do pequeno vale. De vez em quando lançava olhares dispersos para as escarpas, como se estivesse apreciando a paisagem. Admirou encantada um gaio em pleno vôo, e seus olhos, ao acompanharem-no, varreram toda a linha do horizonte. Ali, por exemplo, há um trecho de caminho que está completamente descoberto. Se por acaso houver alguém lá em cima, na estrada, ao lado da parada de ônibus, conseguirá enxergá-la.

E talvez essa pessoa note que também ontem, e também anteontem, ela desceu para o vale.

Pelo menos dez vezes no último mês.

E poderá também seqüestrá-la aqui, quando vier da próxima vez...

Sim, sim, haverá uma próxima vez, repete para si mesma com determinação, e se esforça para não pensar no que lhe acontecerá até então.

Ao se sentar pela última vez como se quisesse ajeitar a alça da sandália, não se mexeu durante dois minutos inteiros. Cada rocha foi examinada, cada árvore e arbusto.

E então, como por encanto, não estava mais lá. Simplesmente havia sumido. Se alguém a tivesse observado, não teria sido capaz de entender o que havia ocorrido: um momento antes ainda estava lá, sentada; finalmente havia tirado a mochila dos ombros, apoiando-se nela, tomara fôlego, e subitamente o vento balançou os arbustos, e o vale ficou vazio.

Ela corre pelo leito inferior, oculto, tentando segurar a mochila que vai rolando como uma rocha mole à sua frente, amassando as urzes e as espigas de aveia. A mochila só pára ao lado de um tronco, e a árvore está repleta de espinhos secos, que se esfacelam em fragmentos marrom-avermelhados.

De uma bolsa lateral da mochila ela tira uma lanterna. Com gestos ágeis afasta para o lado alguns arbustos secos, soltos, revelando uma entrada baixa, como a entrada de uma casa de duendes.

Dois ou três passos espremidos. Ouvidos atentos para escutar qualquer ruído, e olhos abertos para enxergar qualquer sombra. Fareja como um animal, cada célula de sua pele captando o compartimento, a escuridão: Será que alguém passou por aqui desde ontem? Será que de repente uma das sombras vai se desprender e atacá-la?

A gruta subitamente se alarga, ficando mais alta e mais espaçosa, era possível ficar de pé e também dar alguns passos de uma parede a outra. Uma luz tênue se irradiava para dentro, vinda de uma abertura em algum lugar do teto, uma abertura oculta pelo mato fechado.

Rapidamente despeja o conteúdo da mochila no chão. Latas de conservas. Um pacote de velas. Copos descartáveis. Pratos. Fósforos. Pilhas. Mais uma calça e uma blusa, que decidira acrescentar no último momento. Um vasilhame térmico de água. Rolos de papel higiênico, revistas de palavras cruzadas. Pacotes de chocolate. Cigarros Winston. A mochila foi se esvaziando. Havia comprado as conservas depois do almoço. Viajara até Ramat Eshkol para não deparar com algum conhecido, e apesar disso dera de encontro com a mulher que já tinha trabalhado com sua mãe na joalheria do hotel King David. A mulher puxou uma conversa animada e perguntou qual o motivo de ela estar comprando aquele monte de coisas, e ela, sem sequer corar, respondeu que no dia seguinte sairia para uma excursão.

Movia-se com rapidez. Separou e arrumou as coisas que trouxera. Contou pela centésima vez as garrafas de água mineral. O vasilhame térmico. O mais importante é a água. Já tinha trazido mais de cinqüenta garrafas. Vai ser suficiente, vai ter de ser suficiente para todo o tempo. Para os dias e também para as noites. As noites serão mais difíceis, e ela vai precisar de muita água. Varreu mais uma vez, pela última vez, a poeira do piso rochoso. Tentou ter, em relação a esse lugar, um sentimento de casa. Uma vez, milhões de anos atrás — até um mês atrás, mais ou menos —, esse já fora seu lugar secreto mais querido. Nesse momento, a idéia do que a esperava fazia revirar suas entranhas.

Empurrou o grosso colchão para mais perto da parede, e deitou-se nele, verificando se era confortável. Ao deitar, não se permitiu fraquejar. A cabeça funcionava sem parar. Como vai ser trazê-lo para cá? Para o seu pequeno domínio, para o restaurante no fim do universo? E o que acontecerá com ela neste lugar, sozinha com ele?

Na parede ao seu lado, no alto, os jogadores do Manchester United vibravam de felicidade após a conquista do campeonato. A pequena surpresa que tinha preparado para deixá-lo contente. Se é que ele vai notar. Sorriu para si mesma distraída, e com o sorriso voltaram os pensamentos ruins, e o medo voltou a fincar as garras em seu estômago.

E se eu estiver cometendo um erro terrível?, pensou.

Levantou-se e andou de uma parede a outra, pressionando as mãos com força contra o peito; é nesse colchão que ele vai se deitar. E aqui, nesta cadeira de plástico dobrável, ela ficará sentada. Também tinha arranjado um colchão grosso para si própria, mas não tinha ilusões: não conseguiria pregar o olho durante todos esses dias. Três, quatro, cinco dias. Foi o que lhe avisou o homem desdentado do parque da Independência. "Basta um único instante de desatenção — e ele foge." Ela foi ficando assustada com a boca sem dentes que lhe sorria, e os olhos que devoravam seu corpo e, principalmente, a nota de vinte shekels que segurava à sua frente. "Me explique", exigiu ela, conseguindo esconder a aflição na voz, "o que quer dizer 'ele foge'?" E o homem, com sua imunda túnica listrada, com seu manto de pele rala que envolvia a túnica apesar do calor, sorriu diante da ingenuidade dela: "Você já ouviu falar desse bruxo, irmã? Que era capaz de fugir de qualquer lugar onde o prendiam? É exatamente assim que vai ser. Coloque-o numa caixa com cem cadeados, dentro do cofre de um banco, dentro da barriga da mãe dele, e ele consegue escapar! Não tem jeito! Não adianta!".

Como enfrentar a situação? Não tinha a menor idéia. Talvez, quando estiver aqui com ele, despertem dentro dela forças novas e desconhecidas. Por enquanto, é só nisso que pode confiar, em esperanças frágeis como essa. No entanto, tudo é de fato frágil e improvável, e se ela começar a pensar nas probabilidades, desistirá de antemão. É só não pensar com lógica. Neste instante, ela precisa estar um pouquinho doida. Como um soldado que parte para uma missão suicida, que não pensa no que pode lhe acontecer. Examinou de novo, talvez pela décima vez, os suprimentos. Mais uma vez calculou se a comida bastaria para todos os dias e noites. Sentou-se na cadeira dobrável diante do colchão, procurando imaginar como será, o que ele vai lhe dizer e como irá modificá-la cada vez mais, de hora em hora, o que ele tentará fazer com ela. E essa idéia provoca um novo sobressalto. Ela corre para o canto no fundo da gruta e verifica as ataduras, o gesso e o iodo. Não fica sossegada. Afasta uma pedra grande, levanta uma tábua de madeira lisa. Debaixo da tábua, dentro de um pequeno buraco cavado no chão, estavam dispostos, lado a lado, um pequeno aparelho de choques elétricos e correntes compradas numa loja de equipamento para campismo.

Estou completamente maluca, pensou.

Antes de sair, parou e deu mais uma olhada para o lugar que tinha preparado e arrumado durante um mês inteiro. Uma vez, talvez há centenas de anos, pessoas habitaram este lugar. Ela encontrara vestígios. Também animais estiveram por aqui. Nesse momento era a casa dela e dele. E também hospício e hospital, pensou, e principalmente prisão. Chega. É preciso ir embora.

E UM MÊS DEPOIS UM JOVEM E UMA CACHORRA corriam desenfreadamente pelas ruas de Jerusalém, estranhos um ao outro, unidos por uma corda, como que se recusando a reconhecer estarem de fato *juntos*; e, apesar disso, já começando a aprender, quase por acaso, algo em relação ao outro, o jeito como as orelhas ficam em pé em momentos de excitação, a forma como os sapatos batem no asfalto, o cheiro de suor, todas as sensações que uma cauda é capaz de provocar, e quanta força tem a mão que segura a corda, quanto impulso tem o corpo que a puxa para a frente, adiante... Eles já deixaram para trás a movimentada avenida principal, embrenharam-se pelas ruelas estreitas e sinuosas, e a cachorra não diminui a velocidade. Assaf tinha a impressão de que um ímã enorme a atraía, e teve uma estranha sensação, de que se conseguisse parar de pensar, se se abandonasse totalmente à força da sua vontade, também ele próprio poderia ser sugado junto com ela naquela mesma direção; após um ou dois segundos despertou surpreso, pois a cadela havia parado diante de um portão verde engastado em um muro alto de pedra; num movimento gracioso sentou-se sobre as patas traseiras, com a pata dianteira pressionou para baixo a maçaneta de ferro e abriu o portão. Assaf olhou para a direita e para a esquerda. A rua estava vazia. A cadela respirou e foi em frente, e ele entrou atrás dela. E foi imediatamente envolvido por um silêncio profundo, um silêncio das profundezas do mar.

Um grande quintal.

Coberto de pequeninas pedras brancas de calcário.

Árvores frutíferas, fileiras e mais fileiras.

Um casa redonda de pedra, grande e baixa.

Assaf caminhou lentamente, com cuidado. Seus passos rangiam nas pedras do chão. Estava surpreso de ver como um lugar tão bonito e amplo podia estar escondido tão perto do centro da cidade. Passou por um poço; havia um balde preso a uma corda, algumas grandes canecas de barro apoiadas num tronco próximo, como que esperando que alguém bebesse delas. Assaf espiou dentro do poço, jogou uma pedrinha, e só depois de um bom tempo ouviu um leve ruído de água. Não muito longe dali, ocultado por ramos grossos de videira, havia um abrigo e, no seu interior, cinco fileiras de bancos, e na frente de cada uma, cinco pedras grandes, dispostas como uma espécie de apoio para dar repouso a pés cansados.

Ele parou e olhou para a casa de pedra. Uma trepadeira com flores púrpuras agarrava-se às paredes, cobrindo-as, subia até o alto da torre que se erguia acima da casa e se esparramava aos pés da cruz que havia no topo.

É uma igreja, pensou surpreso, e a cadela parecia pertencer a ela. Parece que é uma cadela de igreja, pensou, tentando convencer a si mesmo, e, por um momento, conseguiu visualizar as ruas de Jerusalém cheias de montes de cães de igreja agitados.

A cachorra, sem hesitar, como se ali fosse realmente sua casa, voltou a andar depressa, puxando-o para a parte de trás da casa. No alto da torre havia uma pequena janela em forma de arco, como um minúsculo olho aberto no meio da buganvília. Ela ergueu a cabeça em direção ao céu e soltou uma série de latidos curtos e fortes.

No primeiro momento nada aconteceu. Então Assaf ouviu o rangido de uma cadeira lá em cima, no alto da torre. Alguém ali se moveu. A janelinha se abriu, e uma voz de mulher, ou talvez de homem — era difícil saber, a voz estava embotada, como se há muito não fosse usada —, soltou um grito emocionado, uma palavra só, talvez o nome da cachorra, ela latia e latia, e a voz lá do alto a chamou de novo, aguda, excitada, como se não estivesse acreditando na sua boa sorte. Assaf pensou que sua pequena viagem com a cadela tivesse acabado. Ela estava voltando para casa, para as mãos do habitante do alto da torre. Tudo terminara tão depressa. Esperou que alguém pusesse a cabeça para fora e lhe gritasse para subir, mas em vez do rosto surgiu uma mão, uma mão escura e miúda — por um instante pensou ser a mão de uma criança —, e então apareceu uma cestinha de madeira amarrada a uma corda, e a corda foi descendo, a cesta balançando na ponta, na verdade uma cestinha de vime, até parar na sua frente, exatamente diante de seu rosto.

A cadela ficou quase fora de si. Durante todo o tempo em que a corda descia, latia e arranhava o chão com as patas dianteiras, e corria de um lado a outro, até a porta da igreja e de volta para Assaf. Na cesta Assaf encontrou uma grande e pesada chave de metal. Por um instante, hesitou. Chave significa porta. O que estaria à sua espera atrás da porta? (De certo ponto de vista, ele era a pessoa certa para lidar com a situação. Tinha horas e horas de treinamento, preparando-se exatamente para esse tipo de situação: grande chave de metal, torre alta, fortaleza misteriosa... e mais: uma espada mágica, um anel encantando, uma arca do tesouro, um dragão furioso tomando conta dela. E quase sempre três portas, e é preciso escolher por qual delas passar, pois atrás das outras duas residia uma variedade infinita de perigos e tormentas.) Porém aqui havia apenas uma chave e uma porta, de modo que Assaf seguiu a cadela até a porta e abriu-a.

Viu-se parado na borda de um saguão imenso e escuro, à espera de que o dono descesse da torre, mas ninguém veio, e não se escutavam passos. Ele entrou, e a porta se fechou lentamente atrás dele. Esperou. As formas no saguão começaram a se desenhar a partir do escuro: alguns armários altos, banquetas e mesas, livros. Milhares de livros. Em toda a extensão das paredes, sobre prateleiras, no alto dos armários, sobre as mesas, e amontoados no chão. E também imensas pilhas de jornais, amarradas com finos barbantes, e cada pilha identificada por uma folha de papel com números — 1955, 1957, 1960... A cadela começou novamente a puxar, e ele foi sendo arrastado, passo a passo. Numa das prateleiras identificou livros infantis, e ficou confuso, até mesmo um pouco assustado. O que faziam livros infantis neste lugar? Desde quando monges e freiras lêem livros infantis?

Havia uma enorme caixa quadrada no meio do saguão, e ele a contornou. Talvez fosse uma antiga urna funerária, talvez um altar. Pareceu-lhe escutar lá em cima barulho de movimentos, passos macios e rápidos, até mesmo o tilintar de garfos e facas. Nas paredes viam-se pinturas de homens vestidos com túnicas, auras de luz brilhando sobre suas cabeças, olhares punitivos fixados em Assaf enquanto ele passava.

O vazio do grande salão ecoava e duplicava à sua volta cada movimento seu e da cachorra, cada respiração, cada arranhar de garras no chão. A cadela o puxou na direção de uma porta de madeira na parede oposta. Ele tentou puxá-la de volta, tinha uma intuição de que era sua última chance de escapar, de se salvar de alguma coisa. A cadela não tinha mais paciência para seus temores, tinha farejado alguém que amava, e o cheiro estava prestes a se tornar um corpo, um toque, e ela ansiava por isso das profundezas de sua natureza canina. A corda esticava e vibrava. Ela alcançou a porta, parou e a arranhou com suas unhas, ganindo. Ao ficar de pé sobre as patas traseiras, tinha quase a altura de Assaf, e sob a poeira e o pêlo sujo ele pôde mais uma vez perceber como era bonita e ágil. Seu coração ficou apertado, ele não tivera tempo de conhecê-la, toda a vida quisera ter um cão e implorava que deixassem, sabendo ser impossível por causa da asma de sua mãe, e agora era como se tivesse um, mas por tão pouco tempo, e o tempo todo correndo.

O que estou fazendo aqui?, perguntou a si mesmo, e virou a maçaneta. A porta se abriu. Estava num corredor que fazia uma curva e aparentemente circundava toda a igreja. Eu não deveria estar aqui, pensou, e começou a correr atrás da cachorra, que corria adiante, passando por três outras portas fechadas, como uma lufada de vento entre as grossas paredes pintadas de branco, até chegar a uma escada construída com grandes pedras. Se alguma coisa me acontecer, pensou — e visualizou o comandante do avião saindo da cabine, aproximando-se de seus pais e sussurrando algo em seus ouvidos —, não vai passar pela cabeça de ninguém no mundo me procurar aqui.

Acima dele, no alto da escada, mais uma porta, pequena e azul. A cadela latia e gania, quase *falava*, farejava e arranhava o chão aos pés de Assaf, e atrás da porta ouviam-se ruídos de alegria e prazer, que lhe pareceram mais ou menos como um cacarejar de galinhas, e alguém lá dentro exclamou num hebraico esquisito, com sotaque antigo: "Já, já, minha querida, já vou abrir, delícia da minha alma, já, já!".

Uma chave girou na fechadura, e no momento em que se abriu uma fresta na porta, a cadela entrou como um furacão, atropelando quem estava lá dentro. Assaf ficou do lado de fora, atrás da porta que se fechava. De alguma forma, tudo sempre termina assim, sentiu ele, desapontado, era sempre ele que ficava atrás de uma porta fechada. E justamente por causa disso, dessa vez ousou, empurrou a porta um pouco e espiou lá dentro. Viu umas costas se curvando e uma trança comprida saindo de uma touca preta de tricô, e por uma fração de segundo pensou que se tratava de uma menina de trança, alguém pequeno e magro num hábito cinza, mas depois viu que era uma mulher, pequena e idosa, que ria e enfiava o rosto no pescoço da cachorra, acariciando-a com suas mãos finas, falando com ela numa língua estranha, e Assaf esperou, pois não queria atrapalhar, até que a mulher afastou a cadela, rindo e gritando: "Chega, chega, sua *escandaliarissa*, me deixe também dizer olá para Tamar!", e virou-se para trás, e o sorriso largo que tinha na face subitamente se congelou.

"Mas quem...?" Ela estava desnorteada. "Quem é você?", murmurou, e suas mãos agarraram a gola do hábito, o rosto crispado numa mistura de medo e decepção. "E o que está fazendo aqui?"

Assaf pensou um momento. "Não sei", disse.

A FREIRA FICOU AINDA MAIS DESNORTEADA e se encostou contra a parede da estante. A cadela ficou entre ela e Assaf, olhando de um lado para o outro, lambendo a própria boca num gesto de profunda infelicidade. Assaf tinha a impressão de que ela também estava decepcionada; de que não era bem esse o encontro que esperava ao trazê-lo para cá.

"Desculpe, ahn... realmente não sei o que estou fazendo aqui", repetiu Assaf, e sentiu que, em vez de esclarecer, estava complicando ainda mais as coisas, como sempre acontecia quando precisava explicar algo com palavras; não sabia o que fazer para acalmar a freira para que ela parasse de respirar tão depressa e sua testa enrugada não tremesse tanto. "Isto é uma pizza", disse delicadamente, mostrando com os olhos a caixa que trazia na mão, na esperança de que ao menos isso a acalmasse, pois pizza é uma coisa simples e tem apenas um significado. Mas ela se encostou ainda com mais força contra os livros, e Assaf se sentiu grande demais, ameaçador, exagerado no seu tamanho, e cada movimento lhe parecia errado, e a freira tão desamparada ao lado das prateleiras, como um passarinho aterrorizado batendo as asas para afugentar o predador.

Ele percebeu que a mesa estava posta. Dois pratos e duas xícaras, grandes garfos de ferro. A freira esperava visita. Mas não sabia o que podia explicar tamanho medo e tamanho desapontamento, realmente de partir o coração.

"Bem, estou indo", disse ele com cuidado. Mas havia também a questão do formulário, e a multa. Não tinha a menor idéia de como abordar o assunto, como se diz a alguém para pagar uma multa?

"Indo? Como assim, você está indo?", balbuciou a freira. "Onde está Tamar? Por que ela não veio?"

"Quem?"

"Tamar, Tamar, a minha Tamar, a Tamar *dela*! E com impaciência apontou três vezes para a cadela, que presenciava a conversa de olhos arregalados, olhando de um lado a outro como se assistisse a um jogo de pingue-pongue.

"Eu não a conheço", murmurou Assaf, tomando o cuidado de não se comprometer, "simplesmente não a conheço. De verdade."

Houve um longo silêncio. Assaf e a freira ficaram olhando um para o outro, como dois estranhos desesperadamente necessitados de um tradutor. De repente a cadela latiu, e ambos piscaram como se tivessem despertado de um encantamento. Uma idéia lentamente abriu caminho na cabeça de Assaf: Tamar provavelmente era a mesma "moça" a quem o homem da pizzaria estava se referindo, a tal moça da bicicleta. Quem sabe ela não anda fazendo entregas em igrejas? Bem, agora tudo está esclarecido, pensou ele, sabendo que nada estava esclarecido, mas que na verdade não era mais problema seu.

"Veja, eu apenas trouxe...", ele depositou a caixa redonda de papelão sobre a mesa e imediatamente recuou, para que ela não pensasse, Deus me livre!, que ele também queria ficar para comer, "a pizza..."

"A pizza, a pizza!", explodiu a freira com raiva. "Chega de falar na pizza! Eu pergunto sobre Tamar, e ele só sabe falar da pizza! Onde você se encontrou com ela? Diga logo!"

Ele ficou parado, enfiando a cabeça entre os ombros, e o medo que ela tinha dele rapidamente evaporou, e as perguntas o atingiam uma após a outra, como se fossem setas disparadas pelas suas pequenas mãos. "Como é que você pode dizer 'eu não a conheço'? Não é namorado dela? Nem amigo, nem parente? Faça o favor de olhar nos meus olhos!" Ele ergueu os olhos, sentindo-se, por alguma razão, um pouco mentiroso sob o seu olhar penetrante. "Não foi ela quem mandou você aqui, para me alegrar um pouco? Para eu não ficar tão preocupada? Um momento! Uma carta! Como sou boba, é claro que deve haver uma carta!" Ela agarra a caixa de papelão, abre e começa a fuçar, levanta a pizza e olha embaixo dela, lê com estranho prazer o folheto de propaganda da pizzaria, como que procurando algum sinal entre as linhas, seu pequeno rosto cheio de ansiedade.

"Nem mesmo uma cartinha?", sussurrou, arrumando nervosamente o cabelo prateado, que se soltara da touca e caía rebelde sobre as orelhas. "Talvez algum recado? Algo que ela tenha pedido para você se lembrar de dizer? Por favor, faça um esforço, eu peço, é muito importante para mim; ela disse para você vir e me contar alguma coisa, não é?" Seus olhos se fixaram na boca de Assaf, como se pudesse, com a força de sua vontade, colocar as palavras nos lábios dele. "Talvez ela tenha pedido apenas para você avisar que tudo lá correu em paz? É isso, não é? Que o perigo passou? Foi isso que ela disse a você? Foi isso?"

E Assaf sabia: quando ficava parado daquele jeito, seu rosto assumia a expressão que uma vez levara sua irmã Réli a dizer: "Você tem sorte numa coisa, Assaf; com uma cara dessa, você só pode surpreender as pessoas para melhor".

"Mas espere aí!" Os olhos da freira se estreitaram. "Talvez você seja, Deus me livre!, um deles, um dos bandidos! Diga alguma coisa! Você é um deles? Fique sabendo que não tenho medo, meu senhor!" Ela estava praticamente chutando Assaf com seus pés minúsculos, e ele estava atônito. "O que foi? Você engoliu a língua? Vocês aprontaram alguma para ela? Com estas duas mãos eu rasgo você em pedaços se tocaram na menina!"

Nesse momento a cadela começou a chorar, e Assaf, completamente aparvalhado, ajoelhou-se ao seu lado e começou a acariciá-la com ambas as mãos. Mas ela continuou a ganir, o corpo tremendo de tanto soluçar, parecendo uma criança que não agüenta mais ficar no meio de uma briga dos pais. Assaf praticamente se deitou ao seu lado, abraçando-a, afagando-a, falando baixinho ao seu ouvido, como se tivesse esquecido completamente onde estava, esquecido o lugar e a freira, era só carinhos para a cadela assustada e deprimida. E a freira, ela estava em silêncio, observando maravilhada o garoto crescido, concentrando-se naquele momento, com sua expressão grave de criança, o cabelo preto caindo sobre a testa, espinhas no rosto — e ficou comovida com aquilo que sentiu fluir do corpo dele para a cachorra.

Porém, nesse momento as palavras ditas antes penetraram na mente de Assaf, e ele ergueu a cabeça e perguntou: "Ela é uma menina?".

"O quê? Quem? Sim, uma menina, não, uma moça. Mais ou menos da sua idade..." Ela procurava a voz que tinha perdido, reanimando a face com pequenas batidas dos dedos, olhando como ele confortava e acalmava a cachorra, apaziguando com delicadeza e paciência as ondas de choro até ela sossegar totalmente, até o brilho de luz voltar aos seus olhos castanhos.

"Calma, calma, está vendo? Está tudo bem", disse Assaf para a cadela, e se levantou, e novamente se recolheu um pouco ao se dar conta de onde estava, e ao se lembrar da confusão em que tinha se metido.

"Pelo menos uma coisa você pode explicar", disse a freira num tom completamente diferente, um tom que continha mais do que tristeza e desapontamento, "se você não a conhece, como soube trazer a pizza de domingo para cá? E como foi que a cachorra permitiu que você a conduzisse pela corda? Pois não há pessoa no mundo, exceto Tamar, que ela deixe amarrá-la desse jeito! Ou talvez você seja como o rei Salomão e saiba falar a língua dos bichos?"

Ela ergueu seu pequeno queixo pontudo, sua expressão exigindo uma resposta, e Assaf, hesitante, disse que não era a língua dos bichos. Era, como explicar... para dizer a verdade, nem tudo que ela havia dito ele tinha entendido. Falava de forma muito agitada e num hebraico estranho, reforçando algumas consoantes específicas, do jeito que falam as pessoas antigas de Jerusalém, acentuando letras que ele nem mesmo sabia que podiam ser acentuadas, e a maior parte do tempo nem sequer esperava a resposta dele, apenas lançava mais e mais perguntas.

"Mas quando é que você vai finalmente abrir a boca?", instigou ela, impaciente. "*Panaghia-mu!* Quanto tempo você consegue ficar calado?"

Finalmente ele se recompôs, e contou-lhe, de forma sucinta e resumida, como sempre fazia, que trabalhava na prefeitura e que naquela manhã...

"Espere um pouco", interrompeu ela, "de repente você

começou a falar depressa demais! Não entendo: você é muito jovem para trabalhar", e Assaf sorriu para si mesmo, e explicou que era um trabalho no qual tinha bastante liberdade, e ela perguntou: "Tem mesmo? Você tem mesmo liberdade? Me diga logo onde fica esse lugar maravilhoso!". E Assaf explicou que se tratava de um trabalho de férias, e dessa vez foi ela quem sorriu. "Aaaah, um trabalho de férias... entendo, muito bem, muito bem, continue, só me diga antes: como é que você conseguiu um trabalho tão interessante?"

Assaf ficou surpreso com a pergunta, o que isso tinha a ver com a cadela que encontrara, e por que ela estava tão curiosa em relação ao que tinha acontecido antes de ele chegar? Mas parecia que isso de fato a interessava. Ela puxou uma pequena cadeira de balanço e se sentou balançando suave, as pernas ligeiramente separadas, mãos sobre os joelhos, e perguntou se ele estava gostando do seu trabalho ali, e Assaf disse que na verdade não estava, que ficava lá para registrar queixas dos moradores referentes a assuntos como vazamentos nos canos de água em ruas e locais públicos, mas a maior parte do tempo ficava sentado sonhando...

"Sonhando?", cortou a freira, como se tivesse reconhecido um amigo num lugar cheio de estranhos. "Simplesmente sentado, sonhando sonhos? E ainda ganha um salário para isso? Veja só, agora você está contando as coisas! Quem foi que disse que você não sabe falar? E me diga, o que você sonha? Conte para mim!" Ela batia os joelhos um contra o outro, ansiosa. Assaf ficou muito sem graça, e explicou que não era bem que sonhava, apenas, assim... como dizer... ficava em devaneios, pensando um monte de coisas... "Mas que tipo de coisas? — essa é a pergunta!" A freira arregalou seus olhinhos, que traziam agora um brilho mágico, sua face exprimindo seriedade e interesse tão profundos que Assaf ficou totalmente confuso, e se calou, pois afinal o que lhe contaria, que ficava sonhando com Dafi, e como faria para romper com ela sem brigar com Roy? Olhou para ela. Os olhos escuros da freira estavam fixos nos seus lábios, à espera de palavras, e por um louco instante achou que realmente lhe contaria algo, por que não?, pensou, qual o problema? Afinal, ela não vai entender nada mesmo, são milhares de anos-luz separando meu mundo e o dela, até que ela disse: "Hein? Você ficou quieto de novo, meu caro? Seu poder de fala sumiu de repente? Deus me livre! Interromper uma história que mal começou...!".

Assaf gaguejou que não era nada importante, apenas uma história boba. "Não, não, não." A mulherzinha bateu as mãos. "Não existe história boba. Fique sabendo que toda história está de certo modo relacionada, lá no fundo, com alguma grande verdade, mesmo que nós não possamos compreender." Mas é mesmo uma história boba, insistiu Assaf com seriedade, e imediatamente sorriu por causa da forma como ela contraiu ao lábios. "Muito bem", disse ela, forçando um suspiro e cruzando os braços sobre o peito. "Conte-me então a sua história boba, mas por que você está de pé? Onde já se viu uma coisa dessa?" Ela olhou em volta. "A anfitriã sentada, e o hóspede de pé!" Agilmente se ergueu e puxou uma cadeira com encosto alto e duro: "Por favor, sente-se, e eu trarei uma jarra d'água e alguma coisa para comer, o que você acha? Devo cortar para nós dois um pepino fresco e um tomate?" — e ela disse "tomate" acentuando o "m" e prolongando o "a". "Afinal não é todo dia que se recebe um convidado tão importante, da prefeitura! Quieta, Dinka, fique sentada! Você sabe muito bem que também vai ganhar o que comer!"

"Dinka?", perguntou Assaf. "É esse o nome dela?"

"Sim. Dinka. Tamar a chama de Dinkush. E eu", curvou-se sobre a cadela e esfregou seu nariz no focinho dela, "eu a chamo de megera, e querida do meu coração, e alegria da minha alma, e meu ouro, e *escandaliarissa*, e mais um milhão de nomes, não é, luz dos meus olhos?"

A cachorra olhou para ela amorosamente, as orelhas abanando toda vez que seu nome era mencionado. E algo desconhecido, como uma coceirinha leve e distante, também se instalou no interior de Assaf. Dinka e Tamar, pensou ele, Dinka de Tamar, Tamar de Dinka. Num piscar de olhos ele viu as duas à sua frente, brincando juntas em plenitude, uma plenitude suave e redonda. Mas isso já não era da sua conta, lembrou-se, e rapidamente apagou a visão.

"E você? Qual é?"

"Eu, qual é o quê?"

"Qual é o seu nome?"

"Assaf."

"Assaf, Assaf, um cântico para Assaf...", cantarolou ela para si mesma, e dirigiu-se para a pequena cozinha com passos apressados, quase correndo. Ele a ouviu murmurando e cortando algo atrás de uma cortina florida; então, retornou e colocou uma grande jarra de vidro sobre a mesa, dentro da qual flutuavam fatias de limão e folhas de hortelã, e um prato com pedaços de pepino e tomate, e também azeitonas e rodelas de cebola e pequenos quadradinhos de queijo, tudo regado com uma espessa camada de azeite. Sentou-se então diante de Assaf, enxugou as mãos no avental que colocara sobre o hábito, e estendeu a mão para ele: "Teodora. Nascida na ilha de Lycsos, na Grécia. A última nativa daquela ilha miserável está sentada agora para uma refeição com você. Por favor, meu filho, coma".

DIANTE DA PEQUENA BARBEARIA no bairro de Rehávia, Tamar ficou parada por um longo momento, sem ousar entrar. Era a hora do entardecer, final de um longo e relaxado dia no início de julho.

Talvez tivesse ficado uma hora inteira andando de um lado a outro na calçada defronte da barbearia. Via seu reflexo no vidro da grande janela, e o velho barbeiro cortando, um após o outro, o cabelo de três senhores já idosos, como ele próprio. Uma barbearia de velhos, pensou Tamar. É o que me convém. Aqui ninguém vai saber quem eu sou. Ainda havia dois aguardando a vez. Um lia jornal, e o outro, quase careca — afinal, o que é que ele está fazendo aqui? —, de olhos enormes e úmidos, conversava incessantemente com o barbeiro. O cabelo de Tamar grudava-se às suas costas, como que implorando pela sua alma. Já fazia seis anos, desde os dez, que ela não o cortava. Mesmo durante os anos em que ela queria se esquecer totalmente de que era menina, não fora capaz de abrir mão do cabelo. Era uma moldura confortável, e às vezes até mesmo uma pequena tenda para se esconder, e às vezes, quando ele se agitava solto à sua volta, era o seu grito de liberdade. De tempos em tempos, em raros acessos de vaidade, fazia grossas tranças e o enrolava no alto da cabeça, sentindo-se adulta e feminina e sóbria e quase bonita.

Finalmente, empurrou a porta e entrou. Os odores de sabão e xampu e desinfetante a saudaram, bem como os olhares dos homens ali sentados. Fez-se um silêncio pesado. Ela tomou coragem e se sentou, ignorando-os. Depositou no chão, a seus pés, a grande mochila. O enorme toca-fitas preto, ela colocou numa cadeira a seu lado.

"Então, você percebe", o homem de olhos grandes tentava, sem êxito, reiniciar a conversa com o barbeiro, "o que ela, a minha filha, está me dizendo? Que resolveram chamar minha neta, que acabou de nascer, resolveram chamá-la de Beverly. E por quê? Por nada! As irmãs mais velhas querem esse nome, e..."

Porém suas palavras ficaram suspensas e vazias na sala, condensando-se como vapor numa superfície fria. Ele se calou, constrangido, e alisou sua careca como se algo houvesse pingado nela.

Os homens lançaram olhares curiosos para a moça, e em seguida entre si, trocando rapidamente sinais de concordância. Ela não está bem, diziam seus olhares, ela não está no lugar certo, e ela própria não é muito certa. O barbeiro trabalhava em silêncio, e vez ou outra olhava pelo espelho. Podia ver os olhos azulados dela, e subitamente as articulações de seus dedos fraquejaram.

"Basta, Shímek!", disse ele, num tom estranho, para o outro homem, que já havia se calado. "Depois você me conta."

Tamar juntou seu cabelo e o trouxe para a frente do rosto, junto ao nariz e à boca. Cheirou, pôs na boca e sentiu o gosto, deu um beijo de despedida, já sentindo saudade do seu toque morno, às vezes roçando sua pele, e do peso ao prendê-lo num rabo-de-cavalo, e da sensação de que o cabelo a deixava mais alta, aumentava a própria existência dela, sua concretude física no mundo.

"Corte tudo", disse ao barbeiro quando chegou sua vez.

"*Tudo?!*", a voz fina do barbeiro oscilou de espanto.

"Tudo."

"Não é uma pena?"

"Pedi para você cortar tudo."

Dois homens mais velhos que entraram depois dela se ajeitaram nas cadeiras. O terceiro, Shímek, engasgou e explodiu num acesso de tosse.

"Mocinha", suspirou o barbeiro, e um leve vapor embaçou seus óculos, "talvez seja melhor você ir para casa e perguntar antes para sua mãe e seu pai."

"Diga-me", retrucou ela, todo seu ser tenso para a briga, "você é barbeiro ou conselheiro pedagógico?" Os olhares de ambos travaram uma rápida batalha pelo espelho. Essa sua firmeza era novidade também para ela, não tinha nenhum prazer nisso, mas era tremendamente eficaz nos lugares por onde andara ultimamente. "Pedi que você cortasse tudo. Estou pagando, não estou? Fim de conversa."

"Mas aqui é uma barbearia, para homens", tentou argumentar o barbeiro.

"Então *barbeie* a minha cabeça", disse ela irritada. Cruzou os braços sobre o peito e fechou os olhos.

O barbeiro olhou desamparado para os homens sentados na sala de espera. Seu olhar dizia: "Vocês são testemunhas de que tentei convencê-la a não cortar. Daqui por diante, tudo o que acontecer aqui é de total responsabilidade dela!". E os clientes concordaram com seu olhar. Ele passou as mãos pelo cabelo fino e juntou-o na palma da mão. Em seguida, pegou sua grande tesoura. Cortou o ar uma ou duas vezes. Sentiu que algo no som estava um pouco esquisito, soara frágil e vazio. Cortou o ar mais algumas vezes até atingir o tom correto, o tom do prazer do seu trabalho. Então pegou entre os dedos um punhado de cabelo, um cacho espesso, ondulado, preto como carvão, deu mais um suspiro e começou a cortar.

Ela não abriu os olhos, nem quando ele começou a usar a tesoura mais delicada, nem quando passou o barbeador elétrico, nem mesmo quando, já no final, raspou os últimos restos de cabelo, com a ajuda de uma navalha afiada. Não viu os olhares perplexos daqueles senhores, que, um após o outro, foram deixando de lado seus jornais, inclinando-se um pouco para a frente para observar, atraídos e espantados, como o crânio nu e rosado ia sendo exposto em meio aos cachos negros. No chão, punhados e punhados de cabelo, e o barbeiro tendo o cuidado de não pisar neles. A sala estava quente e abafada, mas ela sentiu que o ar em torno de sua cabeça ficara fresco. Talvez não seja tão terrível assim, pensou, e por um instante um sorriso cruzou seus lábios, pois escutou a voz de Halina, sua velha professora de treinamento vocal, que às vezes a recriminava por não cuidar de si: "O cabelo também precisa de atenção, Tamileh. Se você trata dele, você toda se sente mais feliz, não é? Por que não? Um pouco de condicionador, um pouco de creme, não é vergonha nenhuma ser bonita...".

"Pronto", sussurrou o barbeiro, e se pôs a limpar a navalha com chumaços de algodão empapados de álcool, arrumando em seguida o estojo de tesouras, esforçando-se para estar de costas quando ela abrisse os olhos.

E ela os abriu abruptamente, e viu uma menininha horrorosa e amedrontada, apavorada mesmo. Viu uma menina de orfanato público, uma menina de rua, uma menina maluca. Uma menina com orelhas pontudas demais, nariz comprido demais, olhos enormes demais, separados um do outro de forma muito esquisita. Nunca tinha notado como seus olhos eram estranhos. Nesse momento eles a assustavam com seu olhar direto e provocador. Seu primeiro pensamento foi que ela se parecia muito com seu pai, justamente com os traços dele que tinham começado a envelhecer no último ano. O segundo pensamento foi que com aquela aparência, com a ajuda de roupas adequadas, um bom disfarce, era possível que nem mesmo seus pais a identificassem ao passar por ela na rua.

Na barbearia ninguém se movera. Ela ficou se contemplando um longo tempo, sem nenhuma compaixão. A cabeça calva lhe dava a impressão de um toco transparente. Tinha a sensação de que naquele momento qualquer pessoa podia ler seus pensamentos.

"Você vai se acostumar", ouviu ao longe o barbeiro murmurar, penalizado, "na sua idade ele cresce depressa."

"Não se preocupe comigo", disse ela imediatamente, alerta, recusando qualquer delicadeza que pudesse fragilizá-la. Sem os cabelos, até sua voz soou diferente, mais alta, como se tivesse se dividido em diferentes tons chegando a ela de um lugar novo.

Quando ela pagou o barbeiro, ele pegou o dinheiro com a ponta dos dedos. Pareceu-lhe que ele receava tocá-la. Ela caminhou lentamente, muito ereta, como se equilibrasse um vaso sobre a cabeça. Todo movimento que fazia despertava sensações novas, e na verdade isso lhe deu muito prazer. O ar do mundo se movia numa dança estranha em torno da sua cabeça, como se estivesse se aproximando para ver quem era ela, depois recuasse, e novamente voltasse a tocá-la.

Colocou a mochila nas costas, pegou o toca-fitas e foi saindo. Parou um instante na porta. Uma veterana de palco experiente como ela sabia que, além de tudo, estava também em meio a uma encenação, uma peça com espectadores; talvez com um pouco de medo, mas certamente disposta, não conseguiu resistir à tentação: endireitou-se, jogou a cabeça para trás, como se estivesse sacudindo os cabelos, uma grande estrela, e num gesto de grandeza de uma alma atormentada, de Tosca no último ato, um momento antes de saltar, ergueu o braço acima da cabeça, deixou-o estender-se no ar, e só então saiu, batendo a porta.

"COGUMELOS OU AZEITONAS?"

Ele não sabia o instante exato em que acontecera. Quando Teodora havia parado de desconfiar dele, e como agora estava sentado diante dela, um grande garfo na mão, preparando-se para comer a pizza. Intimamente sabia apenas que tal instante existira, que algo havia ocorrido naquela sala alguns minutos antes. Ela tinha um olhar diferente, como se dentro dela uma pequena porta tivesse sido aberta.

"Sonhando outra vez?"

Assaf disse que queria cogumelos e cebola. Ela riu consigo mesma: "Tamar gosta de azeitonas, e você, de cogumelos. Ela, de queijo, e você, de cebola. Ela é miúda, e você é grandão, Og, rei de Bashan. Ela fala, e você fica calado".

Assaf corou.

"Mas agora conte, conte tudo! Você estava ali sentado, sonhando..."

"Onde?"

"Na prefeitura! Onde! Você só não me contou com quem estava sonhando."

Fixou os olhos nela. Suas rugas o fascinavam. Sua testa estava coberta de rugas, como uma casca de árvore, e o queixo também, e elas se desenhavam em torno dos lábios, o lábio inferior um pouco proeminente; porém as bochechas eram completamente lisas, redondas, imaculadas, e, nesse momento, por causa da atenção dele, um ligeiro rubor tomava conta delas.

Esse rubor deixou Assaf atrapalhado. Ele se ajeitou na cadeira e se apressou em trazer a conversa para assuntos formais: "Então posso deixar a cadela aqui, e você a entrega para Tamar?".

Estava claro que ela esperava que ele dissesse algo totalmente diferente, algo sobre sonhos de verão, por exemplo. Ela logo sacudiu a cabeça e declarou incisivamente: "Não, de jeito nenhum! É impossível!". Por que não?, perguntou a si mesmo surpreso, e ela apressou-se em responder, ligeiramente aborrecida: "Não, não e não! Bem que eu gostaria. Não pergunte por quê, não queira saber de coisas que você não entende. Escute", sua voz suavizou ao ver a expressão de desapontamento de Assaf, "por mim, deixaria aqui comigo a minha querida Dinka. Mas é preciso sair com ela às vezes, não é? E levá-la para passear no quintal e pelas ruas, não é? E ela certamente também vai querer fugir de novo para a rua à procura de Tamar. E eu, o que é que faço? Afinal, nunca saio daqui."

"Por quê?"

"Por quê?" Ela moveu lentamente a cabeça, como se considerando algo para si mesma. "Você quer mesmo saber?"

Assaf fez que sim. Talvez ela tenha alguma doença, pensou. Talvez seja sensível ao sol.

"E se de repente chegarem peregrinos de Lycsos? Na sua opinião, o que acontecerá se eu não estiver aqui para recebê-los?"

O poço, lembrou-se Assaf, e os bancos de madeira, e as canecas de barro, e as pedras para repousar os pés.

"E o dormitório para os romeiros, você viu ao subir?"

"Não." Pois Dinka estava correndo e puxando-o com muita força.

E então a freira, Teodora, levantou-se e segurou sua mão, ela tinha uma mão magra e forte, e fez que ele também se levantasse para acompanhá-la, e também chamou Dinka, e os três desceram depressa as escadas, e Assaf notou uma grande queimadura, amarela como cera, no seu pulso.

Ela parou diante de uma porta alta e larga. "Pare aqui. Espere. Por favor, feche os olhos."

Ele fechou os olhos, e se perguntou quem teria lhe ensinado hebraico, e em que século teria sido. Ouviu a porta se abrir. "Agora abra."

À sua frente havia um salão estreito e redondo, com dezenas de camas altas de ferro alinhadas em duas fileiras, uma defronte da outra. Sobre cada cama havia um colchão grosso, descoberto, e em cima dele, dobrados com cuidado, lençol, cobertor e travesseiro. E em cima de tudo, como um ponto no final da frase, um pequeno livro preto.

"Tudo está pronto para a chegada deles", sussurrou Teodora.

Assaf foi puxado para dentro. Com passos cuidadosos caminhou entre as camas, e cada passo erguia uma leve nuvem de poeira. A luz penetrava por entre as frestas das janelas altas. Ele abriu um dos livrinhos, e viu letras num alfabeto desconhecido. Procurou imaginar o salão cheio de peregrinos agitados, mas o ar aqui estava mais frio e úmido do que no quarto da freira, como se fosse sólido e pudesse ser tocado, e por algum motivo Assaf ficou inquieto.

Ao erguer os olhos, viu Teodora parada junto à porta e, por uma fração de segundo, teve uma sensação estranha, a sensação de que, mesmo se andasse em direção a ela, jamais a alcançaria; de que estava aprisionado em um tempo estanque, imóvel. Quase voltou correndo até ela. Tinha uma pergunta urgente: "E eles, os peregrinos...", e ao ver a expressão dela percebeu que teria de escolher muito bem as palavras, "na verdade... quando é que eles devem chegar? Quer dizer, para quando você os está esperando? Hoje? Esta semana?".

Com ar penetrante e frio, como a ponta de um compasso, ela se desviou de Assaf: "Venha, meu caro, voltemos. A pizza está esfriando".

Ele a seguiu, confuso e perturbado. "E a minha Tamar", disse ela enquanto subiam as escadas, suas sandálias de corda pisando os degraus diante de seus olhos, "ela limpa o dormitório, vem uma vez por semana para varrer e tirar o pó. Mas agora, você viu — é só poeira por todo lado."

Novamente sentaram-se à mesa, porém alguma coisa entre eles havia mudado, havia se deteriorado, e Assaf não sabia o que era. Estava inquieto com algo que ficara pendente, sem ser dito. A freira, por sua vez, também parecia ausente, e não olhava para ele. Quando se voltava para dentro daquela maneira, as maçãs do rosto ficavam ainda mais pronunciadas e, juntamente com os olhos que se estreitavam, davam-lhe a aparência de uma velha chinesa. Durante algum tempo comeram em silêncio, ou fingiram comer. Ocasionalmente Assaf olhava em volta: uma pequena cama, coberta com pilhas de livros. Sobre uma mesinha no canto um antigo telefone preto, de disco. Outra olhada, e os olhos de Assaf depararam com algo: um objeto que parecia a escultura de um jumento, fios metálicos dobrados e enferrujados.

"Não, não, não!", protestou subitamente a freira batendo as mãos sobre a mesa, e Assaf parou de mastigar. "Como é possível? Comer sem falar? Ficar ruminando feito duas vacas? Sem conversar sobre assuntos do coração? E que sabor pode ter a sua pizza, meu jovem, sem uma conversa?!" E, rudemente, empurrou o prato.

E ele engoliu depressa o que tinha na boca, e não sabia o que dizer. "E com Tamar...", e engasgou um pouco ao pronunciar o nome, "com ela você conversa, não é?" Sua voz lhe pareceu alta demais, artificial.

Obviamente ela percebeu a tentativa infeliz de Assaf de evitar falar de si mesmo, e fitou-o com desdém. Porém, ele já dera início a algo, e não sabia como retroceder com dignidade; de modo geral, não era muito versado na arte das conversas triviais (às vezes, quando estava com Roy, Meital e Dafi e se fazia necessária uma conversa leve e descontraída, ou ao menos alguma bobagem cotidiana, ele sentia como se precisasse arrastar um tanque de guerra para dentro da sala).

"Então ela... Tamar... ela vem vê-la toda semana, certo?"

Percebeu que a freira não se animava a responder, mas viu que, mesmo assim, quando mencionou Tamar, o brilho de seus olhos retornou. "Já faz um ano e dois meses que ela vem me visitar aqui", respondeu a freira, puxando suavemente a trança com um toque de orgulho, "e trabalha um pouco, pois precisa de dinheiro; e ultimamente, de muito dinheiro. E não aceita nada dos pais, é óbvio." Assaf notou o nariz da freira se torcer levemente à menção dos pais de Tamar, mas nada perguntou, não era da sua conta. "E aqui, trabalho é o que não falta, você viu: varrer o dormitório, tirar o pó das camas e, na cozinha, toda semana arear as panelas grandes..."

"Mas para quê?", perguntou ele, literalmente cortando a frase dela no meio. "Todas essas camas, e as panelas... quando é que eles virão para cá, os peregrinos, quando...", e, sabiamente, calou a boca. Sentiu que agora era preciso esperar. Estava tomado por um sentimento familiar: o momento que adorava, na sala escura de revelação, quando uma foto vai surgindo lentamente da solução reveladora e os traços começam a se definir. Também aqui, as coisas que ouvira, e aquilo que podia apenas pressentir, começam a se juntar lentamente e a tomar forma. Mais um instante ou dois, e ele entenderia.

"E depois de trabalhar, nós duas tiramos os aventais, lavamos as mãos, sentamos e comemos pizza...", disse ela, sorrindo, "a pizza! Afinal, foi só por causa de Tamar que eu aprendi a gostar de pizza... e então, é lógico, conversamos sobre uma porção de assuntos. Minha pequena me conta coisas sobre o mundo inteiro", e mais uma vez Assaf notou um leve toque de orgulho em sua voz, e perguntou-se o que haveria naquela Tamar, uma moça da sua idade, que fazia Teodora orgulhar-se tanto de ser sua amiga, "e às vezes também discutimos, uma guerra de fogo e enxofre, mas tudo amigavelmente", e por um momento até ela própria lhe pareceu jovem, "como duas boas amigas."

"Mas sobre o que vocês tanto conversam?" A pergunta escapou-lhe com uma mistura de urgência e vergonha, seu coração possuído de inexplicável inveja, talvez por se lembrar do que Dafi lhe dissera apenas dois dias antes, que toda vez que ele começava a contar uma história ela sentia uma estranha necessidade de olhar o relógio. "Sobre Deus?", perguntou, esperançoso. Pois se conversassem apenas sobre Deus, seria razoável, suportável.

"Deus?" Teodora estava estupefata. "Por que... é claro que... é lógico, certamente de vez em quando Deus também aparece na conversa, é compreensível, não?" Cruzou os braços sobre o colo e fitou Assaf com um olhar perscrutador, avaliando se não teria cometido um grave erro com ele, e ele conhecia muito bem aquele olhar, e quis saltar fora de sua pele e apagá-lo dos olhos de

Teodora. "A verdade, meu caro, é que não gosto de falar sobre Deus... já não nos damos tão bem como antigamente, Deus e eu. Cada um segue o seu caminho. Mas será que faltam seres humanos no mundo para se falar sobre eles? E a alma? E o amor? E o amor, não significa nada para você, meu jovem? Ou será que você já resolveu sozinho todas as questões?" (Assaf corou, e balançou a cabeça veementemente, negando.) "E pode ter certeza: também discutimos assuntos filosóficos, comendo a pizza, bem aqui!", e soltou um gritinho de entusiasmo, talvez em grego, agitando a mão, "e discutimos com as alturas dos céus, até as torres começarem a tremer! Sobre o quê?, você pergunta!" (Assaf entendeu que devia perguntar, e fez que sim, energicamente.) "Sobre o que falamos? Falamos sobre o bem e o mal, sobre se temos liberdade, liberdade real e verdadeira...", lançou-lhe um sorriso gentil e provocador, "para escolher nosso caminho, ou será que ele já está determinado de antemão para cada um de nós? E conversamos sobre Yehuda Poliker, e Tamar sempre traz as gravações dele, toda canção nova! Eu tenho tudo aqui, gravado no gravador Sony! E se, por exemplo, houver algum bom filme no cinema, eu vou logo dizendo: Tamar! Por favor, vá assistir ao filme por mim; pegue aqui o dinheiro, vá com alguma amiga, e venha logo me contar tudo, cena por cena; e dessa forma ela se diverte, e eu também."

Um pensamento ocorreu a Assaf: "E você mesma, já assistiu a algum filme?".

"Não. E nem a essa coisa nova, televisão."

As peças começaram a se juntar: "E você... você disse que não sai, certo?".

Ela concordou com a cabeça, e olhou para Assaf sorrindo, acompanhando o pensamento que ia se formando nele.

"Quer dizer... que você nunca sai daqui?", perguntou ele, novamente estarrecido.

"Desde o dia em que cheguei à Terra Santa", confirmou,

com leve orgulho. "Era uma pequena ovelha de doze anos quando me trouxeram para cá. Cinqüenta anos se passaram desde então."

"Há cinqüenta anos você está aqui?" Sua voz lhe pareceu como a de um garotinho. "E você nunca...? Um momento, nem mesmo até o pátio?"

Novamente ela fez que sim com a cabeça. De súbito ficou insuportável para ele permanecer ali. Quis se levantar, abrir a enorme janela, fugir e voltar para a rua barulhenta. Atordoado, olhou para a freira, e lhe ocorreu que na verdade não era tão idosa. Não era tão mais velha que seu pai. Era a vida reclusa que a fazia aparentar mais idade. Como uma menina que envelheceu de uma só vez, sem passar pela vida.

Ela esperou pacientemente até que se esgotassem os pensamentos dele a seu respeito. Depois, disse baixinho: "Tamar descobriu em um dos livros uma frase muito bonita: 'Feliz é o homem que é capaz de permanecer fechado consigo mesmo em seu quarto'. De acordo com isso, sou uma pessoa feliz". Seus lábios se contraíram um pouco. "Muito feliz."

Assaf se mexeu na cadeira. Seu olhar buscou a porta. Os pés formigavam. Não que ele não fosse capaz de ficar sozinho num quarto, até mesmo por longas horas. Mas só se houvesse um computador de último tipo, e charadas, e ninguém presente para ajudar, para que pudesse resolver os problemas com toda a rapidez. Sim, isso poderia mantê-lo facilmente fechado num quarto por quatro ou cinco horas, até mesmo sem comer. Mas viver assim sempre? A vida toda? Dia e noite, semana após semana, ano após ano? *Cinqüenta* anos?

"Obrigada por não dizer nada", disse a freira, "o silêncio é sinal de sabedoria..."

Assaf não sabia se poderia ainda perguntar alguma coisa, ou se deveria ser considerado sábio até o final da visita.

"E agora", disse ela, enchendo os pulmões de ar, "agora é a sua vez. História em troca de história. Mas não interrompa a cada momento, e não fique se policiando o tempo todo. *Panaghia-mu!* Por que você tem tanto medo de falar de si? Você é tão importante assim?"

"Mas contar o quê, o quê?", perguntou aflito, pois não queria falar de Deus, e não sabia muita coisa sobre Yehuda Poliker, e sua vida era tão comum, e em geral não gostava de falar de si. Que dizer a ela?

"Se você me contar uma história do seu coração", ela suspirou, "eu lhe conto uma história do meu." Disse isso e sorriu, um sorriso ligeiramente dolorido. De repente era possível.

VINTE E OITO DIAS antes de Assaf encontrar Teodora, antes de começar a trabalhar na prefeitura, antes mesmo de saber da existência de Teodora, e de sequer ter ouvido falar de alguma Tamar — Tamar saiu para as ruas. Como sempre fazia nas férias, Assaf dormiu até o meio-dia. Então se levantou, preparou uma refeição leve, três ou quatro sanduíches, omelete de dois ovos. Leu o jornal, mandou um e-mail para um fã dos Houston Rockets na Holanda e participou, durante uma hora longa e agitada, de uma sala de bate-papo on-line sobre um famoso programa de perguntas e respostas. No meio do bate-papo eletrônico Roy telefonou, ou talvez algum outro rapaz da sua classe (ele próprio raramente ligava para os outros); juntos, tentaram fazer um programa para a noite e, desanimados, combinaram de se falar mais tarde. Sua mãe também telefonou para lembrar-lhe de tirar a roupa da máquina e a louça da lavadora, e buscar Múki na escolinha de férias às duas da tarde. Nesse meio-tempo, assistiu um pouco ao canal da National Geographic, fez sua ginástica diária e voltou ao computador; as horas passaram preguiçosamente, e nada aconteceu.

E durante essas mesmas horas, Tamar se trancou num cubículo coberto de rabiscos e desenhos obscenos no banheiro público de um terminal de ônibus. Rapidamente despiu as roupas — o jeans Levi's e a fina blusa indiana que seus pais lhe compraram em Londres. Pisando sobre as sandálias, ficou apenas de calcinha e sutiã, enojada com o ar imundo da cabine que parecia grudar-se rapidamente à sua pele. Tirou uma pequena sacola da mochila grande, dali pegou uma camiseta e um grande macacão azul, surrado e rasgado, e sentiu sua textura grosseira. "Vou me acostumar", pensou, e meteu-se dentro da roupa. Hesitou um instante, e tirou a fina pulseira de prata que ganhara na sua *bat mitzvah*. A pulseira também era perigosa: tinha o nome dela inteiro gravado. Tirou um par de tênis e os calçou. Preferia as sandálias, mas tinha a impressão de que nas próximas semanas necessitaria muito dos tênis, até para lhe dar a sensação de que algo a sustentava, a mantinha inteira, e também para poder correr mais depressa caso a perseguissem.

Havia também o diário. Seis cadernos de capa dura, colocados numa grande sacola de plástico lacrada. O primeiro, da época dos doze anos de idade, era mais fino que os outros, ainda decorado com desenhos coloridos de Bambi, flores, passarinhos e corações partidos. Os outros, de capa lisa, eram bem mais grossos, e a escrita, miúda e espremida. Faziam muito peso na sacola, e eram um estorvo, mas fora obrigada a tirá-los de casa, pois sabia que seus pais correriam para lê-los. Enterrou-os fundo no mochilão, porém no momento seguinte não se conteve. Arrancou o primeiro e correu as páginas cobertas de caligrafia infantil. Sorriu. Involuntariamente sentou-se no vaso. Olhe só, ela está na sétima série, a primeira vez que fugiu de casa, quando foi até Tzemach para um show de música. Uma noite muito louca! Continuou folheando.

Liat apareceu na festa com um vestido preto brilhante, estava maravilhosa! Liat dançou com Guíli Papushado e estava tão linda que deu vontade de chorar.

É incrível como feridas antigas que não cicatrizam direito podem se abrir a qualquer momento (mas agora é hora de sair daqui, ir embora). Pegou outro caderno, de dois anos e meio atrás:

Ela fica doida pelo fato de crescer, estar se "desenvolvendo". (*Odeia* essas palavras! As palavras *deles*!) Quem precisa disso?

Parou. Tentou lembrar por que escrevera sobre si mesma na terceira pessoa. Sorriu pesarosa: é claro! Naquela época, o treinamento maluco que impusera a si própria para se tornar mais rija, mais dura, obrigava-se a suportar cócegas, e nos dias mais frios saía sem agasalho, às vezes sem blusa; ou andava descalça na rua, no mato. E a escrita na terceira pessoa era parte disso.

Ela gosta de lugares pequenos e estreitos, como por exemplo o espaço entre o armário e a parede, no seu quarto, onde até um mês atrás ainda cabia e era capaz de ficar horas, e agora fica louca só de pensar que nunca mais na vida vai poder entrar lá!

E na página seguinte, não estava muito claro o que provocara aquele castigo escolar, ela escrevera exatamente cem vezes:

Sou uma garota vazia e fútil, sou uma garota vazia e fútil.

Meu Deus, pensou, e recostou a cabeça na tampa do vaso, não acredito que eu era tão fodida da cabeça.

Mas logo em seguida descobriu seu primeiro encontro com o livro de Yehuda Amitai, *O punho também já foi uma mão aberta com dedos*, e se sentiu tomada de grande ternura pela garota que tinha escrito: "Os peixinhos que nascem têm um pequeno saco de proteínas. E eu sei que este livro será meu saquinho de proteínas para o resto da vida". E uma semana depois, decidida e determinada:

> Para que eu tenha O. G., juro, de hoje em diante, pelo resto da minha vida, olhar o mundo o tempo todo com admiração.

Sorriu com amargura. Nos últimos tempos o mundo de fato a obrigara a encará-lo com admiração, depois com raiva, e por fim com desespero completo. E a única coisa que realmente lhe dera Olhos Grandes fora o corte de cabelo.

Folheou o caderno rapidamente, para a frente, para trás. Ria um pouco, suspirava um pouco. Que sorte ter decidido ler o diário antes de sair para a estrada! Viu a si mesma aberta e exposta, como se alguém lhe exibisse um filme inteiro, composto de quadros separados de sua vida, dia após dia. Estava na hora de sair dali, Léa a esperava no restaurante para o almoço de despedida, a última ceia, mas não conseguia sair, não, não sair de novo para a rua, para as pessoas que ficavam olhando. Meu Deus, como ficam olhando para mim depois que raspei a cabeça! Aqui ao menos estava protegida. Sozinha, cercada de paredes. Veja, catorze anos. Já havia começado a escrever de trás para a frente as coisas que queria especialmente ocultar:

> Coitada da mamãe. Ela queria tanto uma filha com quem pudesse dividir as coisas, partilhar segredos, revelar os mistérios femininos

e como é maravilhoso ser mulher, uma verdadeira dádiva divina. E o que foi que ele teve? Eu.

Minha mãe. Meu pai. Fechou os olhos, afastando-os — e eles insistiam em voltar. Há situações na vida em que cada um é responsável por si, dissera seu pai na última briga que tiveram. Basta! Saiam daqui! Quando tudo terminar ela poderá voltar a pensar neles. Para mim, o assunto está encerrado, dissera ele, e eu não pretendo mais mover um dedo. E a fitara com falsa indiferença, e apenas sua sobrancelha direita tremia de forma incontrolável, como se tivesse vida própria. Lentamente, à força, com esforço e concentração, ela conseguiu apagá-los da sua mente. Era proibido pensar neles agora — serviam apenas para enfraquecê-la e amolecê-la. Nesse momento, não existiam para ela. Febrilmente, tirou outro caderno, de mais ou menos um ano e meio atrás. Nessa época Idan e Adi já haviam entrado na sua vida, e tudo começou a mudar para melhor. Ou pelo menos ela assim imaginava. Leu e não pôde acreditar que tais assuntos a ocupassem até alguns meses antes. Idan disse isso e fez aquilo; quis fazer um corte de cabelo moderno e a levou — e não levou Adi — para avaliar o cabeleireiro, "pois você é mais prática", dissera, e ela não sabia se, vindo da boca dele, isso era um elogio ou um insulto, e ficara admirada com o fato de alguém julgá-la prática. A viagem para o festival de Arad — alguém roubara a mochila com as três carteiras. Tinham ficado com dez shekels no total. Idan assumiu a liderança: numa papelaria, comprou um talão numerado por nove shekels e mandou que fossem recolher contribuições para a Organização Contra o Buraco na Camada de Ozônio.

A sensação de felicidade que sentira por participar de uma encenação como essa, um pequeno crime, para conseguir algum dinheiro, e a refeição decadente que comeram, e ainda tinha sobrado dinheiro para comprarem um pouco de fumo, e ela fumou e não sentiu nada, e Idan e Adi não paravam de correr e comentar o grande barato que estavam tendo, e no caminho de volta, no ônibus, Adi sentou-se com Idan dois bancos à sua frente, ambos rindo histericamente o tempo todo.

E entre as bobagens espalhadas pelo caderno havia breves comentários, observações sobre coisas às quais não dava importância na época, que eram como ligeiros sussurros que lentamente foram se juntando para formar um grito: papai e mamãe descobriram que o tapete de parede afegão, que estava dependurado atrás da porta, sumira. Imediatamente despediram a empregada, que trabalhava na casa havia sete anos. Depois desapareceram também algumas centenas de dólares que ficavam na gaveta do papai, e lá se foi o jardineiro árabe. E depois, o problema com o carro, cujo marcador de quilometragem indicava uma longa viagem enquanto os pais estavam de férias no exterior. E outras sombras semelhantes desenhando-se nas paredes da casa, e não havia quem ousasse projetar nelas uma luz que pudesse ser forte demais.

Alguém bateu na porta com força. Era o faxineiro. Gritou que ela já estava ali há uma hora. Tamar gritou de volta, com voz firme, que ficaria o tempo que quisesse. Ofegava, assustada com a rude intromissão.

Quando começou a ler o último caderno, surpreendeu-se, pois tudo estava ali, nítido e detalhado: o plano, a gruta, a lista de mantimentos, os riscos esperados e inesperados. Soube de imediato que precisava destruir esse caderno, fazê-lo desaparecer. Não podia continuar existindo, nem mesmo escondido. Correu as páginas diante dos olhos. Viu perfeitamente o momento exato em que se permitiu sentir alguma coisa — o breve encontro noturno, ao lado da discoteca Riffraff, com o rapaz de cabelos encaracolados e olhar macio, que lhe mostrou seus dedos quebrados e correu dela, como se ela também pudesse lhe fazer algo semelhante — e dali em diante ela começou a criar uma couraça, ríspida nas palavras, escrevendo como secretária de uma unidade militar secreta: operações, problemas, perigos. O que tinha dado certo e o que ainda era necessário.

Fechou o caderno. Seus olhos se fixaram num desenho obsceno sobre a porta. Ah, se pudesse levar consigo o diário para *lá*. Era proibido. Mas o que faria sem ele? Como compreender a si mesma sem escrever? Dedos formigando, arrancou a primeira página e a jogou dentro do vaso por entre as pernas. E depois outra página, e mais outra. Um momento, o que é isso?

Antigamente eu chorava muito, e vivia cheia de esperança. Hoje dou muita risada, rio de desespero.

Para a privada.

E pelo jeito vou sempre me apaixonar por alguém que ama outra pessoa. Por quê? Porque sim. Porque eu sou ótima para me meter em situações sem saída. Todo mundo é bom em alguma coisa.

Rasgou.

Minha arte? O quê? Você não sabe? Não é viver o momento, e sim *destruir* o momento.

Rasgou. E rasgou com raiva. Levantou-se de repente, transtornada. Restaram exatamente as páginas dos últimos dias. As discussões intermináveis com os pais, os berros dela, suas súplicas, e a terrível compreensão que a dilacerou ao perceber que eles realmente não eram capazes de fazer nada, nem de ajudá-la nem de impedir que ela fosse para lá; que simplesmente ficaram impotentes, esvaziados, paralisados frente à desgraça que se abatera sobre eles como um feitiço. A essência de seus pais se fora, ficara apenas a casca, e nesse momento só ela podia fazer alguma coisa, se tivesse coragem.

Mas quando chegar ao lugar que deseja alcançar, provavelmente haverá uma busca; pois com certeza chegará o momento em que irão procurá-la; ou irão remexer nas suas coisas, tentando de toda maneira descobrir quem ela é. Quem sou eu? O que sobrou de mim? Deu a descarga, e olhou as páginas arrancadas, girando, sendo sugadas, sumindo: nada.

Sem o diário e sem Dinka, seu espírito esmoreceu.

Rapidamente desapareceu no meio da multidão que tomava conta da estação. Viu seu reflexo na janela do restaurante, e no vidro da barraca de cachorro-quente, e nos olhares das pessoas. Viu como seus lábios se projetavam para a frente. Até ontem as pessoas a olhavam de forma completamente diferente. Até ontem ela também apreciava um pouco aqueles olhares; pois sempre havia um pouco de sedução, ou de um convite leve e tentador nas roupas que usava, na aparência que tinha ao usá-las. Tamar sabia: era a ousadia exagerada dos tímidos demais. A ousadia assustada, que pressionava e explodia de dentro dela, sem controle. Como a blusa transparente que vestira na formatura do colégio. Ou os sapatos vermelhos chocantes, que pareciam saídos de um filme, que calçara no grande recital da academia. E havia outros fatos, e intermináveis transições entre dias de abandono e negligência — Halina uma vez lhe gritara que ela estava proibida de se vestir novamente com "roupas das moças ortodoxas de Bnei Brak" — e gloriosos períodos de glamour e estilo, seu período púrpura, o período amarelo, o período negro...

Depositou sua mochila grande no guarda-volumes, e apertou contra o peito a sacola menor. De agora em diante, essa seria sua casa. O funcionário deu uma olhada nela e, da mesma forma que o barbeiro, teve o cuidado de não tocar sua mão. Ela pegou do balcão a pequena placa de metal com o número do boxe.

Pois bem, ela não havia planejado isso de antemão: E agora, onde guardaria a plaqueta metálica? Quase sorriu para si mesma ao perceber que nem tudo era possível prever e planejar com antecedência: e se acharem a plaquinha com você, o que você vai dizer? E se algum *deles* for pegar a mochila no guarda-volumes, e mexer na carteira e ler o diário? Não seja idiota, sua megalômana fracassada.

Saiu dali. Sentiu prazer com aquela auto-recriminação, percebendo que se tornava mais dura diante do que estava à sua espera. Mas quem sabe o que mais aconteceria por lá, que outras coisas — coisas sobre as quais não pensara e que nem sequer podia imaginar — lhe reservava sua nova vida, e de que forma a realidade a surpreenderia, e trairia — como de costume?

E ENTÃO ELE CONTOU, Assaf contou novamente desde o início, desde o emprego na prefeitura que o pai lhe arranjara por meio de seus contatos com Danoch, pois Danoch devia a seu pai algum dinheiro por serviços de eletricista prestados na sua casa, mas... mas Teodora o interrompeu de novo com um gesto da sua mão pequenina e autoritária, querendo primeiro saber acerca do pai e da mãe de Assaf. E assim, Assaf foi obrigado a parar, e contou que os pais e a irmã caçula talvez já tivessem aterrissado no Arizona, nos Estados Unidos, ressaltando que viajaram de repente, pois Réli, sua irmã mais velha, pedira-lhes que viessem imediatamente. A freira interessou-se em saber mais sobre Réli, e por que motivo ela se achava tão longe de casa, e, para sua própria surpresa, Assaf viu-se obrigado a falar também de Réli. Descreveu-a em traços gerais, como era especial e maravilhosa, talentosa, uma artista, que desenvolvera uma linha especial de jóias de prata que estava fazendo sucesso no exterior; mencionou as palavras e expressões dela, e percebeu como lhe eram estranhas, talvez porque todo o seu recente sucesso lhe era estranho, e talvez porque em toda aquela viagem ao exterior houvesse algo que o amedrontava; e, com ligeiro ressentimento, acrescentou que ela às vezes também podia ser realmente insuportável, Réli, e insinuou algo sobre ela se julgar *dona da verdade*, em tudo, desde as coisas que comia e, em especial, as que *não* comia até suas idéias sobre as relações entre árabes e judeus e sobre como, de maneira geral, o país devia se mostrar e se comportar. E assim, apesar de tudo, ele acabou contando bastante sobre a irmã, e como ela praticamente fugira do país um ano atrás, pois precisava do seu *espaço*, e essa palavra o incomodava demais, e ele se apressou em trocá-la, explicando que Réli se sentia *sufocada* aqui. E Teodora sorriu para si mesma, um sorriso profundo, e ele de imediato entendeu esse sorriso, e entre eles, sem palavras, flutuou uma onda de compreensão, pois existem pessoas que mesmo durante cinqüenta anos não se sentem sufocadas dentro de um quartinho, e outras para as quais não basta uma terra inteira. E então quis saber também sobre Muki, que viajou com os pais, pois realmente não podiam deixá-la aqui, e Assaf falou também sobre ela e sorriu, e suas bochechas ficaram mais vermelhas que de costume, até mesmo as espinhas do seu rosto sumiram, pois no instante em que disse "Muki" sentiu nas narinas — como sempre acontecia — o cheiro de seu cabelo recém-lavado. Ele riu e disse que ficava impressionado com o modo como ela, desde os três anos, insistia em usar um xampu específico, e um condicionador especial, de fato, desde os três anos de idade, e por causa disso o cabelo dela era macio como uma nuvem entre os dedos, o seu cabelo loiro — ele riu, e Teodora sorriu — , e passava horas diante do espelho, aquela pequenina, segura de que o mundo inteiro a amava. E quando ele ou Réli se irritavam com esse ritual de autocontemplação, a mãe lhes dizia que não ousassem estragá-lo, que deixassem a pequena, que houvesse pelo menos uma pessoa na casa que gostasse de si própria sem restrições. E Assaf, ao perceber subitamente que já estava falando sem interrupção há algum tempo, assustou-se e disse: "É isso, uma família comum, nada de especial". E Teodora disse: "Você tem uma beleza de família, meu caro, vocês deviam ficar muito, muito felizes". E ele viu que ela voltou a se recolher um pouco para seu interior, como se uma luz tivesse se apagado, e não entendeu como conseguira conversar com tanta liberdade, e disse a si mesmo, bem, é porque ela vive tão solitária aqui, e talvez há muito tempo não tenha uma conversa, uma conversa simples com alguém, uma conversa de coração, e aí pensou: É mesmo? E você, quando teve uma conversa assim?

E lembrou-se, obviamente, do que o esperava à noite com Roy e Dafi. E ela debruçou-se na sua direção e perguntou: "Depressa, depressa! O que foi que você acabou de pensar? A sua expressão, meu caro! Uma nuvem imensa passou pelo seu rosto". "Não tem importância", murmurou ele. "Tem importância, sim!", disse ela sem vacilar, mostrando uma curiosidade enorme pelas histórias bobas dele, ou talvez não fossem assim tão bobas, já que havia alguém capaz de se interessar por elas. "É só que...", disse, dando uma risada e ajeitando-se na cadeira, constrangido. Na verdade não tinha a menor intenção de entrar nesse assunto, quem pensaria nisso antes de ele entrar no mosteiro? Afinal, mal se conheciam, parecia que algum demônio entrara nele e o transformara. Mas a freira jogou a cabeça para trás numa gostosa gargalhada, e ele sentiu que por mais que ela parecesse velha, havia nela coisas jovens, como se fosse uma moça, talvez porque jamais as tivesse utilizado. E de repente pensou: Na verdade o que importa se eu contar, ela é simpática, é solitária, e eu estou com vontade de falar um pouco.

E assim, tal como era, contou sobre Dafi Kaplan, e sobre Roy e sua Meital, e a freira escutou atentamente, observando sua boca, os lábios repetindo sem som as palavras que ele dizia. E mal havia começado a contar, mais ou menos depois de cinco frases, ela já tinha entendido que Dafi não era o assunto principal. Assaf espantou-se com a forma como ela imediatamente captou aquilo que mais o perturbava: "Por favor, largue um momento a pobre moça", gesticulou impaciente, "ela é uma flor sem perfume. Eu quero saber o fundo da questão. Fale-me do rapaz, desse seu Roy, que já não é bem seu, se não estou enganada". Os olhos de Assaf se fecharam por um instante, pois ela tocara exatamente no ponto que doía. Ele respirou fundo, como antes de um longo mergulho, e contou-lhe sobre a amizade com Roy, desde os quatro anos de idade, como eram feito dois irmãos, como dormiam noite após noite um na casa do outro, e na casa em cima da árvore. Na época Roy era menor e mais fraco, e Assaf o defendia dos garotos maiores, as professoras no jardim-de-infância diziam que ele era um verdadeiro guarda-costas de Roy, e assim as coisas foram seguindo até a sétima série, disse Assaf rapidamente, pulando oito anos de uma só vez, sendo trazido de volta de maneira delicada, porém firme: "Como as coisas foram acontecendo?", ela quis saber, e ele foi obrigado a contar sobre os primeiros anos de escola, quando Roy ficava grudado nele sem permitir que ele fizesse amizade com nenhum outro menino, e havia toda sorte de castigos que Roy impunha a Assaf toda vez que receava que ele estivesse tentando trair sua amizade; e o pior de todos era o castigo do silêncio, semanas inteiras em que se recusava a falar com Assaf, e mesmo assim Assaf não se afastava dele; e Roy tinha terríveis ataques de raiva toda vez que Assaf queria entrar para os escoteiros, dos quais também precisou abdicar com dor no coração; e mesmo então, apesar de tudo sentiu-se lisonjeado por ser tão querido e necessário a alguém. Silenciou um instante. Engoliu em seco, remoendo as palavras. Prosseguiu, e assim as coisas continuaram até o ginásio, e aí tudo mudou, os detalhes não importam. "Importam muito", disse a freira. Ele sabia que ela diria isso, e até mesmo sorriu de forma provocadora, já tinha virado um joguinho entre eles. Ela foi até o fogão e colocou mais água para o café, e gritou de lá para que ele prosseguisse. Assaf contou que na sétima série, cerca de três anos atrás, as meninas começaram a perceber como Roy era "um gato", e realmente na época ele tinha crescido bastante, ficado mais bonito, e elas começaram a se apaixonar por ele, e ele também gostava delas, de todas elas, e realmente brincava com os sentimentos delas, disse Assaf, procurando não parecer piegas demais. E a freira, na pequena cozinha, sorriu para o papel azul e vermelho da parede. Mas as garotas nunca reclamavam dele por isso, disse Assaf com admiração — apoiado sobre a mesa, falando quase para si próprio —, ao contrário, imagine só que elas ainda competiam pelo seu amor, ficavam sentadas nos intervalos comentando sua aparência, o que combinava com ele, qual era o melhor corte de cabelo, e como movia o corpo ao jogar basquete. Certa vez, totalmente por acaso, Assaf estava sentado atrás da árvore onde as meninas ficavam conversando, e não pôde acreditar nos seus ouvidos: elas falavam de Roy como se fosse uma espécie de *deus*, ou no mínimo um astro de cinema. Uma das garotas contou como planejava, a sangue-frio, repetir em matemática para ficar na mesma classe que ele; outra disse que às vezes rezava para Roy adoecer, para que ela pudesse ir até a clínica onde ele estava e ficar deitada na mesma cama que ele!

Assaf lançou um olhar para a freira e esperou que ela risse junto com ele das tolices da moça. Mas Teodora não riu, apenas pediu que continuasse contando, e ele, mesmo querendo se calar, não foi capaz de controlar a torrente que fluía de seu interior, um grande jorro que se liberava. Anos, anos a fio sem falar desse jeito com um estranho, aliás tampouco com alguém próximo. Certamente era por causa da atmosfera do mosteiro, envolto em brumas, ou por causa do quarto acanhado, que lembrava um pouco o confessionário que vira certa vez numa igreja em Ein Karem. Mais tarde ele com certeza voltará a si e esquecerá completamente que passou um dia sentado num quartinho no alto de uma torre relatando a uma freira desconhecida todas aquelas bobagens, e Teodora disse: "Assaf, estou esperando!". E ele contou como, na oitava série, por causa das meninas, Roy se tornou, como posso dizer, uma espécie de Rei da Classe. E Assaf tinha a intenção de explicar o sentido da frase, mas ela fez um gesto de impaciência e disse: "Sim, sim, Rei da Classe, claro que eu entendo, por favor, continue". E Assaf imaginou num relance que ela já ouvira de Tamar histórias como essa, histórias de rapazes e moças, e pensou que talvez estivesse gostando de escutá-lo porque isso a fazia recordar um pouco seus encontros com Tamar. E ao pensar nisso, foi novamente tomado pelo formigamento morno, novo para ele, e imaginou que Tamar de certa forma estava presente no recinto, invisível, mas vendo tudo — à vontade, sentada no chão ao lado de Dinka, que dormia, às vezes afagando com delicadeza sua cabeça. E talvez ele próprio estivesse naquele momento falando também para ela, contando-lhe como Roy se tornara namorado de Rotem, o Casal Real da oitava série, já havia dois anos, murmurou; depois de Rotem, Roy já tivera outras quatro ou cinco namoradas, e atualmente era Meital, e por causa dela Roy exigia que ele amasse Dafi, pois era isso que Meital queria, Roy chegara a insinuar que era a condição para continuar sua amizade com Assaf, chega, não é importante, é besteira, bobagem, só detalhes, pequenos detalhes, e de novo sentiu-se terrivelmente confuso e constrangido por despejar tudo dessa maneira. "É importante, sim, muito importante", disse Teodora com ternura, "você ainda não entendeu, *ágori-mu*? Como posso conhecer você sem os pequenos detalhes? Como vou poder lhe contar uma história do meu coração?" E ao ver que ele não mudava de idéia, procurou seus olhos e literalmente forçou-o a erguê-los e encará-la. "Porque Tamar também, no início, não queria contar nada, e dizia: 'O que importa? o que interessa?'. E eu, com muito esforço, a ensinei que não temos nada mais importante que nossos pequenos detalhes, nossas coisinhas triviais; e saiba que ela é muito, muito mais teimosa que você!" E ao ouvir isso, Assaf parou imediatamente de se opor, foi como se um nó se desfizesse em sua garganta, até mesmo sua voz mudou, as amarras se soltaram, e falou sobre Dafi, apesar de tudo falou dela, que tudo nela era medido e calculado, em termos de dinheiro, de honra ou de sucesso. E ao falar finalmente percebeu com firmeza por que não tinha prazer em estar com ela, ela estava sempre competindo com todo mundo, com qualquer um, sempre avaliando o equilíbrio entre sucesso e fracasso, entre lucro e prejuízo. E ao ouvi-la tinha-se a sensação de que realmente todas as pessoas no mundo esperavam a todo momento a oportunidade de jogar uma pessoa contra outra, de prejudicar e destruir alguém no instante em que estivesse um pouco enfraquecido... "Existem pessoas assim no mundo", disse a freira, sentindo que ele estava hesitante, "mas também existem pessoas diferentes, não é? E não é verdade também que vale a pena viver por causa dessas outras pessoas?" Assaf sorriu e se endireitou alegremente, como se o pequeno discurso dela tivesse resolvido um complicado problema que há muito o atormentava. Em seguida acrescentou que, mesmo que Dafi fosse uma pessoa totalmente diferente, de qualquer jeito não estava apaixonado por ela, e achava que jamais se apaixonaria, pelo menos até voltar do Exército, disse, surpreso com sua coragem, pois essas coisas só dizia a uma pessoa no mundo, Tuco, o namorado de Réli, e só em ocasiões muito raras. E a freira, que conhecia há pouco mais de uma hora — o que estava acontecendo com ele?

De repente se calou, e os dois se olharam, como se tivessem despertado de um delírio conjunto. Teodora colocou as duas mãos na cabeça, como se tentasse segurar alguma coisa lá dentro. A grande queimadura amarela brilhou no seu pulso. Por um instante o quarto ficou mergulhado em absoluto silêncio. Ouvia-se a apenas a respiração de Dinka, que dormia.

"Agora", Teodora sussurrou com um sorriso cansado, "depois de tudo isso, você pode me contar afinal como chegou a mim?"

E só então ele contou, resumidamente, o essencial, como naquela manhã Danoch viera chamá-lo para o canil, e falou do formulário 76, da pizza, e de repente tudo lhe pareceu engraçado, a corrida desenfreada sem saber para onde. Começou a sorrir, também o semblante de Teodora se alargou à sua frente num sorriso, e ambos se entreolharam e explodiram numa gargalhada, e a cadela despertou, ergueu a cabeça e começou a abanar o rabo.

"Mas é impressionante...", suspirou Teodora ao se acalmar, "a cadela trouxe você aqui para mim...", e ficou a observá-lo durante um bom tempo, como se ele estivesse banhado por uma luz nova, "e você foi um mensageiro inocente, um portador inconsciente...", os olhos dela realmente irradiavam uma luz, "e quem mais seria capaz de ir atrás de uma cadela geniosa, e comprar uma pizza com seu próprio dinheiro, e abrir mão completamente de sua vontade, e ceder à vontade dela? Que coração, *ágori-mu*, que coração caloroso e inocente você tem..."

Assaf mexeu-se na cadeira, embaraçado. A verdade é que na maior parte do tempo sentira-se um idiota correndo daquele jeito atrás do cachorro, e o significado novo de seus atos o surpreendia um pouco.

A freira abraçou seu próprio corpo diminuto e balançou com

prazer. "Agora você entende por que pedi que você contasse toda a história? Veja, agora estou um pouco mais tranqüila, pois meu coração está me dizendo que, se existe alguém que pode encontrar a delícia de minha alma, esse alguém é você."

Assaf disse que era exatamente o que estava tentando fazer desde cedo, e se ela lhe desse naquele momento o endereço de Tamar, ele a encontraria imediatamente.

"Não", disse ela, e se levantou rapidamente, "sinto muito. Isso não posso fazer."

"Não? Por quê?"

"Porque Tamar me fez jurar."

E por mais que ele tentasse compreender, por mais que perguntasse, ela se recusou a responder. Circulava pelo quarto, tensa, murmurando suas expressões peculiares, sacudindo a cabeça, não, não, não, estendendo os braços em desamparo. "Creia-me, querido, se dependesse de mim, eu até teria esperança de que você... Não! Quieta!" Bateu com raiva nos dedos da própria mão: "Fique calada, sua velha! Não fale!". Mais uma volta tempestuosa pelo quarto, bufando raivosamente num turbilhão de emoções, e mais uma vez parou diante dele: "Tamar pediu explicitamente, preste atenção, não leve a mal, só posso lhe dizer isso: da última vez que ela esteve aqui, pediu e me fez jurar que se nos próximos dias viesse alguém e perguntasse onde ela está morando, ou, por exemplo, qual é seu sobrenome e quem são seus pais, em resumo, se alguém fizer perguntas sobre ela, mesmo sendo gentil e delicado como você — ela não disse isso, quem está dizendo sou eu —, eu estou absolutamente proibida de responder!".

"Mas por quê, *por quê?*", explodiu Assaf, e levantou-se irritado. "Por que ela diria uma coisa dessa? O que é que pode acontecer com ela que..." A freira continuava a balançar a cabeça em negativa, como se temesse que a obrigassem a revelar, e ambos ergueram a voz e ficaram parados frente a frente, até que ela levantou um dedo autoritário diante dos lábios dele.

"Agora cale-se."

E Assaf, espantado, se sentou.

"Por favor, escute, não tenho permissão de falar dela. Minha língua está presa a uma promessa, já faz uma semana. Mas permita que eu lhe conte uma história, e pela história talvez você entenda alguma coisa de tudo isso."

Ele permaneceu sentado, batendo a mão no joelho. Estava nervoso por ter que começar a busca de novo desde o princípio. Talvez fosse melhor ir embora de vez e não perder mais tempo. Mas a palavra "história" sempre exercia sobre ele um efeito mágico, e a idéia de ouvir uma história *da boca dela*, com suas expressões faciais e faíscas nos olhos...

"Oh, oh! Você sorriu, meu caro! Você não me engana, esta velha conhece o significado desse sorriso! Um menino que gosta de histórias, é isso que você é, à primeira vista eu já sabia, exatamente como Tamar! Se é assim, vou lhe contar a minha história, um presente em retribuição à história que você me contou."

"ENTÃO, A QUE VAMOS BEBER?", perguntou Léa com um sorriso forçado. Tamar olhou o vinho; sabia que se fizesse o brinde em voz alta, as palavras a assustariam.

Léa respondeu em seu lugar: "Vamos beber ao seu sucesso, e que voltem em paz, vocês dois".

Ergueram os copos, brindaram e beberam, olhos nos olhos. Os ventiladores no teto giravam ruidosamente, tentando sem sucesso espalhar um pouco de ar fresco contra a nova onda de ar quente que começava a entrar.

"Estou morta de vontade de que isso comece logo", disse Tamar, "pois esses últimos dias antes...", respirou fundo, e seus olhos se arregalaram por um momento na cabeça calva, "já faz uma semana que não durmo, não consigo me concentrar em nada. A tensão está me matando."

Léa esticou seus braços fortes sobre a mesa, e as duas entrelaçaram os dedos.

"Tami-mami, você ainda pode mudar de idéia, ninguém vai culpar você, e eu com toda a certeza não vou contar a ninguém que você teve uma idéia maluca como essa."

Tamar balançou a cabeça, expulsando qualquer idéia de desistir.

Samir se aproximou e cochichou algo no ouvido de Léa. "Sirva nas taças grandes", ordenou ela, "e quanto ao vinho... recomende um Chablis. E você já pode nos servir o frango com tomilho." Samir lançou um sorriso largo para Tamar e voltou para a cozinha.

"O que você disse a eles?", perguntou Tamar, "ao pessoal da cozinha, o que foi que você disse?"

"Que estamos comemorando alguma coisa. Um momento... o que foi mesmo que eu disse? Ah, que você está saindo de viagem, uma grande viagem. Espere para ver o agrado que prepararam para você."

"Vou sentir saudade", suspirou Tamar.

"Uma comida dessa, você não vai ter lá."

"Agora veja", a expressão de Tamar endureceu novamente, "aqui nesse envelope grande estou lhe deixando as cartas. Já estão com endereço e selos..." Léa retorceu a boca, ofendida. "Não importa, Léa, não é o dinheiro, eu queria que tudo estivesse pronto e que você não precisasse ir comprar."

"E também porque você queria fazer tudo sozinha, como sempre", corrigiu Léa, balançando a cabeça como se dissesse: "O que vamos fazer com essa menina?".

Tamar disse: "Basta, Léa, vamos deixar disso. Quanto às cartas, você se lembra do que fazer, não é?".

Léa revirou os olhos como um aluno a quem obrigam a decorar uma matéria que detesta: "Toda terça e sexta-feira. Você anotou os números nas cartas?".

"Aqui do lado, sobre o adesivo redondo. E antes de enviar..."

"Retirar o adesivo", recitou Léa. "Escute, você acha que eu sou imbecil? Uma ignorante estúpida? É isso?" Deu uma risada exagerada. "É isso que eu sou."

Tamar ignorou a costumeira autodepreciação da amiga. "É extremamente importante que você envie pela ordem, pois eu inventei toda uma história, com piadas sobre um monte de gente que fico conhecendo. É uma idiotice, mas serve para deixá-los tranqüilos na medida do possível, para que não me perturbem." Apertou os lábios com ar de troça: "Toda uma história, com enredo e tudo".

"Não acredito. Você também teve cabeça para isso?" Quando Léa disse "cabeça", seu olhar se voltou para o crânio pelado, que lhe parecia horroroso.

"De qualquer modo", prosseguiu Tamar, agradecendo intimamente a Léa por se calar, "isso tem de tranqüilizá-los durante um mês, é mais ou menos o tempo de que preciso. Até o meio de agosto. E durante duas semanas, de qualquer forma, eles vão estar no exterior. As sagradas férias", sorriu ironicamente, "este ano a explicação é 'a vida precisa continuar apesar de tudo'." Tamar e Léa olharam-se durante um momento, suspiraram e deram de ombros com indiferença, totalmente descrentes de que algo assim fosse possível. Tamar voltou ao assunto: "O principal é que eles não me perturbem, que não comecem a procurar por mim".

"Não me parece que tenham pressa de fazer alguma coisa", murmurou Léa. Examinou os envelopes, e leu com seus lábios grossos a inscrição com os nomes dos pais de Tamar: "Talma e

Avner... belos nomes", ironizou, "parecem nomes de personalidades importantes..."

"Estão mais para personagens de telenovela, nos últimos tempos."

Léa prosseguiu: "Isso me faz lembrar um grafite que vi um dia num muro: 'Mato minha mãe se um dia ela me der à luz outra vez'".

"É mais ou menos isso", riu Tamar.

Samir e Aviva vieram juntos da cozinha trazendo o prato principal. Ao erguer a tampa do prato, Tamar viu que em torno das folhas de uva recheadas estava escrito seu nome com letras formadas por cerejas.

"Isso é de todos nós da cozinha, com amor", disse Aviva, corada por causa do calor das panelas, "para você não se esquecer de nós."

As duas comeram em silêncio, ambas fingindo apreciar a refeição, porém nenhuma delas estava com apetite.

"Eu estava pensando", disse Léa finalmente, afastando o prato, "sabe aquele pequeno depósito de suprimentos que eu tenho, a duas casas daqui?" Tamar sabia. "Vou colocar ali um colchão no chão para você, e não diga que não!" Tamar ficou em silêncio. "A chave vai ficar debaixo do segundo vaso de plantas. Se você resolver que está cheia de dormir no parque da Independência, e digamos que o serviço de quarto não seja fino o suficiente, venha para o depósito e durma uma noite como gente. O que você acha?"

Tamar avaliou internamente todos os perigos possíveis. Alguém poderia vê-la entrando no depósito e investigar a quem pertencia. Léa obviamente não a denunciaria, mas um dos funcionários da cozinha poderia deixar escapar algo por engano, e assim descobririam quem era ela, e seu plano seria revelado. Léa observou com pesar as dobras que iam surgindo na fronte pálida de Tamar. Deu um suspiro. O que estava acontecendo com ela nos últimos tempos?

No entanto, o colchão no depósito era sim uma boa idéia, pensou Tamar. Aliás, uma idéia muito boa. Bastava se certificar de que não houvesse ninguém espiando quando ela entrasse. Não haveria mal nenhum se ela dormisse lá uma noite e recuperasse um pouco de humanidade. Ela sorriu. Seu semblante compenetrado, intenso, carregado se descontraiu. Por um instante ela mostrou toda a doçura do mundo, e Léa se derreteu: "Venha, Mami, venha dormir aqui, há uma torneira e uma pia pequena para você se lavar. Mas não há banheiro".

"Eu dou um jeito."

"Bom, me faz bem saber que posso ajudar um pouco", disse Léa, animada, já sabendo que todas as manhãs correria até o depósito para ver se Tamar havia dormido lá à noite. Ela lhe deixaria pequenas notas de incentivo.

"Só prometa", pediu Tamar ao ver os olhos de Léa ficando úmidos, "que se você me vir na rua, não importa que eu esteja trabalhando ou simplesmente descansando em algum canto, você não vai chegar perto. Mesmo se tiver certeza de que eu estou sozinha, não vai demonstrar que me conhece. Tudo bem?"

"Você está sendo dura, muito dura", disse Léa, "mas se é isso que você quer... você manda. Só me explique uma coisa: como vou passar ao seu lado sem lhe dar um abraço? Sem lhe dar alguma coisa para comer? E se Noa estiver comigo nessa hora? Você acha que ela não vai pular em cima de você?"

"Ela não vai me reconhecer."

"É", disse Léa baixinho, "desse jeito ela não vai mesmo reconhecer você."

Tamar buscou conforto nos olhos de Léa: "Está tão horrível assim?".

"Você... Você está tão nua... é de partir o coração", quis dizer

Léa. "Para mim você é sempre bonita", disse finalmente. "Minha mãe diria: Quem é bonito, mesmo que ponha um sapato na cara, vai ficar bonito." Tamar sorriu para ela agradecida, pousou a mão sobre a mão enorme de Léa, apertando-a amorosamente. Nesse momento o delicado ar de tristeza que permanecera entre ambas durante toda a refeição soprava na direção de Léa, pois ao dizer aquela frase sua mãe certamente não se referia à amiga.

Tamar disse: "Mas eu não sei como agiria se você passasse com Noiku. Sabe o que andei pensando? Que esta é a primeira vez que eu me separo dela por tanto tempo".

"Eu lhe trouxe uma foto dela", disse Léa, "quer levar junto?"

"Léa... não posso levar nada para lá." Segurou avidamente a foto, seu rosto se arredondou, suavizou, alargou, como uma pintura de aquarela que se espalha um pouco e ultrapassa os limites dos traços: "Que gracinha... Ah, se eu pudesse levar! Eu ficaria dando cheiros cem vezes por dia, sabe".

Samir retirou os pratos, censurando-as por não terem comido tudo. Lançou um olhar inquieto sobre a cabeça calva de Tamar. As duas quase não o notaram: ficaram olhando a foto e fazendo brincadeiras, um momento de felicidade mútua.

"Na creche", contou Léa, "falaram sobre irmãos e irmãs, e quando perguntaram a ela se tinha irmão ou irmã, sabe o que ela respondeu?"

"Que a irmã sou eu", sorriu Tamar, revirando dentro de si uma gota de orgulho como se fosse vinho na taça. Por mais um longo momento olharam a menina miúda, muito clara, de olhos amendoados. Tamar lembrava palavra por palavra o que Léa contara quando começaram a se aproximar uma da outra: que no mundo em que ela vivera até os trinta anos, na encarnação anterior, mal tinha sido mulher. "Lá me tratavam com respeito", contara ela, "mas como se eu fosse homem, não mulher. E eu também não me sentia mulher. Nunca. E aqui, desde a infância, nunca fui de fato menina, nem moça, nem mulher, nem mãe. Nunca tive nada de feminino. Só agora, aos quarenta e cinco anos, graças a Noa."

Um homem gordo, de cabelos brancos e face vermelha, começou a criar problema numa das mesas do salão central. Reclamava de Samir por não ter servido o vinho suficientemente gelado, xingando-o de ignorante e idiota. Léa imediatamente se levantou e correu para lá como uma leoa protegendo os filhotes.

"E quem é você?", rugiu o homem, "exijo falar com o dono do restaurante!"

Léa cruzou seus grossos braços sobre o peito: "Sou eu. Qual é o problema, senhor?".

"Você? Deve estar brincando."

Tamar sentiu as entranhas se retorcendo pela ofensa a Léa.

"E daí?", disse Léa com a maior calma, apenas seus lábios embranqueceram e as marcas no seu rosto subitamente ficaram visíveis. "Talvez você também queira pedir o dono do restaurante pelo cardápio?"

O homem ficou ainda mais vermelho. A parte inferior de seus olhos estava úmida. A mulher que o acompanhava, uma senhora rechonchuda, coberta de pulseiras douradas, pousou a mão no seu braço tentando acalmá-lo. Léa, com uma força interior que Tamar não possuía, imediatamente se controlou, se recompôs, mandou Samir trocar o vinho e disse que a nova garrafa era por conta da casa. O homem gordo resmungou mais um pouco, mas se calou.

"Que porco!", disse Tamar quando Léa voltou a sentar-se.

"Eu o conheço", disse Léa, "oficial do Exército, foi general ou algo assim. Acha que o país todo está no seu bolso. Cria problemas o tempo todo, e sempre consegue resolver com dinheiro." Serviu-se de mais um pouco de vinho, e Tamar notou que sua mão tremia.

"Não me acostumo com isso", admitiu Léa, suspirando.

"Nem ouse levá-lo a sério!", apressou-se Tamar em confortá-la, como de costume. "Pense apenas naquilo que você já fez na vida e pelo que já passou, e como chegou até aqui, como viajou para a França, sozinha, e ficou como aprendiz naquele restaurante por três anos..." Léa escutava com uma estranha mistura de avidez e desespero; as longas cicatrizes no seu rosto pulsavam como se o sangue fluísse através delas. "E como você fez este lugar, tudo com as suas próprias forças, e como você está criando Noiku, puxa, não existe mãe como você no mundo. O que importa o que diz um coitado desse?"

"Às vezes eu penso", murmurou Léa, "que se eu tivesse aqui um homem, alguém que pegasse um lixo desse pelo colarinho e o mandasse para o inferno. Alguém como Bruce Willis..."

"Ou Nick Nolte", riu Tamar.

"Mas tem de ser delicado por dentro!", disse Léa erguendo o dedo, "tem de ser doce."

"Um Hugh Grant", sugeriu Tamar, "que a ame e encha de mimos."

"Não, não acredito nele, naquele rostinho bonito. E você também, tome cuidado com eles. Você tem um fraco por esse tipo, já reparei. Eu...", Léa riu, e o coração de Tamar se expandiu, pois mais uma vez tinha tirado Léa da tristeza, "eu preciso de um Stallone, mas com o interior de Harvey Keitel. Lembra? No filme *Cortina de fumaça*?"

"Não existe ninguém assim no mundo", suspirou Tamar.

"Tem de existir", disse Léa, "você também precisa."

"Eu? Atualmente não estou nessa." Não tinha forças para entrar nesse assunto. Qualquer pensamento sobre amor, intimidade nesse momento era perigoso. Léa a fitou e pensou por que Tamar estaria fazendo aquilo consigo mesma. Por que estaria se destruindo desse jeito, nessa idade? De súbito, quase deu um pulo, meu Deus, naquela semana Tamar completava dezesseis anos! Certo? Estou enganada? Fez rapidamente um cálculo de cabeça. É claro! É esta semana, e ela não fala uma palavra sobre isso, e estará sozinha na rua, como é possível? Como... e Léa quase disse algo, porém Zion chegou da cozinha com a sobremesa, e ela simplesmente comentou: "O que é isso? Hoje vem todo mundo, um de cada vez?". E Zion riu: "É em homenagem a Tamar".

Tamar saboreou o sorvete de mel com lavanda, e lamentou não poder guardar uma reserva em seu corpo, para comer devagarinho durante o próximo mês. Lambeu a colher no final, e Léa, inconscientemente, imitou o movimento de seus lábios.

"Vamos ver se entendi tudo", disse em seguida, "quando é que você sai a primeira vez para a rua?"

"Agora, depois de comer", respondeu Tamar, e tremeu um pouco. "Já, já, tudo começa."

"Não brinca!" Léa não conseguiu conter um profundo suspiro. "E quando você me telefona?"

"Antes de tudo, não vou telefonar para ninguém o mês inteiro", disse Tamar, apertando os dedos com força, "e então, mais ou menos depois de um mês, no meio de agosto, dependendo da minha situação, e se tudo der certo, eu ligo dizendo para você vir com seu Fusca."

"E aí, aonde eu vou te levar?"

Tamar deu um sorriso contido: "Quando chegar a hora, eu digo".

"Você não existe!" Léa balançou a cabeça, torcendo para que tudo terminasse logo e *aquela* Tamar voltasse.

Levantaram-se e foram até a cozinha. Tamar agradeceu a todos pela refeição especial, abraçando e beijando o casal de cozinheiros, bem como os auxiliares e garçons. Léa sugeriu que erguessem um brinde a Tamar, ao sucesso da longa viagem que a aguardava. Todos brindaram e beberam, olhando-a com preocupação. Ela não parecia alguém prestes a viajar. Parecia uma pessoa antes de sofrer uma cirurgia.

Tamar, já um pouco tonta por causa do vinho, contemplou a cozinha apertada e cheia de fumaça, e os rostos amorosos em volta. Recordou-se das inúmeras horas que havia passado ali, os braços enfiados até os cotovelos num monte de salsa picada, ou recheando folhas de uva com arroz e carne. Dois anos antes, aos catorze, decidira largar o colégio e ser auxiliar de cozinha no restaurante. Léa concordara, e Tamar trabalhou ali algumas semanas, até seu pai ser informado de que ela não estava comparecendo às aulas. Ele veio gritando, ameaçando trazer fiscais do Ministério do Trabalho caso Tamar pisasse mais uma única vez no restaurante. Nesse momento Tamar quase sentia saudade daquele escândalo humilhante: ver o pai tão decidido, determinado, brigando por ela. Ela retornara aos tão odiados estudos e encontrava-se com Léa apenas em sua casa, quando ia tomar conta de Noa, a sua queridinha. Mas não abandonara a idéia de ser cozinheira, pois de qualquer modo, pensou naquele instante, praticamente já não há possibilidade para minha outra carreira.

Léa a acompanhou até a saída. Na ruela sentia-se um leve perfume de jasmim. Um casal abraçado passou por elas, cambaleando um pouco e dando risada. Elas se entreolharam e deram de ombros. Certa vez Léa lhe ensinara que todo casal tem algum segredo que só os dois conhecem. Se não houver segredo, não é um casal.

"Escute, Tami-mami", disse Léa, "não sei como lhe dizer isso, mas mesmo assim... Não fique brava, tá?"

"Primeiro vamos ouvir o que é", respondeu Tamar.

Léa cruzou os braços sobre o peito: "Se você quiser, eu posso poupá-la de toda essa bagunça... Espere um pouco, deixe eu terminar de falar...".

Tamar ergueu a sobrancelhas e ficou em silêncio, mas já sabia.

"Olha, basta um telefonema para uma pessoa que ainda lembra de mim daquela época, daqueles tempos. Não é problema para mim." Tamar já tinha erguido a mão para que ela se calasse. Sabia do esforço que Léa fizera para se livrar do seu mundo anterior e se afastar de todos os seus vícios — drogas e pessoas —, e também se lembrava muito bem do que certa vez Léa lhe dissera, que qualquer contato com aquele mundo trazia o risco de botar tudo a perder novamente.

"Não, obrigada." Mas ficou muito sensibilizada ao escutar a oferta.

"Basta um telefonema", prosseguiu Léa, procurando parecer animada, "tenho certeza de que esse sujeito em quem estou pensando conhece aqueles vagabundos. Em menos de uma hora ele parte para cima deles com uns vinte caras, faz uma surpresinha e tira ele da confusão para você."

"Obrigada, Léa." Ela não podia sequer considerar essa sugestão. A tentação era grande.

"Há pessoas que só estão esperando eu ligar e pedir alguma coisa", disse Léa, desanimada, olhando para o chão.

Tamar a abraçou, puxou-a para si e encostou no seu peito. "Você tem um coração enorme", disse baixinho.

"É mesmo?", perguntou Léa, com a voz meio embargada. "É pena que eu quase não tenha peitos." Abraçou e enlaçou em seus braços o corpinho miúdo e magro de Tamar. Tocou, cheia de compaixão, os ossos salientes. Ficaram um bom tempo abraçadas. Tamar considerou que era o último abraço que receberia de alguém antes de sair para a estrada, e Léa percebeu, ou adivinhou, procurando intensamente tornar o abraço mais longo e mais gostoso, maternal e paternal. "Cuide-se", sussurrou por sobre a cabeça de Tamar, "pois ali, eu sei muito bem, ninguém vai cuidar de você."

Um passo antes de chegar à rua principal, Tamar parou. Na esquina da última casa da vila, lançou para a rua um olhar assustado e desafiador. Examinou sua área de ação e não teve forças para continuar andando. Sentia-se como uma atriz ou cantora espiando por um vão da cortina antes da estréia, buscando adivinhar o que a espera naquela noite. Lá fora. *Diante deles.*

E, de repente, foi tomada de solidão, medo e autopiedade. E, ao contrário de tudo que planejara com cuidado e meticulosamente durante meses, e até mesmo com um toque de autoflagelação, subiu num ônibus e, do jeito que estava, cabeça raspada, em andrajos, no meio do dia, entrou no quintal de sua casa, rezando para que nenhum vizinho a visse e para que hoje o jardineiro não estivesse trabalhando. Mesmo que a vissem, não a reconheceriam.

E logo que abriu o portão sentiu o ar em volta se aquecendo um pouco e ganhando vida; um grande bloco de amor e alegria de viver, coberto de pêlos dourados, pulou em sua direção, uma língua grande, morna e áspera lambendo sua face, uma vez, e mais outra, um momento de espanto, de ligeiro embaraço, mas que boa surpresa!, que sensação de alívio! Num piscar de olhos a cadela reconheceu seu cheiro, sua essência.

"Venha, Dinkush, não posso passar por isso sozinha."

"ERA UMA VEZ", começou Teodora, "muito tempo atrás...", e caiu na gargalhada com a reação surpresa de Assaf ao seu modo de iniciar a história. Ela se ajeitou na cadeira, chupou uma fatia de limão para molhar a garganta, e então, numa torrente de palavras, gestos contundentes e olhos brilhantes, contou-lhe a história de seu coração, a história sobre si mesma e sobre a ilha de Lycsos e sobre Tamar.

* * *

...Era uma vez, num domingo, cerca de um ano atrás, quando Teodora desfrutava sua sesta, seu corpo todo foi sacudido por um som fortíssimo explodindo diante da janela. Soava como um gemido ou ganido, até ir se transformando lentamente numa voz de moça, chamando-a para ir até a janela.

Quer dizer, não chamava exatamente a ela, e sim o "Honrado Senhor Padre que vive na torre".

Ela se levantou depressa, foi até a janela ornada de buganvílias, e viu que, de fato, do outro lado da cerca do mosteiro, no pátio que pertencia à escola, havia um barril. Sobre o barril estava de pé uma jovem miúda, de cabelos pretos, encaracolados e rebeldes, segurando na mão um megafone, pelo qual se ouvia sua voz:

"Prezado padre", disse a moça educadamente, e silenciou por um momento ao perceber que o rosto enrugado na janela era um rosto de mulher. "Prezada freira", corrigiu-se hesitando, "quero lhe contar uma história que talvez você conheça."

E então Teodora se lembrou: era a mesma moça que ela tinha visto uma semana antes na copa da sua magnífica figueira, cavalgando um dos enormes galhos e anotando alguma coisa num grosso caderno, engolindo automaticamente um figo depois do outro. E Teodora, sempre pronta para tudo, pegou o estilingue que usava para afugentar passarinhos, mirou na devoradora de figos e disparou uma semente de damasco.

E acertou em cheio. Sentiu uma ponta de orgulho ao constatar que não havia esquecido a arte da pontaria dos seus tempos de infância na ilha, quando era enviada junto com as irmãs para afugentar os corvos dos vinhedos. Teodora ouviu o grito de dor e surpresa da jovem quando a semente acertou seu pescoço. Rapidamente ela colocou a mão no lugar da dor, perdeu o equilíbrio e caiu, galho após galho, até estatelar-se no chão. Teodora teve então um instante de profundo arrependimento. Quis correr e oferecer ajuda, desculpar-se do fundo do coração, e pedir à moça e a seus amigos que parassem de uma vez por todas de roubar os figos. Porém, como era uma reclusa em sua casa, não se moveu do lugar; apenas infligiu a si própria o pequeno e doloroso castigo de obrigar-se a ver a moça erguer-se do chão, lançar-lhe um olhar cáustico, virar-lhe as costas e, num movimento rápido, arriar as calças e mostrar-lhe as nádegas, deixando-a absolutamente chocada.

"Era uma vez, numa terra distante, uma pequena aldeia, e perto dela vivia um gigante", a jovem começou a contar pelo megafone uma semana depois do amargo incidente, e a freira escutava espantada, e seu coração vibrava numa estranha alegria por ela ter voltado. "O gigante tinha um grande jardim com muitas árvores frutíferas. Havia árvores de damascos e peras, pêssegos e goiabas, figos, cerejas e limões."

Teodora passou os olhos pelas árvores. A voz da moça era agradável. Não continha nenhum ressentimento. Ao contrário, era uma espécie de convite a uma conversa, e Teodora imediatamente percebeu. Mas não se tratava apenas de um convite para conversar: a jovem falava com ela como se contasse uma fábula a uma criancinha, e sua voz suave e calma penetrava nas profundezas da memória da freira.

"As crianças da aldeia adoravam brincar no jardim do gigante", prosseguiu a jovem, "trepar nas árvores, banhar-se na pequena fonte, correr entre as alamedas... desculpe, freira, eu nem sequer perguntei se você entende hebraico."

Teodora despertou do seu doce devaneio. Pegou uma folha de papel em sua mesa, transformou-a numa espécie de mini-alto-falante, e, com sua voz levemente rouca, uma voz que havia anos não sabia o que era falar alto, informou à moça que ela falava, escrevia e lia hebraico perfeitamente, que havia aprendido com o sr. Eliassaf, que era professor no colégio Tachkemoni e, para inteirar seu sustento, dava aulas particulares. Ao terminar seu pequeno porém detalhado discurso, pareceu-lhe ver o primeiro sorriso nos olhos da moça.

"E você não a viu sorrindo", cochichou Teodora a Assaf, "com uma covinha aqui", disse tocando o queixo dele. Ele teve um ligeiro tremor, como se pudesse sentir o calor daquela moça, Tamar, com quem, na verdade, não tinha nada a tratar, muito menos com sua covinha. Teodora pensou no seu íntimo: Você corou, meu caro! Em voz alta disse: "O coração levanta vôo quando ela sorri. Não, não ria! Não estou exagerando! O coração sai do corpo e bate asas!"

"Mas o gigante não queria que as crianças brincassem no seu jardim", prosseguiu a moça sobre o barril, "não queria que aproveitassem as frutas nas suas árvores, nem permitia que colhessem suas flores, nem que se banhassem na pequena fonte. E então construiu um muro em torno do seu jardim. Um muro alto e largo." Ela fixou os olhos nos olhos da freira. Seu olhar era agudo e compenetrado, um olhar mais maduro que sua idade, e Teodora sentiu que uma saudade suave ia se formando dentro de si.

Assaf também escutava hipnotizado. Sorria sem perceber, como se visse o quadro à sua frente: a pequena freira espiando pela janela, o grande e fértil jardim, e do outro lado da cerca... uma moça em cima de um barril. Para dizer a verdade, ele tinha um pouco de medo de garotas capazes de subir em barris e fazer coisas assim (assim como? coisas especiais, provocantes, propositais — coisas *originais*). Sim, ele sempre soube identificá-las de longe, e cautelosamente as evitava, garotas com opiniões seguras, decididas e autoconfiantes; do tipo que achava que o mundo inteiro lhes pertence, e tudo para elas não passa de jogo e diversão. E que, obviamente, também encaram com desdém rapazes como ele, meio tolos e lerdos, meio chatos.

Mas Teodora olhava para a jovem sobre o barril, e outros sentimentos despertaram nela. Puxou para a janela uma cadeira de madeira entalhada, uma cadeira que durante anos não fora usada para sentar, uma cadeira reservada à espera dos peregrinos. Sobre ela, uma pilha de livros, e Teodora, com um único movimento, jogou-os em cima da cama. Sentou-se, atenta e um pouco rígida. Mas após alguns segundos o corpo relaxou e curvou-se em direção à janela, até que apenas seus olhos podiam ser vistos do outro lado, o queixo apoiado nas palmas das mãos.

O jardim de Teodora era cercado por um muro de pedra, do lado que ficava de frente para a rua, mas entre ele e a escola vizinha havia apenas uma cerca de arame, alta e horrorosa. A cerca não impedia a invasão dos alunos famintos, pois o cheiro das frutas maduras os deixava loucos de vontade. De manhã eram os alunos da escola, e à tarde, as crianças do coral que ali ensaiavam. Nasrian, o seu jardineiro armênio — que também era responsável pela manutenção, pintor, marceneiro, eletricista, mensageiro e portador das suas numerosas cartas —, era obrigado a ficar fechando dia após dia os buracos na cerca, para na manhã seguinte descobrir novos buracos. O jardim, que no passado trouxera a Teodora muito prazer, havia se transformado num verdadeiro tormento, a ponto de ela, em mais de uma ocasião, em horas de desespero, considerar seriamente a possibilidade de cortar de uma só vez todas as árvores — eu deixo de ter, mas eles também não terão!

Nesse momento, enquanto a moça falava com ela, o aborrecimento foi esquecido. Ela não conhecia a lenda que estava sendo contada, porém a voz límpida despertou nela uma reflexão singular, uma reflexão sobre sua mãe, que sempre estava ocupada e cansada, sempre com um bebê novo no colo, e nunca tinha tempo de ficar a sós com Teodora, apenas as duas, sozinhas. E então, talvez pela primeira vez na sua vida, ocorreu-lhe a idéia de que sua mãe jamais havia lhe contado histórias nem cantado canções; e então os pensamentos a conduziram delicadamente para o vilarejo na ilha de Lycsos, para as casas caiadas de branco, as redes dos pescadores, os sete moinhos, as casinhas de madeira dos pássaros, com suas portinholas, construídas especialmente para os pombos da ilha, e os polvos escuros pendurados nas cordas para secar... Há anos não enxergava a aldeia com tanta clareza, os quintais das casas e as ruelas estreitas, pavimentadas com pedras redondas chamadas de "cabeças-de-macaco" pelas pessoas da ilha. Há quase cinqüenta anos não se lembrava da expressão. Durante quase cinqüenta anos ela se impedira de retornar à ilha, mesmo por um instante. Construíra muralhas em torno daquela região, pois sabia que seu coração seria tomado por uma saudade e uma melancolia insuportáveis.

"Pegue uvas", disse baixinho a Assaf, "são uvas sultana doces, pois agora a história vai ficar amarga."

Cerca de setenta anos antes de Teodora nascer, Panório, chefe da aldeia, um homem muito rico, culto e viajado, decidiu doar uma enorme quantia para a construção de uma casa para as pessoas da ilha que estavam na cidade sagrada de Jerusalém. O próprio Panório havia feito a peregrinação para a Terra Santa no ano de 1871, e viu-se colocado, junto com uma leva de centenas de camponeses russos, nos abrigos imundos que a Rússia construíra para seus peregrinos. Foram semanas difíceis, na companhia de indivíduos que não compreendiam seu idioma e cujos hábitos e comportamentos lhe eram repugnantes, até mesmo indecentes; ele foi presa de guias de viagem sem escrúpulos, que se aproveitavam dos ingênuos peregrinos, apoderando-se do pouco dinheiro que tinham. Quando Panório ficou doente, não encontrou um único médico que entendesse a descrição dos seus sintomas e pudesse tratar dele. Ao retornar finalmente à ilha, sofrendo de tifo e em delírios moribundos, ditou a seu assistente seu último desejo no leito de morte: que se construísse um lugar na cidade sagrada onde pudessem ser acolhidas as pessoas da ilha de Lycsos que peregrinassem para a Terra Santa; que elas pudessem ter uma casa para repousar suas cabeças cansadas, e lavar seus pés após a longa viagem, uma casa onde pudessem conversar em seu próprio idioma, e até mesmo no dialeto específico das ilhas Cíclades. E impôs uma última condição: que a casa fosse sempre habitada por uma única freira, uma moça da ilha escolhida por sorteio. Ela passaria toda a sua vida de pureza naquela casa, nunca abandonaria o lugar, nem sequer por uma breve hora. Seus dias seriam dedicados a esperar os peregrinos e tomar conta deles.

A moça sobre o barril continuava narrando, porém Teodora já fora arrastada pela silenciosa corrente de lembranças. Recordou o dia em que os anciãos da aldeia se reuniram na casa do neto de Panório para fazer o sorteio pela terceira vez desde a construção da casa em Jerusalém. Ao longo dos anos, desde a morte de Panório, duas moças da ilha já haviam sido enviadas para lá: a primeira enlouquecera depois de quarenta e cinco anos, e para substituí-la foi enviada Amarília, a garota de tranças loiras. E então houve a necessidade urgente de substituir também Amarília, que estava enferma: e corriam boatos de que sua doença também não era apenas corporal. Naquele momento, Teodora, de doze anos, estava deitada nua, bronzeada como uma ameixa, sobre um rochedo com vista para sua baía secreta. De olhos fechados, pensava num certo garoto que ultimamente a vinha seguindo por onde quer que ela fosse, fazendo gracejos sobre seu rosto triangular e sobre suas pernas sempre arranhadas, chamava-a de medrosa e de menininha. E ontem, quando voltava sozinha do mar, ele tinha bloqueado seu caminho e exigido que ela se prostrasse diante dele para deixá-la passar. Ela saltou sobre o garoto, e eles brigaram alguns minutos em silêncio, ouviam-se apenas seus resfôlegos e gemidos. Ela arranhava e batia e cuspia feito uma gata, jurando a si mesma lutar até morrer. No fim, ele quase a tinha dominado, quando se ouviu uma carroça se aproximando. Ele se ergueu e fugiu, mas, quando ela se levantou do chão, viu que ele lhe deixara algo: um jumento de metal, que ele esculpira a partir de um comprido pedaço de arame.

Assim, deitada na rocha quente, perguntava-se o que ele lhe traria hoje quando ela voltasse do mar, recordando-se do odor forte e estranho que seu corpo exalava enquanto lutavam. Foi então que ouviu vozes altas ao longe. Sentou-se e viu uma pequena figura correndo e gritando com toda a força para o alto do morro. No início não conseguia entender os gritos. Depois, pareceu-lhe ouvir algo familiar. Ficou de joelhos. A figura aparentemente tinha saído da casa do neto de Panório. Teodora acompanhou com o olhar, percebendo que era um menino. Um menininho, seminu, correndo ao longo da linha do horizonte, acenando com os braços e gritando ferozmente o seu nome.

Em três dias ela foi enviada a seu destino. Não havia a menor possibilidade de protestar nem de se opor. Até hoje a humilhação fervia dentro dela. Naturalmente seu pai e sua mãe estavam tão infelizes quanto ela, mas jamais lhes ocorreria levantar objeções contra uma decisão dos anciãos da ilha. Teodora ainda se lembrava da festa de despedida que lhe prepararam: a jumenta branca decorada com flores, os doces e caramelos empilhados na forma da torre de Jerusalém. E também o juramento que fizera: de que jamais, jamais abandonaria o albergue, cujas janelas estavam voltadas para o oeste, na direção do mar.

Não se lembrava mais das palavras exatas do juramento, mas, como num pesadelo, via agora novamente a barba negra que emoldurava a face do chefe da aldeia, e os lábios carnudos do padre que segurou sua mão, marcando-a com ferro em brasa aos olhos de toda a vila. Ela sabia que poderia comprar sua liberdade se emitisse um único grito de dor, ou mesmo um leve gemido. Porém, ao erguer os olhos viu num rochedo distante, sobre o penhasco, os olhos flamejantes do garoto, e seu orgulho não lhe permitiu gritar.

Sobre o barril, a estranha moça continuava falando. Teodora respirou fundo, e com um tremor quase pôde sentir de novo o cheiro da viagem pelo mar — a primeira e última viagem de sua vida — até o odioso porto de Jafa, e viu o longo caminho para Jerusalém, num velho ônibus que gemia como um ser humano, e lembrou-se também da sensação física de espanto que tomou conta dela ao ver-se pela primeira vez na vida num lugar que não era uma ilha.

E tarde da noite, quando um mercador a largou com sua trouxa diante do portão do convento, sabia que sua vida tinha terminado. Irmã Amarília abriu-lhe o portão, e Teodora assustou-se ante a visão daquela face ressequida, vitrificada, a face de alguém enterrado vivo.

Nos dois anos que passou junto com irmã Amarília, não chegou a Jerusalém um único peregrino. Teodora cresceu e virou uma bela moça, mas Amarília refletia, traço por traço, o que a esperava à medida que envelhecesse. Quase todas as horas do dia Amarília ficava sentada numa cadeira alta, junto à janela voltada para o oeste, na direção presumível do porto de Jafa, e esperava. Durante as décadas que passara reclusa ali, havia esquecido até mesmo seus familiares, as letras do alfabeto, e as pessoas da ilha de Lycsos que a tinham enviado para lá. Ela foi se transformando num fiapo de gente, a cicatriz de um olhar vazio.

E então, um mês depois que ela faleceu e foi enterrada no jardim do mosteiro, a terrível notícia chegou: um terremoto assolara o mar Egeu, o grande terremoto de 1951. A ilha partiu-se em duas, e uma onda gigantesca ergueu-se do mar, uma onda que em segundos arrastou todos os habitantes para as profundezas.

Mas não, não é sobre a ilha que ela quer pensar agora, pois lá fora, do lado de lá das árvores frutíferas, continua soando a voz cristalina, atrevida, conduzindo-a de volta para sua infância sepultada debaixo de cinqüenta anos e muita água. Ela não sabia por que se dispunha a ceder às tentações daquela voz, pois mesmo falando ela parecia cantar. Passou com força os punhos sobre os olhos, como se quisesse afastar à força a visão da moça sobre o barril. E viu, entre os traços luminosos, a si própria, a Teodora intensa, ousada, agitada, dando um abraço em suas duas melhores amigas, e agora... Onde está você, risonha Alexandra, cabritinha das montanhas? E você, Catarina, que sabia de todos os meus segredos? As pessoas da ilha flutuavam na sua direção, procurando passar por suas pálpebras cerradas, implorando para ser lembradas: suas irmãs, os irmãos maiores, os dois irmãos gêmeos, bebês, que um dia ficaram cegos ao olhar para o sol durante um eclipse. Eles também se foram. E também aquele garoto bobo, lindo.

Enxugou com a manga seus olhos molhados, lançou um olhar para a moça em pé sobre o barril, e para suas árvores frutíferas, e pensou que na verdade estava se portando como tola, até mesmo como vilã. As árvores se curvavam ao peso das frutas, e ninguém comia a não ser ela. Mesmo depois das incursões diárias dos alunos, restavam frutas aos montes apodrecendo nos galhos. Ela combatia os alunos porque roubavam dela, e isso não podia suportar; mas e se, por exemplo, permitisse que eles colhessem um pouco de frutas, era bem possível acabar de uma vez por todas com essa guerra horrorosa...

O silêncio a despertou de seus pensamentos. A garota terminara de falar, e parecia esperar sua resposta.

Nesse momento, quando o ridículo megafone não estava ocultando metade de seu rosto, Teodora viu como ela era doce. A face exposta e bonita, os olhos brilhantes, ao mesmo tempo tímidos e decididos, havia neles algo de ousado e penetrante que trespassava os vários níveis de Teodora, as camadas da idade, do tempo, da solidão. Então, ergueu seu alto-falante de papel e informou, numa voz que pretendia soar séria, que estava disposta a abrir negociações com a moça.

"E foi assim que tudo começou", Teodora riu baixinho, e Assaf esticou os braços como se estivesse despertando de um sonho estranho, "no dia seguinte vieram e se sentaram aqui comigo, no quarto — Tamar com mais um amigo e uma amiga, amigos do peito — e me apresentaram um plano bem organizado."

No papel, listaram todas as árvores do jardim e os jovens do coral interessados em participar do acordo, e bolaram uma escala de revezamento, que garantia que todos tivessem sua vez e dizia de que árvores era permitido colher cada semana...

"E a guerra acabou", riu Teodora, "em um único dia."

É AGORA, PENSOU TAMAR, e já não posso fugir. Arrasta as pernas e não acha lugar para ficar, em todo lugar que ela pára lhe parece que o asfalto queima a sola de seus pés. E para se tranqüilizar um pouco, lembra que na verdade muitos "momentos" como esse já haviam chegado nos últimos meses; a primeira vez que ousara aproximar-se de alguém num dos cantos obscuros do mercado, mostrar a foto que trazia na mão e perguntar se alguém conhecia a pessoa; a primeira vez que comprara de um dos traficantes na praça Zion — um anão de quadris largos e gorro de lã colorido, por um momento era possível imaginá-lo no palco, no papel de um simpático duende do país das fadas — chegara a ter com ele uma negociação curta e direta, e ninguém poderia adivinhar que seu coração batia mais que um tambor; dinheiro e mercadoria trocaram de mãos, ela guardou num saquinho embrulhado numa meia, sabendo que já tinha a quantidade suficiente para os primeiros dias da operação...

Mas agora, apesar de tudo, é o momento mais difícil. Ficar de repente, no meio da cidade, no coração do tráfego, na calçada da rua Ben Yehuda, onde passara milhões de vezes como uma pessoa comum, uma pessoa livre...

...passara com Idan e Adi, chupando sorvete Magnum depois do ensaio do coral, ou sentados tomando capuccinos, dando risada do novo tenor, o rapaz russo que, sem a menor vergonha, teve a ousadia de competir com Idan pelos solos. "Mais um camponês de boca arreganhada dos montes Urais", sussurrou Idan para dentro da xícara, mexendo sutilmente as narinas num movimento que servia como sinal para as duas caírem na gargalhada; Tamar riu, riu alto, mais alto que Adi, talvez para não escutar o que pensava de si mesma naquele momento. E continuou rindo daquele jeito durante toda aquela época, pois não conseguia superar a sensação maravilhosa de pertencer, pela primeira vez na vida, ao grupo dos gozadores, um grupo pequeno e unido que já estava junto há um ano, dois meses, uma semana e um dia, três jovens artistas, uma aliança rara de fraternidade, com membros fiéis um ao outro. Ou pelo menos era isso que ela achava.

E agora ela precisa ir totalmente só, achar para si um lugar a uma distância razoável do velho russo tocando sanfona, e assim, no fluxo normal da rua, parar e ficar num ponto específico, e já há alguém olhando para ela com olhar meio perturbado, rodeando-a com uma expressão inquietante. E ela rapidamente se sente como uma pequena folha na água que decidiu ir numa direção diferente de toda a correnteza do rio. Mas agora é proibido vacilar, é proibido pensar, não dá para considerar sequer a possibilidade de alguém reconhecê-la, se aproximar e perguntar que maluquice é essa. Mas quanta ingenuidade — ou tolice — acreditar que raspar o cabelo e vestir o macacão iriam transformá-la tanto assim! E além de tudo... se alguém ficasse na dúvida por um momento se era realmente ela, bastava ver Dinka e saberia que sim. Que besteira fizera ao trazer Dinka! De súbito desfilaram à sua frente todos os erros que cometera, uma cadeia de besteiras e negligências nos seus planos. Como foi que isso aconteceu? Veja só o que você fez! Achou mesmo que você, que não passa de uma garotinha, seria capaz de bancar o James Bond? Ela pára por um momento, oscila, tentando se firmar, como se tivesse recebido um golpe, mas por dentro diz: Como você não percebeu que é exatamente isso que iria acontecer, que na hora da verdade todos os furos e remendos ficariam expostos, pois é sempre isso que acontece com você, não é? Sempre chega o momento em que suas fantasias finalmente tocam a realidade, e de repente o balão que você é estoura na sua cara... Pessoas a rodeiam dos dois lados, resmungando um pouco e seguindo adiante. Dinka solta um ligeiro latido, despertando-a. Tamar se põe ereta. Morde os lábios. Basta, chega de ter pena de si mesma. Agora não há tempo para hesitações, é muito tarde para voltar atrás. Saia de si mesma. Obedeça às ordens. É preciso colocar o gravador sobre a floreira de pedra, apertar o botão *play*, aumentar o volume cada vez mais, aqui não é um quarto, é a rua, é a rua Ben Yehuda, esqueça a si mesma, agora você é só uma ferramenta, de agora em diante você é apenas o instrumento para conseguir cumprir sua missão, nada mais que isso, escute os sons, os sons adorados, os sons do violão dele, de Shai, veja seus longos cabelos dourados caindo sobre sua face quando ele tocava para você no seu quarto, deixe que ele a envolva, a derreta, e no momento certo, exato...

*Suzanne takes you down*
*To her place near the river*
*You can hear the boats go by*
*You can spend the night beside her*
*And you know that she's half crazy*
*That's why you want to be there...*

Durante vários dias ficou na dúvida sobre qual canção deveria abrir sua carreira nas ruas. Também isso foi obrigada a planejar, é óbvio, da mesma forma como planejou e calculou a quantidade de água potável na gruta, e o número de velas e rolos de papel higiênico. De início pensou em cantar alguma coisa conhecida, em hebraico, Yehudit Ravits ou Nurit Galron. Algo caloroso, pessoal, com muito ritmo, que não a deixasse tensa, que combinasse bem com a rua. Por outro lado, tinha também aquela tentação constante de surpreendê-los desde o começo com algo completamente inesperado: a segunda ária de Querubino, do *Casamento de Fígaro*, de Mozart, por exemplo; e assim fazer, desde o primeiro momento, uma declaração clara a seu próprio respeito e a respeito das suas intenções nessa rua, para que todos soubessem de imediato como ela era especial, diferente dos outros...

Pois, na sua imaginação, ela tinha uma coragem sem limites. Na sua imaginação, soltava a voz por toda a largura e extensão da rua, preenchendo cada lacuna e vazio, envolvendo as pessoas como se as mergulhasse numa solução amaciante e purificadora; na sua imaginação ela optava por cantar alto, num tom ridiculamente alto, de modo a atingi-los desde o início com sua voz aguda, e abandonar-se sem nenhum pudor à ligeira *ego trip* que sempre tomava conta dela quando cantava assim, embriagada pelo prazer de levantar vôo sem barreiras, das profundezas do seu ser até alturas extasiantes. E acabou escolhendo justamente "Suzanne", pois gostava da canção, e gostava da voz quente, derrotada e triste de Leonard Cohen. E, acima de tudo, achava que seria mais fácil, pelo menos no começo, cantar em língua estrangeira.

Porém imediatamente, após cantar um ou dois segundos, algo deu errado: ela já sabia que a abertura estava fraca demais, hesitante demais. Sem carisma, ouve a voz de Idan criticando-a dentro de sua cabeça. O que estava acontecendo? Que não ficasse arrasada! Justamente cantar era a única coisa em todo o seu complicado plano na qual se sentia segura. E nesse momento fica claro que também cantar era muito mais difícil do que imaginara. Que cantar aqui é expor a si própria, revelar seu íntimo mais profundo aos olhos da rua. Ela luta consigo mesma e consegue melhorar um pouco, porém ainda está tão longe daquilo que às vezes ousava sonhar — que, de uma só vez, desde o primeiro acorde, toda a rua conteria a respiração e seria arrastada pelo turbilhão da sua voz. E fantasiara, nos mínimos detalhes, como o limpador de vidraças, no segundo andar do Burger King, interromperia seus movimentos circulares, como o vendedor de suco de frutas desligaria o liquidificador em meio ao grito desesperado de uma cenoura...

Mas espere um pouco, não desista tão depressa. Veja, um homem, ali, ao lado da loja de sapatos, parou e está olhando para você, ainda meio distante, tomando cuidado para não se comprometer. Mas mesmo assim escutando. Ela recupera um pouco de coragem. Mais decidida, ergue a voz:

*...And she feeds you tea and oranges*
*That came all the way from China*
*And just when you mean to tell her*

*That you have no love to give her*
*That she gets you on her wavelength*
*And she lets the river answer...*

E como acontece na correnteza de um rio, ou numa rua, quando um galho fica preso, imediatamente outros se prendem ao seu redor. É a lei, é a física do movimento dos fluidos. E junto ao homem que escutava sem compromisso ao lado da loja de sapatos, outro homem parou. E mais um, e mais outro. Já há uns seis ou sete parados. Agora oito. Ela controla a respiração e contém o leve entusiasmo que subitamente ameaça tomar conta de sua voz. Atreve-se a erguer os olhos e dar uma espiada na pequena platéia, na dezena de pessoas que já se juntaram ao seu redor...

*That you've always been her lover*
*And you want to travel with her*
*And you want to travel blind*

"Calma, calma, sem pressa, respire, traga o ar lá de baixo, dos dedos dos pés!" Ela escuta mentalmente a tirânica e adorada Halina: "Coitada de você, se cantar desse jeito, forçando a garganta. Aaagh! Aaagh! Você é como aquela, Cecília Bartoli...". Tamar sorri para si mesma, sente saudade da professora. Pensando nela, sobe os degraus imaginários da garganta até o pássaro secreto no meio de sua testa; e Halina, cuja aparência lembra um pouco um pássaro, rapidamente se afasta do piano, a saia justa demais, uma das mãos ainda tocando, a outra mão na testa de Tamar: "Isso meeeesmo! Bravo! Agora dá para ouvir! Quem sabe também consigam escutar na apresentação!".

Porém Halina a preparara para cantar em salas de concerto, em grandes recitais, ou em audições especiais com regentes famosos ou conceituados diretores de ópera estrangeiros em breve visita ao país; ou em apresentações de fim de ano do coral, diante de convidados receptivos, com o olhar orgulhoso da mãe (seu pai era arrastado totalmente contra a vontade, e uma vez, enquanto cantava, ela viu que ele estava lendo algo que mantinha sobre os joelhos); e às vezes também aparecia um casal de amigos dos pais, com comentários ao ouvi-la cantar, a menininha que conheciam desde a tenra infância, que nascera aos berros, tão terríveis que a enfermeira comentara que ela seguramente seria "cantora de ópera", e havia aquela foto dela aos três anos, segurando o fio da tomada do ferro de passar e cantando...

E agora isso, a queda. O que mais? Uma pena... tão depressa... Mas estava tão claro que era isso que iria acontecer. Porém, mesmo assim... não vamos esquecer, queridos pais e colegas, que é ela própria que está aí no meio, que não se espera nada dela de antemão; ela, que parece ser obrigada a trair a si mesma justo na hora em que mais precisa de si mesma. Assim são as coisas, minha menina doce, fodida, não se pode confiar em ninguém, nem em você mesma, principalmente em você mesma.

E com o pânico vem a sobriedade, um ratinho ligeiro de sobriedade correndo pelo vazio da sua barriga e mordendo suas entranhas. Ela ainda está cantando, não sabe como, mas os pensamentos ruins rapidamente se amontoam em outras letras, nas letras dos hinos negros, que ela tão bem conhece. Cuidado para não cantá-los por engano!

Não pare, não pare!, ela grita apavorada dentro de si à medida que sua voz começa a tremer por causa das batidas rápidas e inexoráveis do coração. O corpo totalmente encolhido, os músculos rijos, com toda a certeza já estão ouvindo lá fora o que está se passando por dentro, estão vendo sua expressão assustada e trêmula. Em alguns segundos tudo irá ruir, ela sabe, não só essa desastrosa apresentação como também tudo o que a antecedeu, tudo tão frágil, débil, e sempre por um fio. Que beleza, sua boba, você merece, até que enfim você está começando a entender o que inventou com sua cabeça pirada. Você percebe onde foi se meter? Você está perdida, perdida. Agora junte direitinho as suas coisas e volte para casa, bem boazinha. Não, não, continue cantando, ela pede a si mesma, por favor, por favor, continue cantando, ela suplica a si mesma, como se fosse a outra pessoa, alguém que a estivesse dominando. Se ao menos tivesse algum instrumento na mão, um violão, ou um tambor, até mesmo um lencinho, como Pavarotti, algo em que se segurar, algo para esconder seu corpo. As batidas do coração se transformam num batuque interno desenfreado. Alguém em seu interior mobiliza com eficiência satânica tudo o que é capaz de derrubá-la por dentro. Todos os olhares malignos, todos os sussurros, as humilhações, os pecados e os insultos. Uma longa procissão de ratos desfilando à sua frente. Veja com que rapidez a rua expôs a mentira que você é. Não; com que rapidez a *realidade* a expôs. Aqui não são as fantasias e os delírios em que geralmente você vive, mas é a *vida*, meu amor, a vida real, concreta, a vida na qual você tenta sempre ser aceita como membro com direitos iguais, e que sempre rejeita você como um corpo estranho. "Você está respirando outra vez com o peito, e não com o diafragma", aponta Halina com secura, fechando bruscamente o zíper de sua bolsa preta e preparando-se para sair, "a sua voz está totalmente na garganta! Não quero você como Mussolini no terraço! E o que diria Idan se passasse por aqui agora: "*Don't call us, we shall call you*". Deixa pra lá, ele não vai passar, e você se lembra por quê? Certo, porque o nosso Idan está agora na Itália. Não, não pense nisso agora, por favor, por favor, Idan e Adi e todo o coral, um mês inteiro de apresentações por toda a Bota. Hoje eles devem se apresentar no teatro de La Pergola; aliás, agora, neste exato momento, estão ensaiando com a Orquestra Sinfônica de Florença. Esqueça isso, concentre-se, imagine que você precisa ganhar a vida desse jeito. Que sem esse dinheiro você não terá o que comer à noite. Até ontem eles estavam em Veneza, no teatro La Fenice, como terá sido a apresentação?, será que depois foram ver a ponte dos Suspiros e tomar um sorvete de frutas na piazza San Marco? Durante quase meio ano prepararam-se para a excursão, os três, ela ainda não imaginava na época que o mundo desabaria dessa maneira. Esqueça Veneza agora, fique com "Suzanne", entregue-se ao canto. Mas, e se Idan e Adi conseguiram dar um jeito de dormir juntos em Veneza — quer dizer, na mesma casa, quer dizer, em quartos grudados?

Esse pensamento estrangula sua garganta. Ela silencia no meio da palavra, e ali fica, muda. O violão na fita continua sozinho, acompanhando "Suzanne" sem "Suzanne". Tamar desliga o aparelho e desaba sobre a floreira de pedra, sentada, com a cabeça entre as mãos. As pessoas a observam mais um momento, dão de ombros, começam a se espalhar, assumindo imediatamente de novo a estranheza e a indiferença da rua. Apenas uma mulher idosa, maltrapilha, movendo-se pesadamente, aproxima-se dela: "Mocinha, você está doente? Você comeu alguma coisa hoje?". Seus olhos revelam compaixão e preocupação, e Tamar, com muito esforço, consegue puxar um sorriso de dentro de si: "Tudo bem, só tive um pouco de tontura". A mulher enfia a mão na bolsa, procurando algo entre bilhetes de ônibus usados. Tamar não entende o que ela está procurando. Ela tira algumas moedas e coloca ao lado de Tamar sobre a floreira. "Pegue, gracinha, compre alguma coisa para comer, você não pode ficar assim." Tamar olha o dinheiro. A mulher parece muito mais pobre que ela. Ela se sente uma impostora, exploradora. Tem vergonha de si mesma.

Mas então se lembra de que está aqui numa missão, de que é parte do espetáculo que ela mesma está escrevendo, dirigindo e representando. E, acima de tudo, ela espera de todo o coração que haja alguém assistindo e vendo exatamente o que ela está querendo mostrar. E a moça nesse espetáculo é obrigada a pegar as moedas sobre a floreira, contá-las, colocá-las na sacola e sorrir consigo mesma de alívio, pois agora ela tem com que comprar comida.

Dinka enfia a cabeça entre seus joelhos e olha nos seus olhos. Sua grande cabeça canina, maternal. Oh, Dinka, lamenta-se Tamar por dentro, não tenho coragem para uma coisa dessa. Não sou capaz de me entregar desse jeito, diante de estranhos. Não encha o saco, Dinka parece dizer, resfolegando na palma da mão de Tamar, em primeiro lugar, não tem problema que você não consiga, e em segundo lugar, faça o favor de lembrar quem foi a única de toda a classe que tirou a blusa na música de encerramento de *Hair* na apresentação de fim de ano, na frente de todo mundo? Mas lá era diferente, Tamar pensa, constrangida, lá... como é que eu posso explicar? Dinka levanta um pouco as sobrancelhas, como se aguardasse a explicação com ar de troça, e Tamar fica nervosa. Nem mesmo você é capaz de entender? Ali era exatamente a coragem dos covardes, a arrogância dos tímidos, a provocação daqueles que têm medo da própria sombra. É sempre assim, sabe, as manobras que Shai chama de "esquivas". E eu, eu não tenho mais forças para elas... Então faça uma manobra dessa aqui também, ordena Dinka, balançando a cabeça e se livrando das mãos de Tamar, mostre a eles a arrogância dos tímidos, mostre uma "esquiva". E se rirem de mim cantando?, suplica Tamar, e o que pode acontecer se eu estragar tudo de novo? Quem vai me querer?

Porém as duas sabem que o grande medo de Tamar é o que aconteceria se desse certo; se o plano funcionasse, conduzindo-a, passo a passo, para aqueles que deveriam capturá-la.

"Venha", diz Tamar, tomada de súbita audácia. "Vamos mostrar quem somos."

ÀS DUAS DA TARDE, exatamente quatro semanas depois da estréia fracassada de Tamar, Assaf saiu do mosteiro. O sol batia forte, e ele se sentia como se tivesse passado um longo tempo em outro mundo, muito distante e diferente. Teodora o acompanhou até a escada que descia de seu quarto, pressionando-o insistentemente a encontrar Tamar, e depressa. Havia ainda numerosas perguntas que ele gostaria de fazer, mas compreendeu que ela não lhe revelaria detalhes acerca da moça, e já não tinha mais paciência para permanecer ali, num quarto fechado.

Seu corpo estava tenso e elétrico, e ele não sabia por quê. Dinka caminhava ao seu lado, ocasionalmente olhando para ele com curiosidade. Talvez os cães sejam capazes de farejar essas coisas, pensou, de farejar o nervosismo. Começou a correr. Ela o acompanhou, correndo a seu lado. Ele adorava correr, correr o acalmava. E também adorava pensar enquanto corria. Seu professor de educação física tentara certa vez convencê-lo a participar de competições, dizendo que tinha fôlego, ritmo e principalmente resistência que o qualificavam a competir. Porém Assaf não gostava da tensão das competições, nem da rivalidade com outros rapazes que não conhecia, e acima de tudo detestava fazer coisas diante de uma platéia. O engraçado era que nos sessenta metros sempre chegava entre os últimos (o que o professor apelidara de "ignição retardada"), mas nas corridas de dois mil metros e, mais que isso, nas de cinco mil metros, não tinha adversário, nem mesmo entre os alunos mais velhos. "No momento em que você engrena, é isso aí, não é? Até o fim da corrida, não tem pra ninguém!", dissera certa vez o professor, com a maior admiração. E Assaf guardou a frase em seu coração como uma medalha.

E nesse momento também começava a sentir que toda a correria matinal se transformava finalmente em "isso aí", na corrida certa, bem afinada, ritmo correto. Ele corria, e as idéias iam clareando. Ele sabia que, de alguma maneira, sem intenção, se metera numa pequena confusão, nada realmente perigoso, mas ainda assim penetrara numa zona de realidade condensada, mais carregada e eletrificada.

Correram lado a lado, uma corrida leve, relaxante. A corda pendia mole entre ambos, e Assaf se sentiu tentado a soltá-la completamente. Ocorreu-lhe que na verdade era a primeira vez que corriam assim, como um rapaz e sua cadela. Olhou de soslaio e a viu ao seu lado, língua para fora, olhos brilhantes e cauda esticada. Ajustou seus passos aos dela, e encheu-se de calor pelo prazer de seu novo sincronismo com a cadela. Pareceu-lhe que ela sentia o mesmo. Que ela sabia que eram como dois companheiros de viagem. Sorriu para si mesmo. Havia nisso algo que há anos não experimentava de verdade, de que se esquecera até mesmo de sentir saudade, algo como amizade.

No entanto, ao pensar novamente na moça, Tamar, sua paz de espírito o abandonou, e de repente aumentou o ritmo. Cada coisa nova que descobria a respeito dela, cada fato mínimo ou detalhe insignificante por algum motivo lhe parecia imenso, gigantesco e cheio de significados ocultos (Dinka, surpresa, começou a correr atrás dele). Desde aquela manhã, desde o momento em que começara a ouvir falar dela, sentia como se uma nova entidade estivesse tentando forçar a entrada na sua vida, grudar-se nele a qualquer preço e fincar raízes. E Assaf, de maneira geral, não gostava desse tipo de surpresa. A vida comum e cotidiana já lhe parecia bastante surpreendente. Além disso, ficou novamente preocupado e, olhando o relógio, lembrou que precisava dedicar algum tempo para seu assunto pessoal, ou seja, como se livrar das pressões de Roy, e na verdade não tinha a menor intenção de percorrer meia Jerusalém em busca de uma moça desconhecida, com quem não tinha a menor ligação, e tampouco teria. Nada tinham em comum, apenas uma estranha coincidência a trouxera ao seu conhecimento. E, pensando bem, Dafi ele ao menos conhecia, não precisava se acostumar com suas esquisitices, e essa moça nova, que tem uma cachorra bacana, e que gosta de pizza com mussarela e azeitonas... não se lembrava mais de como começara esse fluxo de pensamento.

De repente Dinka passa por ele e começa a correr mais depressa. Ele não entende o que acontece. Ergue a cabeça e não vê quem ela persegue. A única pessoa correndo na rua era ele mesmo. Mas já sabia que podia confiar nos sentidos dela, e imaginou que talvez ela tivesse visto, ou farejado, alguém oculto. Ela começou a entrar subitamente nas ruas e travessas, como se um potente motor interno tivesse sido acionado. Entrou no parque da Independência como um furacão, pisando na grama e atropelando arbustos, as enormes orelhas empurradas para trás pelo vento. Assaf correu atrás dela, pensando no milagre do olfato canino, e em como ela era capaz de sentir alguém sem ver a pessoa. E pensou também no que diria à pessoa quando finalmente a encontrasse.

"Peguei você!", disse alguém atrás dele, saltando sobre suas costas e jogando-o ao chão.

Assaf ficou tão desnorteado que por um longo momento não se mexeu nem pensou. Sentiu que o homem em cima dele virava seu braço para trás, quase quebrando. Só então gritou.

"Grite, grite, pode gritar!", disse o homem. "Já, já você também vai chorar."

"O que você quer de mim?" Assaf gemeu de dor. "O que foi que eu fiz?"

O homem pressionou com força sua cabeça contra o chão. Assaf sentiu terra entrando pelo nariz e pela boca. Sentiu sua testa se esfregando contra algo duro até sangrar. Dois dedos fortes apertaram suas bochechas obrigando-o a abrir a boca, e logo em seguida outros dedos penetraram em sua boca, procurando agilmente alguma coisa. Tudo era muito exagerado.

E então uma folha de papel ou documento oficial foi enfiada debaixo do seu nariz. Seus olhos envesgaram, e ele não conseguiu enxergar nada. O papel estava perto demais. Seus olhos também estavam turvos por causa das lágrimas. O homem nas suas costas puxou-o pelo cabelo e levantou sua cabeça à força, e mais uma vez enfiou a folha sob seu nariz. Assaf achou que seus olhos iam saltar das órbitas. Com a vista ainda turva, viu a foto de um rapaz sorridente, de pele escura, com distintivo da polícia, e por um instante ficou aliviado. Mas só por um instante.

"Vamos! De pé! Você está preso."

"Eu? Por quê? O que foi que eu fiz?"

O outro braço de Assaf também foi puxado com força para trás, e ele ouviu um estalo que conhecia apenas dos filmes. Algemas. Ele fora algemado. Sua mãe morreria.

"O que você fez?" Um murmúrio grave e sarcástico soou atrás dele: "Já, já você vai nos contar *direitinho* o que fez, seu merdinha. Vamos, levante".

Assaf enfiou o mais que pôde a cabeça entre os ombros, e ficou calado. Suas entranhas se reviravam. Teve medo fazer nas calças. De repente, não tinha força para nada. (Sempre fora assim: quando alguém falava com estupidez, com ele ou com outra pessoa, perdia por um momento a vontade de viver. De súbito, quando alguém falava daquele jeito, parecia sair de dentro de si, perdia a força de existir.) Dinka, por outro lado, estava repleta de combatividade, parada a certa distância, latindo com toda a força, com uma raiva terrível, mas não ousava se aproximar.

"Levante já, eu disse!", rugiu o sujeito, puxando-o novamente pelos cabelos. Assaf foi obrigado a se levantar. Seus cabelos foram quase arrancados pela raiz, e a dor provocou novas lágrimas em seus olhos. O homem passou rapidamente a mão pelos bolsos de Assaf, procurou também na camisa e com toda a rapidez correu a mão pelas suas costas e entre as pernas. Talvez esteja procurando uma arma, pensou Assaf, talvez alguma outra coisa. Estava tão apavorado que não se atreveu a perguntar nada.

"Diga adeus ao mundo", resmungou o homem. "Vamos, mexa essa bunda. Experimente fazer alguma graça, eu acabo com você aqui mesmo, sacou?" Pegou um pequeno rádio transmissor e pediu uma viatura. Em seguida, empurrou Assaf em direção à saída do parque.

Assaf caminhou pelas ruas de Jerusalém algemado. Baixou a cabeça, rezando para que não houvesse nenhum conhecido, seu ou de seus pais, entre as pessoas que assistiam à cena. Se ao menos suas mãos estivessem presas pela frente, ergueria a camisa para ocultar o rosto, como fazem os suspeitos na televisão. Dinka os seguiu e, vez ou outra, explodia numa série de latidos raivosos; e toda vez o sujeito respondia xingando e ameaçando chutá-la. Assaf ainda achava difícil acreditar que ele fosse da polícia, tamanha a violência e o ódio que mostrava por ele e por Dinka.

Mas era mesmo um investigador, e daquela forma conduziu Assaf, como prisioneiro, até chegarem à viatura já estacionada no pátio da rua Agron. A viatura o levou até a delegacia no Migrash Harussim, e os dois policiais dentro dela conversaram com o investigador que o prendera. "Eu o reconheci imediatamente", gabou-se ele, "pelo cachorro filho-da-puta. A coleira alaranjada. Pensaram que podiam me enganar."

Ao chegar à delegacia, o investigador conduziu Assaf a uma sala lateral. Numa placa azul na porta estava escrito: INVESTIGAÇÃO DE MENORES. A sala tinha paredes grossas, e Assaf pensou: Deve ser para ninguém escutar os meus gritos quando ele me torturar. Porém o investigador o deixou com Dinka, e trancou a porta atrás de si.

Havia na sala uma mesa de metal, duas cadeiras e um banco comprido, junto à parede. Assaf cambaleou até o banco e se sentou. Precisava ir ao banheiro, mas não havia com quem falar. No teto, um enorme ventilador girava lentamente. Assaf obrigou-se a pensar no menino montado num camelo no Saara. Os pensamentos tentaram escapar, divagar, mas Assaf concentrou-se, com todas as forças, no menino montado num camelo no Saara: nesse exato momento, no grande deserto do Saara, em vastas extensões, sem fim e sem horizonte, avança vagarosamente uma comprida caravana de camelos (em geral tirava essas idéias do canal National Geographic). Sobre um dos camelos, no final da fila, está montado um menino pequeno, balançando no ritmo do camelo, rosto coberto por causa das tempestades de areia, apenas seus olhos espiam e observam o deserto. O que ele vê, o que passa pela sua cabeça? Assaf balança com ele sobre o camelo, envolvido pelo silêncio do deserto. Mesmo no dentista, com todo o ruído da broca, era capaz de fugir para lá. E não só para lá. Nesse mesmo momento há um jovem islandês no convés de um grande e cinzento navio pesqueiro cruzando o mar do Norte. Passou a manhã inteira lavando o convés dos restos de peixe mortos. Nesse instante ele está debruçado sobre a grade de ferro observando os icebergs se erguendo como montanhas sobre o navio. Será que ele gosta dessas longas viagens? Será que tem medo do capitão? Quando verá novamente sua casa? Assaf concentra-se neles. Não sabia exatamente como isso o ajudava a se acalmar, mas sempre funcionava. Era um pouco como o grupo de bate-papo na internet, mas sem conversa direta. Como se todos esses solitários espalhados pelo mundo criassem de forma misteriosa uma rede de apoio, transmitindo força uns aos outros. Agora era a mesma coisa. Pelo menos o vergonhoso turbilhão na barriga havia cessado. Ele se endireitou um pouco. Tudo bem. Sua mãe lhe esfregava suavemente as costas, uma delicada massagem. Assegurava-lhe que tudo ficaria bem, pois no seu contrato secreto com Deus estava determinado que sempre, sempre tudo ficaria bem para ele. Conseguiu até mesmo sorrir para Dinka. Tudo vai acabar bem, você vai ver. Dinka se levantou, e num movimento antigo, tão antigo quanto a amizade entre o homem e o cachorro, mas que era totalmente novo entre eles dois, aproximou-se e colocou a cabeça entre os joelhos de Assaf, olhando fundo nos seus olhos.

Ele não pôde sequer afagá-la, com as mãos algemadas nas costas.

TAMAR LEVANTOU-SE DA FLOREIRA DE PEDRA e ficou em silêncio refletindo. Por um instante teve a impressão de haver sido seqüestrada para um lugar distante, e seus olhos se arregalaram ainda mais, fixos no espaço vazio. E só quem acredita em coisas sobrenaturais diria que, numa fração de segundo, um raio atingiu seu cérebro e, sem que ela entendesse, foi tomada por uma estranha e vaga profecia: que após um tempo não muito longo, a quatro semanas de hoje, ela perderia sua Dinka, e que a cadela seria encontrada vagando freneticamente pelas ruas, e que um rapaz que ela não conhecia sairia à sua procura, seguindo cada um de seus passos por toda a Jerusalém.

Apenas um momento de névoa, um lampejo no seu íntimo, Tamar pisca e sorri para Dinka, e esquece. Nesse momento ela espera apenas que ninguém se lembre dos últimos momentos tão constrangedores. Ela volta a fita e encontra o acompanhamento que buscava. Escuta baixinho os acordes iniciais. Ajeita o aparelho de modo que o som se espalhe bem. E fica novamente tensa.

Pois outra vez é chegada a hora, desta vez a coisa tem de dar certo, é necessário sobressair na multidão. Quer dizer, ela precisa, à força, tirar a si mesma do anonimato da rua, o anonimato corriqueiro, cotidiano, irritante e protetor. Ela precisa simplesmente sair do normal, e, vejam só, está cercada de dezenas de pessoas indiferentes, o cheiro do churrasco grego sendo fatiado e da gordura caindo no fogo, e os gritos dos vendedores no bazar lá em cima, e o acordeão agudo do russo, que talvez um dia tenha sido como você, um aluno de conservatório em Moscou ou Leningrado, e talvez ele também tenha tido uma professora que um dia convocou os pais para uma reunião e não teve palavras para exprimir seu entusiasmo.

Ela ergue a cabeça e escolhe seu foco no espaço em volta. Não é uma pintura de Renoir, pendurada na sala de ensaios do coral. Tampouco é o lustre com detalhes dourados que certamente existe no teatro de La Pergola. É um pequeno cartaz que informa CURA DE VARIZES GARANTIDA EM TRÊS MESES, e é justamente o que lhe agrada, que lhe serve nesse momento. Ela fecha os olhos e canta naquela direção:

*Vi um pássaro de rara beleza.*
*O pássaro viu a mim.*
*Até o dia da minha morte*
*Não mais verei um pássaro belo assim.*

Mesmo sem abrir os olhos, ela consegue sentir como a rua se parte ao meio, não no comprimento nem na largura, e sim entre a rua que existia antes de ela cantar e a rua que existe depois. É uma sensação clara e precisa, e ela se sente segura. Não precisa olhar. Sua pele está sentindo: as pessoas aos poucos vão parando, outros dão a volta e retornam hesitantes ao lugar de onde vem o som. Parados. Atentos. Esquecem de si próprios ao ouvir sua voz.

É claro, há muitos que não param, nem mesmo percebem que algo mudou na rua. Alguns vão, outros vêm, preocupados e amargurados. Em uma das lojas soa um alarme. Uma mendiga passa com um carrinho de bebê, velho e rangendo as rodas. Também o limpador de vidraças, em cima da escada, no segundo andar do Burger King, não interrompe seus movimentos circulares. E, mesmo assim, a cada momento mais uma pessoa se junta à roda que se formou. Toda uma fila de gente já está em volta dela, e mais uma, e Tamar se sente dentro de um duplo abraço. A roda se mexe num movimento inconsciente, não percebido, como uma gigantesca criatura de muitas pernas. As pessoas viram as costas para o barulho, protegendo-a da rua. Estão paradas em posições diversas, ligeiramente inclinadas para a frente. Alguém ergue por acaso os olhos e encontra o olhar do vizinho. Sorriem brevemente, e toda uma conversa flui naquele rápido sorriso. Tamar percebe vagamente tudo isso. Ela já conhece o olhar, aprendeu a reconhecê-lo nas apresentações do coral, nas apresentações boas: é o olhar de alguém que se recorda de algo que um dia possuiu. E que perdeu. E que gostaria de ser novamente digno de possuir.

*Passou então por mim a vibração do sol.*
*Palavras de paz falei.*
*Palavras de ontem*
*Novamente não direi.*

Ela encerra com acordes que mal se podem ouvir, que continuam soando como um fio que vai ficando cada vez mais fino e se enrolando nas voltas do redemoinho da vida. Agora que a canção vai fenecendo, Tamar recupera suas forças. As pessoas em torno batem palmas entusiásticas, uma ou duas respiram fundo. Tamar não se move. Seu pescoço está vermelho, os olhos irradiam a luz do silêncio, da sobriedade. Ela fica parada com os braços caídos ao longo do corpo. Quer dar pulos de alegria e alívio por ter feito o que fez. Estivera tão perto de desistir. Mas mesmo agora ela se recorda de que cantar não é o motivo principal de estar aqui.

Fica deprimida ao lembrar: cantar é apenas um meio, a isca. Não, errado: ela própria, Tamar, é que é a isca. Olha em torno com ar radiante, olhos agradecidos, mas também atentos. Examina as pessoas. À primeira vista lhe parece que ninguém entre os presentes é aquele que deveria morder a isca.

E agora ela percebe que, por causa da excitação antes do espetáculo, esqueceu-se de colocar o chapéu no chão para o dinheiro. É obrigada a se curvar diante de todos, com aquele macacão desconfortável, e procurar dentro da mochila, obviamente despejando roupas, inclusive roupas íntimas, para todos os lados. Dinka insiste em enfiar o focinho na mochila e ficar farejando lá dentro. Até Tamar encontrar sua boina — há um ano gostava de usar chapéus, até Idan resolver dar sua opinião —, quase todas as pessoas já se afastaram.

No entanto, alguns ficaram, e estes se aproximam, uns com desenvoltura, outros com timidez, e depositam moedas dentro da boina amarrotada.

Tamar hesita, sem saber se deve permanecer ali e cantar mais alguma coisa. Ela já sabe que isso é possível, e que coragem ela tem. Chega a sentir urgência de continuar cantando. Um sentimento familiar de conquista e grandiosidade tomou conta dela no meio da canção, com uma intensidade que jamais conhecera ao cantar em salões fechados. E quem é que ia saber que ela tinha uma voz de fato tão potente?

Mas sabe também que, se aquele homem estivesse por ali, ou algum de seus representantes, ela teria sentido. Ele estaria parado em algum lugar, na parte mais externa da roda à sua volta, examinando-a com olhar atento, como um predador examina sua presa inocente, distraída, planejando pacientemente o modo de abordá-la.

No meio da cascata dourada de sol em que se encontrava, Tamar teve um arrepio. Recolheu depressa o dinheiro da boina e afastou-se com Dinka. Algumas pessoas tentaram falar com ela. Um rapaz despertou esperanças de ser a pessoa esperada, pois não desgrudava dela e havia algo de grosseiro e cruel em torno da sua boca; por um instante ela parou para escutá-lo, mas ao perceber que ele queria apenas uma paquera, dispensou-o e foi embora.

No mesmo dia ela cantou ainda cinco vezes: uma vez no pátio do Hamashbir, duas ao lado do Centro Gerard Behar, e outras duas na praça Zion. A cada vez foi acrescentando uma canção nova, mas resolveu não cantar mais que três. E mesmo quando os aplausos eram realmente fortes e calorosos, recusava-se a cantar mais. Ela tinha um objetivo e, ao terminar de cantar, se o que esperava não tinha acontecido, desligava o aparelho, juntava o dinheiro, e dava um jeito de sumir. Pois o mais importante já tinha sido feito. O principal era que a vissem e ouvissem. Que falassem dela. Ela teria de ser como um boato. Por enquanto, não havia mais nada a fazer. Apenas esperar que o boato chegasse depressa aos ouvidos do homem que ela aguardava, seu predador.

ELE FECHOU OS OLHOS, recostou-se contra a parede e apoiou os pés no dorso de Dinka. O ventilador no teto girava num ritmo lento e constante. Do lado de fora, passos iam e vinham, policiais, delinqüentes, cidadãos comuns. Assaf não sabia quanto tempo o deixariam ali nem quando viriam cuidar dele, se é que viriam. Dinka estava estendida a seus pés no chão fresco. Ele se levantou do banco de madeira e sentou-se no chão ao lado dela, recostado contra a parede. Ambos fecharam os olhos.

Imediatamente ouviu a voz de Teodora na sua cabeça, e mergulhou nela, em busca de conforto. Ainda estava um pouco confuso pelos saltos agitados de uma história a outra, entre épocas, países e ilhas. Mas lembrava-se muito bem de como ela, ao terminar de narrar, ficara ali sentada, curvada e voltada para dentro de si, parecendo uma raiz velha e retorcida. Teve pena dela. Se fosse sua avó, ele com certeza teria se levantado e abraçado a freira, sem pensar duas vezes.

"Mas eu vivi", dissera, como se respondesse ao movimento interior da alma dele, "apesar de tudo, Assaf, ouça bem, eu vivi essa vida!" E ao ver a dúvida em seus olhos, bateu na mesa e reclamou: "Não, não senhor, não me olhe desse jeito, por favor!". Levantou-se da cadeira com cuidado e foi na direção de Assaf, e enfatizou palavra por palavra: "Na primeira noite depois que eu soube da terrível desgraça de Lycsos, quando o dia raiou e eu vi que não tinha morrido de agonia ou solidão, decidi viver!".

Ela era apenas uma adolescente de catorze anos, mas compreendeu claramente sua situação. E, principalmente, sem sentir pena de si mesma. O passado ficou para trás, e nenhum futuro conhecido a esperava. Não conhecia ninguém, nem ali nem em nenhum outro lugar; não sabia nada acerca da terra onde se encontrava, nem falava o idioma do lugar. Assaf achava que talvez sua fé em Deus a tivesse ajudado um pouco, mas ela de imediato explicou quem nem sequer tinha fé absoluta em Deus, muito menos depois da catástrofe. Tinha uma casa grande e vazia, uma generosa pensão mensal que vinha de um banco na Grécia, e um difícil juramento que sabia que jamais quebraria, se não por nenhum outro motivo, ao menos em respeito a todos os mortos que a tinham enviado.

"A situação era essa", dissera ela, em tom seco e contido, "e cabia somente a mim decidir qual seria meu destino a partir daquele momento até o fim dos meus dias." Levantou-se e andou pelo quarto, até que finalmente ficou parada atrás da cadeira de Assaf, colocando as mãos no encosto: "E eu decidi, bem decidido, está ouvindo? Se me fora destinado jamais sair desta casa para o mundo, então eu traria o mundo para dentro de casa".

E assim fez. O servente do convento naquela época, pai de Nasrian, sob sua orientação começou a sair e comprar todo e qualquer livro em grego que conseguisse achar. Eram principalmente livros religiosos antigos encontrados nos porões de igrejas gregas, e não lhe interessavam. Em vista disso, no seu décimo quinto aniversário, deu a si mesma um presente: contratou um professor particular de hebraico, começando a aprender com ele hebraico antigo e moderno. Tinha facilidade para aprender e era ávida de conhecimento, de modo que após quatro meses de estudo com o professor Eliassaf começou a adquirir na livraria Hans Fluger livros sobre Israel, a terra aonde chegara contra sua vontade, e sobre Jerusalém, cidade onde estava aprisionada. Aprendeu tudo que os livros podiam ensinar-lhe sobre árabes, judeus e cristãos, que viviam na mesma cidade, tão próximos dela, e no entanto tão invisíveis. Aos dezesseis anos contratou também um professor particular de árabe, tanto literário como falado no dia-a-dia, e com ele leu o Corão e *As mil e uma noites*. As livrarias do bairro ortodoxo de Mea Shearim começaram a lhe enviar caixotes cheios de livros da Mishná, do Talmud e dos comentaristas. Tais livros não lhe interessavam, mas às vezes, no fundo da caixa, encontrava um livro profano, sobre invenções científicas, ou sobre a vida das formigas, ou sobre algum pintor conhecido do século XVI. E então devorava a obra com apetite. Quando tais livros deixaram de satisfazê-la, começou a comprar obras antigas e rasgadas da biblioteca sionista do dr. Hugo Bergman; também pagava generosamente ao distribuidor de livros Eliezer Weingarten para que lhe trouxesse imediatamente qualquer livro acerca de novos assuntos que começassem a atraí-la: as guerras napoleônicas, invenções e realidade científica, astronomia, vida do homem pré-histórico, diários de viagem de aventureiros famosos.

Obviamente não era fácil: tinha de aprender a associar palavras a tantas coisas que jamais tinha visto na vida. O que era "telescópio", por exemplo? E "pólo norte"? E "germes"? E "ópera", "aeroporto" e "basquetebol"? "Dá para acreditar que só aos dezoito anos fui saber o que era Nova York, e quem foi Shakespeare?" Sua face se iluminou, maravilhada, e depois sussurrou ainda, como para si mesma: "E desde que entrei nesta casa, há cinqüenta anos, nunca mais vi um arco-íris com meus próprios olhos".

Aos dezenove anos comprou a *Enciclopédia Juvenil Miklal*. Depois vieram outras, em três idiomas, dezenas de volumes. Mas Teodora jamais esqueceu as ondas de embriaguez que a dominaram ao ler, durante meio ano seguido, dia e noite, capítulo após capítulo, toda a Criação.

Depois desse período, foi tomada por uma enorme sede de saber acerca do presente, em especial sobre política mundial. Toda manhã mandava o pai de Nasrian comprar um jornal em hebraico e um jornal em árabe, e lia-os com a ajuda do dicionário. Assim ficou conhecendo David Ben-Gurion e o governante do Egito, Gamal Abdel-Nasser. Ficou sabendo que o cigarro causa câncer nos pulmões, e acompanhou emocionada, junto com todos os cidadãos do mundo, o processo de educação de Rajiv, o menino indiano que até os nove anos havia sido criado no meio de lobos. Aos poucos, com grande esforço, começou a achar um caminho no emaranhado de novos fatos e nomes, a criar uma imagem do mundo e, acima de tudo, a vencer sua ignorância, a ignorância de uma menina criada numa pequena ilha Cíclade, a menor e mais esquecida de todo o arquipélago em torno de Delos.

"E apesar disso", dissera a Assaf, pousando os dedos nas sobrancelhas como se estivesse afugentando uma incipiente dor de cabeça, "de toda essa alegria e felicidade, mesmo assim eu me sentia triste e carente — pois tudo não passava de palavras e mais palavras!"

Assaf a fitou sem entender a que se referia, e ela, como sempre fazia ao ficar impaciente, bateu a mão espalmada sobre a mesa: "Como você pode explicar a um cego o que é verde, púrpura e roxo? Agora você entende?". Ele fez que sim, mas ainda não tinha certeza. "Assim *ágori-mu*, eu era assim: lambia a casca, mas não mordia a polpa da fruta... O que é, por exemplo, o cheiro de um bebê depois do banho? O que sente um homem quando um trem passa correndo à sua frente? E como batem juntos os corações dos espectadores num teatro diante de um espetáculo maravilhoso?" Agora ele começava a entender: o universo dela era composto apenas de palavras, descrições, caracteres impressos, fatos secos. Sua boca abriu-se num ligeiro sorriso de admiração: pois era exatamente isso que sua mãe dizia que iria acontecer se ele passasse todo o tempo só na frente do computador.

"E na mesma época eu criei, aqui neste quarto, a República do Correio." E contou-lhe sobre a correspondência que mantinha, há mais de quarenta anos, com intelectuais, filósofos e escritores de todo o mundo. Principiara enviando-lhes perguntas simples, envergonhada da sua ignorância, desculpando-se pelo atrevimento; aos poucos suas perguntas começaram a se ampliar e aprofundar, e as respostas se tornaram mais detalhadas, pessoais e sinceras. "E além dos meus eruditos, fique sabendo que eu me correspondo com diversos condenados perpétuos, como eu", e mostrou-lhe o retrato de uma mulher holandesa, ferida num acidente terrível e condenada a passar o resto da vida presa a uma cama, vendo apenas alguns galhos de um castanheiro e trechos de um muro de pedra; e o retrato de um brasileiro tão gordo que não conseguia passar pela porta de seu quarto, e que via da sua janela a margem de uma lagoa (mas não a água); e um velho fazendeiro da Irlanda do Norte, cujo filho cumpria pena perpétua na Inglaterra, que também havia se aprisionado voluntariamente num quarto até seu filho ser libertado; e muitos outros casos.

"Eu me correspondo regularmente com setenta e duas pessoas em todo o mundo", disse com modesto orgulho, "as cartas vão e vêm, escrevo a cada um deles pelo menos uma vez por mês, e eles respondem, e contam de si mesmos, até seus segredos mais íntimos...", disse rindo, olhos brilhando de malícia, "devem pensar: Uma velha freira trancada num quartinho no alto de uma torre em Jerusalém, a quem ela poderia revelar o segredo?"

Só depois de muitos anos de leitura, estudo e pesquisa ocorreu-lhe que jamais tinha lido um único livro infantil. O jovem Nasrian (que substituíra o pai, cujas pernas já estavam cansadas) começou a procurar nas prateleiras das livrarias. Aos cinqüenta e quatro anos leu pela primeira vez *Pinóquio*, *Mamãe Ursa* e *O Rei Zulu*. Não eram histórias da sua própria infância, tampouco se passavam nos lugares onde ela crescera, porém a sua infância estava submersa nas profundezas do mar e não havia a menor possibilidade de retornar a ela. Certa noite suas mãos pegaram *O vento no salgueiro*, e ela murmurou para si mesma com espanto e alegria: "Aí está, a minha infância acabou de nascer".

"Aliás", disse rindo, "saiba que até aquele momento eu não tinha uma única ruga! Até começar a ler esses livros eu tinha um rosto de bebê!"

Agora que havia tido uma infância, precisava começar uma adolescência. Leu romances como *David Copperfield*, *O demônio da sétima série* e *As aventuras de Tom Sawyer*. A porta de ferro que uma vez, na ilha, se fechara diante dela abria-se novamente; Teodora, uma moça velha e ávida de saber, penetrou nos seus recantos adormecidos e cobertos de teias de aranha. A alma, o corpo, as paixões, a saudade, o amor. Tudo ganhava vida nas histórias em que ela mergulhava. E às vezes, após uma noite de leitura febril, deixava cair o livro e sentia que sua alma subia e borbulhava, como leite fervendo na panela. "Nesses momentos", disse baixinho a Assaf, "eu quase rogava que surgisse uma centelha, uma salvação, que aliviasse de vez o fardo, que rasgasse a maldita pele de palavras que me envolvia."

"E essa centelha foi Tamar?", perguntou Assaf num impulso, sem refletir, e de imediato se arrependeu, pois Teodora realmente estremeceu, como se ele tivesse inadvertidamente tocado nas profundezas de sua alma.

"O quê, o que você disse?" Ela o fitou longamente. "Tamar? Sim, talvez, quem sabe... não me ocorreu..." Mas alguma coisa nela de súbito se retraiu, como se Assaf a tivesse irritado sem intenção, como se tivesse explicitado: Você trouxe ao seu quarto tudo o que é possível aprender nos livros, com letras e palavras, e de repente aparece na sua vida aquela moça, uma pessoa de carne e osso, com sentimentos vívidos e intensos.

"Basta!" Endireitou-se. "Já falamos bastante, meu caro, e você talvez já tenha de ir embora, não é?"

"Ainda não entendo uma coisa: ela..."

"Vá e encontre-a, e então entenderá tudo."

"Mas me explique!" Quase bateu na mesa como ela. "O que você acha que aconteceu com ela?"

Teodora respirou fundo, hesitou por um momento, e depois: "Como posso lhe contar sem lhe contar...?". Levantou-se, inquieta. Caminhou pelo quarto. De vez em quando lançava um olhar perscrutador, como nos instantes iniciais do encontro, verificando se Assaf era digno de ouvir e saber, se era confiável: "Escute, talvez sejam apenas bobagens de uma velha tola", ponderou, "mas das últimas vezes que ela veio, já estava dizendo outras coisas, coisas ruins".

"Como por exemplo?" Agora a coisa sai, pensou Assaf.

"Que o mundo não é bom", disse, colocando a mão no colo, "não é bom na sua essência. E que não se pode acreditar em ninguém, nem mesmo nas pessoas mais próximas. Tudo é apenas poder e medo, só interesses e maldade. E que ela não serve para isso."

"Não serve para quê?"

"Para viver aqui. No mundo."

Assaf se calou. Lembrou-se da moça barulhenta sobre o barril, a moça que certamente era arrogante e zombeteira. Mas era também um pouco como eu, pensou surpreso, e tirou-a do barril, delicadamente.

"E eu, ao contrário, dizia-lhe como sua vida ainda seria boa e bonita. E que ela ainda amaria alguém, e esse alguém a amaria, e que teriam filhos lindos, e que ela viajaria pelo mundo e conheceria pessoas interessantes, e cantaria em palcos e salões de concerto; que seria aplaudida..."

As palavras congelaram-lhe na boca. Mais uma vez fechou-se dentro de si, aprisionada. O que sabia ela?, pensou Assaf com pena, todas as coisas que prometera a Tamar ela própria não conhecia. Fechada cinqüenta anos nessa casa. O que sabia ela?

E lembrou-se da decepção e do desânimo em seu semblante quando o viu chegar, ao descobrir que ele não era Tamar, e soube com absoluta certeza o quanto Tamar era importante para ela. Não, não só importante: fundamental. Como pão e água, o sabor da vida.

"E nos últimos tempos, nada, eu já não sabia o que estava acontecendo. E ela já não abria seu coração como antes. Vinha. Trabalhava. Ficava sentada. Calada. Suspirava muito. Escondia um segredo de mim. Eu não sabia o que estava acontecendo, Assaf..." Seus olhos e a ponta do nariz subitamente ficaram vermelhos. "Ela emagreceu, se apagou. Seus olhos lindos perderam o brilho." Ergueu os olhos para Assaf, e ele ficou chocado de ver um fio de lágrimas entre suas rugas. "O que você me diz, meu caro, você vai achá-la? Vai?"

ÀS NOVE DA NOITE comprou duas porções mistas e uma Coca-cola e sentou-se para comer na entrada de um prédio de escritórios. Deu uma das porções a Dinka e devorou a outra. As duas desfrutaram a comida, respirando fundo, bufando, até que finalmente suspiraram juntas, satisfeitas. Enquanto lambia os dedos, Tamar pensava que há muito tempo não tinha tanto prazer como tivera nessa refeição, que havia comprado com o dinheiro que juntara cantando.

Depois os pensamentos voltaram a girar na sua cabeça. Pessoas passavam por ela apressadas, e ela deu um jeito de se encolher e se transformar numa trouxinha anônima. Tinha vontade de voltar a ser a Tamar de um ano atrás, um ano e três meses atrás. Ficar deitada de bruços na cama, cercada dos bichos de pelúcia que a acompanhavam desde que nascera, segurar o telefone no ouvido, pernas dobradas balançando atrás das costas — as moças nos filmes faziam isso, e ela também; finalmente tinha com quem fazer —, e era tão gostoso ficar deitada conversando com Adi sobre Galit Adlitz surpreendida aos beijos com Tom, beijo de língua e tudo, ou sobre Liana, do coral, que tinha topado namorar com um garoto do colégio Boyer. Do Boyer, imagine! Incrível! As duas chocadas com o fato, assegurando mutuamente a lealdade que compartilhavam em relação à arte, quer dizer, em relação a Idan.

Um homem idoso, apoiado numa bengala, vestido com elegância antiquada, passou lentamente olhando para ela. Seus lábios se moveram de espanto, como um peixe. Ela viu a si própria com os olhos dele: uma moça jovem, tarde da noite, no lugar errado.

Encolheu-se o mais que pôde. O dia tinha sido longo e cansativo, seu primeiro dia nas ruas, mas ainda precisava se levantar e circular mais um pouco, pois se alguém já a tivesse visto e a estivesse seguindo de longe, poderia se aproximar protegido pela escuridão.

Alguns se aproximaram. Todo o tempo falando, fazendo comentários e dando conselhos. Ela nunca tinha sido abordada com tantas palavras grosseiras e obscenidades. Aprendeu que não devia responder. Não dizer uma única palavra sequer. Apenas cuidar da mochila e do gravador, e seguir adiante. Obviamente Dinka também ajudava a manter longe quem a assediava, pois quando rosnava de dentro de suas entranhas, até mesmo o mais corajoso sumia num piscar de olhos.

No entanto, aquele por quem ela esperava, aquele que mais a assustava, não veio.

E ela desceu à praça dos Gatos, passando entre as barracas iluminadas por lâmpadas penduradas, roçando os ombros pelos cabides cheios de calças largas e blusas indianas. Ela adorava aquela praça, ainda que Idan e Adi a tivessem definido como uma "Piccadilly Circus dos pobres". Um novo jeito de andar, mais sofisticado, começou a tomar conta dela à medida que caminhava por entre as barracas de narguilés e óleos exóticos e pedras coloridas. Provou um chapéu turco, e o gordo vendedor fez troça da cabeça pontuda, asquenaze, que ela tinha. Um garoto, perito mundial (nas palavras dele mesmo), ofereceu-se para escrever seu nome num grão de arroz, e ela disse que se chamava Brunhilde. Um rapaz bonito, de bermuda, turbante na cabeça, sentado no chão, segurava nas mãos a bela perna de uma moça, fazendo delicadamente uma tatuagem de hena. Tamar parou para observar, e teve um pouco de inveja. Ela se recompôs e se afastou. Deu uma ou duas voltas pelas barracas, aspirando o leve perfume de incenso, e também as nuvens de fumo que subiam aqui e ali. Fingiu estar profundamente interessada nas velas de todas as cores e formas, esperando que o leve arrepio que sentia nas costas ultimamente indicasse que alguém a estava seguindo. Porém, ao virar-se, não havia ninguém.

Na rua de cima, a Yoel Moshe Salomon, havia uma performance em andamento: uma jovem mais ou menos da sua idade, com cachos loiros sobressaindo sob um capuz de tricô, segurava nas mãos duas cordas, com chumaços de estopa em chamas nas pontas. Ela dançava com as cordas, girando-as e cruzando-as de um lado para outro com movimentos amplos e longos. Outra moça ficava sentada atrás dela, recostada contra a parede de uma loja, olhando e tocando pandeiro num ritmo monótono.

A moça estava totalmente concentrada no movimento das cordas, e Tamar não conseguia sair de lá, fascinada com a absoluta concentração da outra, concentração que ela própria compreendia tão bem. E também queria ver como era, quer dizer, como se é visto de fora quando se está totalmente absorta. Que parte de você é visível aos olhos deles. A moça tinha lindos olhos azuis, que acompanhavam automaticamente as duas pequenas chamas; suas sobrancelhas subiam e desciam com admiração infantil, e Tamar achou que nisso eram parecidas, ela e a moça, pois Tamar também "cantava com as sobrancelhas". As duas pequenas chamas cruzavam o céu noturno, havia nelas algo comovente, ousado, impossível. De súbito Tamar se lembrou onde estava e o motivo de estar ali. Sem se mover do lugar, deu uma espiada em todas as direções, com todo o cuidado e atenção. Não sabia quem estava procurando. Acreditava que devia ser um homem, um rapaz. Era o que diziam os boatos que conseguira captar nos últimos meses: falava-se num grupo de rapazes violentos. Um deles deveria aproximar-se dela na rua e convidá-la a acompanhá-lo, com a condição, é claro, de que ela primeiro passasse pela prova de fogo, isto é, que mostrasse ser capaz de prender a atenção do público; Tamar sabia que já havia passado pela prova: essa tinha sido a sua grande conquista do dia.

A boca da moça dançando com as cordas estava um pouco aberta, expondo seu auto-abandono e seus dentes brancos. Tinha começado a acelerar o ritmo, acompanhando o pandeiro. O olhar de Tamar correu cuidadosamente de uma pessoa a outra. Havia um bocado de rapazes jovens. Não conseguiu perceber se algum deles a encarava de modo especial. Dois imbecis de cabelos espetados saltaram de repente no meio da roda em torno da artista, gritando alguma coisa na sua cara, não eram palavras, apenas gritos grosseiros, como animais. Por um instante a garota se distraiu, e uma corda se enrolou na outra, fazendo-a cair no chão, envergonhada. A moça tirou o capuz com tristeza, e os cachos dourados caíram-lhe sobre os ombros. Em câmera lenta enxugou o suor, e ficou ali parada, perdida, como se tivesse acordado de um sonho. O público deu um suspiro uníssono de frustração, e se dispersou. Ninguém lhe pagou pelo esforço que fizera até aquele momento. Tamar se aproximou e colocou no capuz uma moeda de cinco shekels, daquelas que ganhara durante o dia. A moça lhe deu um sorriso cansado.

A praça Zion, seguindo adiante, também estava movimentada e cheia de vida. No largo diante da agência bancária havia garotos andando de skate. Não havia a menor chance de cantar ali, pois o local estava tomado pelos membros de uma seita religiosa que, por meio de enormes alto-falantes no teto do carro, tocavam músicas hassídicas. Tamar sentou-se num canto ao lado da agência, puxou Dinka para junto de si e se encolheu toda, dando a impressão de ser apenas um imenso par de olhos. Dezenas de rapazes e moças circulavam por ali, e sentia-se no ar uma energia não muito agradável que emanava deles, uma espécie de mecanismo que fazia que percorressem a praça em linhas retas, como se estivessem andando sobre trilhos invisíveis. Iam e vinham, procurando alguma coisa com urgência. Alguns deles conversavam rapidamente com um rapaz de barba parado ao lado da grade. Ela viu o duende de quadris largos e gorro colorido cercado por um grupo que quase o ocultava por completo. Mãos enfiadas no bolsos, procurando algo, achando, escondendo. Um rapaz alto, de macacão jeans como o dela, porém sem nada por baixo, aproximou-se: "Mana", disse, ajoelhando-se à sua frente, face a face, com um piercing no mamilo, "tá querendo ficar numa boa?". Ela sacudiu a cabeça de um lado para outro, não, não — já tinha o suficiente para a primeira semana. Ele não se importou, ergueu-se e foi embora. Ela se encolheu de novo, um pouco atordoada, não pelo que ele dissera, mas pelo modo como a chamara.

Fechou os olhos com força, abriu novamente, e a praça ainda estava lá. No centro dela os hassidim dançavam. Sete homens mais velhos, de cabelos longos e barbas ao vento, roupas brancas e grandes solidéus. Ela já sabia, pelas noites que passara antes na praça, que eles dançariam assim até meia-noite, saltando sem parar, tomados de profunda paixão e loucura. Duas moças voluptuosas, de camisetinhas curtas e braços dados, passaram à sua frente e pararam para olhar: "Olhe só para eles", disse uma delas, "e isso tudo sem tomar ecstasy. Só pela fé". Dinka achegou-se a Tamar, muito perturbada pelo barulho. Virou as costas para a praça, rendeu-se aos afagos e tentou dormir. "Coitadinha", pensou Tamar, "não está entendendo o que se passa. Para ela é com certeza um pesadelo."

Um mulher jovem aproximou-se, segurando uma garrafa térmica e um copo descartável. Perguntou se Tamar queria chá. Tamar não entendeu essa súbita gentileza. Foi como se a mulher falasse uma língua estranha. Ela se agachou e sentou-se ao seu lado na calçada. "Também tenho biscoitos", disse sorrindo. De repente um novo pensamento dominou Tamar. O coração bateu forte. Quem sabe seu predador não seria uma predadora? Pois corriam rumores de que não eram poucas as moças que participavam do comércio. Mas aquela mulher realmente queria ajudá-la. Disse que fazia parte de um grupo de voluntários que vinha fazer contato com o pessoal na praça. Ela serviu chá quente. Tamar pegou o copo com as duas mãos geladas e foi tomada por uma onda quase constrangedora de gratidão. Também comeu um biscoito, e não quis falar. A mulher acariciou Dinka, alisando-a exatamente como ela gostava, e deu um biscoito também para ela. "Já vi você por aqui nos últimos tempos", lembrou-se a mulher, "mais ou menos duas semanas atrás." Tamar fez que sim. "E vi também quando você comprou dele, daquele baixinho, e também quando o guarda à paisana correu atrás de você. Diga, talvez você queira conhecer alguém que já passou por tudo isso?" Tamar fechou-se em si mesma. Só faltava essa, que viessem resgatá-la das ruas agora, quando ela mal tinha conseguido chegar lá.

"Vou lhe deixar nosso número de telefone", disse a mulher, anotando o número num guardanapo, "se você quiser conversar, pedir alguma coisa, encontrar-se com seus pais no nosso centro, estaremos lá." Tamar olhou para ela e por um momento perdeu-se dentro de seus olhos, verdes e bondosos. Quase se atreveu a perguntar se ela tinha visto na praça um rapaz tocando violão, um rapaz de cabelo comprido cor de mel, um rapaz que chama a atenção. Um rapaz muito alto e magro, e muito infeliz. Quieto. A mulher fez um meneio, como se houvesse captado algo sem entender tudo. Em seguida, tocou suavemente o braço de Tamar, deu um sorriso sincero e se foi. Tamar ficou outra vez sozinha, ainda mais solitária que antes.

Um grupo de jovens sentou-se não muito longe dela, latas de cerveja nas mãos, camisetas leves. Como é que não sentiam frio? Um rapaz corpulento se aproximou deles: "E aí, mano?". "O que é que há, mano?" "E aí, quer ficar numa boa?" "Lá na sinuca, o árabe tá lá." Bateram as mãos espalmadas, depois um abraço, duas batidinhas nas costas. Tamar ficou assistindo e mergulhou em recordações. Ele já vive há pelo menos um ano nesse movimento de rua. Deve ser desse jeito que ele fala agora. Que linguagem irá falar com ela? Como irá se relacionar com ela ao vê-la?

E por que ela não se junta a um dos grupos? Por que fica

inerte, isolada, imóvel no canto mais afastado da praça? Pelo seu plano, a esta altura já deveria estar de alguma maneira integrada num dos grupos, e talvez, por meio do grupo, conseguisse chegar àquele lugar. Juntar-se a um grupo: parecia tão fácil visto de fora. Especialmente as moças. Basta circular um pouco em volta, começam a prestar atenção em você, falam com você, dão risada, uma paquerinha, fumam alguma coisa juntos, e você já está dentro; vai dormir no canto deles, ou em algum parque público, ou no telhado de algum prédio.

E nada disso acontece. Não hoje. Talvez amanhã. Talvez nunca. Ela ainda não está pronta para se juntar a um grupo. Aperta os joelhos contra a barriga. Os pensamentos se amontoam, se embaralham, tocando exatamente nos pontos doloridos. Talvez seja apenas a sua reserva em relação a estranhos, sussurram os pensamentos, e talvez seja o que você é sempre, a sua dificuldade de estabelecer ligações, comprometer-se com os outros, compartilhar uma linguagem comum. "Pode chamar isso de esnobismo", cochichou de repente para dentro do pêlo de Dinka, "a verdade é que não passa de frustração. O que você pensa, que eu não quero? Mas me fizeram assim, não consigo me relacionar de verdade com ninguém. O fato é que parece que na minha alma falta aquela peça de ligação, como no jogo de montar. Aquela que liga de verdade uma pessoa a outra. Para mim, no final tudo desaba. Volta à estaca zero. Família, amigos, tudo."

O vendedor de maçã caramelada passou pela décima vez oferecendo uma, sem desistir. Um homem idoso, de solidéu e sorriso cansado. "Pegue uma, são só três shekels, faz bem para a saúde." Tamar agradeceu e não pegou. Ele ficou parado, olhando para ela. O que ele estaria vendo, o que os outros viam? Uma garota careca de macacão, com uma mochila, um grande toca-fitas e um cachorro. Ao lado das latas de lixo começou a funcionar o cassino: um homem esquelético, de calças até os joelhos e pernas tortas de marinheiro, virou um caixote de papelão sobre as latas e passou a sacudir os dados dentro de um copo descartável: "Quem vai nessa? Quem vai no sete? Quem vai no sete e três?". Sua solidão começou a sufocá-la cada vez mais. Você não pertence a nada, recriminou-se, nem à sua casa, nem ao coral, nem aos amigos mais próximos que você já teve, daqui a pouco você pode desaparecer e ninguém vai notar. Não, não, é melhor não entrar nessa agora. Veja, Dinkush, não é que eu ache que eles não deveriam viajar para a Itália por minha causa, não é isso, afinal, como é que eles poderiam me ajudar se ficassem aqui? Sorriu ao imaginar Idan sentado nas grades da praça, cumprimentando algum dos rapazes: "E aí, mano? Qual é?". Mas foi o jeito como eles reagiram, desde o primeiro momento em que ficaram sabendo, eu só tentei contar alguma coisa, e de repente, os dois juntos...

Me anularam. Essas eram as palavras que trazia presas na garganta. Os hassidim trocaram a fita. Agora estavam tocando uma música de transe, dançando ao som dela como bodes selvagens, mãos, pernas e barbas em todas as direções. A música fazia tremer o chão onde ela estava sentada. A praça começou a girar. Alguns rapazes e moças aderiram à dança. Aquela música eles conheciam. Ela tentou se lembrar do rápido curso que fizera com o velho albino — ele parecia ter pelo menos quarenta anos — que encontrara na discoteca Submarino duas semanas antes: "O transe a gente consegue com química, LSD por exemplo". Sua camisa estava aberta até o umbigo, exibindo um peito liso e vermelho que parecia queimado. "E a *house music* é com ecstasy, o público tem mais classe, muita pose no pedaço. E tecno é...", ela já tinha esquecido que droga se usa com música tecno; lembrava-se principalmente das suas mãos esponjosas, cheias de anéis prateados, que insistiam em agarrar suas coxas.

Os meninos hassídicos corriam excitados entre os dançarinos. Outra mulher se aproximou de Tamar. Sentou-se em silêncio ao seu lado, com as pernas cruzadas. Uma moça de jeans, suéter branco feito à mão, tênis rasgados e pupilas superdilatadas. Tamar esperou. Quem sabe era ela? Quem sabe agora a coisa começaria? "Posso?", perguntou finalmente, numa voz aguda, e começou a acariciar Dinka. E Tamar sentiu de imediato, por intuição, que a moça não era um *deles*. Afagou Dinka longamente, com carinho, sentiu seu cheiro e emitiu sons afetivos. Por alguns momentos, abandonou-se à cadela, sem palavras. Depois, levantou-se pesadamente e disse "obrigada" a Tamar. Seus olhos brilhavam. Tamar não sabia se era de alegria, ou se eram lágrimas. Deu alguns passos. Voltou: "Eu uma vez desci para trabalhar na rua para juntar grana e tirar meu cachorro do canil em Shoafat", explicou a Tamar numa voz infantil, porém lenta e vacilante, "consegui cem shekels, e fui logo tirá-lo. Uma semana depois ele foi atropelado. Assim, na minha frente". E se afastou.

Tamar abraçou Dinka com ansiedade. Não quis ficar ali nem mais um segundo. Levantou-se e pôs-se a caminhar vagarosamente e, ao chegar no centro da praça, parou um momento, de modo a ficar bem visível. Talvez agora acontecesse. Alguém chegaria perto e lhe diria para segui-lo. Ela não perguntaria nada, não discutiria. Iria atrás obedientemente, rumo ao destino que a aguardava. A praça fervia de gente, e ninguém se aproximou. Perto das grades, um pouco encurvado, falando sozinho, estava o rapaz de cabelos cacheados que tinha sido guitarrista e tivera os dedos quebrados. Ela se lembrava dele da encarnação anterior, quando dera um recital numa academia de música. Agora, quase toda noite ele vinha aqui, circular entre a rapaziada. Os boatos diziam que uma época, mais ou menos um ano atrás, ele era a estrela do lugar, um músico brilhante, até que resolveu aprontar algumas e teve de fugir. Ao perceber que Tamar o observava, foi embora, ombros encolhidos quase até as orelhas. Tamar suspirou ao pensar que agora, aparentemente, Shai estava ocupando o lugar dele.

Saiu do círculo iluminado e barulhento da praça e respirou fundo. Numa área lateral, em meio a tábuas de construção, agachou-se para urinar. Dinka ficou parada montando guarda. Tamar sentiu o cheiro do líquido morno escorrendo entre suas pernas. Observou as tábuas de madeira esbranquiçadas pelo luar, e os montes de entulho. O barulho da praça chegava até ela. Levantou-se e ergueu as calças, e por um instante rendeu-se à estranheza do lugar. A máquina de cortar ferro estava ao lado da betoneira, e as duas pareciam um par de insetos gigantes. Como é que alguém medrosa como eu *faz* uma coisa dessa?, refletiu espantada.

Naquele momento queria apenas deitar e dormir. E fugir até de si mesma. Que bom se encontrasse um lugar para se lavar, tirar a sujeira do dia. Teve um instante de hesitação: Léa lhe preparara um lugar, e ela sabia que lá teria conforto — alguma comida deliciosa, embalada e ainda quentinha, um doce de chocolate para sobremesa, e certamente também uma cartinha engraçada, e um desenho de Noiku. Alguma coisa para lhe restituir a condição humana. Mas Tamar já pela manhã decidira não ir para lá. Tudo, tudo precisa ser só dela. Por quê? Porque sim. Como diz Teo, não busque coisas além da sua compreensão. Apertou o passo, os lábios se mexendo, discutindo consigo mesma: só me explique por que não ir até o depósito de Léa. Não sei. Para não colocar Léa em risco? Sem comentários. Ou para você acreditar cada vez mais que não existe ninguém, ninguém no mundo em quem se pode confiar, a não ser você mesma?

Atravessou a avenida King George, e ficou dando voltas em torno do edifício alto e sólido onde se localizava o escritório de seu pai. A rua parecia vazia. Ela andava como um robô. Entrou, desceu as escadas para o abrigo antiaéreo no subsolo, encontrou a chave que tinha deixado em cima do batente. Abriu a porta de aço. Ali estavam à sua espera um colchonete e um cobertor, e mais uma coisa, algo que trouxera na semana passada — e que se recriminara por trazer — e que agora lhe dava a sensação de que poderia purificá-la: seu urso de pelúcia marrom, sem uma orelha, com quem dormira todas as noites desde que nascera.

UMA CHAVE GIROU NA FECHADURA, e Assaf pulou do chão para o banco. O investigador entrou e chegou a ver o pulo assustado, e Assaf imediatamente sentiu-se culpado. Junto com o investigador entrou uma mulher jovem e simpática. Disse seu nome a Assaf, Sigal ou Sigalit, ele não entendeu bem, acrescentando que era a encarregada da investigação, especializada em delinqüência juvenil, e que iria conversar com ele junto com o investigador. Perguntou se ele queria que algum parente fosse chamado para estar presente ao interrogatório, e Assaf, apavorado, quase gritou que não.

"Então comecemos", disse ela gentilmente. Espiou de novo na pasta aberta à sua frente, fez algumas perguntas gerais a Assaf, anotou as respostas, explicou-lhe detalhadamente seus direitos. Após cada frase, dele ou dela, dava-lhe um sorriso amistoso, e Assaf se perguntou se as regras diziam que ela devia sorrir. Por fim falou: "Que tal escutarmos primeiro o que o Móti tem a dizer?".

O investigador, cuja expressão refletia claramente seu desgosto por causa da forma cordial como ela o tratava, sentou-se ruidosamente do outro lado da mesa, esticou as pernas e enfiou os polegares nos passantes do cinto: "Certo", grunhiu, "vá entregando. Fornecedores, traficantes. Quantidades, tipos de droga, nomes. Quero informações, nada de enrolação, entendeu?".

Assaf olhou para a mulher. Não estava entendendo nada.

"Responda, por favor", disse a encarregada acendendo um cigarro, preparando-se para fazer as anotações na pasta.

"Mas o que foi que eu fiz?", perguntou Assaf, e ficou com vergonha, pois sua voz saiu em tom de lamúria.

"Escute aqui, espertinho...", começou o investigador. Porém a mulher pigarreou, e ele lambeu o lábio superior e contraiu o maxilar.

"Ouça bem", disse após um segundo, "já estou há sete anos nesse serviço, e, todo mundo sabe, tenho memória fotográfica. O seu cachorro fedorento, eu já vi, não faz um ano, nem dois, faz menos de um mês. E ele estava junto com uma garota, de quinze anos, mais ou menos, talvez dezesseis. Cabelo cacheado, preto, comprido, mais ou menos um metro e sessenta, rosto bonito." O investigador falava nesse momento voltado para a mulher, e sem dúvida tentava impressioná-la com sua memória: "E ela já estava nas minhas mãos, no meio de uma transação com o anão da praça Zion, e se não fosse esse cachorro filho-da-p...".

Previsivelmente, trava o queixo. Lambe os lábios. Respira fundo. Limpa a garganta.

"Agora veja isso", ergueu a perna da calça, revelando uma canela peluda e musculosa, com marcas claras de uma mordida e pontos de costura.

"Até o osso. Levei dez pontos por causa desse cachorro filho-da-p... desse cachorro desgraçado."

Dinka latiu em protesto.

"Cale a boca, fedorenta!", gritou o investigador para ela.

"Mas o que foi que eu fiz?", voltou a perguntar Assaf. Naquele momento ele estava totalmente desorientado. Um metro e sessenta? Quer dizer, mais ou menos até o ombro dele. E cabelo preto, cacheado, e rosto bonito.

"*O que foi que eu fiz?*", repetiu o detetive, imitando o tom de Assaf. "Já, já você vai saber o que fez: o que você, ela e o cachorro fizeram. Vocês estão juntos nessa, juntinhos assim!", e mostrou três dedos, um grudado no outro. "O que é que você acha, que todo mundo é idiota? Já, já você vai dizer o nome dela!" E bateu as duas mãos sobre a mesa com toda a força. Assaf pulou de susto.

"Eu não sei."

"Não sabe, como não sabe?" O homem se levantou e andou pela sala em torno dele, e Assaf o acompanhou aflito com o olhar. "Você estava simplesmente caminhando pela rua e viu um cachorro grande e valioso, e ele simplesmente concordou em dar um passeio com você?" De súbito aproximou-se de Assaf, agarrou sua camisa e o sacudiu. "Fale logo, seu desgraçado!"

"Móti!", gritou a mulher. O investigador o soltou, lançando um olhar furioso, e se calou, ainda fervendo de raiva.

"Veja, ahn... Assaf", disse a mulher num tom educado, "se realmente você não fez nada, por que estava fugindo?"

"Eu não estava fugindo. Nem sabia que ele estava atrás de mim."

Móti, o investigador, soltou uma gargalhada sinistra: "Eu o persegui por meia cidade, agora ele vem dizer 'eu não sabia'!".

"Então, talvez...", a encarregada da investigação ergueu a voz, superando os berros do sujeito, "talvez você possa nos contar como foi exatamente que ganhou esse cachorro da garota. O que você acha, Assaf?"

"Eu não ganhei nada dela. Eu nem a conheço!", gritou Assaf com tal veemência que a mulher cerrou os lábios, hesitando pela primeira vez.

"Mas como pode ser?", voltou a perguntar. "Diga você mesmo: você me parece um rapaz direito. Acha realmente que vamos acreditar que um cachorro como esse chegou na sua mão sem mais nem menos, deixando que você o levasse pela coleira? Será que ele me deixaria levá-lo? Será que deixaria Móti?"

E fez um ligeiro gesto na direção de Dinka, e Dinka rosnou raivosa. "Está vendo? É melhor você contar a verdade."

A verdade! Como não tinha lhe ocorrido? Talvez por causa do medo, da pressão e da humilhação das algemas. E, acima de tudo, por causa da sensação que conhecia tão bem de outras situações, a sensação de que, mesmo que realmente não tivesse culpa, ainda assim estaria sendo punido justificadamente por *alguma coisa*, sem saber bem o quê, algo que alguma vez fizera, e havia chegado a hora do castigo...

"No bolso da minha camisa...", sua voz não saiu, e ele disse de novo, "no bolso da minha camisa há um papel. Pode olhar."

Ela olhou para o investigador. Ele fez que sim, permitindo que ela se aproximasse. Ela procurou e achou o papel.

"O que é isso?", perguntou lendo, e leu outra vez. Estendeu o papel ao homem. "O que é isso?"

"Isso é um formulário 76", disse Assaf, buscando força nas palavras. "Estou trabalhando na prefeitura durante as férias. É um cachorro que encontraram, e eu preciso procurar os donos." Por sorte disse "os donos", sem revelar que sabia o nome dela, da dona de cabelos cacheados.

A mulher deu a volta e encarou Móti. Ele mordeu os lábios com força.

"Ligue para a prefeitura agora", ordenou ela, "*deste* telefone aqui!"

Assaf lhes disse o número, e que pedissem para falar com Avram Danoch. O investigador discou agressivamente o número. Silêncio. Assaf ouviu a voz potente de Danoch no aparelho.

O investigador disse que era da polícia de Jerusalém, e que surpreendera Assaf circulando com um cão no centro da cidade. Danoch deu sua risada fina e amarga, e disse algumas palavras que Assaf não conseguiu entender. Móti ficou escutando. Em seguida fez um sinal: "Obrigado", e desligou, fitando a parede com o olhar desnorteado e a boca escancarada.

"E então, está esperando o quê?", censurou a mulher. "Solte-o já!"

O homem girou Assaf com extrema grosseria. Assaf ouviu o som que tanto esperava: o som das algemas se abrindo.

Esfregou os pulsos, como fazem nos filmes (agora ele entendia por quê).

"Só um momento", disse Móti. Procurou endurecer a voz, para que não se percebesse sua derrota. "Você já achou alguém que a conhece?"

"Não", Assaf mentiu com grande facilidade. Não importava o que Tamar tivesse feito, ele não estava disposto a entregá-la.

"Escute, nós realmente pedimos desculpas pelo mal-entendido", disse a encarregada da investigação, sem lhe dirigir o olhar. "Talvez você queira beber alguma coisa no refeitório? Talvez queira telefonar para alguém? Para os seus pais?"

"Não. Ah... sim. Quero telefonar para alguém."

"Fique à vontade", disse ela sorrindo, um sorriso sincero, para variar. "Primeiro disque nove."

Assaf discou. O investigador e a mulher conversavam baixinho. Dinka veio e parou ao seu lado, roçando a perna de Assaf. Com a mão livre, ele lhe afagou a cabeça.

Do outro lado alguém atendeu. Só se escutava um ruído.

"Alô", uma voz gritou.

Assaf gritou: "Tuco?".

O investigador saiu da sala. A encarregada ficou olhando a parede, como se não estivesse escutando.

"Quem é? Assaf? É você?", gritou Tuco, tentando vencer o ruído das máquinas. "O que é que há com você, homem?"

Bem naquele momento, quando Tuco o estava chamando de homem, Assaf sentiu de repente que ia desabar.

"Ei, Ássaf, não dá para ouvir! Ássaf? Você está aí?" Tuco o chamava de Ássaf, com acento no primeiro A, o que deixava Réli maluca.

"Tuco, eu... estou um pouco... aconteceu uma coisa... precisamos conversar."

"Espere um momento." Assaf o ouviu gritando para Rámi, que trabalhava com ele, que desligasse a máquina um minuto.

"Então, onde você está?", perguntou Tuco, agora com silêncio ao fundo.

"Na polí... não importa. Preciso me encontrar com você. Pode ser no Sima?"

"Agora? Eu já almocei."

"Eu não."

"Espere aí. Deixa eu ver..." Assaf ouviu que ele dividia tarefas entre os funcionários. Pelo que pôde escutar, percebeu que tinha procurado Tuco justo num dia pesado, dia de produção. Escutou as instruções e sorriu: um busto de Herzl, mulher e cisne, três Budas grandes, seis estatuetas a serem distribuídas na cerimônia do "Oscar" israelense. "Ok", disse Tuco voltando à ligação, "em quinze minutos estou lá. Não se preocupe. Não faça besteira. Estou indo." E desligou.

E o peso de uma pedra enorme começou a abandonar um pouco o coração de Assaf.

"É seu amigo?", perguntou a mulher com simpatia.

"Sim... Não exatamente. É amigo da minha irmã. Não importa." Não tinha intenção de relatar toda a complicada história. Ela o acompanhou até a saída, e foi totalmente diferente andar por ali, entre guardas e oficiais, como cidadão livre e inocente.

"Diga-me", disse ele antes de se despedirem, já do lado de fora, "o investigador, ele disse que a garota estava no meio de uma transação. Só por curiosidade... que transação?"

Ela apertou contra o corpo a pasta de cartolina que segurava.

Olhou para um lado, depois para o outro. Permaneceu calada. Naquele momento, livre, viu que ela era realmente bonita. Ela não tem culpa, pensou, está apenas fazendo o seu trabalho.

"Não tenho certeza de que a gente deva conversar sobre isso", disse finalmente, com um sorriso de desculpas.

"Mas é importante para mim", disse Assaf baixinho e com firmeza. "Pelo menos para eu saber do que foi que ele suspeitou."

Ela olhou para as pontas de seus sapatos pretos. "Algo relacionado com drogas", disse afinal, "ela comprou drogas de alguém no centro da cidade. Pelo jeito, uma quantidade não muito pequena. Mas, escute, eu não lhe disse nada, certo?"

Deu meia-volta e se foi.

Assaf passou pela guarita da sentinela e desceu em direção à rua Jafa. Caminhou vagarosamente, e seus pensamentos estavam lentos. Tudo estava congelado. Toda a correria da manhã, o relato de Teodora, as pequenas excitações, as esperanças minúsculas despertadas aqui e ali. Todas as suas tolas ilusões. Sentia-se como se tivesse levado um soco na barriga. Às vezes, ao fotografar, acontecia-lhe algo assim: tirava a foto de um homem sentado num banco, sem prestar atenção no fato de que atrás dele, ao longe, havia um poste de luz. Só ao revelar a foto percebia uma coluna enorme saindo da cabeça do homem.

E que coluna! Dinka se aproximou, roçando sua perna com cautela. Ela lhe parecia envergonhada, por causa de sua relação com Tamar. "Dinka", ele disse baixinho, para que apenas ela pudesse ouvir, "como é que ela pode ter alguma coisa a ver com... por que é que ela foi se meter com...?"

As palavras ficaram presas na garganta. Chutou com toda a força uma lata de cerveja vazia. Na sua turma já havia muitos que fumavam cigarros, e havia uns cinco que tinham sido apanhados com a boca na botija quando davam umas tragadas no banheiro. E pelos corredores sempre corriam fofocas acerca dos outros, os que não tinham sido apanhados; e havia um pessoal que fora a umas festas muito loucas em Ben Shemen e na praia de Nitzanim, e voltara falando uma gíria nova, e às vezes ele tinha a impressão de que todo mundo à sua volta, uns mais, outros menos, já havia experimentado aquilo. Talvez até mesmo Roy, que fumava cigarros abertamente há dois anos. E Assaf sempre afastou de si as fofocas, não queria saber, incomodava-o pensar que essas coisas aconteciam com pessoas que ele conhece, com garotos e garotas que estavam com ele desde o jardim-de-infância. E nesse momento, com Tamar, que ele não conhece, mas que já conhece um pouco...

"Não! Explique para que eu entenda", disse ele, cada vez mais zangado, falando com Dinka num sussurro forte — e ela parecia acostumada com essas conversas pela rua —, "como é que uma garota como ela usa droga, e ainda em grande quantidade?" Mas o que é que você sabe sobre ela, responda a si mesmo, você mal a conhece, e de repente tem tanta certeza de que ela é exatamente como você, e já começou a inventar uma historinha sobre você e ela, certo ou errado?

Dinka andava atrás dele, de cabeça baixa, rabo caído. Caminhando assim, os dois, ao longo da estrada, pareciam estar de luto. A corda se arrastava. Assaf abriu a mão e deixou a corda cair completamente, mas Dinka parou, como se tivesse ficado admirada e assustada com seu gesto, com a intenção que denotava. Assaf, rapidamente, pegou a corda de volta.

Pesado e abatido, caminhou na direção do mercado, para o restaurante Sima. Com extrema força de vontade tentou se apegar à imagem dela, em pé sobre o barril contando a história do gigante e seu jardim. E, por mais que se esforçasse, sentiu que ela ia se distanciando, que não conseguia compreendê-la, e que não queria nada com ela.

Porém alguma coisa em seu coração se enrijeceu ao pensar

assim. Talvez por causa do olhar de Dinka quando soltara a corda. Talvez por sentir que, se largasse tudo agora, quer dizer, se voltasse para a prefeitura, e devolvesse Dinka, e dissesse a Danoch que havia tentado, levado porrada e até sido preso, e que estava cheio de tudo, se fizesse isso não só estaria desistindo da possibilidade de ver ao menos uma vez como ela era, aquela Tamar, mas também na verdade seria como se ele a estivesse abandonando.

TAMBÉM NO SEGUNDO DIA nas ruas nada aconteceu. Cantou três vezes no calçadão, uma vez na entrada do edifício Klal, mais duas vezes na praça Zion, que durante o dia era tão diferente e quase agradável. Da multidão, alguns rostos começaram a sobressair: os comerciantes que ela já conhecia; o vendedor de suco de frutas, que lhe mandou de presente um grande copo de suco de manga com pêssego, dizendo que quando ela cantava as suas frutas davam mais suco; as policiais que patrulhavam a área já lhe sorriam, e o russo da sanfona veio lhe contar sua vida, inclusive sobre o conservatório, pedindo-lhe para esperar que ele terminasse seu número, e cantasse só depois, já que ela roubava todo o seu público.

Após uma dúzia de apresentações, ela já sabia muita coisa, não só como cantar, mas também o que cantar. A canção "I am sixteen, going on seventeen", de *A noviça rebelde*, sempre fora piegas e açucarada demais para ela, mas ficou claro que aqui ela era apreciada e provocava aplausos calorosos, e bastante dinheiro. O mesmo acontecia com a boa e velha "Leaving on a jet plane", de Peter, Paul & Mary. Assim, ela as cantava repetidas vezes. E mudava um pouco, para satisfazer a si mesma, para "Little prince of the second platoon", ou alguma coisa morna e melancólica de Shalom Chanoch. Por outro lado, quando uma vez, no pátio do antigo Parlamento, ousou cantar a ária de Barbarina em O *casamento de Fígaro*, o orgulho de suas apresentações, as pessoas foram embora no meio, deram risada na sua cara, alguns jovens ficaram atrás dela imitando-a. No entanto, prosseguiu até o fim, vendo como uma a uma as pessoas iam se separando da platéia, tal qual uvas de um cacho, e cada um que saía era como se fosse um leve insulto — como se ela não fosse boa o suficiente. E aí teve uma rápida e aguda discussão consigo mesma (na verdade, com Idan) sobre se deveria manter-se fiel a si própria a qualquer preço, ou adaptar-se ao gosto do público — "render-se ao povão", corrigiu Idan — , e decidiu que, em vista do seu objetivo específico, podia muito bem abrir mão, fazer concessões (ele tamborilava na mesa com os dedos finos e brancos, olhando para ela pensativo, sem dizer nada), e até mesmo curtir isso, por que não?

À noite dormiu novamente no abrigo. Dessa vez quase foi até o depósito de Léa, que começava a se desenhar como um palácio cheio de comida magnífica, quedas-d'água para se banhar, e finos lençóis de seda. Mas ela sabia que havia a possibilidade, pequena, porém maior que na véspera, de que o predador já a estivesse seguindo, ele ou um de seus enviados, e que era muito provável que eles a tivessem visto cantando pela manhã, tendo relatado ao chefe, e que ele lhes tivesse ordenado que voltassem para descobrir exatamente quem era ela, com quem andava, com quem conversava, se não era da polícia ou algo assim.

E em virtude dessa pequena mas insistente preocupação, também nessa noite voltou ao abrigo malcheiroso, cheio de baratas que corriam pelo chão o tempo todo. Passou a noite deitada, sem dormir, imersa em pensamentos. E percorreu cidade por cidade o mapa da Itália. Contou nos dedos os dias, concluindo que amanhã seria o seu dia. Escutava o barulho das patinhas subindo e descendo pelas paredes e correndo no chão ao seu redor, e lutou com todas as forças contra as ondas de autopiedade que a ameaçavam. Existem situações na vida, pensou com amargura, em que cada um é responsável pela própria alma. Não conseguiu pregar o olho até o amanhecer.

"ABANDONANDO?", rugiu Tuco de boca cheia. "O que quer dizer isso, abandoná-la? Você nem a conhece!"

"Já conheço o suficiente..."

Assaf enfiou a cara no prato de repolho recheado, para que Tuco não visse o súbito rubor em seu rosto.

"Não acredito", disse Tuco, "seus pais deixam você por dez minutos e você já começa a se meter em confusão com garotas?"

"Eu não!"

As pessoas na mesa ao lado interromperam por um instante sua discussão política e olharam para os dois.

"Eu não!", sussurrou Assaf novamente, nervoso.

Tuco recostou-se na cadeira e examinou Assaf profundamente, com uma admiração nova. "Assaf", disse, "daqui a pouco você já está começando a fazer a barba."

"De onde você tirou essa idéia?", respondeu, tocando as laterais da face e sentindo a penugem. "Ainda falta muito."

"E em relação a esse assunto, o que fazemos?", perguntou Tuco, começando a tirar pedaços de carne do espeto. Assaf olhou para ele e pensou na teoria de Réli: em toda refeição, não há necessidade de comer mais de seis "bocadas cheias", porque depois de seis "bocadas" o estômago já está satisfeito, e tudo o que vier a mais é dispensável, pura gula. E aí está Tuco, que realmente, para o segundo almoço, até que está comendo muito bem.

"Vou continuar andando com a cadela", disse Assaf, "e talvez eu acabe encontrando a moça."

"Uma garota que usa droga, Assafi". Tuco tem voz pesada, pronunciando cada palavra como se fosse um saco de cimento.

"Eu sei. Mas..."

"Não é uma garota que de vez em quando dá um tapinha..."

"Sim, mas..."

"Uma garota que compra do traficante do pedaço. Comprimidos, você disse?"

"Não sei, como vou saber? Não entendo disso."

"E, na sua opinião, o que você vai fazer quando a encontrar? Dizer a ela que pare, e ela vai parar na mesma hora, simples assim?"

"Não pensei tão longe!" Assaf se ajeitou na cadeira. "Só quero devolver a cadela. Faz parte do meu trabalho, certo?" Tentou fazer uma cara séria, mas não conseguiu. Dinka estava deitada ao lado deles, língua de fora, olhos fixos nos dois, passando atentamente de um a outro.

"Escute", Tuco se inclinou para a frente, enfatizando as palavras com metade de uma pita — um pão sírio — na mão. "Comigo, na oficina, trabalham dois caras que saíram dessa. Você sabe o que quer dizer 'saíram dessa'? Quer dizer sair, voltar, sair, voltar, pelo menos três vezes. E a cada recaída vinham todos os problemas de novo, polícia, clínica de reabilitação, fase de desintoxicação, e até agora, até este momento, ainda não tenho cem por cento de certeza de que estão realmente fora." A metade da pita subia e descia diante dos olhos de Assaf. Ele esfregou com força as têmporas. Estava com calor. Tuco estava certo. Era preciso cair fora imediatamente daquela história. Mas a moça em cima do barril... como era possível desistir dela?

"Escute, Assaf, esqueça essa garota, pare de sonhar com ela. Você não tem idéia do que é ter de abandonar um vício." Tuco largou a pita e o garfo, e esfregou a palma de uma mão na outra. "Eu conheço esse negócio de droga muito bem, desde criança. No meu bairro, metade do pessoal usava direto. Você sabe o que é crise de abstinência?

"Ouvi falar. Não sei direito."

Tudo que Tuco dizia estava deixando Assaf deprimido. E os sermões que estava fazendo também eram muito esquisitos. Em geral falava pouco. Tuco soltou a fivela do cinto para dar espaço à comida. E também para respirar fundo.

"Crise de abstinência é o que acontece nos primeiros dias quando você deixa de usar a droga, o corpo grita de dor porque não recebe sua dose." Debruçou-se sobre a mesa falando baixinho, olhos inquietos: "É como ficar um mês sem comer nem beber. Simplesmente rasga a pessoa por dentro. Você não tem idéia de como a pessoa fica, tremendo, suando, pernas e braços formigando...".

O tempo todo, enquanto Tuco falava, Assaf sacudia a cabeça em negativa, como se quisesse afastar de si as palavras.

"E aí, o que você me diz?", perguntou Tuco ao terminar. "Desistimos?"

Assaf tomou sua Coca-cola em goles demorados. Pôs o copo na mesa. Não olhou para Tuco. Não conseguiu de jeito nenhum dispor-se a dizer a palavra.

Tuco o fitou com curiosidade. Seu peito largo soltou o ar que vinha segurando. "Entendi", disse com um suspiro, "aqui temos complicação." Mordeu alguma coisa, e parou. Nas suas mãos enormes, o garfo parecia de brinquedo. A mãe de Assaf, perita em dedos, dizia que Tuco tinha os dedos mais másculos que ela já vira.

"E você", Assaf se atreveu a perguntar, "você nunca usou drogas?"

"Não, nunca." Reclinou-se para trás, e a cadeira rangeu. "Estive tão perto, e nunca usei. Eu tinha outro vício, você sabe."

E contou a Assaf, pela enésima vez — mas havia alguma coisa

familiar e tranqüilizadora nisso —, que quando era criança, desde os seis anos, ia com o pai aos sábados à sinagoga, e fugia rapidinho, corria para a árvore ao lado da ACM, e ficava ali sentado das nove da manhã até o jogo começar, às duas e meia da tarde.

"Assistia ao jogo, voltava para casa, tomava a maior surra do meu pai, e aí começava a esperar pelo sábado seguinte." Assaf o imaginou pequeno e fervendo de excitação entre os galhos da árvore, e sorriu.

"Você entende?", riu Tuco. "Hoje eu acho que talvez nem mesmo o jogo me interessasse, o que me deixava louco mesmo era a espera. Ficar ali sentado durante cinco horas e pensar que o momento ia chegar, que a qualquer instante o jogo ia começar — isso é que era importante para mim, essa era a minha droga. E na hora que o jogo acabava, um vazio total, até a semana seguinte. Mas como foi que chegamos nisso?"

Assaf sorriu: "Conversando".

"Tudo bem", disse Tuco. Assaf sentiu que ele só estava mudando de tática: "Não sei por que estou te enchendo o saco. Você já sofreu o suficiente com aquele sacana das algemas".

Durante mais algum tempo comeram em silêncio total. Tuco comeu muito e bebeu um pouco de água. E comeu de novo e bebeu outra vez. Assaf terminou o que tinha no prato. Aos poucos a tensão foi se dissolvendo. Depois, entreolharam-se, cheios e satisfeitos, e sorriram. Em geral as questões entre eles se resolviam melhor em silêncio.

"E os velhos, o que contam?", perguntou Tuco.

Assaf disse que até ontem não tinham ligado, mas certamente ligariam hoje.

"Será que a sua mãe se ajeitou..."

"...com a porta do banheiro do avião?", completou Assaf. E os dois riram. Ela havia treinado em casa com a maçaneta da lavadora de louça, Tuco dissera que era quase o mesmo princípio. E a preocupação dela com a porta do banheiro virou a piada da família.

"Então você está me dizendo que ainda não soube nada deles?", Tuco procurou esclarecer, e buscou alguma coisa no fundo dos olhos de Assaf.

"Não, não mesmo."

"Ah, sei."

Tuco não tinha gostado da idéia dessa viagem. Suspeitava que não estivessem lhe contando toda a verdade. "E Réli?", perguntou com naturalidade, como quem não quer nada.

"Acho que está bem." Assaf lamentou já ter acabado a comida, não ter um prato cheio para enfiar a cara.

"Ela volta com eles, não volta?"

"Espero que sim. Não sei. Talvez."

Tuco estava examinando abertamente a expressão de Assaf, buscando algum indício, porém Assaf não tinha o que mostrar. Ele próprio suspeitava que havia algum segredo naquela viagem, que estavam ocultando dele alguma coisa por causa da sua forte ligação com Tuco. Com demasiada facilidade não o levaram junto, e o subornaram com a promessa de uma Canon.

"Porque eu...", Tuco acendeu um cigarro e tragou com prazer, "eu tenho o tempo todo uma sensação..."

"Não, não", disse Assaf bruscamente, "você vai ver, vai dar tudo certo." Lembrou-se do longo período em que Tuco deixou de fumar por exigência de Réli. E sabia que o fato de ele fumar agora era mau sinal. "Não se preocupe. Eles viajaram para falar com ela, e ela vai voltar para nós."

*Para nós.* Para nós incluía Tuco também, é claro. Principalmente Tuco.

"Ela está com alguém lá", disse Tuco com sua voz de baixo profundo, soltando a fumaça para cima, "achou algum americano babaca. Ela vai ficar por lá, pode crer no que eu digo. Essas coisas eu sinto nos ossos."

"Ela não", disse Assaf.

"Estou me iludindo à toa." Tuco apagou o cigarro com força, mesmo tendo fumado só um pouco. Pelo tanto que falara durante a refeição, Assaf sabia que ele estava num estado de espírito não habitual. Era um pouco constrangedor vê-lo, com todo aquele tamanho, tão desamparado, tão impotente. De repente Assaf compreendeu que Tuco não tinha mais o menor controle da situação. "Veja quantos anos fiquei enganando a mim mesmo", disse Tuco, devagarinho, como se tivesse prazer em magoar a si próprio, "veja o que é o amor."

E os dois se calaram, assustados. Assaf sentiu como a palavra pronunciada pelo outro penetrava nele, talvez porque nunca, nunca tinha sido pronunciada nas conversas entre eles.

E ali estava ela, a palavra, esvoaçando como uma criatura viva, um filhote de pássaro que caíra do ninho de Assaf e que alguém precisava apanhar.

"Aquela garota", murmurou Assaf sem pensar, "a da cadela, tem uma amiga, uma freira que já está há cinqüenta anos...", e se calou, por sentir que seria insensibilidade da sua parte falar desse jeito sobre os próprios assuntos num momento em que Tuco estava angustiado bem ali na sua frente. "Você verá, ela vai voltar", disse num sussurro estranho, pois o que mais podia dizer a não ser repetir sempre as mesmas palavras, como uma reza ou juramento? "Onde ela vai achar alguém como você? Meus pais também dizem isso, você sabe."

"Sei. Se dependesse apenas dos seus pais...", disse meneando lentamente a cabeça. Em seguida, esticou-se todo, olhou para o alto, para os lados e suspirou dizendo: "Veja, a sua cadela está dormindo".

E, de fato, Dinka havia adormecido. Durante toda a refeição

Assaf ia lhe dando pedacinhos de carne e chips. Geralmente não se permite a entrada de cães, dissera Házi, o garçom, mas para o sr. Tsachi... Assaf e Tuco ficaram sentados conversando sobre várias coisas, e conseguiram esquecer um pouco o que tinha se passado antes. Tuco contou sobre a nova escultura que estava moldando, daquele escultor famoso, famoso porém maluco, que tinha brigado com todas as oficinas do país, e também brigava sempre com Tuco, tinham chegado a trocar porradas, e toda escultura é sempre a mesma história, mas ele volta à oficina um ano depois e diz, com um sorriso torto, que tem um trabalho novo — e Tuco não consegue dizer não. "Os artistas são assim", disse rindo, "não dá para discutir com a cabeça deles, nem eles próprios conseguem. Não obedecem a nada, só recebem ordens de si mesmos. E então, para que discutir?" Sua risada sumiu logo, talvez por ter se lembrado de que joalheria também é uma arte.

As pessoas na mesa ao lado se levantaram. "Café turco, senhor Tsachi?", perguntou o garçom, e Tuco pediu café para os dois.

"Não", disse Tuco quando chegaram as duas pequenas xícaras, "você ainda não aprendeu. É assim que se bebe...", e sugou o café com um silvo. Seus lábios, carnudos e vermelhos, fecharam-se como num beijo. Assaf tentou fazer a mesma coisa e só conseguiu chupar o ar. Tuco sorriu. Assaf olhou. Um sorriso capaz de derreter qualquer mulher no mundo, dizia sua mãe, e se irritava porque só ela, Réli, a Boba, era indiferente, uma pedra, uma pedra, um coração de pedra.

"E o que vamos fazer com seu problema?", perguntou Tuco indicando a cadela. "Você não tem intenção de desistir, não é?"

"Vou andar mais um pouco por aí hoje, até de noite. Depois vamos ver."

"E até amanhã", sorriu Tuco, "até você a encontrar, não é?"

Assaf deu de ombros. Tuco o fitou por um bom tempo e sugou as bochechas para dentro. Durante a Guerra do Golfo, Tuco tinha comprado um quebra-cabeça de mil peças retratando os Alpes suíços, e o trouxera para Réli e seus pais, para aliviar um pouco a tensão durante a noite, entre o toque de recolher e a liberação matinal. Réli foi a primeira a desistir, já na primeira noite. Dois dias depois a mãe de Assaf abandonou o jogo, dizendo que até mesmo os mísseis de Saddam eram preferíveis a essa tortura suíça. O pai agüentou mais uma semana; Tuco, um mês inteiro, só para manter-se fiel ao princípio, e só largou quando lhe pareceu estar ficando ligeiramente daltônico, principalmente em relação às tonalidades de azul. Assaf, que na época ainda não completara oito anos, terminou o quebra-cabeça uma semana depois do fim da guerra.

"Agora ouça." Tuco pensou por um momento, os dedos brincando com a correntinha militar em torno do pescoço. As bordas da sua camiseta estavam verdes do pó de bronze oxidado. "Eu não acho legal você andar por aí. E seus pais, vão me comer o fígado se você machucar a unha, certo?"

"Certo." Assaf sabia que Tuco não se perdoaria se algo lhe acontecesse.

"Até agora você teve sorte, e só caiu nas mãos de um policial sádico. Da próxima vez pode ser alguém bem pior."

"Mas eu preciso procurá-la", repetiu Assaf com teimosia. E em seu coração acrescentou: "Preciso encontrá-la".

"Olha só o que vamos fazer." Tirou do macacão o adesivo vermelho que usava para marcar as esculturas. "Estou anotando o número do meu celular, o número de casa e o do trabalho."

"Eu sei os números."

"É melhor ficarem juntos, num lugar só. Ouça bem, depois não diga que não escutou: se você tiver qualquer problema, por menor que seja, sei lá o quê... alguém te perturbando, alguém andando meio metro atrás de você, ou simplesmente se não for com a cara de alguém, vá até o telefone público mais próximo. Promete?"

Assaf fez cara de "Você acha que eu sou um bebê?", mas no íntimo não fez objeção.

"Você tem cartão telefônico?"

"Meus pais deixaram cinco... quer dizer, sete."

"Agora, aí com você, tem algum?"

"Em casa."

"Pegue este. Não faça economia comigo. Mas quem paga o almoço?"

"Vamos fazer como sempre, topa?"

Abriram um espaço sobre a mesa. Colocaram os braços dobrados, um na frente do outro. Assaf era forte, e todo dia praticava — em duas sessões — cento e vinte flexões de braço e cento e quarenta abdominais. Durante alguns instantes gemeu e grunhiu, mas ainda não tinha a menor chance com Tuco.

"Está ficando cada vez mais difícil", disse polidamente o outro, pagando ao garçom.

Levantaram-se e saíram, Dinka andando no meio dos dois. Assaf sentiu um prazer secreto ao ver os três juntos, ele e Tuco e a cadela no meio. Na frente do restaurante Tuco ajoelhou-se numa perna, assim, sobre o chão imundo, e olhou firme nos olhos dela. Ela o fitou por um instante, e rapidamente afastou o olhar, como se fosse perto demais. Emoção demais.

"Se você não encontrar a garota, traga a cadela para mim. Ela é esperta. Terá amigos no meu quintal."

"Mas o formulário. A multa..."

"Eu pago. O que você quer, que injetem alguma droga nela na prefeitura?"

Dinka lambeu seu rosto.

"Ei, ei!", gritou rindo. "Acabamos de nos conhecer."

Subiu na moto. "Para onde você vai, daqui?", perguntou, e por um momento o capacete ocultou seu rosto.

"Aonde ela me levar."

Tuco olhou para ele e riu com muito gosto. "O que posso dizer, Assafi. Ouvir de você uma frase como essa... essa cadela realmente está conseguindo o que nem seus pais nem Réli conseguiram. 'Aonde ela me levar...', não dá para acreditar!" Deu partida na moto, o rugido fez a rua tremer. A moto se afastou, ele esticou a perna para o lado, fez um aceno e sumiu.

De repente estavam sozinhos, os dois.

"E agora, Dinka?"

Ela ficou olhando até a moto desaparecer. Farejou o ar. Talvez estivesse esperando a fumaça se dissipar. Então deu meia-volta. Ficou parada com as patas esticadas, erguendo a cabeça e o focinho, as orelhas ligeiramente dobradas para a frente. Na direção de algo que estava além das casas que cercavam as ruas do mercado. Assaf já começava a conhecer os sinais.

"Uuff!", fez a cadela, e começou a correr.

NO TERCEIRO DIA, já cansada, arrastando as pernas após outra noite no abrigo sem conseguir dormir, saiu de novo para a rua antes que abrissem os escritórios no edifício onde estava se escondendo. No Café Del'Arte, comprou um desjejum para ela e Dinka, e ambas comeram no pátio vazio do Experimento. Tamar sentia dor no coração por Dinka, que parecia um trapo, o pêlo totalmente sem brilho, sem as lindas ondas douradas que costumava ter. Coitadinha, Dinkush, arrastei você sem perguntar, olhe para você, confiando em mim de olhos fechados, eu gostaria muito de saber o que estou fazendo e para onde vou.

Porém, ao se colocar diante de uma platéia, ela, como sempre, se sentia subitamente inteira.

Cantou na rua Luntz, e o público que se juntou ao seu redor

não a deixou ir embora, pedindo mais e mais. Seus olhos brilhavam: de apresentação em apresentação, ia se firmando nela a conhecida urgência — não acreditou que também aqui essa urgência houvesse despertado, com tamanha intensidade — de agarrá-los, prendê-los desde a primeira nota. Imediatamente, é claro, ouviu Idan e Adi criticando: Uma obra de arte tem de evoluir lentamente, amadurecer, não existe arte instantânea! E pensou que os dois não sabiam o que estavam dizendo. Aqui não havia lustres dourados nem paredes de veludo, aqui ninguém vai esperar até que ela "amadureça". As ruas estão cheias de tentações que atraem tanto quanto ela os que passam e param; a cada vinte metros há alguém com um violino, ou uma flauta, ou bastões de fogo girando no ar. E todos estão ansiosos, como ela, para ser vistos, ouvidos, amados. E além deles, havia também as centenas de comerciantes, os camelôs, os vendedores de faláfel e churrasco grego, os funcionários das lojas, os marreteiros do bazar, os garçons, os vendedores de loteria, os mendigos da rua, todo mundo chamando incansavelmente com um apelo insistente e inaudível: "Para mim, olhe para mim! Venha! Só para mim!".

No coral também havia, é claro, brigas e ciúme, disputa pelas partes melhores. E toda vez que a regente designava alguém para um solo, havia três ou quatro que avisavam que iam largar o coral. Mas nesse momento, em comparação com a rua, tudo isso lhe parecia brincadeira de criança; ontem, por exemplo, ao ver que a roda formada em torno de duas jovens irlandesas com flautas prateadas estava maior que a dela, sentiu uma pitada de inveja, muita mais amarga do que a que sentiu quando Atalia, do coral, foi aceita na Manhattan School of Music, em Nova York.

E hoje, ao curvar-se graciosamente diante dos olhares radiantes da platéia, diante das mãos que a aplaudiam calorosamente, percebeu que queria mesmo jogar o jogo de acordo com as regras daqui, e batalhar pela sua audiência, surpreendê-la, ser ousada e cativante, ser *da rua*. E sentiu que isso lhe permitia perceber o quanto a rua era uma arena de lutas eternas, de uma guerra de sobrevivência travada a cada instante, sob sua aparência colorida, alegre e civilizada. E compreendeu que, para sobreviver aqui, precisava se libertar já dos seus gostos refinados e se comportar como uma guerrilheira em território urbano. E por isso deu cinco passos grandes distanciando-se da Luntz, e se colocou efetivamente no centro do calçadão. Em seu íntimo deu uma piscada para Halina, que sempre reclamava que ela não tinha uma gota de ambição, tão vital para todo artista, e que era mimada, que se recusava a brigar pelo seu espaço e evitava qualquer tipo de competição. E agora aqui estava ela, vejam só, realmente no centro do universo, dá para acreditar que sou eu?

E cantou, com a voz mais límpida e rica que conseguiu desde que estava nas ruas, "God bless the child", de Billie Holiday. Porém, quando estava prestes a começar a segunda canção, o sanfoneiro russo começou a tocar "Happy birthday to you" no último volume, e a ele se juntaram as irlandesas com flautas do outro lado da rua, bem como o violinista cego da travessa Luntz, que tocava uma música pretensamente cigana, e — para sua surpresa — até mesmo os três homens sisudos do Paraguai, com seus instrumentos exóticos. Vieram todos eles e ficaram ao seu redor, tocando para ela, parada no meio, com o coração batendo forte, abandonando impetuosamente toda a cautela, sorrindo de felicidade para a platéia em volta, para todos aqueles rostos estranhos que brilhavam de afeto genuíno, compreendendo as reverências que o russo lhe fazia; e esqueceu-se quase totalmente das lembranças dolorosas de como havia comemorado seu aniversário anterior, com Idan e Adi no alto da torre do monte Scopus, como haviam fugido e se metido lá no meio da noite, ficando acordados até o sol raiar...

E quando o pequeno concerto terminou, não cantou mais

nada. Afastou-se da platéia pedindo desculpas, foi até o russo, e ouviu o que imaginava. Que ontem viera uma mulher alta, corpulenta, com marcas no rosto. "Deu-nos cinqüenta shekels para que cantássemos esta música para você. Bom, cinqüenta shekels na mão de cada um, ninguém perguntou nada." Ele olhou para ela preocupado: O que é que há, Tamarutchka, não toquei bem?

Tocou divinamente, Leonid. Mandou muito bem.

Afastou-se dali, pensando que, apesar de tudo, o mundo era bom, ou que ao menos tinha potencial para ser, enquanto existissem pessoas como Léa. Refletiu sobre a descrição que Leonid tinha dado, admirando-se de ela quase não reparar mais naquelas cicatrizes que Léa chamava de "estampas"; e pensou que hoje tinha sido poupada de pelo menos um aborrecimento: ficar sentada ao lado do telefone esperando alguém ligar para cumprimentá-la.

Em meio aos seus devaneios descobriu que tinha parado na frente do Hamashbir. Não gostava de se apresentar ali, muito menos de ficar parada ali à toa — por causa do tráfego, da gritaria e do barulho dos ônibus. Circulou um pouco e decidiu retornar ao lugar onde estava, ao calçadão; mesmo assim hesitou, algo a impedia, e ela não sabia o quê. Nos últimos momentos tinha ficado nervosa e inquieta, provavelmente por causa do aniversário; e também por causa de algum rebuliço interno, novo e inesperado. Caminhou, e sentiu-se tentada a voltar. Nesse momento também começou a ficar com raiva de Léa, que lhe preparara uma comemoração dessa no meio da rua, na frente de todo mundo. E se depois, quando as coisas se complicarem, alguém começar a investigar quem foi a mulher com cicatrizes que pagou a Leonid e aos outros? Andava sem direção, cada vez mais irritada. Por que ela tinha que fazer aniversário, quando tinha assuntos bem mais sérios a tratar?

Com evidente relutância, resolveu cantar mais uma música,

só mais uma, e dar o fora. E exatamente aí a coisa aconteceu, sem que ela estivesse preparada: ela, que havia se preparado tanto, esperado tanto por esse momento, com tanta ansiedade, procurando inúmeras vezes adivinhar como ocorreria, quem seria o enviado do seu predador, não conseguiu perceber quando de fato aconteceu.

Terminou de cantar e recolheu as moedas. As pessoas se dispersaram, e ela ficou com aquela sensação já familiar, a esquisita mistura do orgulho pelo sucesso do espetáculo, por mais uma vez ter conseguido prender a atenção deles, e do incômodo que tomava conta dela quando as pessoas iam embora e ela se via de repente no meio da rua, sabendo que acabara de revelar a estranhos algo muito íntimo.

Dois velhos, um homem e uma mulher, sentados num banco de madeira durante a apresentação, levantaram-se e se aproximaram a passos lentos. Estavam de braços dados, bem entrelaçados, o homem apoiado na mulher. Eram baixos e vestiam roupas pesadas demais para um dia de calor. A mulher deu um sorriso tímido para Tamar, quase sem dentes, e perguntou: “Posso?”. Tamar não sabia o que ela queria, e disse que sim. Estava comovida com a forma como os dois estavam juntos, agarrados um ao outro.

“Como você canta! Oy! Oy!” A mulher colocou as mãos nas bochechas de Tamar. “Como na ópera! Como um cantor de sinagoga!”, disse, erguendo e inchando o peito. Agarrava com excitação o braço de Tamar, abraçando-a efusivamente. Tamar em geral não gostava que estranhos a tocassem, mas sentiu toda a sua alma atraída pelo toque macio.

“E ele...”, moveu a cabeça indicando o marido, “meu marido, Iossef, quase não enxerga mais, e também não escuta direito, eu sou os olhos e os ouvidos dele, mas ele ouviu você, não é verdade, Iossef?” E, aproximando o ombro: “Não é verdade que você a ouviu cantar?”.

O homem olhou na direção de Tamar e deu um sorriso vazio, dividindo seu bigode amarelo em dois.

"Desculpe perguntar", disse a mulher com doçura, aproximando subitamente seu rosto macio e gorducho do rosto de Tamar, "mas os seus pais, eles sabem que você está aqui, sozinha na rua?"

Tamar ainda não estava entendendo nada, nem sequer suspeitando. Disse que saiu de casa, "pois estava meio difícil ficar lá", e sorriu, como que se desculpando por expor a uma senhora tão boa os duros fatos da vida, "mas estou bem, não se preocupe". Porém a velha continuou olhando com olhar aguçado, e com sua mão flácida agarrou o pulso de Tamar, segurando-o com força inesperada. E Tamar viu de relance uma imagem — a bruxa malvada verificando se Maria já estava gorda o suficiente —, mas a imagem sumiu com a mesma rapidez com que surgiu, dando lugar à face risonha e amigável da senhora.

"Não é bom", sussurrou a mulher, dando rápidos olhares em torno, "isso não é bom, uma moça sozinha. Aqui há todo tipo de gente, você não tem ninguém para tomar conta de você? E se alguém quiser roubar o seu dinheiro? Ou se, Deus me livre, quiserem algo mais?"

"Eu sei me cuidar, vovó", riu Tamar, já querendo ir embora, a preocupação começando a pesar um pouco, tocando nos seus pontos doloridos.

"E você não tem amigos ou irmãos para cuidar de você?", cuspiu a velha. "E onde você dorme à noite? Isso é absurdo!"

Então, pela primeira vez, alguma coisa despertou dentro de Tamar, algo revolvendo suas entranhas lhe sussurrou para não contar mais nada. Ela não conseguia acreditar no que sentia; os velhos pareciam tão inocentes e amistosos. Mesmo assim, deu uma risada diferente, meio forçada. Repetiu que realmente não era preciso preocupar-se, e virou-se para ir embora. Mas a velha a agarrou, e Tamar ficou estarrecida pela força grosseira, violenta dos seus dedos retorcidos. Perguntou se Tamar comia o suficiente, parecia "tão magra, meu docinho, pele e ossos". E Tamar, mais alerta por causa do "meu docinho", disse que se ajeitava bem, obrigada, e a velha se calou por mais um momento. Tamar viu como seus lábios ensaiavam ainda uma última pergunta, e então veio, curto e grosso: "Diga, *mêidale*, talvez você queira alguém para cuidar de você enquanto está por aqui?".

Já tinha recuado meio passo, eles estavam realmente começando a incomodá-la, cercando-a aos poucos, envolvendo-a como fumaça, porém a última pergunta era de outro tipo, tinha uma origem totalmente distinta. Tamar parou, fitou os dois atônita, mas na sua cabeça afinal começou a se desenhar a idéia de que era isso mesmo, eram eles, por mais impossível que parecesse, era bem provável que fossem as pessoas que estava esperando, os enviados dele.

Mas não pode ser! Ela se sacudiu, sorrindo da própria ingenuidade. Olhe para eles, dois pobres coitados. Mas fizeram a pergunta certa. Não, não, é impossível, olhe para eles, vovó e vovô, cheios de preocupação e boa vontade, que ligação pode haver entre eles e aquele sujeito terrível?

"Um momento, o que quer dizer isso?", perguntou, com os olhos mais arregalados que de costume, "não estou entendendo." Sabia que nesse momento precisava ficar esperta e muito atenta. Nem animada demais, nem assustada demais. Deixar falar o coração, mesmo que desse para ver a intensidade das batidas através do macacão.

"Nós, Iossef e eu, conhecemos um lugar muito bom, uma espécie de casa onde você pode morar, com comida boa, e também amigos, e lá tudo é só alegria. Certo, Iossef?"

"O quê?", perguntou Iossef, que parecia estar cochilando por trás dos óculos escuros, e só os empurrões do ombro dela o despertavam.

"Que nós temos comida boa."

"É sim, a melhor comida. É que a Henia está cozinhando", explicou, virando o rosto para a esposa, "então a comida é boa, e você terá o que beber e onde dormir, tudo é bom!"

Tamar não se apressou. Algo dentro dela ainda se recusava a acreditar. Ou temia acreditar. E algo no olhar dela ainda suplicava-lhes que provassem que ela se enganara. Pois se é isso mesmo, se eles forem realmente os enviados, tudo está para começar, e ela não terá mais nenhum controle sobre o que vai acontecer. E de repente compreendeu que não tinha coragem de fazer isso.

"E então, o que você acha, gracinha?", perguntou a mulher. Tamar viu que seus lábios tremiam de excitação.

"Eu não sei", disse Tamar, "onde é isso? É longe?"

"Não é tão longe", a velha pigarreou e começou a gesticular, talvez de entusiasmo, "é logo ali, aqui do lado. Mas a gente pega um táxi, ou alguém nos leva até lá. Diga sim ou não, o resto fica por nossa conta."

"Mas eu... eu não conheço vocês", Tamar quase gritou de medo.

"O que você precisa conhecer? Eu sou a vovó, e ele, o vovô. Velhos! E há um rapaz, Pessach, que é o gerente, e ele é gente boa, pode acreditar, queridinha, é um garoto de ouro!" Tamar olhou para os dois desesperada. Era isso mesmo. Esse era o nome que Shai mencionara quando lhe telefonou de lá. Pessach. O homem que lhe dera uma surra, que quase o matara de tanto bater. A velha prosseguiu: "E ele tem esse local exatamente para jovens como você".

"Local?", indagou Tamar. "Há outros jovens lá?"

"Mas é claro! O que você pensou, que ia ficar lá sozinha? Lá há jovens atores, atores de primeira! E há os ginastas, como no circo, e há músicos com violino e violão, e um que faz mímica, como aquele... como é mesmo o nome daquele da televisão? Rosen! E um que come fogo, e uma moça que anda plantando bananeira, u-hu!" Fez um gesto de admiração. "Você vai ter amigos, vai se divertir pra valer!"

Tamar deu de ombros. "Parece legal", seus lábios mentiram, mas mal se ouviu sua voz.

"E então, vamos?" A boca da velha tremia, e seu rosto corou subitamente. Tamar não conseguiu olhar para ela, ela parecia uma imensa aranha, uma aranha tecendo veloz sua teia em torno da formiga: ela.

A velha entrelaçou seu braço no de Tamar, e todos juntos desceram pelo calçadão. Caminharam bem devagar, por causa do cego Iossef. A velha não parava de falar, como se quisesse inundá-la de palavras para que ela entendesse exatamente o que se passava. A sola dos pés de Tamar ardia. Seria tão fácil nesse momento separar seu braço do braço da velha, e simplesmente ir embora. Ir embora de vez, e nunca mais sentir aquela pele fria esfregando-se na sua; e não ser envolvida pela teia que aquela mulher fechava sobre ela.

E jamais chegaria àquela casa, cujo caminho estivera procurando durante meses.

Tamar olhou tristemente para os lados, como se nunca mais fosse passar por aquela rua, nunca mais fosse ver as lojas e as pessoas e o dia-a-dia. Num tom lamurioso, pensou consigo mesma: "Parabéns pelo meu aniversário, e obrigada pelo maravilhoso presente".

"Temos de levar o cachorro?", resmungou a velha, mal-humorada, ao perceber que a grande cadela arrastando-se atrás deles pertencia a Tamar.

"Sim, ela vem comigo!", retrucou Tamar, e no seu âmago teve a esperança de que lhe dissessem que não era permitido, e então teria um bom pretexto para cair fora.

"É mulher, o cachorro? Fêmea?" A velha torceu a boca. "E o que vai acontecer, ela vai emprenhar, ter filhotes, e nós vamos dar uma festa para comemorar?"

"Ela já... ela já é velha, não pode emprenhar", sussurrou Tamar, e seu coração se compadeceu de Dinka, que, naquela idade, precisava passar por tamanha humilhação.

"E o que importa?", insistiu a mulher. "Deixe-a aqui. Para que você precisa dela? Tem de dar comida, e ela pode ficar doente, e faz sujeira..."

"A cadela vem comigo!", interrompeu Tamar, e por um momento entreolharam-se as duas, ela e a velha, e Tamar viu o que se ocultara até agora sob os largos sorrisos e as dobras gordas, maternais: um olhar áspero, cinzento como aço, vivido. Porém a velha baixou os olhos primeiro: "Não precisa gritar assim. O que foi que eu disse? O que é isso? Que atrevimento gritar conosco, e nós ainda estamos lhe fazendo um favor...".

E Tamar sabia, sabia, sabia que era isso.

Mais alguns instantes se passaram em silêncio. Perto da praça dos Gatos, começaram a ser seguidos lentamente por um carro azul, sujo e todo batido. No início, Tamar não o notou. Depois começou a achar estranho que o Subaru estivesse se aproximando tanto. E então sua garganta começou a sufocar de terror. O carro parou ao lado deles, e a velha olhou rapidamente para um lado e para outro.

O motorista, um rapaz jovem e moreno com uma ruga profunda no centro da testa, saiu do carro. Olhou rapidamente para Tamar, um olhar fervendo de agressividade. Abriu a porta dianteira para a velha, como se fosse o chofer de um Rolls-Royce. A velha esperou até o marido se sentar no banco traseiro, e em seguida empurrou Tamar para dentro.

"Direto para o Pessach", ordenou. O motorista soltou o freio de mão, e o carro tomou seu rumo. Tamar virou a cabeça e contemplou a rua se encolhendo atrás dela, fechando-se depressa como um zíper.

# COMO UM PÁSSARO DILACERADO

O HOMEM ENORME, de camiseta preta e palito entre os dentes, falava em dois telefones ao mesmo tempo. Em um deles, o que estava sobre a mesa, gritou: "Já expliquei cem vezes, de manhã é para verificar sempre a sacola que fica dentro do carro, e ver se ele levou as facas!". E no outro telefone, um celular: "Onde é que vou arrumar agora um caixote desse, onde?". Ao erguer a cabeça, viu Tamar e, sem tirar os olhos dela, passou lentamente o palito do lado esquerdo da boca para o direito.

Tamar ficou em pé, parada, as mãos agarrando com força as costuras do macacão. Havia encontrado tanta gente sombria e sinistra nas últimas semanas, e toda vez que sentia medo acalmava-se pensando que não passava de uma introdução para chegar até *ele*, que valia a pena guardar o medo para o momento crucial. Agora, ao se defrontar com ele, estava admirada por parecer quase inofensivo, uma espécie de ursinho gigante, gordo e suado. Mesmo assim, não conseguia controlar o tremor nas pernas.

Um anel preto e grosso sobressaía em um de seus dedos, e Tamar ficou hipnotizada pela unha comprida do seu dedo mínimo. Perguntou-se se teria sido daquele telefone sobre a mesa a chamada que a trouxera até ali, e se teria sido essa sala o local dos socos, de onde saíra o terrível grito.

O velho e a velha, seu pai e sua mãe, aproximaram-se dele e, enquanto ainda falava ao telefone, apresentaram-lhe Tamar; sorriam, um de cada lado, um sorriso que insinuava uma promessa, como se fosse um presente caro que haviam comprado para ele. Mesmo sentado, era mais alto que os dois, preenchia toda a sala com seu corpo, provocando uma sensação estranha em Tamar — como se o seu tamanho minúsculo fosse ridículo. A corrente de ouro pendurada no pescoço grosso trazia os nomes *Méier* e *Yacov* — aparentemente os nomes de seus filhos —, e algo que parecia o dente comprido de algum animal. Num dos telefones disse: "Fica esperto, olho nele, ele já me aprontou uma anteontem em Aco"; e no outro aparelho: "Essa maluca não pode se enfiar simplesmente num caixote de madeira ou de papelão, desses de supermercado?".

Dinka sentou-se inquieta aos pés de Tamar, levantando-se vez por outra para mudar de posição, até que acabou ficando em pé, coisa que não costumava fazer quando tinha de esperar um tempo mais longo. Tamar olhou em volta, com cautela: à sua direita havia um grande armário de metal. Barras nas janelas. Na parede, um pôster rasgado, quase caindo: "Você queria ferrar sua cabeça e acabou ferrando sua vida". O homem encerrou uma das conversas, dizendo: "Só vou avisar mais uma vez: verifique o tempo todo se não há ninguém atrás dele, não quero que ninguém leve uma faca na cabeça por engano". Tinha uma marca vermelha na fronte, uma longa trança nas costas, e bolsas pesadas e escuras sob os olhos. Desligou um dos telefones, e, sob a pele dos braços, seus músculos se moviam parecendo filões de pão. No outro telefone, disse: "Então procurem numa loja de animais, com certeza tem alguma no shopping, comprem um aquário, vamos ver se ela cabe no aquário, só não se esqueça de trazer a nota!". Soltou lentamente o ar ao dizer: "Tudo cai na minha cabeça". Olhou para Tamar e perguntou o que ela sabia fazer.

Tamar engoliu em seco. Sabia cantar.

"Mais alto, não dá para ouvir!"

Ela sabia cantar. Cantava há três anos num coral. Tem um número solo. Pelo menos tinha, corrigiu-se, até eles viajarem para a Itália.

"Me disseram que você canta na Ben Yehuda, é isso?"

Ela fez que sim. Na parede atrás dele estavam pregadas duas fotografias desbotadas. Nas fotos, ele parecia vinte anos mais jovem, estava quase nu, vermelho, reluzindo, lutando com outro homem, possivelmente em alguma competição.

"Qual é o lance? Você fugiu de casa?"

"Fugi."

"Sei, sei, não precisa contar. Não quero saber. Que idade tem?"

"Dezesseis." Hoje.

"Você veio por livre e espontânea vontade, não é?"

"Vim."

"Ninguém obrigou você a vir, não é?"

"É."

De dentro de uma gaveta atulhada, tirou um monte de papéis e de pastas grossas. Procurou, até encontrar um folha impressa com letras quase apagadas, cópia de cópia de cópia. Leu:

> Eu, abaixo assinado, tenho a honra de informar por meio desta que vim ao Albergue dos Artistas do sr. Pessach Beit Halevi por minha livre vontade e sem nenhuma pressão externa. E, por meio desta, obrigo-me a respeitar as leis da casa e obedecer à sua administração.

"Assine aqui", disse, apontando com o dedo grosso, vermelho, "nome e sobrenome."

Instante de hesitação. Tamar Cohen.

Pessach Beit Halevi leu com o rabo dos olhos: "De repente aqui todo mundo vira Cohen", disse. "Vamos, mostre a identidade."

"Não tenho."

"Não tem nenhum outro documento, alguma outra coisa?"

"Não tenho nada. Fugi às pressas e não peguei."

Ele balançou a cabeça enorme, em dúvida. Depois de um instante, resolveu desistir: "Ok, por enquanto vamos deixar por isso mesmo. Tudo bem, posso arranjar um lugar para você dormir, quarto e cama, duas refeições por dia, uma de manhã e outra, quente, à noite. O dinheiro que você ganhar cantando você deixa aqui para pagar a comida e o aluguel. Eu lhe dou trinta shekels por dia para cigarros, bebida e pequenas despesas. Mas estou avisando, para o seu bem, nem pense em me passar a perna. Pergunte: por quê?".

Tamar perguntou: "Por quê?".

Ele inclinou um pouco a cabeça para trás e sorriu para ela por trás do palito. "Você me parece uma garota fina, então é melhor não entrar em detalhes. Fica subentendido: ninguém faz Pessach de trouxa. Estamos acertados?" Numa fração de segundo Tamar viu aquilo a que Shai tinha se referido, a imediata transformação, quase imperceptível, em duas pessoas completamente diferentes dentro dele. "Não é que não tentem", disse, ampliando o sorriso um milímetro e lançando-lhe um olhar frio, para as profundezas de sua alma, para as trevas de seu segredo, "sempre tem um espertinho que acha que vai ser o primeiro a conseguir." Por um momento, ela viu um rapaz de cabelos cacheados, ao lado das grades, na praça, arrastando-se lentamente, encovado e com os dedos quebrados. "Mas quem tentou... digamos que não vai tentar mais. Não vai tentar mais nada." Os olhos dele, pensou Tamar, assustada, tem alguma coisa errada nesses olhos, parece que não estão conectados com nada. Não sabia o que fazer para impedir aquele vergonhoso tremor nas pernas.

"Pegue cobertor e colchão na última sala, no final do corredor, ao lado do quadro de luz, e procure um quarto para dormir. Há muitos quartos vazios. Às nove da noite tem comida no refeitório, no segundo andar. À meia-noite em ponto apagam-se as luzes. Aliás, e esse cachorro?"

"Ela é minha."

"Ela fica só com você, o tempo inteiro. Grudada em você. Só me falta alguém aqui ser mordido. Ela é vacinada?"

"É."

"E comida para ela?"

"Eu cuido disso."

"Ótimo. Já lhe explicaram o que é para fazer?"

"Não."

"Então depois eu explico. Uma coisa de cada vez." Voltou ao telefone, parou: "Um momento, mais uma coisa: você usa?".

Ela não entendeu, depois entendeu.

"Não." Tomara que não procure na mochila, pensou. Ela tinha uma presença embrulhada num plástico.

"Só faltava essa, você se drogar aqui! Se eu pegar você uma única vez, uma só, é direto para a polícia."

A mãe, em pé ao seu lado, assentiu com veemência.

"Eu não uso droga." Mas ele a deixou confusa, com toda a certeza. Achava que ali todos usavam. Fora isso que Shai lhe dissera por telefone ao contar sobre o lugar e pedir que fosse lá salvá-lo.

"Porque aqui", Pessach ergueu subitamente a voz, "só pensamos em arte, qualquer sujeira... não é aqui, está claro?" De repente Tamar teve a impressão de que ele não estava falando com ela, e sim com alguém escondido na sala ou do lado de fora da janela.

"Espere aí, espere aí". Mais uma vez colocou o telefone no gancho. "Você é assim o tempo todo?"

"Assim como?"

"Assim calada, tanto que ninguém escuta a sua voz."

Tamar ficou parada, os braços caídos, envergonhada.

"Então como é que você canta, se não consegue nem falar?"

"Eu canto, eu canto sim", ergueu a voz, tentando encher-se de vida.

"Cante alguma coisa, vamos ver." Ele esticou as pernas imensas.

"Aqui? Agora?"

"É claro que é aqui. Você acha que eu tenho tempo de ir a concertos?"

Ela ficou dura de raiva, aquilo era uma ofensa. Um teste? Uma audição? Aqui? Mas no mesmo instante se lembrou do que viera fazer, e reprimiu a ligeira revolta. Fechou os olhos e se concentrou.

"Vamos lá, benzinho, ou você vai querer alguém para aquecer o público? Não tenho o dia todo para você."

Então ela cantou, sem pestanejar, "Não me chame de benzinho", de Korin Alal. Não devia escolher essa música, mas não pensou um instante sequer — a canção explodiu de dentro dela com uma urgência incontrolável, como um grito. Talvez por ele a ter chamado assim, em tom irônico. Jamais teria sonhado em cantar essa música sem acompanhamento, praticamente nua na frente dele. E, apesar de tudo, exatamente por estar fervendo de raiva por dentro, cantou de forma magnífica desde o primeiro instante, e suas pausas contundentes entre os versos serviram como um acompanhamento tão bom quanto uma orquestra inteira; cantou com ardor, gestos de acordo com a música, respirou direito e soube, com absoluto desespero, que estava cometendo seu primeiro erro grave com aquele homem; e quis interromper, sabendo porém que, se interrompesse, perderia a oportunidade de ficar ali. No entanto, jamais poderia ter cantado uma música com uma referência tão clara e direta; pois enquanto cantava "Não me chame de benzinho/ que me dá uma explosão/ e me faz virar um peixe de chocolate", seus olhos enfrentaram os dele como se declarassem guerra; e quando a canção mencionou a mulher que compreendeu não ter escolha a não ser a sabedoria das pequenas flores, foi como se ela estivesse revelando não ser apenas a menininha delicada que ele via diante de si; que tinha, sim, um fundo falso. Por que diabos não escolhera outra música para se apresentar, por que não começara com algo mais calmo e melancólico, como "A noite cai entre os pinheiros"? Ou "Meu casaco comum", resignando-se, conformando-se? Por que tinha de despertar nele, já desde o primeiro momento, uma atenção especial sobe si mesma? De novo aquela maldição, o pensamento embotado ao cantar, de novo a arrogância dos tímidos, a coragem fugaz dos medrosos. Pois quando ele a depreciou com seu "benzinho", como se fosse qualquer uma, sentiu-se obrigada a mostrar o que a tornava especial quando começava a cantar, quando explodia de dentro dela a cantora, aquela que não pode ser intimidada...

E aparentemente por causa dessa cantora, após alguns instantes deixou de ficar brava consigo mesma e abandonou-se ao ritmo interno da canção, à sua essência triste, dançando, gesticulando, ardendo de olhos fechados, braços estendidos, os joelhos dobrados de modo selvagem acompanhando o ritmo, quase sem se mexer do lugar; voltou-se para o ponto mais fundo em seu interior, o ponto mais distante do homem gordo e vermelho recostado na cadeira, com o palito na boca, e que, com ar surpreso e um ligeiro sorriso, reclinou-se ainda mais, apoiando as mãos atrás do pescoço...

Ao terminar, imediatamente se desligou. Desligou a si mesma. Não era capaz de ficar diante dele, ardendo como estava, sem seu escudo, certa de que tudo que quisera esconder já havia sido revelado. Durante alguns segundos a sala ainda continuou refletindo o fluxo de energia que ela irradiara.

"Nada mau...", disse Pessach Beit Halevi, tirando o palito dos dentes e passando a chupá-lo, ao mesmo tempo que a examinava com uma mistura de desconfiança e respeito prazeroso. Em seguida, olhou para sua mãe, que ficara, durante a breve apresentação, sorrindo com sua boca desdentada: "Então, o que você acha, mãezinha? Ela é jóia, essa pequena, não é?". O pai estava sentado, cochilando, num banquinho atrás dele. Tamar conseguiu não prestar atenção à conversa, esperando haver ali algum lugar normal para tomar um banho. Ele não passa de um pequeno malandro, ela repetia corajosamente a si mesma o que Shai lhe dissera ao telefone, naquela mesma sala. Só um pequeno malandro que descobriu um negócio pequeno e original no submundo, mas a minha vida — Shai suspirou no meio da frase —, ele arruinou completamente.

"Pronto", concluiu Pessach, "amanhã de manhã veremos onde vamos colocar você."

"Desculpe, não estou entendendo."

"Não se preocupe, pode ir, arrume suas coisas, descanse. Até agora talvez tenha sido fácil para você. Amanhã começa o trabalho duro, e lhe dirão onde você vai ficar, em que cidade."

"Não vou ficar em Jerusalém?" De repente ficou tensa. Não pensara nessa possibilidade.

"Você vai ficar onde mandarem. Está claro?"

De novo os olhos vazios. Olhos de morto. Ela se calou.

"Vamos, benzinho, o tempo acabou." E ele a apagou de sua vista, do seu pensamento. Voltou a discar, os dois telefones.

ELA SAIU DA SALA DE PESSACH, e Dinka saiu atrás. Ainda não sabia onde se encontrava, que lugar era esse. O piso no corredor era de lajotas quebradas, tortas e afundadas, e em alguns pontos a terra se infiltrava, permitindo o crescimento de mato e espinhos. Era possível ver como, a partir do instante em que o ser humano abandona um local, a natureza volta a agir; Tamar ponderou que também na sua família acontecia algo parecido. O corredor era interminável. Nas paredes havia cartazes: AMBULATÓRIOS EXTERNOS. RECEPÇÃO. CIRURGIA. PEDIATRIA. Espiou por uma porta entreaberta e viu uma cama de ferro com um colchão e cobertores dobrados e empilhados. Talvez houvesse alguém dormindo ali, talvez não. O chão estava repleto de marcas antigas de pés de camas. Do teto, pendiam canos e fios elétricos. Num dos cartazes estava escrito OXIGÊNIO, e ao seu lado havia um pôster rasgado da Madonna. Acabou achando a sala no final do corredor. Precisou empurrar a porta com força para vencer a pressão dos colchões amontoados por trás dela. No interior, o ar estava denso e cheio de poeira. Puxou um colchão da pilha, um colchão listrado, muito pesado e coberto de manchas enormes. Tentou recolocá-lo no lugar e pegar outro, porém qualquer coisa que saísse da sala era impossível colocar de volta. Sobre os colchões havia cobertores. Ela escalou a pilha de colchões, puxou dois cobertores, procurando não cheirá-los. Cada movimento seu levantava uma nuvem de poeira e fedor de urina. Não havia lençóis. Ela teria de encostar seu corpo naqueles cobertores, dormir entre eles. O cheiro deles ficaria grudado na sua pele. Não faz mal, lembrou a si mesma, desanimada, o importante é *tirá-lo* daqui; foi por isso que ela precisou entrar. Entrar de verdade, por inteiro.

Arrastou o colchão no caminho de volta, ao longo de todo o corredor. Pesava quase tanto quanto ela, pressionando suas costas, dobrando-a ao meio, arrastando-se atrás dela como uma cauda de pobreza. Pensou que havia uma vantagem em tudo isso: a de não topar com Shai, cara a cara, antes de estar totalmente pronta para isso. Dinka saltitava em torno dela, tentando entrar embaixo do colchão, o colchão a empurrava de volta, e ela soltava alguns ganidos. De vez em quando Tamar parava, abria uma das portas e espiava lá dentro sob as costas curvadas. Cada quarto tinha uma ou duas camas, e era visível que estavam ocupadas. Num dos quartos viu um violão apoiado na parede, e seu coração saltou dentro do peito. Talvez fosse o quarto dele. Estava vazio, e uma das paredes estava rabiscada a carvão: SE O MUNDO NÃO ME ENTENDE, O MUNDO NÃO É O MUNDO. E pensou que era bem a cara dele. Mas os jeans ali jogados lhe pareceram curtos demais para suas longas pernas. Fechou a porta. Abriu outra, do outro lado. Latas de cerveja vazias e dezenas de pontas de cigarro. Dois cachecóis verdes do Macabi Haifa pendurados na parede formando uma cruz. Havia alguém sentado, costas nuas viradas para ela. Costas brancas e magras de um rapaz tão imerso num videogame de mão que não percebeu quando ela abriu e fechou a porta.

A situação suga a gente com tanta força, Shai dissera naquela conversa telefônica, uma força tão intensa que a gente acaba querendo mesmo ser sugado, quebrado em pedacinhos minúsculos, fragmentado. É como se você estivesse louco para descobrir até onde é capaz de descer, é esse o impulso que toma conta da gente, e a gente não tem vontade, não tem nada, as coisas desandam tão depressa, Watson... E então, quando ele mencionou o apelido secreto dela, os olhos de Tamar se fecharam com indescritível prazer, como se tudo que ele dissera antes se apagasse: por longos meses não o escutara chamá-la dessa maneira, e não tinha consciência de quanta falta lhe fazia. E um instante depois ouvira o primeiro tapa, e em seguida... os socos, os golpes e a gritaria.

Fechou a porta. Ao virar-se para prosseguir, curvada sob o colchão, seus olhos voltados para o chão viram um par de pés grandes, femininos, descalços e escuros, com dedões grossos e unhas pintadas de roxo. Uma voz forte, risonha, disse: "Qual é, você está enterrada debaixo desse colchão, deixa eu te ajudar, vamos levar juntas".

Tamar não conseguiu ver o rosto. Sentiu apenas que alguém se aproximou por trás e abaixou-se, dividindo o peso do colchão; de repente, tudo ficou mais fácil.

"Para onde vamos?", perguntou Tamar.

"Segundo andar."

Tamar silenciou. Suas pernas buscaram os degraus. Subiu um, dois, o colchão escorregando das costas. Ela e a moça começaram a oscilar sob o peso, para a frente e para trás, e acabaram descendo de volta. Ficaram paradas por um momento. Começaram a subir de novo, e mais uma vez se desequilibraram. Tamar ouviu uma risada atrás de si: "Sabe o que isso me faz lembrar? Faz uns dois anos, num espetáculo da escola, apresentamos *Don Quixote*; eu e mais duas meninas fazíamos o cavalo, e andávamos curvadas, exatamente desse jeito, cada uma com a cabeça na bunda da outra; de repente o lençol se abriu, e todo mundo viu a gente". A lembrança fez aumentar a risada forte e contagiante, o colchão balançou e escorregou, e as duas acabaram caindo com o colchão por cima. Engatinharam para fora e se deitaram nele, ombro a ombro, sem se olharem, e riram até perder o fôlego. Tamar também riu. Abandonou-se de todo o coração à risada da moça desconhecida.

"Shéli", disse a moça, e enxugou as lágrimas com as costas da mão, esfregando o braço dela no de Tamar.

"Tamar."

"Olá, Tamar."

"E esta aqui é a Dinka."

"Olá, Dinka."

Tamar viu ao seu lado uma face grande e risonha, coberta de crateras e marcas de catapora, cabelo verde cintilante, dentes bem separados, e um sorriso cheio de graça.

"Venha, vamos tentar de novo." Em cada uma das orelhas de Shéli havia quatro brincos prateados, e também um ponto prateado brilhando no seu nariz. Ela tinha uma grande argola presa na sobrancelha e, ao levantar-se, revelou a tatuagem de um arqueiro na barriga. Estendeu a Tamar uma mão forte, puxando-a e erguendo-a. Ficou claro que ela era uma cabeça e meia mais alta que Tamar.

"Bem, esta sou eu", disse, encolhendo os ombros, como que se desculpando pela sua altura, "completa, sem atalhos nem reduções. Vamos lá, ao trabalho!" E ambas se meteram outra vez debaixo do colchão, erguendo-o juntas.

Devem ter levado uns dez minutos para carregá-lo escada acima. Riram o tempo todo; caíam, levantavam, gemiam, os olhos se encheram de lágrimas. Quando chegaram ao segundo andar estavam exaustas, e já um pouco ligadas uma à outra.

Shéli abriu a porta. Era um quarto menor que os outros. Os ladrilhos também estavam quebrados, muitos faltando; do teto pendiam mangueiras de borracha e fios elétricos, mas junto à janela havia uma cama arrumada, com cobertores dobrados cuidadosamente. Na parede havia um panô mexicano de cores vivas, e sobre a cama o livro *O pássaro da alma*; sob a janela, uma prateleira apoiada em tijolos vermelhos, sobre a qual viam-se pedras coloridas, uma grossa vela vermelha e livros apoiados uns nos outros. Os olhos de Tamar se fixaram, famintos, nos livros.

"'Você acha os quartos agradáveis?'", perguntou Shéli, sorrindo.

"Quer saber a verdade? Não acho, não", respondeu Tamar sem hesitação, e viu um lampejo de alegria nos olhos à sua frente.

"E então, você não vai ficar por aqui?"

"Vou, vou sim, com o maior prazer!", sorriu Tamar, "pois acho que a vizinhança é boa." E foi agraciada por Shéli com um sorriso largo como um abraço.

"Seja bem-vinda ao inferno", disse Shéli. "Sinta-se em casa. Faz quanto tempo?"

"Quanto tempo o quê?"

"Que você saiu de casa?"

Por um momento Tamar hesitou. Shéli estava sendo tão generosa com ela que por pouco não lhe revelou a verdade.

"Ei, ei, aqui não é a polícia!", riu Shéli. "Você não precisa me contar nada." Mas Tamar notou que o brilho naqueles olhos alegres se apagou um pouco.

E, na verdade, queria contar. De súbito sentiu-se sufocada pelo fardo de seu segredo, mas não tinha escolha: "Shéli, não leve a mal. Preciso de algum tempo".

"*Take your time, baby*, aqui nós temos muito tempo. A vida toda, na minha opinião."

Tamar, que começara a estender um cobertor sobre o colchão, parou: "A vida toda? Por quê?".

Shéli deitou-se na cama, acendeu um cigarro e apoiou os pés numa escadinha de ferro na extremidade.

"Por quê? Por quê?" Shéli espichou os lábios para o teto, riscado de rachaduras em todas as direções. "Nossa ouvinte Tamar, de Jerusalém, pergunta 'Por quê?'. E, realmente, por quê? E por que a minha mãe, com quarenta e cinco anos, resolveu se casar com aquele nojento? E por que o meu pai verdadeiro morreu quando eu tinha sete anos? É bonito, isso? E por que as pulgas gostam de morar nos colchões?", disse, abraçando as coxas bronzeadas.

"Não, é sério", insistiu Tamar, aproximando-se da cama da outra, "por que... por que você disse que é para a vida toda?"

"Está com medo, é?", disse Shéli baixinho, com ar de pena. "Não faz mal. Todo mundo fica assim no começo. Eu também ficava. A gente pensa que vem para cá por uma semana, duas. Como se fosse uma colônia de férias, sei lá. Um colônia de férias de artes. Todas as crianças boazinhas que se desgrudaram um pouco da saia da mamãe. Depois, a gente vai ficando, ficando, ficando... e mesmo quando a gente foge, acaba voltando. Esse negócio suga a gente, é difícil explicar para alguém que acabou de chegar. É como um pesadelo do qual a gente não consegue sair."

Tamar se sentou na sua cama.

"Não invejo você", disse Shéli, sentando-se com as pernas esticadas, "você ainda está na fase em que isso dói. Em que a gente sente saudade. Em que de repente tem um cheiro no ar, e a gente se lembra da omelete que a mamãe preparava, com salada cortada fininho, não é?"

Tamar baixou a cabeça. Na sua casa não se comia salada. Quando é que a sua mãe havia entrado pela última vez na cozinha? Quando é que dissera pela última vez alguma frase que Tamar não fosse capaz de adivinhar de antemão, e que não tivesse sido dita antes em alguma novela na televisão? Afinal, quando é que ela havia de fato estado lá, estado de verdade, sem as suas camadas de autopiedade, sem reclamar, em cada expressão e em cada gesto, do destino que a trouxera para aquela família? Quando é que tinha, alguma vez, mantido sua opinião com firmeza diante de Tamar ou do pai de Tamar? E quando, que inferno!, tinha sido *mãe* de verdade para "todas aquelas Tamars", que era como se referia a ela, com um suspiro doce e profundo, sim, sim, *todas aquelas Tamars*, que necessitam e brigam umas com as outras? Mas, sem nenhum aviso, surgiu uma inesperada saudade de seu pai; e por um instante, realmente contra sua própria vontade, reviu as contas que ainda tinha a acertar com ele, e viu-se de volta aos passeios noturnos que faziam juntos, só ela e ele, passo rápido, silêncio, uma hora, uma hora e meia; ele precisava de muito tempo até estar pronto para despir um pouco sua casca de arrogância infantil, impertinente, e parar de provocá-la e interromper cada frase dela com algum comentário sarcástico. E só então ela conseguia captar, por um breve instante, o homem que ele havia enterrado dentro de si, bem lá no fundo, de forma cruel e sistemática. E subitamente se lembrou de como, certa vez, um ano atrás, não mais que isso, ele a impediu com a mão antes de entrarem em casa, e disse às pressas: "Conversar com você é como conversar com um homem". Ela sabia que, vindo da boca dele, era o maior elogio, e se conteve para não perguntar por que ele não tinha um único amigo homem para abrir seu coração.

"Eu já passei dessa fase, graças a Deus", disse Shéli, de muito longe, "apaguei completamente os dois da minha vida. Por mim, que morram. Agora eu sou a minha mãe e o meu pai. Não, mais que isso, sou uma assembléia de pais inteira!" E jogou de novo a cabeça para trás, soltando sua sonora risada, mas que dessa vez soou um pouco exagerada demais. Buscou nervosamente alguma coisa numa das mochilas e tirou um maço novo de Marlboro.

"Você se incomoda com o cigarro?"

"Não. Você se incomoda com a cadela?"

"Por que haveria de me incomodar? O nome dela é Dinka, não é? Que seja, Dinka. Não é como Diná, a gata de *Alice no país das maravilhas*, é?"

Tamar sorriu: "Você é segunda pessoa no mundo que adivinhou". A primeira, obviamente, tinha sido Idan.

"Não me olhe desse jeito", disse Shéli, "eu, se tivesse terminado o colegial, certamente teria cursado literatura." Espichou os lábios na direção da cadela: "Venha, Dinka". Dinka se levantou e se aproximou dela, como se a conhecesse há anos. "Venha para a mami, e para a mami da mami, e para o papi da mami..." Acendeu o cigarro e soprou a fumaça para o lado, com o canto da boca. "Que olhos ela tem...", sussurrou, "ela entende tudo." De repente enfiou o rosto no pêlo da cadela, e durante um bom tempo não se fez nenhum movimento dentro do quarto, apenas os ombros de Shéli tremiam um pouco. Dinka ficou parada. Linda e nobre, olhava para a frente. Tamar voltou seu olhar para a janela. Feixes de luz penetravam, em diagonal, pelas frestas das venezianas quebradas. Milhares de grãos de poeira flutuavam e se moviam incansavelmente. Shéli virou-se na cama, sentando-se com as costas viradas para o quarto. "É contagioso", disse por fim, com voz trêmula, "quando chega uma pessoa nova, ainda com o cheiro de casa, de repente pega na gente, fode com os mecanismos de defesa da gente."

Tamar estava sentada na cama brincando com os dedos dos pés. Em seguida, num movimento suave, deitou-se de comprido, sentindo todas as reentrâncias e saliências do colchão, e a aspereza do cobertor grosseiro.

"Parabéns", disse Shéli, "este é o passo mais difícil. É como entrar no mar, na hora em que a água chega na altura da você-sabe-o-quê."

"Diga", perguntou Tamar, "por que é que não há quase ninguém nos quartos?"

"Porque todo mundo está em apresentações."

"Onde?"

"No país inteiro. Tarde da noite, eles começam a chegar. Alguns ficam um ou dois dias fora, mas acabam voltando. E sexta à noite todos estão sempre aqui." Soltou um anel de fumaça e sorriu no meio: "Como qualquer família grande e unida".

"Ah, sei." Tamar digeriu a nova informação. "E o pessoal, como é que é?"

"Tem de tudo. Tem uns que valem a pena, especialmente os que tocam, e tem outros que são escrotos. Na maioria são doidos. Não falam com você, nem percebem que você está aí. A maior parte do tempo ficam de barato, chapados, e quando não estão", fez um gesto com a mão segurando o cigarro, "é melhor manter distância. Se marcar bobeira... são capazes de comer você viva."

"Chapados? Mas aquele cara, o Pessach, me disse..."

"Que drogas são proibidas. Claaaaro!", disse Shéli, prolongando a palavra e engrossando a voz. "Ele toma cuidado para não se ferrar."

"É mesmo?"

"'É mesmo?' Como você é bobinha, porra." Shéli a examinou com um olhar curioso demais. "Este lugar não é para você, sabia? Aqui não é como...", buscou uma palavra, e Tamar, irritada, completou a frase: "Como nos seus livros". Porém Shéli não quis magoá-la, deu um sorriso rápido e mudou rapidamente o clima: "E quem você acha que vende drogas mais caro para o pessoal, quem? E quem cuida para que haja sempre, sempre, o que fumar e cheirar e tomar, hein? Será que não é ele? Ou os buldogues dele?".

"Quem são os buldogues dele?", Tamar perguntou baixinho.

"Os caras que levam a gente, que nos policiam durante as apresentações. Você ainda vai conhecê-los muito bem. E ele não sabe de nada, sacou? Ele está sempre limpo. A preocupação dele é com a arte, é tirar a gente da rua, dar aos órfãos, coitadinhos, uma refeição quente por dia, um Janusz Korczak da vida. Mas não há um único dia em que eles não tentam vender para mim. E vão tentar com você também." Shéli entortou um pouco o pescoço e fitou Tamar. "Bem, talvez não no começo, primeiro vão verificar qual é a sua. Diga, você se droga?"

"Não." Uma vez, naquela viagem para Arad, fumou, e foi só.

E quando lhe ofereciam, aqui e ali, não aceitava, e era difícil até mesmo explicar por quê. Alguma coisa relacionada com a ligação entre emoções internas e substâncias estranhas.

"Sorte sua. Eu também não uso. Tenho personalidade, não uso. Uma vez por semana um baseadinho, só para arejar a alma. E às vezes, quando tudo está uma merda, uma merda só, um cristalzinho. E só. Mas heroína? Nem que me dêem um milhão de dólares — não pego nisso. Nem que esteja ao meu lado, não pego. Nada! Minha vida está totalmente fodida, mas pelo menos eu tenho consciência de cada etapa até o fundo do poço."

Tamar quis perguntar a respeito de Shai. Se Shéli o tinha visto, se ela sabia qual era a situação dele. Se ele estava vivo. Com grande esforço ficou calada; pois, apesar de Shéli ser simpática, ocorreu a Tamar a idéia de que talvez Pessach a tivesse enviado para descobrir quem era ela. Não fazia sentido, era chato suspeitar de Shéli dessa maneira, porém nos últimos meses ela havia treinado suspeitar de qualquer pessoa para não cometer nenhum erro; e o mais terrível era saber que Shéli percebia muito bem a fina camada que Tamar usava para se proteger.

"Mas eu não entendo uma coisa", disse, após um prolongado silêncio, "por que ele, Pessach, tem todo este lugar? O que ele ganha com isso?"

"Arte", riu Shéli, soprando uma nuvem de raiva para o teto, "ele ganha a sua própria produtora, com seus próprios artistas. Ele organiza, marca os espetáculos, leva os artistas, controla tudo, tem celulares, é um puta de um chefão, um 'empresário' no meio da bandidagem. Ele realmente gosta disso. E não esqueça que ele passa o dia cortando cupons."

"O que quer dizer isso?"

"Dinheiro." Shéli começou a contar notas imaginárias, molhando o dedo na saliva, "*money... massari... diñero... gelt*".

Tinha a habilidade de tornar qualquer gesto engraçado, e Tamar, ainda que deprimida, não pôde evitar o riso.

"Mas isso não... com certeza tem mais alguma coisa aqui, não? Senão, para que tudo isso...?" Tamar mostrou o quarto, todo o hospital abandonado. "Não é possível que ele faça tudo isso por causa dos poucos shekels que nós ganhamos na rua, não pode ser." Pois mesmo que Pessach preferisse ser apenas "um malandro pequeno e bem-sucedido", ainda faltava uma peça no quebra-cabeça em volta. Ela não sabia especificar o quê. Algo relacionado com trabalho e lucro. Alguma defasagem entre o tamanho do esforço que ela percebia ao seu redor — toda a organização, a casa enorme, as viagens para outras cidades — e a quantia em dinheiro que o tal Pessach podia ganhar com chapéus colocados nas calçadas.

Shéli se calou por um instante. Enrolou os lábios em torno do cigarro. "Agora que você está dizendo...", murmurou, e Tamar, de súbito, não tinha certeza de que ela falava a verdade.

"O quê, você nunca pensou nisso?"

"Eu sei lá? Pensei, não pensei, que diferença faz? Talvez no começo sim. Com certeza. No começo a gente pensa muita coisa. O cérebro trabalha o tempo todo, faz hora extra. Depois, eu já disse — a gente é sugado." Juntou os joelhos na barriga e puxou o peito para dentro: "Você acorda de manhã, levam você para uma apresentação. Duas, dez apresentações. Você vai no mesmo dia de Tel-Aviv a Holon, a Ashqelon, a Ness Ziona, a Rishon-le-Zion. Você tenta não escutar os caras sentados no banco da frente, os cães de guarda dele. Só de ouvir o que eles dizem dá vontade de telefonar para Darwin e dizer: Meu senhor, o senhor cometeu um grave erro, o homem não evoluiu do macaco, é o macaco que descende do homem". Fez uma imitação perfeita de um macaco coçando o peito, catando um piolho, examinando-o com atenção, para em seguida esmagá-lo entre os beiços. "Uma ou duas vezes por dia compram algum sanduíche de pão sírio. Você come na rua, em algum canto imundo, dentro do carro, entre uma apresentação e outra. Você dá uma dormida. Eles acordam você, você se apresenta. Não sabe se é Bat Yam ou Natanya. É tudo a mesma merda. Todas as ruas e praças são parecidas. Todas as platéias são parecidas, todos os meninos se chamam Din, e a meninas, Ifat, fora os russos, que se chamam Yevguêni e Mashinka. E o resto são todos vagabundos sem nome. Anteontem, um escroto pôs no meu chapéu uma nota de vinte shekels e se abaixou para pegar quinze de troco, imagine só! Por sorte não lhe dei um chute na bunda. Então, depois de uns dias como esse você já não sabe se é de manhã ou de tarde, se está indo ou voltando. Você termina de trabalhar, aplausos, muito bonito, junta a grana, vai até o ponto de encontro, a condução está esperando, ou então ele está naquele momento esperando alguém em outra cidade e você tem de ficar sentada esperando debaixo de sol..." Quanto mais ela falava, mais seu semblante se comprimia e se enchia de ressentimento, fazendo que parecesse bem mais velha. "Finalmente a condução chega, a limusine, a Lamborghini, a porra do Subaru fodido, você entra e se encolhe toda, e dorme mais uma hora para não se aborrecer num papo sobre a teoria da relatividade com o babaca que está dirigindo. No fim do dia você já não lembra onde esteve nem o que fez nem qual é o seu nome, e quando trazem você de volta, à noite, mal tem força para comer o purê que a mamãezinha do Pessach deixou queimar, e sobe correndo para dormir. Está vendo?" Abriu um sorriso largo e radiante. "É disso que estou falando: a vida glamourosa dos *megastars*, o mundo cintilante da boemia!" Piscou rapidamente três vezes e fez uma ligeira reverência, indicando o final da apresentação.

Tamar ficou um longo tempo calada. Sentiu seus músculos se tensionando, como que absorvendo os golpes que viriam nos próximos dias. "E como é que você está aqui hoje?", perguntou.

"Hoje tive um encontro com a oficial da condicional", riu Shéli, "uma imbecil com diploma que acha que é a maior obra de Deus depois da torradeira elétrica. Mas pelo menos uma vez por mês tenho folga, para ouvir: 'Diga, Shéli, por que você se recusa a nos ajudar a ajudar você?'."

"Oficial da condicional? Por quê? O que foi que você fez?"

"O que foi que eu fiz? O que foi que eu *não* fiz?" Relutou um momento e riu: "Meu Deus, dá para ver que você é nova aqui — não se faz uma pergunta dessa. Aqui você espera que a pessoa conte sozinha. Não se diz, não se pergunta. Em todo caso, já que você perguntou, eu respondo: não matei ninguém, exceto alguns pacotes de Marlboro que transferi para a minha posse legal sem o devido pagamento. Pronto. Caiu da cama?".

"Não. Você roubou cigarros?"

"Roubaram minha carteira no primeiro dia depois que saí de casa. Já na rodoviária de Holon. Fiquei sem nada, e eu, mais que comida, mais que bebida — sem cigarros eu fico maluca. Como é que ia saber que eles têm câmeras fotográficas e detetives e essa coisa toda?"

Dinka latiu. Uma sombra apareceu. Pessach estava parado na porta, preenchendo todo o vão com seu corpo. Tamar ficou atordoada ao imaginar que talvez ele já estivesse escutando há algum tempo. Baixou a cabeça para passar pelo batente. Seus olhos examinaram com curiosidade as duas jovens deitadas em suas camas, uma em frente à outra, abraçando as pernas dobradas.

"Já estão transformando isso num clube?", resmungou.

"Por quê, é proibido?", retrucou Shéli.

Ele farejou o ar: "Você, tome cuidado com sua boca. E cuide também de não queimar o colchão".

"Por que não? Você também precisa das pulgas para alguma coisa? Espere! Quem sabe vai criar também um circo de pulgas, como Charles Chaplin?" E fez uma imitação magnífica de uma pulga saltando de uma mão para outra.

"Você..." Pessach recostou-se na parede e esfregou as costas num movimento quase imperceptível que, por alguma razão, fez a barriga de Tamar se contrair. "Você nunca aprende a lição, não é?" Novamente falou devagar, como que mastigando cada palavra. "Um dia, minha cara senhora, um dia você vai cruzar a linha só um pouquinho, um pouquinho assim", e mostrou o espaço entre dois dedos, "e aí vai se ver de repente numa situação nem um pouco agradável."

Agora Tamar via realmente como eram as coisas: como, sem que se notasse nele nenhuma mudança real, o ursinho gordo se transformava num urso selvagem de garras enormes. Sua pele!, constatou atônita, a pele do seu rosto parecia secar de uma hora para outra! "Então por que você não faz isso agora, já?" Shéli estalou os dedos e virou-lhe as costas. E Tamar passou a admirá-la.

"Pode acreditar que já está perto, muito, muito perto. Um dia desses você vai me dar nos nervos, e aí quero ver sua coragem. Vamos ver o que acontece. Como aquela vez que você veio toda cheia de sangue e porradas que tinha levado, chorando para ser aceita de volta. Está lembrada, ou já esqueceu?"

Shéli se concentrou no cigarro. Em seguida acompanhou com o olhar os anéis de fumaça em direção ao teto.

"Então é melhor ficar quietinha, e não me estrague a moça nova. É melhor vocês duas descerem para a cozinha e ajudarem no jantar."

"A fazer o purê", corrigiu Shéli. Ele lhe lançou um olhar assassino e saiu.

"Você não tem mesmo medo dele?", perguntou Tamar.

"O que é que ele pode me fazer? Ele precisa de mim, e não vai abrir mão disso."

"Por quê?"

"Você sabe quanto eu trago para ele por dia? Com certeza quinhentos shekels."

"Quinhentos?", espantou-se Tamar. "Só cantando?"

"Eu não canto", riu Shéli, "eu faço imitações. Imito cantoras, Rita, Yudit Ravitz, esse tipo de coisa."

“Então por que você não trabalha sozinha?”, perguntou Tamar. “Por que você precisa dar o dinheiro a ele?”

“Porque sozinha na rua… não é moleza. Dois ou três dias ainda dá para agüentar. Todo mundo só olha de longe. Examinam se você está drogada ou coisa parecida. Depois começa a merda de verdade. Pode crer que eu tentei. Você ouviu o que ele contou. Eu voltei de quatro.”

Tamar refletiu sobre o que tinha ouvido. Em seguida, pediu: “Imite a Rita”.

“Para você? Um show particular?”, perguntou Shéli. “Sem problema.” Ficou em pé na cama e respirou fundo. Tamar começou a sorrir.

Ela imitou Rita, e Madonna, e no final Tsipi Shavit cantando “Todo mundo foi para Jambo”. Não sabia cantar, Idan a teria olhado com desdém, mas ela tinha um talento vivaz e contagiante, e um jeito grosseiro, saudável, sem culpa. Tamar riu até as lágrimas, e pensou que com Idan e Adi o riso era totalmente diferente, vindo da cabeça.

De repente Shéli se cansou, esgotou-se num piscar de olhos. Simplesmente deitou-se e disse: “…noite”, puxou a coberta por cima da cabeça, e um segundo depois estava roncando.

Tamar ficou sentada na borda da cama, um pouco surpresa com a rápida despedida. Depois, fez um meneio com a cabeça para Dinka e murmurou: “Vamos”. Decidiu ajudar na cozinha, um pouco porque tinha medo de Pessach, um pouco por achar que quanto mais circulasse pela casa, mais entenderia, mais poderia se preparar para o que a esperava.

NO DIA SEGUINTE DE MANHÃ a despertaram às seis. Um rapaz magro, de costeletas grossas, a sacudiu com força: "Vamos! Acorde! Saímos daqui a meia hora".

Ela tinha a impressão de não ter dormido a noite inteira. Até as três da manhã ainda ficava olhando o relógio, esperando escutar o portão externo se abrir. Pensava que talvez ele fosse chegar tarde. Talvez tivesse se apresentado numa cidade distante. Vestiu-se totalmente exausta. De súbito, parou. Olhou preocupada para sua mochila. Verificou o lugar onde tinha mexido na véspera. Percebeu uma leve diferença. Procurou cuidadosamente. A moeda de um shekel, que havia escondido num par de meias, não estava no lugar. Remexeu e a encontrou no fundo da mochila. Sabia que alguém tinha pegado a mochila durante a noite, depois que ela adormecera, à procura de alguma pista. Por sorte escondera o saquinho plástico com fumo dentro da calcinha; por sorte se lembrara de deixar a pulseira com seu nome no guarda-volumes.

Shéli ainda dormia, procurando se encolher ao máximo, talvez sonhando ser pequena e delicada. Tamar a observou, lembrando-se de como ela a recebera na véspera, a naturalidade com que a tinha conduzido ao seu quarto, conversado com ela e como a tinha alegrado, sem criar problemas com a desconfiança de Tamar, nem com as barreiras habituais que tinha ao conhecer pessoas novas. Sou muito grata, pensou enquanto amarrava os tênis, muito grata às pessoas que sabem como ficar à vontade comigo.

Desceu com Dinka para o primeiro andar. Ali já circulavam alguns rostos que tinha visto durante o jantar. O corredor estava movimentado. Pessach andava entre as pessoas como um militar antes da batalha. Segurava na mão uma grande caderneta vermelha, folheando-a seguidamente. "Você", disse, apontando para o rapaz que a despertara, o magricela de costeletas e pose de Elvis, "leve o rapaz das pernas de pau para Natanya. Meia hora no calçadão, ao lado da agência de correio antiga, você conhece? Onde funcionava antigamente o cine Sharon? Beleza. Depois vão voando para Kfar Saba, na praça ao lado do shopping. Ele termina o negócio dele lá, e rapidinho para Herzliya, no — como é mesmo o nome? — Centro Cívico, não é isso? Com aquele gramado na frente, junto da rua principal? Pois é, ali mesmo. E fica esperto: vocês chegam lá meio-dia e meia, nem um minuto depois, sacou? Agora, você fica lá com ele vinte e cinco minutos, nem um minuto mais, não precisa. Quanto tempo alguém agüenta andar em cima de pedaços de pau? E de lá, vai a jato com ele para a praça Ordea, em Ramat Gan. Quantas você já tem? Quatro? Não é suficiente. Espere um pouco."

Pegou o celular e digitou um número: "Hemi, escute Hemi. Até que horas você fica com a sua moça em Herzliya, no Centro Cívico? Quanto? Por quê? De quanto tempo ela precisa para tirar lenços do nariz? Entendi. Escute, não aceito isso. Mágica ou não mágica, vocês saem de lá ao meio-dia em ponto, nem um segundo depois, certo? Meio-dia e meia estou colocando outra pessoa, e preciso de pelo menos meia hora de intervalo. Por quê? Você ainda não sabe por quê? E aí, caiu a ficha? Maravilha! Então não discuta! Se manda!".

E assim continuou a organizar, despachando rapazes, moças e motoristas, lembrando a cada um o que levar, correndo atrás do engolidor de espadas que, como sempre, esquecera a sacola com as espadas; e ordenou à moça que fazia balões de todas as formas que pusesse ao seu lado um toca-fitas com música, para entreter a platéia; e deu palmadinhas no ombro do rapaz magro do violino, dizendo-lhe que tentasse sorrir pelo menos uma vez a cada hora, pois os clientes não gostam de cara amarrada. O corredor foi ficando vazio, até que no final praticamente só restou Tamar. E ela já receava ser obrigada a passar mais um dia inteiro naquele lugar tenebroso.

"Agora você, vamos mandar você para Haifa. Venha cá, Miko, hoje você tem uma passageira especial. Antes de tudo, você a leva para o centro, no Merkaz Ha Carmel, ache um ponto bom para ela, que é a primeira vez que ela se apresenta fora da cidade. E ela é coisa fina", Pessach deu uma piscadela, "então pega leve com ela, tá? Depois, leve-a para Nevê Shaanan, no — como é mesmo o nome? — Centro Ziv", disse. E Tamar parou de escutar. Ela tinha essa capacidade interna, a de deixar de prestar atenção quando a realidade externa se tornava irritante demais. Isso deixava sua mãe maluca — "Para onde você vai quando some desse jeito? Como você consegue isso? Essa cara de mármore, os olhos parecem sei lá o quê, como um véu, uma máscara".

"E se tiver tempo, dá mais uma parada na volta, em Zichron Yacov, também no calçadão." Ela ouvia Pessach ao longe. "Quanto tempo, mais ou menos, leva a sua apresentação, benzinho? Ei, acorde! Onde você estava?"

Tamar respondeu que aproximadamente meia hora.

"Quinze minutos não é o suficiente? Tudo bem. Hoje você leva meia hora, quero que você se sinta bem. Amanhã vamos ver o que fazemos. É isso. Quatro apresentações. Para a estréia, basta."

Miko era o rapaz que a trouxera no dia anterior, junto com a mãe e o pai de Pessach. Foi até o Subaru sem dizer uma palavra, e ela o seguiu. Não sabia onde devia se sentar, se ao seu lado ou no banco de trás. Sentou-se atrás, sabendo que dessa forma daria a ele a sensação de motorista de táxi, e não se importou. Dinka punha a cara na janela, aspirando com prazer o ar fresco.

Tamar estava contente por sair de Jerusalém, estar na estrada, em movimento. Tinha até mesmo a leve sensação de ser importante. Como se fosse uma artista famosa sendo conduzida num carro especial para seu espetáculo. Na sua imaginação, acenou para as centenas de fãs que se aglomeravam ao longo do caminho, jogando-lhes flores do seu buquê.

Viajaram em silêncio. Tamar perguntou-se quando Miko começaria a lhe explicar o que ela precisava saber. Ele não soltou uma palavra. Ficava continuamente apertando as teclas do seu celular, que emitia rápidas seqüências de notas agudas. E durante quase uma hora brincou com as dezenas de sons diferentes que o aparelho produzia. A cabeça de Tamar quase explodiu. Uma ou duas vezes tentou lhe fazer alguma pergunta, e ele a ignorou. Quando Tamar tinha seis anos, morava perto da linha do trem, e na época dividia o mundo em dois grupos: aqueles que retribuíam o aceno da menininha parada perto dos trilhos e os que não retribuíam. Miko pertencia ao segundo grupo. Vez por outra espiava pelo retrovisor. Seus olhos eram pretos e realmente agressivos. Ele a desprezava, e ela não sabia a razão. E a partir de certa hora, deixou de se incomodar com isso também.

"Agora escute", disse de repente de forma rude, "a coisa funciona assim: eu estaciono o Subaru na rua perto do centro. Você circula uns dez minutos e começa o show. Se você perceber que eu estou na platéia, não dê nenhum sinal de que a gente se conhece. O mais importante é que, se alguém lhe perguntar, você não sabe nada de mim. Você chegou a Haifa ontem à noite de ônibus. Dormiu na rodoviária. Não falou com ninguém. Está claro?"

Tamar fez que sim com a cabeça, sem olhar para ele.

"Termina de cantar — você canta, é isso?"

"É."

"Termina, pega a grana, circula mais uns cinco, dez minutos, não mais que isso, pelas ruazinhas laterais, nunca na avenida principal, sacou?"

"Saquei."

"Passaram dez minutos, você vai até o carro, e a gente se manda. Está claro?"

"Está."

"Mais uma vez: se tiver polícia ou alguma coisa suspeita,

você não chega perto do carro. Me viu — passa por mim como se eu não existisse. Eu sou ar. Só entra se estiver mil por cento limpeza. É isso."

Chegaram a uma ruela calma que descia rumo ao mar. Tamar viu casas baixas e uma fileira de pinheiros e ciprestes ao longo da rua. Miko estacionou o carro e até colocou um cartão de estacionamento; ela presumiu que fazia isso também para evitar qualquer possível contato com a polícia. "Agora: aqui é a rua Habroshim, lembre-se do nome. Na esquina ficam o supermercado e a academia. Não se esqueça. Vamos. Mexa-se."

E assim, sem bênção nem nada, ela saiu para a rua.

AO COMEÇAR A CANTAR ficou rouca, e precisou parar alguns minutos. Estava apavorada, pronto, de novo ia estragar tudo. Quando conseguiu limpar a garganta, pensou que não era bom acostumar-se a cantar sem aquecer antes a voz. A longo prazo isso é prejudicial. Porém as palavras "a longo prazo" lhe soaram vazias e alheias a ela, pois nesse momento vivia apenas a curto prazo. Começou novamente, cantando "Tua fronte coroada" e "Guarda tua alma". Não gostou de como estava cantando. Não estava ligada na letra, e, por mais que se esforçasse, a apresentação não decolou. Isso a deixou um pouco preocupada. Receou que Miko contasse a Pessach e que este a mandasse embora. Ficou transtornada com a idéia de que talvez estivesse dependendo da opinião profissional de Miko! E também sabia muito bem o motivo do fracasso do show: ao cantar em Jerusalém, quase sempre a rua a deixava "acesa"; e, mesmo sem esquecer um instante sequer o seu objetivo, ali cantava com liberdade e prazer. Agora, com toda a estrutura de Pessach por trás, sentia-se como um canário na gaiola.

Para encerrar, cantou em ladino "Los Biblicos", conhecida pela audiência como "A rosa floresce". O simples calor da melodia a animou um pouco, e as pessoas em volta começaram a lhe sorrir, algo conhecido voltou a fluir, e ela decidiu cantar, fora da programação, "Marionetes", de Léa Goldberg, que conhecia do disco infantil da sua adorada Noiku. Então sua voz alçou vôo e se espalhou:

*Num baile de Carnaval*
*Fantasia tão banal*
*Um cantinho meio escuro*
*Um encontro inseguro*
*Ela ouviu, ele falou*
*Ela Pierrette, ele Pierrot...*

Seus olhos sorriram para um rapaz descalço que absorvia avidamente sua voz, e que ficou tonto com o sorriso. O rapaz se aproximou, atraído por ela. "Ou então não é Pierrette", prosseguiu, revirando os olhos,

*Talvez seja simplesmente*
*Uma boneca, marionete*
*Controlada habilmente...*

As pessoas aplaudiram com entusiasmo, pedindo mais, mas ela não estava com vontade de dar bis. Queria seguir viagem e compreender o que realmente se passava à sua volta, de que tipo de espetáculo ela fazia parte, e qual era efetivamente o seu papel.

Ao terminar, o rapaz se aproximou, era quase um garoto, esguio e delicado, vestindo uma túnica árabe, pequenas contas no cabelo e olhos totalmente vidrados. Disse que precisava levá-la imediatamente para a Galiléia: havia ali uma gruta com uma acústica divina, que parecia ter sido criada especialmente para a voz dela, e ele, sei lá, tinha de ouvi-la cantar lá. Quando ele disse "gruta", ela visualizou por uma fração de segundo a sua própria, com o colchão e a cadeira dobrável, e o violão apoiado na parede, será que algum dia conseguiria chegar lá? Será que conseguiria levar Shai junto com ela? Deu ao rapaz o seu sorriso educado, e fez que não com a cabeça. Ele não desistiu: "Venha só para ver", sua mão agarrou de repente o braço de Tamar, uma rápida carícia, "Deus criou você só para a sua voz. E aí? Que tal, minha flor, vem cantar só uma canção para mim...". Tamar puxou a mão com força. Seus olhos azul-acinzentados ficaram metálicos: "Me larga, eu já disse!". Ele olhou, e viu algo que o fez recuar. E foi embora.

Por mais alguns minutos ela circulou pelas ruas laterais, sentindo-se como um prisioneiro sendo transferido de uma prisão para outra. Pessoas caminhando à sua volta, conversando, automóveis passando, o dia-a-dia estava tão perto, era só estender a mão e pegar. Ela via tudo como que através de uma parede de vidro. Depois, dentro do carro, Miko nem sequer olhou para ela. Ela lhe deu o saquinho com o dinheiro. Ele avaliou o peso com a mão.

"É só isso?"

"Foi isso que deram", respondeu, com raiva de si mesma. Por que estou me desculpando para ele?

"Porque se você pegar alguma coisa, é o fim, sabia? Nós temos como conferir."

"Não peguei nada", disse baixinho, e fulminou-o com o olhar até ele desviar os olhos.

Ele deu partida no carro. Viajaram outra vez em silêncio, Tamar procurando entender o que se passava. Durante a apresentação o tinha visto, uma ou outra vez, se esgueirando entre as pessoas que assistiam. Não entendeu se ele estava lá para protegê-la de alguém, nem de quem seria. E por que o medo tão grande da polícia? E por que, de manhã, Pessach explicara a uma pessoa, por telefone, que precisava de meia hora de intervalo entre uma apresentação e outra? Tamar concentrou seus pensamentos: quando o rapaz da gruta na Galiléia a abordou, Miko não veio em seu auxílio. Então, qual era a função dele durante o show? Nada tinha lógica. Levaram-na até Haifa, fizeram advertências, deixaram-na assustada, ela cantou, não aconteceu nada de especial, e agora a estavam levando para outra apresentação. Tudo isso para quê?

Então recorreu ao pai em busca de ajuda. Que ao menos ajudasse um pouco naquilo que ele entendia muito bem: investimento versus retorno; risco; rentabilidade. Esses eram seus mantras, suas pequenas couraças. Pensou nos quinhentos shekels que Shéli ganhava diariamente. Agora, digamos que nem todo mundo ganhe como Shéli. Digamos que em média cada um dos artistas ganhe... e começou a fazer cálculos. Ficou atrapalhada. Números sempre a deixavam confusa. Sua barriga se contraiu diante desses cálculos, os cálculos deles. Porém não desistiu. Fechou os olhos e continuou calculando. Multiplicou pelo número de rapazes e moças que tinha visto de manhã no corredor. Seus olhos se arregalaram: chegou a aproximadamente dez mil shekels por dia. Era muito dinheiro. Mas ainda faltava algo.

A apresentação no Centro Ziv também transcorreu em paz. Cantou pior ainda, totalmente abalada com as charadas que a afligiam. Apesar disso, a audiência gostou ainda mais. Tamar não sabia como explicar. Às vezes assim, outras vezes assado. E sempre um pouco deprimente — pois quando aplaudiam servia apenas para provar, mais uma vez, como era grande a diferença entre o que ela sentia por dentro e a aparência das coisas aos olhos dos outros. E isso ela conhecia muito bem: a depressão específica após as apresentações, ao sentir que o amor ao seu redor só ressaltava ainda mais a solidão e o sentimento que mais a oprimia — o de ser incompreendida.

Como dissera Shai uma vez, dois anos atrás, após um show: "Às vezes, ofende mais quando amam a gente pelos motivos errados do que quando nos odeiam pelos motivos certos".

Como de hábito, as pessoas se aproximaram e apertaram sua mão calorosamente, fazendo perguntas e se interessando por ela. E ela sentiu prazer com o fato de se interessarem.

E justamente ali havia um policial. Ao longe, de lado. Porém estava ocupado com um senhor elegantemente vestido, que falava de forma agitada, gesticulando bastante e contando algo de muito terrível que lhe acontecera. O policial escutava, fazia anotações, e nem olhava para ela.

"Desta vez foi um pouco melhor", escapou-lhe ao entregar o dinheiro a Miko. E ficou envergonhada de si mesma por se mostrar tão ansiosa por agradá-lo.

Durante todo o percurso seguinte ficou se recriminando pela sua frase: desta vez "foi um pouco melhor". O que foi melhor, o quê? Que lhe deram mais dinheiro? E justamente a primeira apresentação tinha sido melhor; e daí? Se ali não deram tanto dinheiro, quer dizer que valeu menos? E se você ganha menos que Shéli, você vale menos que ela? Sua puxa-saco!

Pela primeira vez desde que saíra para as ruas sentiu que realmente tinha se vendido. Jurou que nunca, nunca mais iria se desculpar outra vez por ganhar pouco. Nem com Miko, nem com Pessach, nem com nenhum deles — aliás, com ninguém no mundo. Ajeitou-se no banco do carro e ergueu o queixo. O movimento a fez recordar-se de Teodora; sugou energia dessa lembrança e jurou: ela — seu papel, seu destino, era cantar. Todo o resto — problema deles.

NO BELO CALÇADÃO de Bat Galim cantou "É doce morrer no mar", em português. Quase não tinha elaborado essa canção antes, e mesmo assim, ao ver o mar de perto, ela se manifestou espontaneamente, e Tamar deixou-se fluir junto, cantando com toda a liberdade, uma cantora experiente e madura oferecendo sua música. Depois, uma brusca mudança, daquelas que lhe proporcionavam um prazer bem conhecido, lascou "Benny Benny Bad Boy", suas mãos se agitando como labaredas, e ela dançou e saltou como jamais se atrevera em festas, comportando-se como Riki Gal no palco, com seu jeito selvagem e sua explosiva paixão pela vida, a cabeleira loira revolta sumindo em meio às nuvens de fumaça púrpura... Um rapaz e uma moça, não muito mais velhos que ela, talvez um casal de soldados de folga, começaram a dançar entusiasticamente ao seu lado. Tamar cantou para eles, fazendo-os pular e dançando diante dos dois; por fim tinha entendido o que Halina tentara inutilmente lhe ensinar durante anos: a não fugir dos sentimentos que ela despertava, a não se concentrar no vazio atrás das pessoas, como se não tivesse nenhuma relação com aquilo que gerava dentro dos outros; e, de fato, desde que saíra para as ruas, a cada apresentação ousava um pouco mais. Não hesitava em olhar diretamente nos olhos, sorrir, irradiar sua luz de dentro de si para dentro dos outros; e já lhe acontecera, mais de uma vez, cantar sem nenhuma inibição uma canção inteira para uma pessoa à sua frente, alguém que lhe agradara, e que lhe dava a impressão de que entenderia tal canção; fixava o olhar na pessoa, aproximava-se dela fazendo charme, e às vezes percebia o real embaraço dela diante de seu olhar maduro e firme.

E também a excitava pensar, sentir que cada uma daquelas

pessoas tentava adivinhar o que ela seria, quem seria ela na verdade. Qual seria sua história. E era totalmente diferente das apresentações do coral, no meio de todas aquelas garotas boazinhas, de uniforme impecável. Pois nas ruas, em cada apresentação podia sentir, no próprio corpo, na pele que se arrepiava, como as pessoas a fitavam, examinavam e escavavam seu interior, fantasias costurando histórias e delírios sobre seu corpo: uma órfã que sofrera abusos e era obrigada a lutar pelo próprio sustento; a estrela de uma banda de rock de uma cidadezinha no interior da Inglaterra, que havia se apaixonado por um rapaz israelense que acabara abandonando-a, e ela precisava levantar dinheiro para comprar a passagem de volta; a nova revelação das oficinas juvenis da Ópera de Paris, em viagem anônima a terras distantes para ganhar prática; uma jovem com câncer que decidira aproveitar seu último ano na vida agitada das ruas; uma prostituta, que durante o dia cantava com essa voz tão pura...

Naquela apresentação à beira-mar sentiu-se levada por uma enxurrada, tanto pelas fantasias que a inspiraram como pela sua ousadia vocal. Subitamente deu-se conta de que era a primeira vez na vida que tinha suado ao cantar, e sentiu tanto prazer com isso que, mesmo quando Miko já tinha sinalizado uma ou duas vezes para que ela encerrasse a apresentação, decidiu cantar mais uma música, ignorando seu olhar feroz. Cantou "Boba boba", de Éti Ankri, abraçando seu próprio corpo, balançando ao ritmo das ondas e ao ritmo da canção, suave e enganosa, que ocultava em sua letra espinhos agudos que lhe diziam respeito.

*Boba, boba, boba, boba*
*Veja aonde você chegou*
*Boba, boba, boba, boba*
*Toda a água já secou...*

E Tamar literalmente dançou em torno de si mesma, devagar, em total abandono e com um amargo prazer...

*Suas finas veias*
*Seus sonhos desfeitos*
*Cultivados em estranhos leitos*
*Corroendo o seu peito...*

Depois, quando todos se dispersaram, viu uma senhora idosa, assustada, andando de um lado para outro perto do local onde ela havia cantado, procurando algo no chão, entre as plantas, embaixo dos bancos. "Foi aqui, eu estava bem aqui", murmurou ela ao erguer os olhos e ver Tamar, "quem sabe caiu? Quem sabe levaram? Mas como? Diga, como foi? Como foi? Só parei aqui um instante para escutar a música, de repente eu olho e... cadê? Sumiu! Sumiu!"

"O que foi que sumiu?", perguntou Tamar, e seu coração começou a ficar apertado.

"Minha carteira, com todo o dinheiro e os documentos." Ela tinha um rosto gordo e vermelho, veias saltando em torno do nariz enorme, e na cabeça uma torre de cabelos loiros cintilantes. "Hoje o patrão me deu trezentos shekels para o casamento da minha filha. Trezentos shekels! Ele nunca dá tanto dinheiro! E no caminho eu escuto você cantar, paro só um momento, oy!, sou uma idiota! Agora... nada, não tem mais nada!" Sua voz foi morrendo de pesar e incompreensão.

Sem hesitar, Tamar lhe estendeu todo o dinheiro que havia no chapéu. "Pegue."

"Não, não precisa! Não pode!" Ela recuou, tocou afetuosamente a fina mão de Tamar: "Não pode... Você precisa de comida... pequena... passarinho, e dá para mim? Não, não é bom...".

Tamar enfiou o dinheiro na sua mão, e fugiu. Como um

vento de tempestade, caminhou pela praia. Ao entrar no carro, disse sem vacilar: "Não há dinheiro. Nada. Havia mais ou menos setenta shekels, e eu dei para aquela mulher".

Os olhos de Miko se arregalaram, sombrios: "Que mulher?".

"Aquela, a russa que você roubou."

Silêncio. Depois Miko se virou para trás. Virou-se vagarosamente, até Tamar ver seu rosto por inteiro diante de si. Tudo se passou em câmera lenta; de repente, só silêncio. Ela viu a ruga profunda na testa jovem, seu cabelo curto e crespo, seus lábios finos.

E então ele bateu nela. Um tapa, e mais um. Tamar voou uma vez para a direita, outra para a esquerda. Dinka se levantou e começou a rosnar, ameaçadora. Tamar pousou a mão sobre a cabeça da cadela. Fique calma, fique calma. O mundo girava à sua frente, desmanchando-se e recompondo-se pesadamente. Ouviu que o carro já estava andando. A paisagem começou a correr. Viu as costas de Miko, musculosas, ágeis e tensas. Apertou os lábios com toda a força, contraiu os músculos da barriga, porém as lágrimas começaram a rolar pelas maçãs de seu rosto. Ela não as enxugou, simplesmente as ignorou. "Boba, boba, boba, boba/ sua delicadeza virou rigidez", cantarolou diversas vezes, transformando as palavras num som contínuo dentro de si, como um alarme, depois um grito. Fora dela nada se ouvia, ela gritava para dentro, apagando tudo em volta, o fardo insuportável colocado sobre seus ombros. Ela fugiu. Ninguém notou. Desligou-se de tudo e penetrou numa grande sala com um piano e Halina. Era o refúgio de que necessitava agora. A pequena Halina, com seus óculos que deslizam até a ponta do longo nariz, e também o olhar agudo e penetrante por cima deles. Halina, a tirana, fechando a mão em punho, ordenando a Tamar que dirigisse sua voz para a ponta de seu polegar, para a unha pintada de vermelho: "Lll-á!". Tamar projeta a voz para lá com suprema concentração.

"Nnn-ãaao!", Halina devolve o som. "A minha unha não está sen-tin-do vo-cê!" "Lll-á..." "Um pouco mais de res-so-nância..." E isso a ajuda, acaricia os vazios na sua cabeça, faz fluir dentro de si os sons como sangue quente; e a acalma, fazendo-a recordar o lugar a que ela de fato pertence, onde se sente inteira consigo mesma.

Passados alguns momentos, sentiu os olhos que a apunhalavam pelo retrovisor. "É a última vez que você pronuncia essa palavra. Entendido? A última vez que você pensa essa palavra na sua cabeça. Você deve setenta shekels a Pessach, e vai se acertar diretamente com ele. Mas mais uma vez que você falar desse jeito — acabou, já era. A sua mãe não vai reconhecer você depois do que eu fizer."

DEPOIS DISSO, VIAJARAM em silêncio absoluto. A cabeça de Tamar doía por causa dos tapas, toda a sua alma gritava, e suas bochechas ardiam por causa dos tapas e da vergonha. Já fazia mais ou menos dez anos que ninguém batia nela. Quando era pequena, e sua mãe às vezes se irritava e lhe dava uma surra, o pai se apressava em intervir. E uma vez, quando a mãe perdeu o controle (Tamar já não se lembrava do que tinha feito para deixá-la nervosa a ponto de explodir daquele jeito) e correu atrás dela pela casa, ouviu o pai gritar do escritório: "No rosto não, Talma!". E em meio ao terror da fuga teve um caloroso sentimento de gratidão por ele ter tentado protegê-la.

Agora pensava, talvez ele simplesmente tivesse medo que alguém visse as marcas.

Seu grande medo, sempre: que alguém visse...

Forçou-se a não pensar no que havia acabado de ocorrer. Sabia que se pensasse acabaria chorando. Ela se recompôs, disposta a agir de alguma forma, e ocupou seu cérebro com cálculos febris: se, em cada apresentação, Miko batesse duas ou três carteiras; se tivesse quatro ou cinco apresentações por dia, e talvez dias com até dez apresentações; se houvesse na casa vinte ou trinta jovens, ou cinqüenta; se em cada carteira houvesse cem ou duzentos shekels. E às vezes, talvez, mil... sua cabeça começou a girar. Um malandro pequeno e bem-sucedido. E talvez nem tão pequeno assim. Seu cálculo aproximado chegou a dezenas de milhares de shekels por dia. Pareceu-lhe ilógico, mas num segundo cálculo também chegou à mesma ordem de grandeza. As palmas de suas mãos começaram a suar. Procurou traduzir para uma linguagem mais compreensível. Disse a si mesma que Pessach Beit Halevi ganhava em meia hora o que ela jamais ganharia em um ano inteiro trabalhando para Teodora.

Chegaram a Zichron Yacov às cinco da tarde. Tamar estava quebrada, arrasada. Mal conseguiu sair do carro. Não se sentia capaz de ficar diante de pessoas estranhas e cantar sem chorar.

No entanto, saiu. Era uma apresentação, uma obrigação sua. Nada relacionado com Miko ou Pessach e a sacanagem que tentavam montar ao seu redor. Tinha uma apresentação programada, então iria se apresentar. Qualquer que seja a situação, apresente-se. E se você não tem forças para isso, recorra à Halina que há dentro de você, ela jamais a perdoará se você desistir: "Um ator que briga com a mulher em casa, e aí, você acha que ele tem cabeça para fazer o Hamlet? Mesmo assim, ele vai e representa o Hamlet!".

Ela se arrastou até o calçadão, circulou alguns minutos, olhou as vitrines e viu nelas o seu reflexo, uma garota magra e careca com olhos enormes e uma boca que, naquela tarde, parecia uma foice virada para baixo.

Caminhou entre as pessoas, entre famílias pequenas e grandes. Uma leve brisa vespertina começou a soprar. Crianças corriam agarrando umas às outras. Os pais, preguiçosamente, gritavam que parassem. Tamar observou furtivamente esses breves momentos de graça. Veja aonde você chegou, boba. Toda a sua delicadeza virou rigidez. No café junto à calçada estava sentado um jovem pai, bonitão, com um garoto de cinco ou seis anos. O menino pediu ao pai que o deixasse ler o jornal que estava sobre a mesa, mas não sabia como virar a página, e as grandes folhas do jornal se soltaram, grudando no seu rosto, e ele rolava de tanto rir. O pai explicou pacientemente como se faz, mostrando-lhe repetidas vezes os movimentos corretos.

Um cordão de amor ligava os dois, e Tamar quase se adiantou para pedir ao pai que a deixasse ser eternamente a governanta do menino; sabia até mesmo as canções de *A noviça rebelde*! A saudade de Noiku tomou conta dela, a contagiante alegria de viver de Noiku, suas bochechas de pêssego, as brincadeiras juntas, e como ficava a cozinha depois que assavam um bolo de surpresa para Léa, e como faziam juntas um show em cima da cama de Léa, escutando a música no último volume, fazendo caras e bocas de roqueiras da banda de detentas da penitenciária feminina de Ohio, e Noiku tinha apenas três anos! Que delícia ela há de ser quando tiver sete, e dezessete! Tamar poderá ser sua melhor amiga, sua irmã, sua guia, sua companheira de alma. Imediatamente anotou na cabeça uma pergunta urgente para Teodora, um daqueles assuntos que só é possível conversar com Teo: Se uma pessoa, não importa quem, resolve se colocar dentro de uma couraça e proteger sua alma, somente durante algum tempo, para conseguir cumprir uma missão difícil, não importa o quê, será que depois de cumprida a missão ela será capaz de voltar e ser de novo ela mesma, exatamente como era antes?

Com as pernas pesadas, chegou tarde ao local que ele determinara: a calçada diante da Casa Aharonson, ao lado de um enorme vaso de barro com uma videira plantada. Achou um lugar confortável para Dinka se deitar, e certificou-se de manter um contato visual com ela. Em seguida, ficou parada no centro de um círculo imaginário que desenhou ao seu redor, baixou a cabeça e começou a entrar no estado de espírito da apresentação. Foi difícil, quase como da primeira vez, um milhão de anos atrás, nas calçadas de Jerusalém.

E então, surpreendentemente — inclusive para ela — abriu a boca e cantou.

Cantou forte, mais forte que o habitual. Sua voz estava completamente fora dela, fora do que lhe acontecera. A voz permaneceu tão pura e límpida que Tamar mal pôde acreditar que era possível. Admirou-se de que pudesse ficar tão separada daquilo que ela própria estava passando. Cantou as duas primeiras canções totalmente zonza, concentrada basicamente no esforço de se aproximar dela, da voz, apropriar-se dela outra vez. Estranha experiência. Pela primeira vez na vida sentiu uma espécie de ressentimento da sua voz, que conseguira se manter tão límpida enquanto ela se poluía. Quase sem pensar, mudou o programa que tinha planejado, cantando uma música de Kurt Weill — Halina as chamava de "canções de ódio aos homens" — , o tema de Jenny, a faxineira explorada, a prostituta deprimida, que sonha com um navio de oito velas reluzentes, cinqüenta e cinco canhões e dezenas de piratas, que chegaria à praia de sua cidade, ancorando diante do hotel nojento onde ela trabalhava, e destruiria com uma tempestade de fogo a cidade, o hotel e todas as pessoas que tinham abusado dela. Não era a primeira vez que cantava essa música, mas agora a canção a agarrava pelas raízes, e imediatamente Tamar soube que o canto se originava num local interno totalmente novo para ela, nas suas entranhas, na terra. Em seu íntimo, cantou com Marianne Faithfull, que lhe ensinara a cantar "Jenny". Marianne Faithfull, que Shai adorava, principalmente as músicas da época depois das drogas; no quarto dele, os dois ficavam escutando a voz rouca e chamuscada, e Shai dizia que só quem se queimou de verdade na vida conseguia cantar assim. E Tamar na época pensava com tristeza que provavelmente jamais cantaria daquele jeito, pois o que poderia lhe acontecer na vida?

Suas mãos começaram a se mover; seu rosto, o rosto que absorvera os tapas, recuperou a expressão. Sua voz corria pelo corpo como sangue, revivendo com seu fluxo as mãos, a barriga, as pernas. E um pouco o peito pesado. Ondas de calor a envolviam, e ela se abandonou, seduzida, levemente embriagada. Cantou para si mesma, por si mesma. Ela quase não pertencia mais às pessoas em volta; e as pessoas sentiram isso, e talvez por causa disso também desejassem espiar o que ela enxergava dentro de si. Mas ela não se rendeu às pessoas, era como se estivessem ao seu redor apenas por acaso. Cantou e brincou com a voz bem fundo dentro de si, nas suas grutas mais escuras. Jamais se atrevera a cantar a partir desses lugares, com uma rouquidão tão horrenda, tão ardente, tão categórica. Agora tinha chegado a esses lugares, submergindo ali, poluída, repleta de pranto sufocado pela solidão e o veneno, até sentir a voz se erguendo, atraída e resgatada lá do fundo, erguendo-a junto, devagar, erguendo a pessoa que ela era nesse momento, o que perdera no último ano, e o que crescia dentro dela, bem devagar, a despeito de tudo.

Vagamente conseguiu perceber — cada vez mais pessoas iam se juntando à sua volta. Muita, muita gente. Ela nunca tivera uma platéia tão numerosa. Já estava cantando há mais de meia hora, e não conseguia se desligar — não deles, e sim do lugar novo que havia encontrado dentro de si.

Para terminar, cantou o seu solo, o solo que lhe fora subtraído, seu solo querido de "Stabat Mater", de Pergolesi. Resolveu encerrar justamente com esse número, com seus sons puros e cristalinos. E dessa vez ninguém riu, e, novamente, cantar foi para ela a coisa única, absoluta, a sua essência. Mil aulas não tinham lhe dado aquela compreensão concreta: sua voz era seu lugar no mundo. A casa de onde sai e para onde retorna, onde pode ser totalmente ela mesma, e ter esperança de que a amem por tudo que ela é, e apesar de tudo o que é. Se eu tivesse de escolher entre a felicidade e cantar bem — escrevera uma vez em seu diário, quando tinha catorze anos —, não tenho a menor dúvida do que escolheria.

Um momento de graça, tranqüilidade e conciliação interna, e depois começou a despertar e lembrar onde estava. Viu a cabeça crespa de Miko passando lentamente em meio às fileiras de pessoas, e imediatamente cerrou as pálpebras e cantou, sabendo que sua voz, nesse momento, faria uma pessoa da platéia esquecer de si mesma por um instante, e o que isso significaria, e proferindo dentro de si as palavras "cúmplice do crime", continuou a cantar.

Ao terminar, quase caiu para trás de exaustão e euforia. Com gestos comedidos colocou o chapéu no chão. Por um instante caiu para o lado, apoiando todo o corpo em Dinka, extraindo força dela. As pessoas se juntaram à sua volta, gritando "Bravo!". O chapéu se encheu de shekels, e pela primeira vez na sua carreira viu depositada uma nota de vinte. Juntou tudo na sacola, mas eles pediam mais. Gritavam em uníssono: "Mais! Mais!".

Estava quase sem forças, emoções demais fluindo através de seu corpo; eles viram isso, mas não desistiram. Sabiam que seriam agraciados com sua última gota, seu néctar. Ela estava corada, confusa, toda reluzente, como que coberta de orvalho. Eles a ovacionavam, e ela ria. Agora ela estava num lugar público diferente; um lugar de efervescência e excitação, um lugar perigoso. Pois quando ela se apresenta com o coral está muito bem protegida, por todos os lados, da dispersão e da humilhação que às vezes ocorrem nessa hora. E há salas de espetáculo onde a cortina desce escondendo do público a embriaguez que se encontra atrás dela.

Aqui não havia cortina. Estava no meio deles, e eles se alimentavam, sem nenhuma vergonha, daquilo que ela possuía, aquilo que podia sentir apenas quando estava sendo sugada por eles. E havia nisso uma força tão poderosa e avassaladora que ela chegou a sentir medo, medo de talvez ter dado demais de si mesma, de que lhe tivessem tirado algo que jamais teria de volta.

E em virtude disso, cantou-lhes como bis uma música pequena e modesta, uma canção francesa para crianças, sobre um pastor e uma pastora — o pastor encontra um carneirinho perdido no vale e o leva de volta à pastora; e pede, em retribuição, um beijo no rosto. Essa canção clareou sua mente. Devolveu-a a si mesma. Ela viu Miko sumir dali rapidamente, os bolsos da calça repletos. Os olhos de Tamar percorreram a platéia. De onde viria a queixa dessa vez? A culpa perfurava seu coração. Como podia presenciar isso e não se confessar aqui e agora, diante de todos? Mas ela tem uma missão. Tem um dever. Ficou repetindo essas palavras para si mesma até terminar de cantar a ingênua canção; e graças a essas palavras conseguiu permanecer inocente, doce e atenciosa; e só por força da rica experiência que tivera conseguiu impedir-se de cantar o que alguém dentro dela gritava com toda a força — como você é capaz, você, com todos os seus princípios e as suas críticas em relação ao mundo...

"Nada mau", resmungou Miko quando Tamar lhe entregou o saquinho de dinheiro, como se estivesse contaminado por uma doença contagiosa, "apesar de tudo você aprendeu alguma coisa, só seja um pouco mais breve da próxima vez."

Ele contou o dinheiro em silêncio. Apenas seus lábios se moviam. "Porra", disse, olhando pelo espelho, "cento e quarenta shekels. Venha todo dia."

Ela virou a cabeça, enojada. Receou vomitar. No assento ao seu lado havia uma bolsa marrom, aberta. Numa fração de segundo ela viu uma pequena fotografia — a foto do menino risonho que estava no café.

ELA JÁ COMEÇAVA a duvidar que encontraria Shai. Uma semana depois de chegar ao hospital abandonado, já compreendia perfeitamente o que Shéli dissera no primeiro dia: estava sendo sugada. Havia longas horas nas quais nem sequer pensava por que estava ali, qual era seu objetivo. Quase não pensava também na sua vida anterior: como uma equilibrista na corda bamba, a quem é proibido olhar para baixo, para o vazio sob os pés, ela expulsava qualquer pensamento sobre seus pais, sobre pessoas que amava, sobre o coral, e também sobre Idan. Nessa semana viajou milhares de quilômetros por todo o país. Contou nove motoristas diferentes, e chegou a Beersheba, Safed, Afula, Arad e Nazaré. Aprendeu a comer durante a viagem sem sucumbir aos seus tão conhecidos enjôos, e a dormir sempre que possível, jogada como um trapo amarrotado no banco traseiro. Aprendeu a cantar cinco, seis, sete vezes por dia sem prejudicar a voz, e, principalmente, aprendeu a ficar calada.

Ela e sua grande boca. Miko começou a ensiná-la a se calar com os dois tapas que lhe aplicou. Posteriormente aprendeu também que não podia comentar de tudo com os outros rapazes e moças e, como Shéli tinha avisado de antemão, era preciso ter muito cuidado com as perguntas; quem quer que estivesse ali, no Albergue dos Artistas, era uma alma ferida, de um modo ou de outro. Cada um deles escapara de alguma desgraça. E no meio da grosseria e da gritaria do grande grupo, as normas de comportamento eram cuidadosamente respeitadas, e continham uma parcela significativa de compaixão e nobreza de espírito. Toda pergunta sobre a casa de onde você veio, fugiu ou foi expulso despertava ondas de dor renovada, abrindo feridas que talvez já estivessem cicatrizando, cobertas por uma fina crosta. E toda pergunta sobre o que vai ser de você, para onde irá daqui, sobre o que o espera na vida despertava medo e desespero. Depressa demais Tamar captou a sensação de que passado e futuro estavam "fora dos limites" do lugar: o albergue de Pessach existia na dimensão de um eterno e contínuo presente.

E isso justamente lhe convinha, também ela temia que cada palavra supérflua a desmascarasse. Talvez por causa disso tivesse imposto algumas barreiras e restrições à amizade com Shéli. Às vezes, de manhã cedo, ou tarde da noite — antes que Shéli, nas suas próprias palavras, "se desmanchasse como um tomate na cama" —, trocavam algumas palavras, experiências do dia anterior, ambas sentindo que gostariam de dizer mais, falar de coisas genuínas, e se continham, pois sabiam: também elas, como todos que ali chegavam, experimentaram a traição por parte das pessoas mais próximas, e também elas haviam aprendido a lição: existem situações em que não se pode confiar realmente em ninguém. Como alguém já dissera: é cada um por si.

E nesses momentos ambas trocavam olhares dolorosos, cheios de significado: eu e você somos guerrilheiras solitárias, tentando sobreviver em território hostil, cuidando para não deixar nosso segredo cair em mãos estranhas. E qualquer outra pessoa é um estranho. Mesmo que seja doce como você, Tamar, como você, Shéli. Eu lamento. Eu também. É uma pena. Talvez um dia. Tomara que sim. Na outra vida, na outra encarnação...

Nem todos eram solitários como ela. Descobriu que ali havia amizades, e casais; havia até mesmo três "dormitórios de família", e alguns grupos, pequenos e grandes. Ao lado do refeitório havia uma sala utilizada como uma espécie de clube, onde os rapazes e moças jogavam pingue-pongue e gamão. Pessach mandara instalar um máquina de café moderna, prometendo trazer brevemente também um computador, onde seria possível até mesmo compor músicas. Escutou que às vezes havia festas nos quartos, e que as pessoas fumavam juntas, tocavam juntas; na sua habitual postura de observadora, percebeu a alegria com que se reuniam à noite no refeitório. A aproximação, o abraço, os braços envolvendo as costas, a saudação com as mãos, e aí, mano, qual é?, que é que há? E em certos momentos, na sua solidão, até disso ela tinha inveja.

Porém o motivo pelo qual estava ali permanecia distante e inacessível, exatamente como no primeiro dia.

Quando ainda morava em casa, quando ainda estava planejando tudo, tinha certeza de que não deixaria de agir, pensar, investigar, juntar indícios. Porém, desde o instante em que ingressara no albergue, seu cérebro tinha se tornado lerdo, pesado, apático. Tão apático que às vezes ela receava ficar assim para sempre, arrastada pelo ciclo mágico de se apresentar e dormir, esquecendo aos poucos a razão de estar ali.

Cabia a ela despertar a si própria, à força, desse feitiço hipnótico e desesperador. Aos poucos, com grande esforço, foi juntando as peças do mosaico: ali havia artistas, vinte rapazes e moças, ou trinta, ou cinqüenta. Impossível saber. Chegavam e iam embora, sumiam durante dias inteiros e de repente estavam de volta. Às vezes ela se sentia como numa estação ferroviária movimentada, ou num campo de refugiados. Não sabia se todos chegavam ao albergue da mesma forma que ela. Pelo que ouvira, compreendeu que as pessoas escutavam, como ela mesma, boatos sobre o local, e ficavam ansiosas para ser descobertas pelos "caçadores de talentos" de Pessach. Descobriu, para sua surpresa, que em diferentes lugares, em todos os cantos do país, comentava-se sobre esse albergue único, com uma aura romântica de arte e boemia. Pessoas de Tiberíades, de Eilat, do Gush Ezion, de Kfar Guiladi, até mesmo de Taibe e de Nazaré, todos tinham ouvido falar da existência desse local. E que, sendo ali aceito, você se apresenta muitas vezes na rua, por todo o país, adquire experiência e segurança, e sai um "rato de palco" melhor do que depois de quatro anos numa escola de arte cheia de frescura. Ninguém jamais fazia nenhum comentário sobre Miko e seus colegas, nem sobre suas funções; os artistas viviam com os criminosos, passavam muitas horas por dia com eles, apareciam ao lado deles, e era como se não vissem nem ouvissem: não diziam nada sobre o que na verdade se passava ali. Tamar sentia como isso ia acontecendo também com ela, como ela se propunha a ser como os três macaquinhos. Uma vez, ao voltar à noite de uma apresentação em Ness Ziona, enrolada e faminta no banco traseiro, pensou que começava a entender como o ser humano se acostuma a passar dezenas de anos sob um regime de ditadura e opressão, desligando-se do que acontece em volta, pois se compreender de fato sua situação, confessando a si mesmo, com toda a honestidade, a sua participação, acabará morrendo de tanta vergonha.

Por não ter como confrontar as ações de Miko e seus colegas, enxergava apenas os artistas. Havia mímicos, mágicos, violinistas e flautistas. Havia uma moça de fisionomia carregada que tocava celo, que usava óculos e um chapéu vermelho fino com estampas redondas, que jamais tirava; Tamar se perguntou como era possível fugir de casa com um celo. Havia um jovem russo especializado em andar num monociclo alto, e Tamar se lembrou de que ele se apresentara ao seu lado no calçadão, antes de ir parar lá. Havia dois irmãos de Nazaré que faziam números sobre pernas de pau, um rapaz etíope que desenhava nas calçadas, desenhos maravilhosos de anjos negros e unicórnios dourados. Um rapaz americano, que estudara para ser rabino e se afastara da religião, desenhava a carvão caricaturas estilizadas e cruéis das pessoas nas ruas e, também no albergue, desenhava sem parar todo mundo ao seu redor, e as pessoas já tinham se acostumado aos movimentos nervosos do seu lápis; um rapaz ruivo do Gush Ezion, religioso, confuso, de olhar embaçado, sabia engolir e cuspir fogo; havia duas moças de Beersheba que pareciam irmãs, até mesmo gêmeas, e que liam a mente das pessoas — ou ao menos diziam ler —, e Tamar procurou não ficar muito perto delas. Havia no mínimo dez malabaristas que faziam números com bolas, bastões, pinos de boliche, maçãs, tochas e facas; um rapaz alto, de olhar astuto, desenvolvera uma arte toda sua: imitava a linguagem corporal — gestos e jeito de andar — das pessoas na rua: andava atrás delas quando passavam pelo seu círculo de apresentação, quase grudado nas costas delas, imitando-as sem que percebessem, para delírio dos espectadores. Uma noite, durante o jantar, Tamar descobrira que à sua frente estava sentada a moça que uma vez vira perto da praça dos Gatos, a que dançava com duas cordas em chamas. Havia também a "moça de borracha", uma jovem de ar mesquinho vinda de um kibutz do Norte; numa sexta-feira, depois do jantar, surpreendeu a todos ao dobrar seu corpo comprido até caber num engradado de Coca-cola. E um rapaz muito novo, quase um menino, ligeiramente parecido com Effi, do programa *Onde Está Effi?*, era um artista de fazer bolhas de todas as formas e tamanhos; um jovem de Jerusalém, de rosto pálido, cabelo preto e oleoso, intitulava-se "poeta da rua": em poucos segundos criava rimas sob encomenda para qualquer pessoa que pagasse. Havia também cantores e cantoras, e uma vez Tamar, durante uma viagem a Ashqelon, trocou algumas palavras com uma delas, descobrindo até que cantavam as mesmas músicas (as canções hebraicas). E havia *rappers* que batucavam em latas de tinta vazias, um que tocava um serrote e outro que tocava obras inteiras em taças de vinho, esfregando os dedos nas bordas das taças. Havia pelo menos cinco que tocavam violão, como Shai, mas pelo que escutava às vezes ao passar diante dos quartos, ninguém tocava como ele. De vez em quando alguém lembrava o nome dele, com ar de respeito, sempre acompanhado de um tom de luto, como se estivesse falando de alguém que já não vive mais.

E ele próprio, Shai, ela não viu.

UMA NOITE TAMAR ACORDOU ouvindo vozes e gritos. Por um momento ficou deitada, confusa, achando que estava em sua casa. Buscou relacionar os sons com objetos familiares. Os gritos se tornaram mais altos. Tamar ficou inquieta. Olhou o relógio: duas e meia. De repente lembrou onde estava. Levantou-se depressa. Correu para a janela. Lá embaixo, um carro e três homens tentando tirar de dentro alguém que não queria sair. Alguém que se agarrava à porta. Os homens puxavam e golpeavam suas mãos. Um deles era Miko, e ela reconheceu também Shishko, que era parecido com Elvis. Encostou a testa no vidro, procurando ver cada detalhe, porém os homens cercavam o carro, e seus corpos bloqueavam a visão. Xingavam ofegantes e de vez em quando davam um soco janela adentro, aparentemente buscando derrubar quem ali estava. Tamar observou em silêncio, sem sentir que apertava as mãos até sangrar. Depois, Pessach saiu correndo do prédio, lançou um olhar preocupado para o alto em direção às janelas. Voltou para dentro e apagou a luz da entrada. Agora ficava mais difícil distinguir o que acontecia. Pessach se aproximou do carro, ficou um instante parado junto à porta aberta e encostou a testa na capota. Tamar quis acreditar que ele estava conversando com a pessoa lá dentro, procurando convencê-la a sair por bem. Então, com um movimento lento, quase indolente, moveu o cotovelo para trás, e seu braço enorme desferiu um único golpe para o interior do carro.

Imediatamente se fez silêncio. Tamar tremia junto à janela. Um dos homens tirou do carro alguma coisa, um objeto que parecia um tapete enrolado. Colocou-o com facilidade nas costas e entrou no prédio. Num rápido instante, quando ele parou na porta de entrada, Tamar viu as mãos da pessoa pendurada nas costas do homem. Ela só conhecia uma pessoa com dedos tão longos.

OS DIAS SE PASSARAM. Quem sabe aonde já chegara nesse ínterim o jovem montado no camelo no deserto do Saara, o jovem dos devaneios de Assaf? O próprio Assaf já começara a trabalhar na prefeitura naqueles dias do final de julho. Oito horas por dia sentado, morto de tédio, na sala vazia ao lado do Departamento de Águas, atendendo ao telefone, informando os poucos detalhes que sabia, fantasiando preguiçosamente com o seu *dream team* para o torneio Fifa 99, sem saber que dali a alguns dias sua vida seria tomada por uma cadela perdida, e que, por sua causa, viria também uma moça, também um pouco perdida, e que a partir de então não ficaria mais imaginando o que se passava com o jovem marujo no mar do Norte, mas que ficaria perguntando a si mesmo, incessantemente: Onde está Tamar?

E numa daquelas noites em que Assaf ainda se martirizava por causa de Dafi Kaplan, rindo enfastiado das piadas sujas de Roy, contando os minutos para a noite terminar, Tamar voltou ao albergue já no meio do jantar. Chegara de Bat Yam ou Natanya, não se lembrava direito. Subiu correndo para o quarto e trocou de roupa. Como de hábito, lá tinha deixado Dinka: se por acaso se encontrasse com Shai no jantar, era aconselhável que Dinka não estivesse junto, para que não saltasse alegremente sobre ele, na frente de todo mundo.

Lavou o rosto na pia do quarto. Espiou pelo pedaço triangular de espelho que restara na parede. Seu cabelo crescera um pouco. Pequenos fios espetados, muito negros, começavam a brotar do crânio. Achou que combinavam com ela e, durante um ou dois instantes, ocupou-se, o que era bastante incomum, refletindo sobre sua aparência, com saudade de um banho de banheira e de suas deliciosas loções, e de Halina tentando a todo custo transformá-la numa moça bonita. Ao entrar no refeitório ainda trazia no rosto um sorriso descuidado, e foi apanhada de surpresa.

Pois no instante em que entrou, ela o viu, e gelou. Estava tão magro e abatido. Parecia uma cópia apagada de si mesmo. Ela seguiu reto, passando diante dele com passadas contínuas, olhos fixos no chão, rosto pálido. Shai olhou através dela sem enxergá-la. Talvez estivesse distraído, talvez drogado, mas uma coisa ficou clara: *ele não a reconhecera*, e esse foi um golpe inesperado, mais duro que todos os outros — nem mesmo ele a salvaria da sensação de ser uma estranha. Estava sentado absorto em si próprio, balançando um pouco o corpo, como numa oração. Tamar viu que ele vestia a túnica azul que ela adorava, agora já imunda e rasgada. Brincava com o garfo no purê, encostando e tirando. Tamar comeu com supremo esforço a porção fria jogada no prato (a mamãezinha sempre reclamava dos retardatários). Tinha a impressão de que toda a sala de repente ficara em silêncio, e de que todos olhavam para ela e para ele.

Shéli entrou correndo, agitada, ainda mais alta com seus novos sapatos amarelos, cabelo verde cintilante, subitamente trazendo todos de volta à vida. Aproximou-se alegremente de Tamar, sempre com aquela mesma alegria do início: "Deixe-me sentar ao seu lado, vamos, dê lugar, chega um pouco para lá, tenho algo incrí-vel para lhe contar...". Começou a contar; mas de imediato percebeu os olhos distantes de Tamar, desistiu da história com uma ligeira contração de dor, "Sem problema", ficou sentada um instante quieta e começou a conversar com a mesma exuberância alegre com o rapaz à sua direita: hoje, no seu show em Ashdod, foi abordada por um diretor importante da emissora local, que ofereceu a ela um contrato de três anos, com a possibilidade de uma viagem a Nova York... Mas, enquanto contava a história, começou a se perguntar o que interessaria aos americanos escutar imitações de Iggy Waxman e Sharit Hadad, e sua expressão desanimou um pouco. Tamar mastigava ininterruptamente sua porção de comida. Depois, com cuidado, ergueu a cabeça. Seus olhos o buscaram de relance. Ele a fitou, pois era nova no lugar. Depois, lentamente, suas pupilas se dilataram, e seu semblante murchou.

Imediatamente baixou a cabeça. Ninguém deveria notar que havia ligação entre eles, que se conheciam de sua vida anterior. Provou a omelete fria, empurrando-a para a beirada do prato. Shéli, ao seu lado, tinha ficado irritada com a própria imbecilidade. Afirmava ser a rainha de todos os imbecis se fosse capaz de acreditar numa besteira daquelas. O cacete que ele ia levá-la para os Estados Unidos. Ele havia mostrado um cartão de visita, com letras douradas em relevo, enrolando-a com sua conversa. E ela tinha engolido direitinho. Passara uma hora inteira com ele num hotel fedido. Agora, para castigar a si mesma, iria fugir de novo. Iria a Lifta, acabar lá como uma cadela, que era o que ela merecia. O rapaz ao seu lado procurou acalmá-la. Havia muito barulho em volta. Nas outras mesas, voavam pedaços de pão de um lado para outro. Nessa noite, as pessoas estavam mais contentes que em geral, talvez porque Pessach não estivesse lá, e nenhum dos buldogues tampouco. Na mesa ao lado da porta, alguns jovens começaram a cantar, aos gritos: "Quem sabe por que a zebra usa pijama?". Outros foram se juntando, batendo colheres e garfos na mesa. A mãezinha berrou ameaçando contar tudo a Pessach; um rapaz alto, o mímico que fazia a "sombra", pulou e começou a dançar com ela, curvando-se até encontrar seu rosto, encostando sua face nas bochechas dela, até arrancar-lhe um sorriso. Tamar segurou sua testa, depois fez correr um dedo até o lado esquerdo da face. Piscou duas vezes. Tocou sua face direita. Em seguida, como por acaso, ergueu um dedo no ar. Tocou o lóbulo da orelha direita. Esfregou o queixo duas vezes. Fez mais cinco ou seis gestos como esses, de forma lenta e comedida, ainda que o coração estivesse batendo loucamente.

Shai não desgrudava os olhos dela. Seus lábios se moviam como se estivesse lendo em voz alta. E estava realmente lendo. Era o primeiro milagre que ela esperava: que ele se lembrasse. Que, apesar de todo o tempo que passara, apesar de tudo que tinha lhe acontecido, inclusive as drogas, ainda era capaz de se lembrar da linguagem dos dedos, a linguagem secreta deles.

"Vim para tirar você daqui", disseram os dedos dela.

Ele enterrou a cara na mesa. Ela notou como sua bela cabeleira ondulada estava suja e sem vida. Como seus pulsos estavam finos!

Em seguida, endireitou-se na cadeira. Olhou rapidamente para cima, para o teto. Ela percebeu que ele fazia força para se lembrar. Tocou hesitante a face direita. Tocou o queixo, a ponta do nariz. Uma vez se confundiu, e então puxou os lábios para dentro, o sinal de apagar tudo. E voltou a lhe escrever, letra por letra:

"Vão nos matar, a nós dois." À direita, o rapaz que conversava com Shéli se agitou. Era o tocador de serrote. "Para Lifta? Com os russos? Você enlouqueceu? Eles são os mais fodidos!"

"Por quê, o que é que eles têm lá que nós não temos aqui?", perguntou Shéli, rindo. O seu comportamento tinha algo de muito estranho, exagerado e histérico, mas Tamar não estava prestando atenção nisso.

"Aqueles caras usam *vind*", explicou o rapaz, raquítico e peludo, com um lábio superior que lembrava um macaco. "*Vind* em russo significa 'parafuso', porque penetra direto no cérebro, trrrrrrr, como um parafuso." Shéli sacudiu a cabeça, duvidando. Seu cabelo verde também tremia, uma área cintilante em todo o espaço que ela ocupava. "Não, é sério, escute: é fósforo com xarope para tosse e água oxigenada, tudo junto. É a pior droga, pode crer, a heroína perto dela é como maconha. É tiro e queda — o barato mais barato do mundo."

"Juro que não toco nessas coisas", disse Shéli, soltando uma gargalhada, "eu só fico de barato correndo."

Em meio à tensão da conversa com Shai, Tamar lembrou que Shéli dissera, no primeiro dia, que não tomava heroína, só fumava.

Escreveu com os dedos: "Tenho um plano".

Ele começou a responder. Uma moça percebeu seus gestos estranhos, e cutucou sua amiga para olhar. Tamar debruçou-se sobre o prato e enfiou a omelete gelada na boca. Shai parecia simplesmente estar tocando alguma música imaginária com os dedos.

Disse: "Eu tomo".

Tamar respondeu de imediato, quase sem erguer a cabeça do prato: "Dis ia par". Você disse que ia parar. As frases eram curtas e práticas, e ela logo viu que, apesar de tudo que acontecera, ele era capaz de entendê-las só com meias palavras; era um sinal animador. Como quando eram crianças e às vezes eram proibidos de conversar durante as refeições, numa tentativa de evitar que ambos mergulhassem indefinidamente no seu mundinho fechado, onde não eram admitidos estranhos. Nesses dias eles se satisfaziam em sinalizar apenas o começo das palavras: Nã qué i dorm; ou: q mer de comi te hoj.

Shai esperou dois minutos inteiros antes de responder: "Nã consig sozi".

"Junt."

Ele apoiou a cabeça nas mãos, e ela parecia pesar uma tonelada. Tamar lembrou-se da música que cantava no coral, os versos eram de Emily Dickinson, e o título era "I felt a funeral in my brain".

Seus dedos começaram a tremer de repente, e ela receou que todos estivessem vendo o que se passava. Ele escreveu: "Voc nã conseg sozi".

E ela: "Consig si".

Ele: "Desap daq".

Tamar: "Só com você".

De repente ele deu um suspiro. Um suspiro profundo, sonoro. Levantou-se depressa e, ao tentar se segurar na mesa, derrubou um copo. Fez-se silêncio. Tentou levantar o copo de volta, mas seus dedos não conseguiam segurá-lo. O copo literalmente escorregava, parecia coberto de óleo, liso, tentando fugir ao controle da sua mão. Precisou agarrar com as duas mãos para colocar o copo de pé. Isso demorou cerca de três segundos, e pareceu um tempo interminável. Todos os olhares estavam voltados para ele. Muito alto, magro e balançando como um bambu ao vento. Seu rosto ficou rapidamente coberto de suor. Todos pararam de comer e de falar, observando-o. Deu uma passo para trás, derrubou a cadeira, fez um gesto com a mão, um gesto de rendição e desespero, e fugiu da sala.

Tamar devorou o purê, a omelete, o pão, tudo. Só não podia levantar a cabeça e ver os olhos das pessoas nesse momento.

Alguém disse em voz baixa: "Se esse cara não sair dessa agora, a vida dele está acabada". Instalou-se um silêncio desagradável. Talvez porque o futuro tivesse sido lembrado, o futuro que era proibido mencionar, o futuro que não existia.

Uma garota, que provavelmente tinha chegado há pouco tempo, perguntou quem era aquele rapaz, e lhe responderam que era um arrasado. Um arrasado ambulante, disse um dos meninos;

mas quem é ele, o que ele era, perguntou a moça, e Tamar gelou na cadeira. Quem era Shai? Quem era ele? Já falavam dele no passado. Fez-lhe mal ver com que facilidade alguém como Shai se transformava em alimento de fofocas. Tente descrever Shai, resuma em duas frases o maravilhoso complexo que ele é, e todas as suas incoerências. "Mas ele nunca fala, não é?", perguntou a garota nova com a ousadia dos recém-chegados; e algumas vozes responderam. Tamar sentiu como se agitavam ao falar dele, como era um enigma intrigante aos olhos de todos; sim, no início acharam que ele era mudo. Mas tocava como o diabo. Só que não conseguia tocar sem droga, mas quando tomava e tocava... o dinheiro fluía. Pois é, até a televisão corria atrás dele, o próprio Dudu Topaz o escutara por acaso tocando na rua e o convidou para o seu programa, mas Pessach não permitiu, disse que ele ainda não estava pronto para se expor dessa maneira...

"Ele é o Jimi Hendrix do Pessach", disse um dos outros músicos, e Tamar sentiu na sua voz a conhecida inveja, sempre havia um rastro de inveja na voz quando se falava de Shai, "e também o Jim Morrison. Ele é bom paca, só que totalmente pirado."

Tamar não conseguiu mais comer. Nem mesmo para esconder seu estado. Ficou sentada, imóvel, rezando para que ninguém olhasse para ela naquele momento. Estava chocada, não só pela condição de Shai, mas também pela sua recusa absoluta de ser ajudado por ela. Aí está, exatamente o que Léa advertira de antemão: que ele não estaria preparado, nem seria capaz de ajudá-la ou simplesmente cooperar. Mas ele pediu que eu fosse!, argumentara Tamar com raiva, sentada diante de Léa: ele próprio ligou e implorou que alguém fosse lá salvá-lo! E Léa explicara mais uma vez: ele morre de medo de fazer a mínima mudança na sua vida já arrasada, e morre de medo de perder a segurança que tem no fornecimento contínuo da droga. Na cabeça de Tamar, começou a se instalar o terror: pronto, isso ela não havia planejado. Como tirá-lo dali sem a sua cooperação, talvez contrariando sua própria vontade? Algo em seu estômago se revolvia cada vez mais. Aí está você, minha cara menina, romântica e sonhadora, até que enfim surge o grande ponto fraco do seu plano lunático.

Pois ela planejara tudo, detalhe por detalhe, durante meses. Com uma meticulosidade quase obsessiva procurou antever e adivinhar cada passo, e os problemas que poderiam surgir até chegar aqui e encontrá-lo; e com a mesma meticulosidade incansável planejara como cuidar dele sozinha, depois de tirá-lo daqui, calculando exatamente quantos pacotes de velas e fósforos seriam necessários na gruta, lembrando-se de levar abridores de latas e repelente contra mosquitos, e ataduras para feridas. E só uma coisa não lhe ocorreu: como tirá-lo daqui se ele não tem força nem coragem para sair.

O espanto com sua própria cegueira agora a dominava. Como isso pôde acontecer? Como pôde desprezar todos os avisos, como se quisesse fracassar intencionalmente? Levantou-se e colocou o prato na pia. Lá fora, no pátio, alguns jovens já estavam sentados no chão. Viu a crista de cabelo verde de Shéli recostada sobre o ombro de um rapaz alto e forte. Outro garoto, de rosto indiano e trança comprida, pegou o violão e começou a cantar. Ela abriu a janela para respirar um pouco, e a canção a envolveu. Não conseguiu se opor ao seu ritmo sombrio e triste:

*Ecstasy bem baratinho*
*Branquinha, pro mundo inteiro*
*Ácido azul, e um fuminho,*
*Vai pegando seu dinheiro.*
*Nós quebramos a rotina*
*Nós fazemos anarquia*
*Liberamos a loucura*
*Acabamos na delegacia...*

E os moços e moças ao seu redor faziam coro: "Como-pôde-fazer-isso,/ como-pôde-fazer-isso".

E o rapaz:

*Não existem mais milagres*
*Esperança também não*
*A gente morre, apodrece*
*Mas faz a revolução...*

E cantou de novo desde o início, num ritmo monótono. Ela ficou parada, balançando, odiando a letra, roubando força da melodia. Rendeu-se ao refrão repetitivo: Como pôde fazer isso? Como pôde esquecer de elaborar a parte mais importante do plano?

Estava deprimida por descobrir mais uma vez, como sempre, quão poderosa era a força interna que a fazia fracassar, sua quinta-coluna, seu rato sabotador. Não sabia o que fazer agora. Desistir de tudo? Voltar para casa com o rabo entre as pernas? Mais um rato preto se esgueirou abrindo caminho por entre os canais habituais e familiares, esfregando seu dorso nas placas do caminho, chamando sua atenção com guinchos agudos: Você nunca vai conseguir fazer alguma coisa certa na vida! Cabeça-de-vento! Delirante! Sempre vai haver algo errado toda vez que você tentar realizar suas fantasias, torná-las concretas, uni-las à vida real. E agora, todos os seus colegas ratos se juntam em torno dele, em coro, um coro de guinchos selvagens. E é por causa disso que você jamais vai conseguir ter uma carreira séria como cantora, vai sempre dar um jeito de fracassar na hora do teste definitivo! No máximo, vai conseguir um papel secundário, Barbarinas no início, e Marcelinas quando ficar mais velha, e no meio talvez alguma Fresquita. Você vai passar a vida inteira solitária e infeliz, vagando de um lado para outro, de um coral amador para outro.

No máximo será regente de um coral. Aliás, você também nunca vai se apaixonar de verdade, pode ter certeza, por causa daquele elo de ligação que falta na sua alma. E também não vai ter filhos, é claro, e escute o motivo...

E pronto, justamente esse pensamento a fez recuperar seu bom senso. De um só golpe eliminou o ninho de ratos, retomou as forças que lhe restavam e reagiu. Procurou compreender de maneira racional o seu engano, refletindo honestamente, com absoluta clareza e sem auto-recriminação. E, passados alguns instantes, respondeu a si própria com simplicidade que se naquela época, em sua casa, tivesse pensado que Shai não iria colaborar com ela, provavelmente não teria saído para essa missão.

Assim, na verdade, foi bom não ter pensado nisso. Quer dizer, seu cérebro acabou ajudando ao ocultar esse obstáculo... Estranho. Ela se endireitou um pouco e respirou fundo: estranho como conseguira superar esse ataque de amargura; como resgatara a si mesma das suas próprias garras. Algo novo acontecera. A brisa de uma desconhecida tranqüilidade soprava em seu interior. Uma quase autoconfiança. Certamente sumiria logo, mas ela sempre a guardaria dentro de si, lembraria a parte do corpo onde havia se formado, tentaria retornar a ela e gerá-la novamente no próximo ataque.

Mas entrementes, ela não podia esquecer que estava encalhada naquele lugar, totalmente sozinha, sem aliados, precisando pensar pelos dois, isto é — criar a situação para Shai fugir com ela. Era obrigada a colocá-lo diante de um fato consumado. Nesse momento, tais pensamentos serviram para animá-la um pouco. Sentia que, após longos dias de sono, estava voltando à vida. Perguntou-se onde Shai estaria agora. Em que quarto. Em que banheiro sem luz ele estaria preparando a dose que o ajudaria a passar a noite.

Do pátio, Shéli olhava para ela com um sorriso largo, largo

demais, chamando-a para que viesse curtir um pouco. Seus olhos brilhavam, algo na sua alegria natural parecia aguçado e vítreo. Tamar sentiu que naquela noite não tinha forças para ficar e conversar com as pessoas. Precisava ficar só. De relance lhe ocorreu que, como amiga, devia levar Shéli junto consigo para o quarto. Tomar conta dela, para que não desabasse e se envergonhasse depois. Mas já não tinha forças para nada. Fez um sinal para Shéli, dizendo: "Vou dormir", e retribuiu o sorriso. Arrastou-se pesadamente até o quarto e, do jeito que estava, vestida mesmo, sem se lavar da sujeira do dia, sem nem mesmo acariciar Dinka, caiu na cama e ali ficou.

O que está acontecendo aqui?, pensou, exausta. Como foi que tudo começou? Como foi que tudo isso virou, de repente, a minha realidade, a minha vida? Há um momento em que a gente dá um pequeno passo, pensou, um desvio mínimo do caminho conhecido, e depois é obrigado a colocar também a outra perna. E aí, sem perceber, a gente está num caminho estranho. Cada passo é mais ou menos lógico, nasce do passo anterior. E de repente a gente acorda dentro de um pesadelo.

Passou-se uma hora, duas horas. Não conseguia adormecer. A cabeça virava em grandes ondas. Você está aqui do meu lado, murmurava em círculos de pensamento, como num ataque de febre alta. Vou tirar você daqui. Transmitiu a mensagem mentalmente e rezou para que ele pudesse captar seus pensamentos. Não sei como, mas você vai ver, vou tirar você daqui, queira ou não queira, vou te tirar daqui e cuidar de você, e te fazer voltar a ser o que você era, meu irmão, meu irmão...

# COMO UM CEGO,
# VOU À SUA PROCURA

APÓS O ALMOÇO com Tuco, Dinka o conduziu a um bairro que ele não conhecia, atrás do mercado. Passaram por pequenos quintais cercados de grades brancas. Assaf espiou através de um portão de madeira e viu um enorme gerânio vermelho plantado num velho barril de lata. Decidiu que algum dia, quando tudo isso tivesse terminado, voltaria a esse lugar: seu olho treinado absorvia o fluxo entre as áreas de luz e sombra, fazia enquadramentos e era atraído pelo gato preto deitado entre os cacos de vidro alaranjado, pontiagudos como escamas de um dragão no alto de um muro. Nos quintais, ao longo das paredes, havia velhas poltronas e às vezes também colchões. Sobre o peitoril das janelas viam-se grandes potes de pepinos em conserva. Assaf e Dinka passaram diante de uma sinagoga onde homens em roupas de trabalho rezavam a oração da tarde numa melodia familiar, a melodia de seu pai e de seu avô. Passaram ao lado de um horroroso bloco de concreto — um abrigo antiaéreo público forrado de desenhos infantis coloridos — , mais uma sinagoga, uma ruela muito estreita coberta em toda a sua largura por um salgueiro-chorão, como uma cúpula...

Aqui Dinka parou, farejou o ar, olhou para o céu como quem quer saber as horas e não tem relógio.

Subitamente decidiu-se. Sentou-se ao lado de um banco sob o salgueiro. Colocou a cabeça entre as patas, olhos fixos para a frente. Estava esperando alguém.

Assaf sentou-se no banco. Esperou. Quem, o quê, ele não sabia. Mas já se acostumara um pouco a essa situação. Alguém viria, alguém surgiria. Algo novo iria acontecer. Mais alguma coisa lhe seria revelada acerca de Tamar.

Só não sabia sobre qual das duas — a Tamar de Teodora, ou a do policial? E quem sabe não haveria também mais outra, uma terceira Tamar?

Um longo tempo se passou; quinze minutos, meia hora, e nada sucedeu. O sol começou a se pôr, ainda irradiando o derradeiro calor dos dias de verão, porém na ruela estreita um vento passou a soprar. De súbito Assaf sentiu o quanto estava cansado. Estava de pé desde cedo, e grande parte do tempo correndo. Mas o cansaço não se devia unicamente à correria. O esforço físico nunca o fatigava tanto. Era algo mais, uma espécie de excitação constante ardendo em seu interior, como se estivesse com febre (porém não se sentia doente, ao contrário).

"Dinka", disse baixinho, sem mexer os lábios. Pessoas passavam pela rua, e ele não queria que pensassem que estava falando sozinho. "Você sabe que horas são? Daqui a pouco vai dar seis horas. E você sabe o que isso significa?" Dinka levantou as orelhas. "Significa que duas horas atrás Danoch fechou seu escritório, e o veterinário também já foi para casa. E eu não vou levar você de volta para lá hoje. E isso significa que você vai ter de dormir na minha casa." Enquanto falava, foi se alegrando com essa idéia. "Só há um problema, a minha mãe é alérgica a pêlo de cachorro, mas para sua sorte eles estão no exterior, os meus pais, você só vai precisar ter cuidado para não soltar pêlos..."

A cadela latiu e ficou em pé. Um homem jovem, muito magro, ligeiramente encurvado, aproximou-se entre as sombras do salgueiro. Assaf se levantou. O rapaz falou, uma voz aguda: "Dinka!". E correu para ela, arrastando uma perna. Havia também algo de estranho na posição de seu rosto, como se a cabeça estivesse puxada para trás, ou talvez ele enxergasse apenas com um dos olhos. Trazia na mão uma pesada sacola plástica com a inscrição MATZOT YEHUDA. Ao ver Assaf, parou. Ambos ficaram desnorteados: o rapaz, porque possivelmente esperava ver Tamar e acabou encontrando Assaf; e Assaf, ao ver a face do outro. Todo o seu lado esquerdo estava coberto por uma enorme queimadura, roxa e vermelha: a bochecha, o queixo e o lado esquerdo da testa. Também os lábios, ao menos até o meio da boca, não pareciam naturais, muito finos, esticados e mais claros que a outra metade. Como se tivessem sido reconstituídos numa cirurgia.

"Desculpe", murmurou o rapaz, e começou a recuar rapidamente, "eu tinha certeza de que era uma cadela que eu conheço." E afastou-se mancando, virando as costas para Assaf, seu solidéu negro brilhando.

"Espere!" Assaf correu atrás dele, e Dinka o acompanhou. O rapaz apertou o passo sem se virar, mas Dinka o ultrapassou, saltou sobre ele latindo de alegria, e sua cauda balançava de entusiasmo. E ele, sem alternativa diante de toda a excitação dela, foi obrigado a parar, abaixar-se e segurar sua cabeça enorme entre as mãos; e ela o lambeu, lambeu todo o seu rosto, e ele riu com um som esquisito, agudo e partido.

"Mas onde está Tamar?", perguntou em voz baixa, um pouco a ela, um pouco a Assaf. E Assaf, atrás dele, disse que também a estava procurando. Então o rapaz se ergueu e se recompôs, e mais uma vez ficou parado diante de Assaf na mesma postura inclinada, e perguntou o que Assaf queria dizer com isso.

Assaf contou a história. Não a história *inteira*, é claro,

somente a história resumida, sobre a prefeitura, Danoch e o canil. O rapaz ficou prestando atenção. Enquanto Assaf falava, ele se virou ainda mais um pouco, de forma quase imperceptível, em movimentos curtos, até ficar inteiramente de perfil, com seu lado intacto voltado para Assaf. Assim ficou, como se estivesse olhando distraidamente os ramos do salgueiro à sua frente, buscando tirar conclusões enquanto observava a natureza.

"Puxa, para ela deve ter sido um duro golpe perder essa cadela", disse finalmente, com convicção, "o que ela vai fazer sem Dinka? Como é que vai se virar?"

"Sim", disse Assaf, tateando, "com certeza a ligação entre as duas é muito forte."

"Muito forte?" O rapaz deu uma risada curta, como se Assaf tivesse dito alguma asneira descomunal. "O que quer dizer 'muito forte'? Ela não consegue dar um passo sem a cadela!"

Assaf perguntou, buscando parecer indiferente, se ele tinha alguma idéia de onde poderia encontrá-la.

"Eu? Por que eu? Ela... ela não conta nada, apenas escuta." Chutou uma pedra da rua. "Ela... como posso explicar? Você fala com ela, e ela *escuta*. Então, que alternativa você tem? Você simplesmente despeja tudo. Ela é gente fina." A voz dele, pensou Assaf, é uma voz aguda, como a de um garotinho, tem um pouco de lamúria. "Você conta a ela coisas que não contaria a mais ninguém. Porque ela está disposta a te ouvir, entendeu? Ela está *interessada* na sua vida."

Assaf perguntou onde tinham se encontrado.

"Aqui. Por acaso eu tenho algum outro lugar para me encontrar com ela?" Fez um gesto apontando o banco. "Ela estava passando com a cadela, e eu estava sentado aqui, desse jeito, mais ou menos a esta hora. Sempre saio de casa à tardinha. É melhor", disse, engolindo as palavras, "não suporto o calor."

Assaf permaneceu em silêncio.

"Há algum tempo, uns três meses talvez, venho aqui e a vejo sentada. Pegou meu lugar, mas não foi de propósito. Ainda não me conhecia. Eu já tinha me virado para ir embora, e ela me chama, faz um sinal", o rapaz hesita, "e me pergunta alguma coisa, estava procurando alguém...", hesita novamente, "não importa, é uma coisa particular dela. Em todo caso, começamos a conversar. E desde então, não há semana que ela não venha aqui, de vez em quando duas vezes na mesma semana. Sentamos, conversamos, comemos alguma coisa que a minha mãe prepara." Mostrou a grande sacola plástica. "Aqui tem também para Dinka. Passo a semana juntando. Posso dar a ela?"

Assaf achou que Dinka não comeria mais nada depois do restaurante, mas não quis melindrar o rapaz. Ele tirou um saquinho menor, uma bela cumbuca doméstica, e começou a despejar uma mistura de ossos e batatas. Dinka olhou a comida, olhou para Assaf. Assaf piscou para ela, encorajando-a, e ela baixou a cabeça e começou a comer. Assaf estava convencido de que ela compreendera o sinal.

"Diga, você quer café?"

Já seria o seu terceiro café do dia, e ele não estava acostumado a tomar tanto assim, mas esperava que com o café viesse mais conversa. O rapaz tirou uma garrafa térmica e serviu dois copos descartáveis. Sobre o banco entre eles, estendeu um pequeno pano florido e, por cima, uma travessa com salgadinhos e biscoitos, e um prato com ameixas e nectarinas.

"Já me acostumei com isso, toda vez que ela vem", sorriu desculpando-se.

"Ela veio na semana passada?"

"Não. Nem duas semanas atrás, nem três. Nem um mês atrás. É por isso que estou preocupado. Ela não é de sumir sem mais nem menos, dispensar você sem avisar. Está entendendo?

Estou quebrando a cabeça o tempo todo, o que pode ter acontecido com ela?"

"E você não tem o endereço dela, nada?"

"Não me faça rir. Nem sei o sobrenome dela. Até perguntei algumas vezes, mas ela tem os seus princípios, de privacidade. Bom, não é agradável, eles são muito sensíveis em relação a isso."

Assaf não compreendeu: "Quem são 'eles'?".

"Eles. As pessoas como ela. Na situação dela." *As drogas*, pensou Assaf. Seu coração ficou apertado, e imaginou Tamar numa dessas "situações" que Tuco descrevera. Pegou um salgadinho, em busca de conforto.

"Que gozado", sorriu o rapaz com prazer, "ela também começa sempre pelos salgadinhos." Ele se expunha totalmente, como um garoto que ainda não havia aprendido a distância que deve ser guardada entre estranhos. Hesitou por um instante, e estendeu a Assaf sua mão magra e frágil.

"Vitório."

"Vitória? Que vitória?"

"Não, Vitório. É o meu nome. Pegue mais um. É mamãe que faz."

Disse "mamãe" num tom íntimo e caloroso. Era uma situação esquisita, mas Assaf estava achando gostoso, estar ali sentado naquele banco sob o salgueiro. Pegou mais um salgadinho. Não era louco por salgados, mas a idéia de que Tamar gostava, de que Tamar comia um salgadinho exatamente igual...

Dinka lambeu a cumbuca e se esticou, longa e pesada.

De súbito Assaf percebeu: "Então você vem aqui todo dia com salgados e café, esperando encontrá-la?".

O rapaz olhou para o lado. Deu de ombros. "Todo dia não. Qual é, todo dia, você acha mesmo que eu venho todo dia?" Fez-se um demorado silêncio. Em seguida, disse com naturalidade: "Talvez todo dia. Sei lá. Se ela vier, vou estar preparado".

"E você está esperando há um mês?"

"E daí? Qual é o problema? Por acaso atualmente eu não estou trabalhando, então costumo ter tempo livre. Não me incomodo de descer aqui à tarde e esperar um pouco. É um passatempo."

Um homem passou pela rua ao lado deles. Vitório o viu se aproximando, muito antes de Assaf ou Dinka perceberem. Imediatamente se virou, girando o corpo e arqueando para trás, até ficar quase de costas para a rua. O homem passou, um velho imerso em si mesmo, e não notou a presença deles.

Assaf esperou os passos se perderem na distância. "E vocês conversavam, você e Tamar?"

"Se conversávamos? Fala sério!" Vitório estendeu os braços para os lados com orgulho, como se mostrasse um imenso oceano. "Acredite, não dá para conversar com ninguém no mundo como se conversa com ela. Porque as pessoas olham torto para você, é ou não é? Ficam pensando: ele é assim, ele não é assim. Acham que a aparência externa... entende? Eu, por exemplo. Para mim, a aparência externa não faz nenhuma diferença, ne-nhu-ma! Você concorda comigo que o principal é o que há dentro da pessoa? Não é verdade? Por causa disso eu digo: não tenho amigos, e não preciso deles."

E meteu rapidamente mais dois salgados na boca, por entre seus lábios destruídos, costurados. "Porque para mim, pessoalmente", disse em seguida, "o que importa é o conhecimento, certo? O máximo de conhecimento; é para isso que eu estudo. Acredita?"

Assaf disse que acreditava.

"Não, você me olhou de um jeito... escute, eu, o que mais me interessa são as estrelas."

"Estrelas? Que estrelas? Estrelas de cinema?", perguntou Assaf, hesitante.

"Que cinema? Cinema só na sua cabeça." Vitório deu uma risada longa e contida, escondendo metade da boca com a mão. "As estrelas no céu! Agora, diga a verdade: você já pensou nas estrelas, pensou seriamente, quer dizer, alguma vez você pensou?"

Assaf admitiu que não. Vitório bateu as duas mãos nas coxas, como se tivesse descoberto de novo, pela milésima vez, a prova definitiva da desesperadora falta de compreensão do ser humano: "Você sabia que existem talvez mais de um milhão de sóis? E as galáxias? Sabia que há mais de um milhão no universo?! Não só mais um planetinha como a nossa pobre Terra, nem um sistema como o nosso sistema solar — estou falando de galáxias!".

Enquanto falava foi se entusiasmando, e também o outro lado do rosto, o lado sadio, ficou vermelho. Passaram três jovens batendo bola. Vitório imediatamente se virou, inclinando a cabeça como se estivesse imerso em seus pensamentos.

"Ei, Vitório, e aí?", disseram.

"Beleza." Não se moveu daquela posição.

"E as estrelas? E a Via Láctea?"

"Beleza", respondeu Vitório, soturno.

"Conte todas direitinho", sugeriu um deles, chutando a bola bem perto da perna de Vitório, "para ninguém roubar nenhuma." De repente aproximou-se de Assaf: "Você sabe por que Vitório nunca vai para o torneio de tênis de Wimbledon?". Assaf ficou calado, achando que já, já ia sair briga.

"Porque ele tem medo de precisar olhar para os dois lados!", gritou o rapaz, numa gargalhada, e fez uma demonstração com gestos, enquanto os outros dois riam junto. O rapaz esticou a mão, pegou uma nectarina do prato, deu uma mordida, e os três se afastaram rindo.

"E eu assino todas as publicações sobre o assunto!", disse Vitório a Assaf, sem esperar um segundo, como se a conversa absolutamente não tivesse sido interrompida. Endireitou-se um pouco, para recuperar sua honra ferida. "Inclusive em inglês! Não acredita? Estudei dois anos de inglês na Universidade Aberta. Por correspondência. Mil e quinhentos shekels. Mamãe me deu de presente, para que eu nem precisasse sair de casa. Só precisava ir lá nos dias de prova, mas não fui. Para que eu preciso das provas e das notas deles? Mas venha ver o meu quarto, todos os números da revista *Ciência* e da *Galileu*, arrumadinhos em perfeita ordem, já são duas prateleiras e meia! E no ano que vem, se Deus quiser, mamãe disse que vai me comprar um computador, e aí posso entrar na internet, e então... posso saber de tudo. Não é preciso sair de casa, tudo vem até você, completo. Poderoso, hein?"

Assaf assentiu em silêncio. Pensou que, se não fosse por Tamar, teria passado ao lado dele, olhado seu rosto, talvez recuado, sentido um pouco de pena. E só.

"E você conversava com Tamar sobre isso?", perguntou finalmente, "sobre as galáxias e tudo o mais?"

"Com cer-te-za!" O sorriso tomou conta de seu rosto, invadindo a mancha vermelho-arroxeada. "Ela... sei lá! Queria escutar sempre de novo, mais uma vez, e mais outra, como são os quasares, os buracos no tempo, os pulsares, a expansão do universo, e mais, e mais, você está captando o lance? A garota... ela nunca viu uma estrela na vida, percebe? Talvez exatamente por causa disso. O que você acha? Talvez por causa da sua psicologia ela queira tanto saber. Não lhe parece lógico?" Assaf achou que tinha perdido alguma frase da conversa. Vitório não parava de falar. "Ficava aí sentada meia hora, uma hora, não ia embora. Quando eu chegava em casa depois de conversar com ela, ia dormir direto, estava acabado de cansaço. Bom, na realidade", deixou escapar um sorriso forçado, revelando dentes tortos, "talvez eu também não esteja acostumado a falar tanto, porque mamãe... a verdade é que ela não se interessa por coisas científicas."

Assaf ainda se arrastou atrás de algumas sentenças. Havia algo misterioso no seu jeito de falar. Ou meramente confuso.

"Agora", disse Vitório, inclinando-se um pouco na direção de Assaf, "na época em que eu era pequeno, criança, tive um pequeno acidente, nada sério", disse outra vez depressa, mas com certo descaso, como se falasse de uma pessoa distante e estranha. "Mamãe estava cozinhando, uma sopa, eu acho, e por engano derrubou em mim uma panela com água fervendo. Acontece. Ela não teve culpa. E eu passei mais ou menos um ano no hospital, operações, tratamento, isso e aquilo. Mas desde aquela época aprendi o que é o ser humano. Eu juro, virei um psiquiatra, sozinho! Sem livros nem nada. Por causa disso posso entender a garota por dentro e posso ajudá-la, mesmo sem ela sentir que estou ajudando, entende?"

Assaf fez que não com a cabeça.

"Porque eles, eles têm o seu orgulho, e a gente precisa falar com eles como se não fosse nada. Como se fosse uma coisa comum, cotidiana, que você está sentado na rua com alguém explicando as coisas científicas, entende?"

Assaf perguntou cautelosamente quem eram "eles". Já sabia a resposta, mas era como se precisasse escutar de novo a palavra exata, e sentir novamente a dor que o acometia no fundo do estômago.

"Eles, sabe, as pessoas que têm aquele problema. Aí você precisa cuidar do orgulho deles. Aqui entre nós, o que eles têm além do orgulho?"

"E você, você a viu em situação... ahn... difícil?"

"Não." Vitório riu. "Para ela é comum. Bem, ela nasceu assim. Ela não conhece outra situação."

"Do que você está falando?", finalmente Assaf acordou e perguntou. "Como foi que ela nasceu?"

"Cega."

Assaf pulou do banco. Simplesmente deu um pulo e caiu de pé: "Ela é cega? Tamar?".

"Não lhe disseram? Olhe a cadela. É um cão-guia."

Assaf olhou. Certo. Era exatamente daquela raça, um labrador, um cão para cegos. Ou quase como um labrador. Na verdade, não era muito parecido. Abriu a boca para dizer algo, mas lhe pareceu que Dinka o fitava com um olhar especialmente profundo. Não desgrudava os olhos de Assaf, como se quisesse lhe transmitir alguma coisa, adverti-lo de algo. Assaf achou que estava ficando louco. Cega? E Teodora não dissera nada sobre isso? E o homem da pizza dissera que ela andava de bicicleta? E como tinha fugido do investigador?

Vitório sorriu satisfeito: "Agora eu surpreendi você, não é?".

Ao longe, ouviu-se uma voz feminina: "Vitório! Já são quase sete, venha pra casa!".

"É mamãe", disse Vitório, e rapidamente se levantou e começou a recolher os salgados que sobraram. Despejou o resto do café na terra e guardou tudo: copos, pratos, o pano florido, a cumbuca de Dinka. Assaf não se moveu. Ficou ali parado, estupefato.

"Beleza. Vamos para casa." Vitório pegou a sacola na mão. "Você quer vir amanhã? Vou estar aqui. A gente conversa de novo, por que não?"

Assaf o fitou.

"Mais uma hora, uma hora e pouco", disse Vitório, apontando para o alto. "Olhe para o céu. O maior espetáculo do universo!"

Assaf perguntou quais estrelas era possível distinguir a olho nu. Queria ganhar tempo. Pareceu-lhe que começava a descobrir algo. Vitório ergueu a mão e mostrou onde estaria Vênus, a Estrela do Norte, a Ursa Maior. Assaf não prestou atenção. Alguma coisa grande, até mesmo magnífica, começou a ficar clara para ele. Algo relacionado com Tamar, e sua ousadia de fazer às vezes coisas completamente malucas, como se estabelecesse as próprias regras, regras totalmente suas. Vitório continuava explicando, e Assaf baixou os olhos, deparando com o olhar conspirador de Dinka. Educadamente, voltou a olhar para cima, refletindo sobre a generosidade de Tamar, tanto em relação a Teodora como em relação a Vitório; não uma generosidade financeira, era difícil explicar, uma generosidade de outro tipo.

"Eu?", disse Vitório, em algum lugar perto de Assaf. "O meu sonho? Que algum dia haja, se Deus quiser, viagens ao espaço. Que saiam espaçonaves como ônibus de uma estação rodoviária." Colocou a mão sobre os lábios e anunciou: "A nave para Mercúrio partirá em dez minutos! A nave para Vênus parte imediatamente!".

"E você, vai viajar?", perguntou Assaf.

"Talvez sim, talvez não. Depende."

"Depende de quê?"

"Se me der vontade no dia." Afagou Dinka novamente. "Vamos lá. Fui! Se você encontrar com ela, diga: o Vitório passa o tempo todo colhendo informações para você. Você diz isso a ela? Vitório, esse é o meu nome."

QUANDO ASSAF CHEGOU EM CASA, a vida desabou sobre ele, isto é, todas as coisas das quais se desligara durante aquele dia. Havia cinco mensagens de Roy na secretária eletrônica, uma de Danoch, uma de Tuco e uma de seus pais, dizendo que já tinham chegado e que estava tudo em ordem. Finalmente Assaf foi ao banheiro e leu meia edição de *O nome do jogo*, sem compreender direito as palavras à sua frente. Em seguida, tomou um chuveiro e telefonou para Danoch, em sua casa; contou-lhe que tinha passado o dia inteiro correndo atrás da cadela ("Cadela?", admirou-se ele, "é mesmo uma cadela?"), e pediu permissão para prosseguir por mais um dia, e a permissão foi dada. Em seguida, ligou para Tuco e tranqüilizou-o dizendo que estava vivo, informando que ainda não fizera grandes progressos em sua missão, mas — e isso, por algum motivo, não conseguiu dizer a Tuco — tinha a sensação de estar se aproximando de Tamar, de estar cada vez mais perto dela.

Só então, enquanto falava com Tuco, ficou estarrecido ao se lembrar de algo que Vitório dissera, uma informação extremamente importante. Assaf tinha a intenção de lhe perguntar na seqüência, quando se tornassem um pouco mais próximos, mas em virtude do rumo que a conversa havia tomado, a pergunta lhe fugira.

"Assaf, você ainda está aí?"

"Sim. Não. Lembrei uma coisa que tinha esquecido." Ela está procurando alguém, dissera Vitório, e em seguida se assustou por ter revelado algum segredo dela, acrescentando que 'é uma coisa particular dela'. Quem ela estaria procurando? E como fui esquecer de perguntar? Como deixei passar uma coisa dessa?

"E já soube alguma coisa dos velhos?", perguntou Tuco no telefone.

"Ainda não", disse Assaf, distraído, e se despediu, satisfeito por ter conseguido falar com Tuco antes de ter uma conversa de verdade com os pais.

Dinka não tinha fome, estava satisfeita. Assaf arrumou um lugar para ela e esticou-se ao seu lado no tapete, alisando seu pêlo e tentando imaginar quem Tamar estaria procurando. Ambos adormeceram juntos, cochilaram durante uma hora ou duas, completamente exaustos. Quando acordaram, a casa já estava às escuras, e ecos do telefone se perdiam no ar. Assaf preparou uma "refeição quente": arroz instantâneo, algumas salsichas com ketchup e meia melancia. Por alguma razão não teve vontade de comer as porções de comida já prontas que sua mãe lhe deixara; sentia prazer em cuidar da própria comida. Levou o prato até a sala de estar, contrariando as regras da casa, ligou a TV no canal de esportes e assistiu ao videoteipe de um jogo da liga de dois meses atrás, deixando o turbilhão do dia assentar. O telefone tocou três vezes, ele sabia que era Roy, e não atendeu, até ser realmente muito tarde para sair. Então atendeu.

"Assaf, seu babaca, cadê você?"

Assaf ouviu um ruído forte ao fundo. Música, risos. Disse que ficara preso no trabalho. Roy caiu na risada, e imediatamente mandou Assaf levantar a bunda da cadeira e ir rapidinho ao Tempo de Café, pois Dafi estava nervosa à sua espera.

"Eu não vou", respondeu Assaf.

"Você *o quê*?" Roy não acreditou no que estava ouvindo. "Olha aqui, Zero: faz três anos que eu e Meital circulamos pela cidade com a sua Dafi, que hoje, aliás, está uma gata, um tesão, vestido preto justinho, salto alto e tudo; então não me venha com essa de que você está cansado do trabalho! Afinal, o que é que você faz lá, além de coçar o saco?"

"Roy", disse Assaf em voz baixa, com uma tranqüilidade que o deixou surpreso, "eu não vou. Peça desculpas a Dafi por mim. Ela não tem culpa. Não estou com cabeça para isso agora."

Silêncio. Podia ouvir as ondas cerebrais de Roy se agitando. Sabia como elas funcionavam. Roy lhe pareceu um pouco embriagado, mas era duro na queda, e sabia que Assaf jamais falara com ele daquela maneira, naquele tom de voz.

"Agora escute", disse Roy num sussurro cheio de raiva, e Assaf teve a sensação de que alguém já falara com ele desse jeito hoje, não lembrava quem, lembrava apenas que era alguém que queria o seu mal. Claro: o investigador de polícia disfarçado. "Se você não estiver aqui dentro de quinze minutos no relógio, você já era. Entendeu, seu merdinha? Está sacando o que eu digo? Se não vier — para mim você está *morto*."

Assaf não respondeu. Seu coração batia forte. Durante doze anos haviam sido amigos. Roy fora seu primeiro amigo de verdade. A mãe de Assaf contava que no primeiro ano do jardim-de-infância, antes de conhecer Roy, Assafi era tão solitário que, uma vez, ao voltar com piolhos, ela se alegrou, pois era sinal de que ao menos ele tinha entrado em contato com algum outro menino.

"Você vai ficar sozinho", sussurrou Roy com um ódio cuja intensidade fez Assaf se espantar; onde esse ódio havia se escondido durante todos aqueles anos? "Ninguém na nossa classe, na nossa série, ninguém no mundo vai nem mijar na sua direção, e você sabe por quê? Quer mesmo saber por quê?" Assaf se encolheu um pouco à espera do golpe: "*Porque eu não vou mais ser seu amigo*".

Nem doeu.

"Olha, Roy", disse Assaf. Teve a impressão de que falava um pouco como Tuco, com calma e firmeza, de modo a não deixar dúvida: "Na verdade você já não é meu amigo há muito tempo". E desligou. Basta, pensou, sem nenhum arrependimento, acabou.

Foi sentar-se ao lado de Dinka. Ela o observou com seus olhos cheios de expressão. Assaf deitou-se no tapete e pousou a cabeça sobre a cadela, sentindo sua respiração. Pensou, o que será agora, será que de fato sentiria uma mudança tão grande no colégio? Parecia-lhe que não. Pois nos últimos anos fora de fato um solitário. Mesmo estando sempre com Roy e todos os outros, fazendo de tudo, indo a festas e rindo das piadas, jogando basquete durante horas, saindo para se divertir nas noites de sexta-feira, ficando noites inteiras sentado em bares e cafés enfumaçados e quartos apertados. O que realmente haviam feito nessas dezenas de noites intermináveis? Virado algumas cervejas, paquerado as meninas, fumado montes de cigarros e tomado um pouco de vodca. E ele, de vez em quando, contribuía com algumas frases nas conversas sobre professores, pais e garotas. E quando fumavam um baseado, dava uns tapinhas e dizia que era gostoso. E quando dançavam, sempre ficava grudado na parede com algum outro rapaz, papeando, até que o outro tomava coragem e tirava alguma menina para dançar, e não voltava mais. E nas férias, a mesma coisa, só que pior ainda, as infinitas voltas pela cidade, de bar em bar, de café em café; e ele, quem era ele?, a maior parte do tempo fazendo um grande esforço para esconder deles o que realmente sentia, fazendo apenas o mínimo exigido para manter seu bom nome, e sempre depois de uma noite vazia e fútil tinha a sensação de ser apenas uma almofada cheia de milhares de bolhas de espuma. Era estranho que, embora na verdade fosse um solitário, jamais tivesse pensado em si mesmo como tal. Solitários eram jovens de outro tipo: Nir Chemetz, por exemplo, que não tinha um único amigo na classe; ou Sivan Eldor, o esnobe. E Assaf sempre tivera pena deles, por não pertencerem a nada. Mas e ele? O que ele tinha?

Ocorreu-lhe que jamais conversara com Roy sobre fotografia. E Roy sabia muito bem que Assaf ia, sábado sim, sábado não, fotografar com o pessoal do curso, viajava com eles ao deserto de Judá, ao Neguev e ao norte do país, e exibia suas fotos em exposições (era o mais novo do grupo, pelo menos dez anos mais jovem que os outros). E Roy jamais perguntara ou se interessara, e obviamente não tinha ido a nenhuma exposição. O curioso é que Assaf tampouco pensava em lhe contar, por exemplo, o prazer que tinha com uma boa foto, de esperar três ou quatro horas num campo de trigo até a sombra cair exatamente sobre um velho ponto de ônibus perto de Michmoret, com o concreto rachado e as plantas e raízes saindo pelas rachaduras. De alguma forma, nas conversas com Roy não havia lugar para essas coisas, e certamente não quando saíam em dois casais. E então pensou em Tamar, pensou que queria lhe contar sobre isso, descrever a enorme transformação que a fotografia trouxera para sua vida, como abrira seus olhos para enxergar as coisas, e as pessoas, e a beleza das pequenas coisas, as chamadas coisas chatas. Simplesmente ficar sentado com ela, em algum lugar bonito, não num café, e conversar. Conversar de verdade.

Mas Assaf também sabia, e não tinha grandes ilusões, que a agitação que ela trouxera para sua vida terminaria abruptamente tão logo a encontrasse, quando teria de enfrentar o teste habitual das conversas, do cinismo, do sarcasmo e do seu particular senso de humor, do seu brilhantismo e da sua capacidade de se relacionar. E sabia — e já sabia com absoluta certeza há anos — que só havia uma situação no mundo, no universo, na qual haveria possibilidade de alguém se apaixonar por ele: se, por acaso, ela corresse ao seu lado, na pista, todo o percurso de cinco mil metros; e talvez fosse realmente necessário mudar de tática, refletiu, ceder aos pedidos do professor e participar de competições, pois talvez ali encontrasse a eleita de seu coração, nas corridas de longa distância.

Tais pensamentos o deixaram inquieto. Levantou-se e tomou três copos de água, e olhou distraidamente a correspondência. De repente parou: um envelope verde do Ministério da Educação, Departamento de Exames. Durante dois meses haviam esperado essa carta, e justo agora, com os pais no exterior, ela chegara! Com os dedos trêmulos rasgou o envelope e leu: "Prezado(a) aluno(a), temos o prazer de informar que você foi aprovado(a) no Exame Final de Inglês...".

Deu um grito de alegria, junto com o toque do telefone. Por um instante receou que fosse Roy outra vez, mas era seu pai ligando do Arizona, através de continentes e oceanos: "Assafi, querido, como vai?".

"Pai! Acabei de pensar em vocês! Como está aí? Como foi o vôo? A mamãe conseguiu se acertar com a porta do...?"

Falaram juntos, ao mesmo tempo, como de hábito; gritaram e riram. Cada segundo custa uma fortuna, pensou Assaf, e se irritou por não poder desfrutar a conversa de forma ilimitada, um minuto de conversa certamente vale meio dia de trabalho do pai, digamos, duas instalações de ventiladores de teto e o conserto de pelo menos três torradeiras. Não faz mal, o dinheiro que vá para o inferno, queria abraçar seus pais, cheirá-los, trazê-los para dentro de si. E de qualquer forma, certamente é Réli quem paga a conta, e Réli de uma hora para outra está cheia de dinheiro, certo? Esse pensamento o liberou, e ele riu desde Israel até o Arizona, enquanto o pai descrevia as maravilhas do vôo e da estrada, e Assaf disse que em casa estava tudo em ordem, não se preocupem, estou comendo bem, tomando conta da casa. E de repente reviveu uma sensação de alguns anos atrás, quando num sábado de manhã foi até a cama deles para trocar carinhos. "Pai, escute, chegaram hoje os resultados do Ministério da Educação..."

"Espere, Assafi, não diga nada! Diga direto para sua mãe!"

O som do telefone sendo colocado na mesa e passos se afastando, parecia ser uma casa muito grande; silêncio, e a quietude do oceano no meio. Assaf tentou adivinhar que conversas telefônicas corriam nesse momento pelas linhas paralelas, talvez alguém do Alasca pedindo a mão de uma pessoa na Turquia? Talvez Phil Jackson, dos Lakers, informando nesse momento a Papi Turgeman, do Hapoel, que estava convidado para jogar em Los Angeles na próxima temporada? E, de repente, ali estava sua mãe, com toda a exuberância do seu corpo, da sua alma, do seu riso contagiante: "Assafon, meu ursinho, já estou com tanta saudade! Como é que vou agüentar duas semanas?".

"Mãe, você passou no exame!"

Silêncio, e depois uma explosão de gritos e brados. "Chegou a carta? Uma carta oficial? Você verificou o carimbo? E estão dizendo que passei? Shimon, você ouviu? Consegui! Eu tenho meu *diplomtchik*!"

E enquanto eles, no Arizona, dançavam e se abraçavam,

jogando fora meio salário, a pequena Muki rouba o telefone: "Assafi?", ela diz cautelosamente, verificando se a enorme distância que viajara não havia modificado nada nele, "em que país você está?".

E ele explica que não saíra dali, tinha sido ela quem viajara, e ela contou sobre a viagem de avião, como seus ouvidos doeram, e que ganhara um quebra-cabeça da aeromoça, e o que havia nos Estados Unidos, e que vira um esquilo, e conta tudo nos mínimos detalhes. Seria possível importar montes de esquilos para Israel pelo preço dessa conversa, mas é Réli que está pagando, talvez não Réli sozinha, logo, logo saberemos. Assaf se recostou e ficou ouvindo a irmãzinha contar sobre as "guatemaltecas" que tinham comprado para ela, pequenas bonecas de pano que as crianças da Guatemala colocam debaixo do travesseiro à noite, e contam para a boneca algum problema que têm, e de manhã o problema sumiu. E Assaf, que com muito gosto passaria para as guatemaltecas todos os seus problemas, pede delicadamente a Muki que devolva o telefone para sua mãe, pois há uma coisa importante sobre a qual ainda precisam conversar.

"O que eu posso lhe dizer, Assafon", diz a mãe em tom mais cuidadoso, "nós o conhecemos." Silêncio. Assaf espera. Já sabe.

"Ele é maravilhoso, Assafon. Fino. Charmoso. E parece que a mãe dele é meio da nossa gente. Ele é tudo de que Réli precisa. E tem uma casa enorme, você precisa ver, com uma piscina de verdade, e hidromassagem, e tem uma mexicana maluca que cozinha para ele, e Réli a ensinou a preparar o nosso *chulent*. Ele é um sujeito importante numa firma de computadores aqui..."

Assaf se encolhe. Senta-se. Seus dedos agarram ferozmente o pêlo de Dinka. Como irá contar a Tuco? Como Tuco vai receber a notícia? Como uma traição de todos. Bem, Tuco suspeitava o tempo todo que seus pais tinham viajado por causa disso, para conhecer o novo namorado de Réli.

"Assafi? Você está aí?"

"Estou."

"Assafon, meu ursinho, eu sei muito bem o que você está pensando agora, e como está se sentindo, e o que você gostaria que acontecesse. Mas isso que você queria, pelo jeito, já não vai ser possível. Você esta aí?"

"Estou."

"E eu não preciso lhe dizer o quanto nós gostamos de Tsachi, e ele vai ser sempre, sempre como um filho para nós, como um verdadeiro filho. Mas Réli decidiu, e pronto. É a vida dela, a vontade dela, e nós precisamos aceitar isso."

Assaf quis gritar, brigar com Réli, sacudi-la e lembrá-la de como Tuco cuidara dela durante sua fase ruim, quando ainda não era uma gata como agora, e a amara com um amor cego desde o início do colégio, e durante o Exército, e dois anos inteiros depois, com todas as suas loucuras, com o *espaço* de que ela precisava, e como aos poucos ele foi se tornando o irmão mais velho da família, ajudando o pai quando havia sobrecarga de trabalho, e a mãe em tudo que fosse preciso, desde fazer compras até pintar a casa. E no fim, também era isso que deixava Réli maluca, ela sentia que ele estava se casando com seus pais mais do que com ela. E nesse momento Assaf pensou com amargura que os pais... bem, não se podia dizer que haviam explorado Tuco, mas o usaram para mil e uma coisas, e Tuco fazia tudo com dedicação e boa vontade. Assaf lembrou que Tuco chegara a recusar sociedade na firma de seu pai, decidindo abrir uma oficina de esculturas, em grande parte porque Réli havia se entusiasmado inicialmente com esse tipo de trabalho, tão físico e másculo, e ao mesmo tempo tão relacionado com a arte. E afinal, como é possível negar dez anos desse jeito? E, além de tudo isso, quando Réli finalmente tomou a decisão, Assaf sabia que também iria perdê-la. Até aí, paciência. Mas Tuco... Tuco seguramente cortaria todos os laços com a família, para não ter de se lembrar cem vezes por dia. E também cortaria Assaf da sua vida.

Não se lembrava de como a conversa terminara. Certamente com menos alegria do que no início. Depois, tirou imediatamente o telefone da tomada com medo de que Tuco ligasse outra vez, querendo saber se já tinha falado com eles. Não sabia o que dizer, como poderia suavizar o golpe. E não sabia mentir. Estava uma pilha de nervos. Levantou. Sentou. Andou pela casa. Dinka o observava, espantada.

Em situações assim, quando estava num estado de nervos como esse, sua mãe chegava perto e andava atrás dele pela casa, agarrava-o com seus braços grossos, olhava fundo nos seus olhos e perguntava o que seus olhos lindos estavam vendo. E quando ele evitava seu olhar, ela dizia: "Ah, é tanto assim?". E imediatamente ordenava: "Apresentar-se aos meus aposentos!". Puxava-o à força até seu pequeno gabinete, fechava a porta e não o largava enquanto ele não contasse exatamente o que o atormentava. No entanto, nesta dificuldade específica ela própria estaria desempenhando um papel bastante ambíguo, tudo era tão complicado, confuso e embaraçado, e ele era obrigado a fazer alguma coisa, algo que mudasse tudo, desde o princípio, que corrigisse, consertasse — ainda que apenas um pouco — tudo o que havia de estragado e ferrado no mundo, algo que Tamar talvez fizesse numa situação como esta, uma idéia do tipo Tamar.

Então teve um lampejo; de súbito soube, descobriu, inventou: subiu ao sótão, pegou um galão de tinta branca que restara da última pintura e um grande rolo de pintar. Pegou uma escada no depósito e colocou-a no ombro. Assobiou para Dinka e saiu com ela. Caminhou depressa sem olhar para ninguém, e foi até o colégio, entrando no pátio por um buraco na cerca ao lado da caixa-d'água.

No ano anterior tiveram um professor, Chaim Azrieli era o seu nome. Um homem já de certa idade, educado e jovial, que havia passado o inferno nas mãos dos alunos. Roy era o líder, e Assaf era arrastado junto com os outros. Nunca fizera nada de especialmente ruim, mas era parte do todo, da bagunça geral. E justamente esse professor era bacana com ele, e ao saber que Assaf se interessava por mitologia grega, lhe trouxera um livro de mitos sobre os deuses que Assaf não conhecia, e dera a ele de presente.

E no último dia de aula rabiscaram contra esse professor uma enorme inscrição no muro externo da escola. Vieram durante a tarde, antes da festa de encerramento, um grupo de dez; Assaf serviu de escada, Roy trepou nos seus ombros e escreveu a frase em tinta preta. Desde então, toda vez que Assaf passava por ali, nas férias, via a inscrição, e todo mundo que passava pela rua também via, e certamente também Chaim Azrieli, que morava a duas quadras dali.

Assaf misturou a tinta, diluiu um pouco, subiu na escada. O pátio estava vazio, iluminado por um poste de rua. Dinka ficou sentada nas patas traseiras, a cabeça acompanhando os movimentos do rolo à medida que ia cobrindo a frase com uma faixa branca brilhante, palavra por palavra: CHAIM AZRIELI, ESCOVE OS DENTES.

NO DIA SEGUINTE DE MANHÃ, novo e purificado após um bom sono, saiu para um passeio de bicicleta, com o coração leve.

No meio da noite sentiu de súbito um corpo grande e quente, e não muito limpo, deitar-se ao seu lado na cama. E sem abrir os olhos, como se sempre tivesse sido assim, abraçou-a e puxou-a para si, descobrindo como ela gostava de dormir dobrada, curvando as costas, até se apoiar na barriga dele, o focinho soprando suavemente na palma de sua mão aberta, às vezes estremecendo como se sonhasse com uma caçada. De manhã, ambos abriram os olhos e sorriram um para o outro.

"É assim que vocês dormem em casa?", perguntou, e, sem esperar resposta, levantou-se alegremente, assobiou no banheiro, penteou-se com cuidado, e fez o que já não fazia há meses (basicamente porque sua mãe não se cansava de reclamar disso) — passou uma gigantesca quantidade de pomada nas espinhas.

Na véspera já havia tirado a bicicleta do depósito — uma velha Raleigh que herdara de Tuco. Já havia dois meses que não andava nela. Teve de encher os pneus, engraxar a correia e limpar uma grossa camada de poeira do farol e do espelho retrovisor. Ao montar nela e percorrer as ruas nas primeiras horas daquela manhã tão clara, Assaf estava feliz, assobiando e cantando para Dinka, de coração, soltando a voz. Ela trotava ao seu lado, corria na frente e voltava, lançando a Assaf olhares cheios de ternura. Já havia cortado na véspera a longa corda, e agora os dois desfrutavam o movimento novo que havia entre eles: ela se afasta, chega a desaparecer por um momento atrás de um carro estacionado, e volta para ele por livre e espontânea vontade.

Ele, é claro, deixou que ela o conduzisse; já aprendera que era a melhor coisa. Pedalava e assobiava, vendo como estava treinada a correr ao lado da bicicleta; na sua imaginação já a via correndo entre *duas* bicicletas, numa trilha distante, por um prado verde e amplo, olhando para os dois ciclistas com o mesmo olhar enternecido.

E apesar disso, nessa manhã lhe pareceu que ela corria sem objetivo. Experimentava de um lado, parava, voltava para o outro... Não que ele se importasse em se perder seguindo-a pelas ruas preguiçosas, ainda despertando, entre as caixas de leite e os jornais dobrados sobre o passeio, entre os jatos de água dos comerciantes lavando a calçada na frente das lojas; passou diante de uma babá de cachorros passeando com cinco de uma só vez, cada um preso a uma coleira com guia, e todos latindo de inveja para Dinka.

Aos poucos ela o foi conduzindo rumo à saída de Jerusalém. Assaf perguntou-se se o levaria para Tel-Aviv ou algo assim. Corria ao seu lado, um leve galope, com visível prazer, saltando das patas traseiras para as dianteiras, lembrando um cavalinho de carrossel num parque de diversões; mas, ao contrário desses cavalinhos, mudou subitamente de direção. Assaf viu como a coisa acontecia: seu nariz captava uma partícula de informação entre os milhares de cheiros e lembranças que preenchiam o espaço. Aparentemente, um deles transmitia algo com mais intensidade que os outros. Ela parava, voltava ao local onde sentira o cheiro, ficava parada farejando, interpretava o sentido na parte escura de seu focinho, e então, com toda a força, se lançava no novo caminho.

Assaf não conhecia a região e, como sempre, não tinha a menor idéia de por que ela o conduzia para lá. Às vezes, quando passava por ali de ônibus, a caminho de Tel-Aviv, via o vale que se estendia ao lado da estrada, e jamais lhe ocorrera que ali podia haver alguma coisa. Ou alguém. Agora, estava descendo até lá por uma trilha estreita, íngreme, a pé, conduzindo a bicicleta com a mão, com uma pequena mochila muito bem presa nos ombros, pois sabia lá quando e onde comeria a próxima refeição?

Aqui Dinka estava um pouco menos segura de si. Corria para a frente e voltava, percorrendo grandes círculos a esmo, com hesitação. Às vezes parava e farejava ansiosamente nas quatro direções, sem conseguir tomar uma decisão. Uma das vezes correu com entusiasmo rumo a um monte de areia coberto por arbustos e plantas rasteiras; porém, ao chegar no topo, parou, surpresa, olhou para a direita e para esquerda, e retornou lentamente para Assaf, com o rabo entre as pernas.

Em certo ponto a trilha estava bloqueada por um monte de

pedras. Assaf escondeu a bicicleta atrás de um arbusto, cobrindo-a com uma grande caixa de papelão que havia encontrado. Subiu nas pedras e atravessou um pequeno descampado onde o mato estava tão alto que Assaf quase sumiu dentro dele. E Dinka era apenas um risco móvel dividindo o mato em dois. Então, o descampado chegou ao fim, e Assaf se viu diante de um aglomerado de casas. Ruínas.

Eram construídas com pedras grandes e pesadas, e a vegetação brotava em abundância por entre as paredes. Assaf caminhou em silêncio. Ouvia-se apenas o canto dos passarinhos. Gafanhotos saltavam sobre seus sapatos. Subiu e desceu pequenas escadas em arco unindo uma casa a outra, e espiou dentro das casas. Presumiu que se tratava de uma aldeia árabe abandonada, cujos habitantes fugiram durante a Guerra da Independência (segundo Tuco), ou foram cruelmente expulsos (Réli). As casas tinham cômodos vazios, frescos e escuros, e em seu interior havia montes de lixo e entulho. Cada cômodo tinha um buraco no teto e um enorme buraco do chão. Assaf espiou e viu que por baixo havia mais um cômodo, talvez um tipo de cisterna.

Caminhou pela aldeia fantasma na ponta dos pés, numa leve demonstração de respeito. Aqui já viveram pessoas, pensou. Aqui, nesta mesma trilha, andavam e falavam, e seus filhos brincavam e corriam, e não imaginavam que algum dia teriam de sair daqui. Assaf sempre tivera o cuidado de não se aprofundar muito no assunto, talvez porque toda vez que abordava temas políticos começava a ouvir dentro de sua cabeça as intermináveis discussões entre Tuco e Réli; e ambos também surgiram aqui, junto com ele, num piscar de olhos, discutindo. Réli argumentava entre os dentes que toda aldeia abandonada como essa era uma ferida aberta no coração da sociedade israelense. Tuco replicava, pacientemente, que se tivesse sido o contrário, a casa *dela* estaria assim, e o que ela preferia? E, para simbolizar a conclusão definitiva e banal de sua mãe — encerrando a discussão e acalmando os espíritos —, uma pomba voou sobre a cabeça de Assaf, uma pomba malhada e muito gorda, pousando na grade de um terraço pendurado no ar, apoiado numa única parede, sem a casa por trás. Quando seus pés tocaram a grade, Assaf se arrepiou: parecia que seu peso seria suficiente para derrubar o terraço e toda a parede.

A câmera, pensou, é claro, como não lembrei de trazê-la hoje?!

Do lado de fora de uma das ruínas, viu um par de tênis pendurado pelos cordões numa coluna de pedra. Subiu os degraus, olhou lá dentro e viu dois jovens dormindo.

Saiu rapidamente. Ficou um tempo parado, atônito: o que estão fazendo aqui? Como alguém pode viver nessa sujeira?

Desceu dois degraus e subiu um. Tinha um pouco de medo, e não lhe agradava tê-los espiado. Ao chegar novamente à porta, viu: dois jovens. Muito magros. Um deles embrulhado num cobertor imundo com manchas de tinta branca; o outro quase totalmente descoberto. Dormiam sobre colchonetes de espuma amarelos, queimados e corroídos nos cantos. Garrafas de vodca Stopka vazias espalhadas pelo chão, e moscas por todo lado. Dezenas delas. O ar era um zumbido só. No meio do quarto, sobre o buraco grande, alguém colocara uma cama de ferro virada, possivelmente para que ninguém caísse na cisterna sob o quarto.

Os garotos dormiam um de cada lado do buraco, grudados às paredes. À primeira vista lhe pareceram mais novos que ele, pelos menos uns três anos. Pensou: não é possível que crianças vivam assim.

Mais uma vez se voltou para sair. Não se conformava. E, além disso, como poderia ajudá-los? Ao se virar, pisou numa lata. Quando tentou pular por cima dela, derrubou um cabide de ferro pendurado na janela. Teve início uma cadeia de pequenos incidentes que fizeram um bocado de barulho. O garoto que dormia mais próximo à porta abriu lentamente os olhos. Viu Assaf, e voltou a fechá-los. Depois, com grande esforço, abriu-os outra vez, enfiou a mão debaixo do colchão, e a mão voltou com uma faca.

"O que você quer."

Era uma voz de criança. Falou devagar, debilmente, com sotaque russo. Não havia ponto de interrogação no final da pergunta. Nem sequer se levantou do colchão.

"Não quero nada."

Silêncio. O garoto deitou de costas, o peito nu, branco e liso. Fitou Assaf sem nenhuma expressão, sem medo, sem ameaça, sem esperança.

"Talvez tem comida", arriscou.

Assaf fez que não com a cabeça. Mas então de repente se lembrou, tirou da mochila os dois sanduíches que havia preparado pela manhã. Aproximou-se. O garoto não se levantou. Apenas esticou a mão. A outra ficou segurando a faca.

Assaf retrocedeu. O garoto se sentou lentamente, cada movimento exigia um esforço enorme. Suas mãos tremiam um pouco. Enfiou o sanduíche quase inteiro na boca. Só depois percebeu que estava embrulhado em papel, tirou-o da boca, desembrulhou o que ainda era possível, e enfiou-o na boca de novo, e então fechou os olhos e mastigou longamente, murmurando baixinho. Seus pés surgiram por baixo do cobertor. Os dedos estavam pretos. No chão, ao lado do colchonete, havia um livro em russo com capa colorida. Ao longo das paredes viam-se folhas de jornal, papel higiênico e embalagens vazias de biscoitos e salgados. Montes de embalagens vazias. E uma seringa.

O garoto acabou com o sanduíche, limpou a boca com o papel do embrulho, num gesto polido, totalmente deslocado naquela imundície.

"Obrigado." Então olhou para o outro sanduíche que Assaf

estava segurando. Seus lábios se moveram como se mastigasse. "Este aqui, dá para ele", disse Assaf, apontando o outro garoto.

Assaf circundou cuidadosamente a borda do buraco e depositou o sanduíche ao lado do jovem que dormia. Ao se agachar, viu que do outro lado do colchão, perto da cabeça do garoto, havia um revólver preto. Viu apenas por um momento, e não teve certeza se era de verdade ou de brinquedo. O menino adormecido nem sequer abriu o olho.

Assaf voltou e ficou parado junto à porta. "Eu sou Assaf."

"Serguei." Silêncio. Fez um meneio pesado, como um velho: "Pequeno Serguei. Há também o Grande Serguei. Esse aí dormindo. Talvez tem mais comida".

Assaf disse que não. Depois achou que os chicletes podiam servir. Deu-lhe todo o pacote. E as duas barras de chocolate. Também pediu que dividisse com o amigo.

Ao lado do colchão do Grande Serguei havia um papel prateado tirado de um maço de cigarros, esticado e alisado com capricho, dois canudinhos e uns pedaços de papel higiênico queimados nas pontas. Assaf observou por um instante: um ano atrás, nos banheiros da escola, haviam sido apanhados alguns alunos da sétima série que injetavam heroína. Era isso que o pessoal dizia, e Assaf também passou o boato adiante. Para ele, eram apenas palavras vazias. Mais tarde, alguém da sétima série explicou no pátio a história do papel prateado, e do papel higiênico que se acende por baixo, e como a droga forma grãozinhos sobre o papel prateado por causa do calor, e aí se pode esticar uma fileira ao longo do papel, sobre a chama, e cheirar.

Nas paredes, por todo lado, havia longas frases rabiscadas em russo, numa letra enorme e espalhafatosa. Cada linha numa cor diferente. Assaf perguntou o que estava escrito.

"Isso? Uma história. Quem escreveu foi um que morou aqui uma vez. Já morreu."

Dinka, que durante todo esse tempo ficara circulando fora da casa, procurando alguma coisa, agora subiu as escadas. Serguei ouviu seus passos e segurou a faca com força. Ao vê-la, sorriu: "Cachorro", disse, e sua voz revelou um primeiro sinal de calor, "na Rússia eu também tinha um desse". Depois voltou a se deitar, observando Dinka com os olhos bem abertos. Assaf não sabia como prolongar a conversa agonizante. "Que livro é esse?", perguntou, apontando o livro jogado ao lado do colchão.

"Este? Aquela coisa de dragões, D&D."

"Sério?", animou-se Assaf. "O quê, também existe isso em russo?"

"Existe tudo em russo", respondeu o garoto suspirando fundo, "o lugar de onde eu venho, eu tinha um *grupa* de D&D... como é que se diz em hebraico?"

"É isso mesmo... um grupo", explicou Assaf.

"É... grupo... D&D..." Seus olhos se fecharam.

"Um momento", disse Assaf.

Quem é você, como chegou aqui, como chegou a essa situação, o que comeu na última semana além de pacotes de salgados, talvez você esteja doente, você está muito doente, onde estão seus pais, eles sabem onde você está, como é que não reviram o mundo de pernas para o ar para encontrar você, o que vai ser de você amanhã, onde você vai estar daqui a um mês, se é que *vai* estar.

"Estou procurando uma garota", disse em vez de tudo aquilo. Ainda tinha uma frágil esperança de que Dinka soubesse por que o trouxera para cá. "Pequena, de cabelo comprido, preto. Ela costumava andar com esta cadela."

Serguei abriu lentamente os olhos. Fitou Assaf como se já o tivesse esquecido. Ergueu um pouco o tronco, apoiando-se nos cotovelos, e olhou o quadrado de luz onde estava Dinka. Assaf teve a impressão de que seus olhos subitamente focaram.

O menino se deitou de volta, seus braços não suportavam o

peso da cabeça. Fechou os olhos. Permaneceu imóvel. As moscas pousaram nos cantos da sua boca, aproveitando os restos do sanduíche. Assaf esperou mais alguns instantes, frustrado. Através do arco da janela, viu um pedaço de céu azul, uma rocha no morro e alguns pinheiros. Em seguida, voltou-se para sair dali.

A voz do garoto o fez parar junto à entrada: "Ela veio aqui", disse sem abrir os olhos, e a pele no pescoço de Assaf se arrepiou. "Quem sabe um mês atrás? Quem sabe dois meses? Não sei. Ela está procurando alguém. Quem sabe um garoto? Um rapaz? Veio com uma foto, assim, retrato? É retrato que se diz em hebraico?" Assaf fez que sim. O garoto prosseguiu: "Pergunta se conhecemos. Quem sabe o namorado dela? Não sei".

Assaf escutou com atenção. Ficou calado. Sua boca secou. Uma dor profunda começou a se instalar em seu coração.

"Aqui tinha um cara, chamam ele de Paganini", o garoto falava com uma voz distante, sonhadora, "ele tocava violino. Tocava, tocava, até um bujão de gás explodir na sua mão, e então não tocou mais." Ficou quieto por um longo tempo. Assaf receou que tivesse adormecido outra vez e que não voltasse a falar. Mas ele continuou, sempre de olhos fechados: "E ele, o Paganini, viu o cara dela tocando violão na calçada".

"E o Paganini conhece o... o cara dela?"

"Não... não conhece. Como poderia? Mas o cara dela toca muito bem, muito bem. Foi o Paganini quem disse."

Assaf sabia que ainda não devia pensar naquilo que estava ouvindo, apenas absorver. Tirar completamente da cabeça, ao menos por enquanto, aquele cara que toca tão bem violão.

O garoto se encheu um pouco de vida. Tentou mais uma vez se erguer, e por um momento conseguiu. "E quando ele toca, o cara, tem muitos outros músicos ali. Dão concertos juntos, como artistas, assim, na rua. Como uma *trupe*. E todos jovens, meninos. Mas é meio uma máfia. Não sei. Bagunça..." Ele se rendeu à sua fraqueza, deitou-se de volta e continuou a murmurar: "Eu me lembro dela...", sua voz saía em meio à respiração do sono, "ela é pequena... não tem medo de nada, vem sozinha aqui, grita: acorda, acorda, olha esse retrato...".

Ele roncou levemente. Assaf esperou mais alguns segundos. Com cuidado, na ponta dos pés, saiu dali. Ainda se impedia de pensar ou sentir qualquer coisa. Ela tem namorado, tudo bem. Está procurando por ele. Pelo jeito andou pela cidade inteira à procura dele. Tudo bem, tudo bem. Não é da minha conta. Eu só tenho de devolver a cadela. Venha, Dinka, vamos.

Mas seus ombros desabaram de repente, e todo o seu ânimo se foi.

PRECISO LIGAR PARA TUCO, pensou enquanto ia tropeçando atrás de Dinka. As coisas já estavam bastante complicadas. E ele, Serguei, também dissera algo sobre máfia. Que máfia, que história é essa de máfia? Já não consigo lidar com isso sozinho. Não precisava ter entrado nessa.

Ao chegarem de volta ao descampado coberto de mato alto, Dinka parou. Mais uma vez, ele viu como funcionava: como se uma borboleta transparente de certo odor, voejando pelo ar, subitamente pousasse na ponta de seu focinho, levantasse vôo outra vez, mostrando-lhe o caminho numa nova direção.

Dinka deu uma guinada abrupta para a direita, começou a correr, parou, olhou para Assaf com ar de expectativa, sacudindo intensamente o rabo. Era como se erguesse de repente uma placa com os dizeres: SIGA-ME. Não podia ser mais claro.

O caminho sinuoso transformou-se numa via pavimentada de pedras bem alinhadas. Pés de romãs cresciam de ambos os lados, e também limoeiros, figueiras e enormes cactos. Um pequeno fio d'água corria ao lado, e tudo era tão bonito que Assaf quase não podia crer que tamanha beleza pudesse existir por aqui, a poucos metros de distância de dois jovens deitados no meio de montes de sujeira.

Atrás dos espessos arbustos reluzia uma pequena piscina aberta no meio da vegetação, como um olho azul-esverdeado à luz do sol. A água era clara, e pequenas ondulações provocadas pelo vento faziam que transbordasse, formando o fio d'água que Assaf vira momentos antes.

Dinka olhou para ele e latiu alegremente. Olhou para ele e para a piscina, e de novo para ele. E latiu outra vez.

"Dinka", ele disse, "agora não tenho força para adivinhações. Você vai ter de se explicar."

Deu alguns passos até a borda da piscina, caminhando sobre as pedras lisas que a cercavam. Talvez haja aí alguma coisa que pertença a Tamar, pensou. De súbito se assustou — talvez a própria Tamar.

Espiou outra vez, cautelosamente. O medo fez que visse desenhos pavorosos no fundo da água. Mas não havia nada, nem ninguém.

Então procurou no meio dos arbustos. Afastou galhos, procurando aqui e ali. Achou duas velhas seringas, restos de jornal, uma toalha, cascas podres de melancia. E Dinka, o tempo todo ao seu redor, em pé nas patas traseiras à sua frente, girando por entre suas pernas, duas vezes quase o derrubou dentro d'água, latindo com um entusiasmo fora do comum, como se estivesse tentando tirá-lo da depressão que se abatera sobre ele.

Ele se ajoelhou diante dela, e assim ficaram os dois, nariz com nariz. Ela latiu, e ele estendeu as mãos e agarrou sua cabeça, olhando fundo nos olhos dela com ansiedade forçada, gritando junto com os latidos, o quê, o quê, o quê?

Ela se sacudiu e soltou a cabeça das mãos de Assaf, ficou na beira da piscina, olhando para ele como se dissesse: Bom, se você não entende as dicas — e pulou na água.

O ruído foi enorme, espirrando água gelada por todos os lados e molhando Assaf. Dinka mergulhou um instante, voltou à tona e ficou flutuando; sua cabeça esperta começou a girar dentro d'água, arrastando o corpo escuro e ensopado. Nadou na pequena piscina com os movimentos rápidos e ansiosos dos cães quando nadam, com seu olhar intenso e concentrado, como se executasse uma tarefa difícil.

Então é isso que você quer? Que eu também mergulhe? Mas e se vier alguém e me vir, pensou; e logo respondeu, quem é que viria aqui, os dois Sergueis estão dormindo, mal conseguem se mover, e aqui está tão bonito, e na verdade não vai fazer mal nenhum refrescar a cabeça. E num segundo tirou toda a roupa, menos a cueca, e pulou para dentro.

E ficou totalmente congelado, tremendo inteiro com metade do corpo fora d'água. Inspirou o ar de todo o vale em volta e mergulhou, tocando as pedras lisas do fundo com as mãos, e voltou à superfície para sentir o sol.

Dinka nadava a seu lado em pequenos círculos, e ele percebeu que ela lamentava não ter mais meios de expressar sua alegria. Sua cauda cortava a água repetidamente, respingando gotas geladas, e Assaf — cuja mãe dizia que ele tinha um maravilhoso poder de recuperação e renovação, e ele não entendia direito a que ela se referia — saltou sobre o dorso dela, segurando-a embaixo. Ela escapou e saltou sobre seu peito, e ambos ficaram se perseguindo mutuamente, de um lado a outro da piscina. Assaf agarrou uma pedra redonda da borda e jogou para dentro, e Dinka mergulhou atrás dela e a trouxe na boca, inspirando e soltando jatos de ar e água, e ambos se abraçaram como dois irmãos que não se viam há trinta anos.

"E ela vinha aqui?", perguntou Assaf, seu rosto colado na

cara dela e seu cabelo caído na testa. "Este era o lugar onde ela vinha para ficar só? E vocês duas nadavam aqui? Ou foi só uma vez, quando veio perguntar para aqueles dois, os dois Sergueis, que ela entrou na água? Ei, cadê a pedra?"

Ela era uma cadela, e ele, um rapaz. Não tinham uma linguagem comum muito desenvolvida, mas no fundo do coração ele sentiu que ela lhe dera aquele mergulho na piscina como um presente, e que talvez, no seu cérebro canino, este fosse seu jeito de agradecer por ele não desistir e continuar procurando a sua Tamar.

Em seguida, Assaf fechou os olhos e boiou de costas, o brilho do sol penetrando através das pálpebras fechadas. Existe alguém, pensou, num delicioso torpor, existe alguém no mundo. O que será que ela vai achar de mim quando a gente se encontrar?

Existe alguém, refletiu, sentindo suas pálpebras ficaram pesadas, que alguma vez já nadou nesta piscina, nesta mesma água. A água encostou nela, exatamente como está encostando em mim...

Ficou flutuando, ondulando num sonho ensolarado. Sabia que algo o incomodava, um fato novo do qual ficara sabendo há pouco tempo, alguns instantes atrás; mas, como sempre, conseguiu deixar o pensamento de lado, haverá tempo para isso, não vai fugir. Mais uma vez tentou imaginar qual era a aparência dela, de Tamar. Juntou o que ouvira dela de Teodora e do investigador. Ouviu Dinka se debatendo e saindo da água, e, um segundo depois, sentiu novamente os respingos gelados enquanto ela se sacudia.

O frio o fez lembrar-se. Ela procurava um rapaz. Uma sombra desceu sobre seus olhos, escondendo por um instante o sol. O que é que você achava, sussurrou em seu interior uma voz amarga, que ela iria esperar por você? Uma garota dessa não fica nem um momento sozinha. Com certeza tem alguém o tempo todo. E não é qualquer namorado, é um cara que toca violão. E Assaf imediatamente o visualizou diante de si, da cabeça às cordas do violão, vaidoso, com um sorriso de ator de cinema, outro Roy: arrogante e brincalhão, sabendo agradar as garotas, enlouquecendo a todos com seu violão.

Tudo bem, disse a si mesmo de olhos fechados, buscando não se render totalmente ao acesso de ciúme que subitamente se instalara em seu coração. Tudo bem, ela tem namorado, e daí? O que me importa o namorado dela? Afinal eu a estou procurando para devolver a Dinka. Namorado ou não, o que me interessa?

Mergulhou até o fundo, e ficou ali até não agüentar mais, buscando tirar o veneno de seu sangue, sem compreender direito o que se passava; por que lhe doía tanto pensar que ela tinha namorado? E logo em seguida pensou que era sempre assim, ele está à procura dela, e ela, à procura de outra pessoa. Tuco quer Réli, e Réli quer o americano. Por que não se podia dar uma pequena sacudidela no mundo, uma batidinha assim do lado, como a gente faz com uma caixa cheia de pregos e parafusos, e todos se ajeitam direitinho no lugar? Ao começar a sentir o fôlego terminando, e o frio apertando a nova dor dentro de si, subiu à superfície e deixou o sol lhe dar conforto.

E o sol aqueceu sua barriga. Afagou seu peito. Os pensamentos voltaram a se dispersar em círculos suaves. E talvez eu a fique procurando semanas, meses, talvez até anos. Daqui a vinte anos, digamos, eu a encontro, bato à sua porta, em algum bairro chique, e o mordomo da casa abre e diz: Pois não, quem é você? E eu digo que trouxe uma coisa para Tamar. Você?, ele diz. O que você tem com Tamar? Tamar não recebe qualquer pessoa, cada instante da vida dela é dedicado a pensamentos profundos sobre o bem e o mal, e sobre o livre-arbítrio, e além disso, neste momento ela está de mau humor, pois acabou de se separar do seu primeiro marido, o famoso guitarrista...

"VOCÊ VIU que corpo, hein?"

"Diga a verdade, você está a fim dele, não está?"

"Diga você, desde quando as bichas vêm aqui?"

Assaf abriu os olhos e viu três jovens de pé em torno da piscina.

"Bom dia, gatinha, dormiu bem?"

"Sonhou que a gente te comeu gostoso a noite passada?"

Finalmente começou a fazer os movimentos necessários para ficar em pé. A água lhe chegava até o pescoço. Estava com frio. Tentou nadar até a borda, mas um dos garotos caminhou naquela direção, lentamente, até mesmo mancando, e quando Assaf pôs os dedos sobre a pedra para sair, o garoto colocou o sapato em cima e pisou com força. Assaf tirou a mão e nadou para o outro lado, mas ali também já havia alguém com o pé preparado. Começou a nadar de um lado para outro, de um lado para outro. Sabia que não tinha chance, que não o deixariam sair, mas já não estava raciocinando. Nesse ínterim, a pobre Dinka estava parada ao longe, latindo feroz, imóvel, pois um dos garotos, o que parecia ser o mais velho dos três, tinha segurado sua coleira, puxando-a contra a perna de um modo que ela não podia virar a cabeça, nem morder, nem se mexer.

Brincaram com Assaf mais alguns minutos, em absoluto silêncio. Toda vez algum deles ia para o lugar por onde ele queria sair. Finalmente, quando estava quase desistindo, afastaram-se e o deixaram subir. Ele subiu e parou, quase nu e tremendo de frio, e eles ao seu redor. A coisa estava péssima. Pior do que jamais estivera. Não sabia o que fariam com ele. Nem o que fariam com Dinka.

O rapaz maior se aproximou. Segurava Dinka com tanta força que ela estava sendo praticamente arrastada, e gania.

"E aí, maninha?", disse, sorrindo para Assaf. "Você achou que ia fazer hidromassagem na nossa piscina particular?"

Assaf baixou a cabeça. Fez a cara mais sonsa que sabia.

"Diga, queridinha", perguntou o rapaz com voz macia e calculada demais, "será que você também não mijou na nossa piscina particular, hein?"

Assaf sacudiu a cabeça com força, dizendo que não. Murmurou que não sabia que era particular.

O rapaz deu um longo assobio de espanto: "Você não viu a placa: PENA DE MORTE AOS DESGRAÇADOS QUE ENTRAREM SEM AUTORIZAÇÃO?".

Assaf negou agora com o corpo inteiro. Realmente não tinha visto placa nenhuma.

"Que porra!", exclamou o mais alto. "Nenhuma placa? Avi, me faz um favor e ajuda a nossa maninha a ver."

O garoto chamado Avi enfiou rudemente o dedo sob o queixo de Assaf e empurrou com força até obrigá-lo a erguer a cabeça.

"Agora olhe, querida, está vendo agora? Com a moldura dourada em volta? Com a foto da Cindy Crawford? Com as estrelinhas em cima do maiô dela?"

Ele não viu. Disse que viu.

"Vamos jogá-la para dentro, Herzl?", sugeriu Avi, o garoto pequeno de boné virado para trás.

"Quem sabe a gente tira a calcinha dela?", propôs o terceiro, o rapaz que mancava e tinha espinhas na cara.

"Por que isso, Kfir, você está a fim dela?"

Os dois riram. Assaf não se moveu. Este é o meu fim, pensou. Ele vão me estuprar.

"Não", disse o mais alto, o mais velho, Herzl, "eu tenho um plano melhor para as fodidas como ela. Por que vocês não dão as roupas para ela, mas aproveitem para dar uma olhada nos bolsos e ver se tem alguma coisa que pague uma multa simbólica pelo uso da nossa piscina particular, inclusive com suspeita de mijada."

O manco ergueu as roupas. Rapidamente fuçou nos bolsos da calça e achou os trezentos shekels que supostamente deveriam bastar para as refeições de Assaf na lanchonete da prefeitura até seus pais voltarem; o dinheiro que economizara tão cuidadosamente para a teleobjetiva de trezentos milímetros da nova Canon.

As roupas lhe foram atiradas com força. A fivela do cinto o atingiu no lábio. Sentiu o fio de sangue morno escorrendo pelo queixo. Sem limpar o sangue da boca, vestiu a calça. Com dificuldade, conseguiu enfiar as pernas. Os garotos ficaram parados, assistindo. O silêncio o deixou preocupado. Era uma espécie de calmaria a partir da qual qualquer coisa poderia suceder, e Assaf sabia que a parte difícil de verdade estava começando agora. As mangas da camisa estavam tão enroladas que o deixaram atrapalhado, até que resolveu desistir e ficou seminu, com a camisa na mão. Engoliu em seco, sem saber o que fazer, como conseguiria falar.

"E aí, queridinha", disse o grandão espantado, puxando Dinka para ainda mais perto de si, "por que você ainda está aí no meio, atrapalhando a vista?"

"A cadela", respondeu Assaf sem olhar para ele.

"*O quê?!*"

"Preciso da cadela." Não teve coragem de erguer a cabeça. Sua voz não conseguia sequer passar pelas cordas vocais, parecia vir de outro lugar, de uma região próxima ao cotovelo.

Os outros jovens estavam quietos, observando Assaf com descrédito. Em seguida, olharam para o mais alto com um sorriso sarcástico, esperando que lhes dissesse o que pensar.

Ele soltou um assobio longo, longo. "Cadela, você disse? Achei que era um cachorro. Uma cadela é melhor ainda para nós." Passou o dedo sobre a coleira laranja. "Você até já arranjou a licença para ela, valeu mesmo, obrigado!"

"Eu preciso da cadela", insistiu Assaf. Estava realmente arrancando as palavras de dentro do bloco congelado que sentia estar preenchendo o vazio do seu estômago. Dinka o fitou. Seu rabo caído começou a balançar um pouco, hesitante.

Os outros dois captaram o brilho nos olhos de Herzl, e caíram na risada. Uivavam de tanto rir, batendo com as mãos nas coxas. Herzl ergueu a mão, não... o dedo, e os dois se calaram.

"Diga, sua fodida", disse o rapaz em tom de genuína surpresa, "não é uma pena a gente acabar com essa sua carinha bonita? Não é uma pena deixar o Kfir fazer uma sacanagenzinha bem sacana com você? E olha que ele ainda está na condicional."

"Então venha... venha brigar", murmurou Assaf, e achou que tinha ficado maluco. Não tinha a menor idéia de onde saíra aquela frase idiota.

O grandão deu um passo à frente e colocou a mão atrás da orelha: "Não entendi", disse com um sorriso fino.

"Você e eu", sussurrou Assaf, seus lábios empalidecendo. Podia sentir a cor branca dos lábios. E o corpo estava todo branco. "Vamos brigar. Quem vencer fica com ela."

Mais uma vez os outros dois caíram na risada, gargalhando e batendo as mãos, abraçando-se e trocando socos. Saltavam em torno de Assaf, rugindo, parecendo dois filhotes, filhotes de tigre ou de lobo, cujo pai os estava ensinando a dilacerar uma presa viva.

Herzl passou Dinka para Avi e chegou mais perto. Era uma

cabeça mais alto que Assaf, e pelo menos um ombro mais largo. Assaf largou imediatamente a camisa que estava segurando. Herzl parou à sua frente. Abriu os braços num gesto de convite para que Assaf se aproximasse.

As pernas de Assaf mal conseguiram se mexer, mas começou a se mover numa espécie de círculo rígido e fragmentado em torno do rapaz. Herzl girava à sua frente. Assaf viu os músculos ao longo dos braços compridos diante de si. Esperava que tudo terminasse depressa, imagine se não ia terminar depressa, e que não doesse muito, e que não fosse humilhante demais. Incomodava-o estar nu da cintura para cima. Lembrou-se vagamente de que nos momentos de perigo o corpo libera adrenalina, com o objetivo de fortalecer os músculos e agilizar as reações; e constatou, com tristeza, que aparentemente não possuía aquela substância. Ao contrário, foi ficando cada vez mais entorpecido, com a sensação de que estava de fato *anestesiando* a si mesmo, talvez para não sentir as dores que o esperavam, e, principalmente, para não sentir a humilhação.

Herzl deu um soco no ar, como que para provocar Assaf, para despertá-lo; Assaf recuou e quase caiu. Os outros dois berraram de prazer. O tempo todo ficaram cercando os lutadores, pulando e correndo por perto. Um deles bateu na nuca de Assaf. O grandão parou imediatamente, fez aquele mesmo gesto com o dedo, como um chefe de gangue nos filmes, e disse que se um dos dois se metesse, então ele, Herzl, lhe daria pessoalmente uma porrada. Em meio ao seu pavor anestesiante, Assaf sentiu como a estranha integridade do rapaz lhe tocava o coração.

Porém no mesmo instante o jovem se lançou para a frente — nem com tanta rapidez assim, ao contrário, com uma espécie de firmeza profissional — , e seus braços agarraram o pescoço de Assaf com uma força gigantesca. Assaf, que era bastante forte, não conhecia uma força dessa, nem imaginava que pudesse existir. Herzl começou a dobrá-lo lentamente. Assaf podia sentir o calor do corpo estranho, subindo como de um forno, e também o cheiro de fumaça que vinha das axilas do rapaz. Sua garganta começou a se fechar, aos poucos a vida foi abandonando seu corpo, e os olhos deixaram de ver.

E de repente o outro o soltou, deixando Assaf tonto de dor, sufocado, sentindo que estava sendo girado delicadamente, de forma que ficasse de frente para o rapaz, como faria uma enfermeira mostrando como segurar o braço numa injeção. Herzl realmente arrumou e ajeitou Assaf, preparando-o para algo que viria em breve, pensou Assaf, e não foi capaz de modificar nada, nem de se mexer nem de fugir. Então o outro, sem mais nem menos, lhe deu um chute no saco. E quando Assaf se dobrou todo, gemendo de dor, deparou novamente com o mesmo joelho, que lhe acertou o nariz.

EM SEGUIDA, quem sabe quanto tempo se passou, o estranho esboço que se desenhava à sua frente — que de início parecia um rabisco de criança retardada sobre papel azul — foi aos poucos tomando forma, acabando por revelar os galhos do arbusto sob o qual estava deitado.

"Que morto, que nada", ouviu uma voz ao longe, "foi só a cara dele."

"A cara não, seu débil mental. Foi o nariz. Olha só quanto sangue."

Assaf ergueu a mão, uma das mãos que estavam estendidas ao seu lado e pesavam muito. Aos poucos foi distinguindo seus dedos, isso também levou algum tempo. Tocou o nariz. Estava ensopado, cheio de saliências estranhas. Depois encontrou as narinas e todo o resto. A boca também estava esquisita, e o lábio superior doía e latejava. Um dente, em cima, do lado, estava um pouco solto demais.

No entanto, por algum motivo, sem nenhuma lógica, sentiu alívio.

Talvez porque a vida inteira tivera medo de apanhar desse jeito de um gorila como aquele, alguém que não tem Deus, como dissera Tuco em outro contexto. E o medo era tanto que começara a temer todos os brigões, até mesmo os que eram muito menores e mais fracos. Era como se aceitasse de antemão que não tinha a menor chance contra eles, que eles sempre o humilhariam. E embora Assaf tivesse brigado mais de uma vez com os garotos da sua classe, sabia que eram garotos como ele, e que sempre haveria alguma regra definitiva que jamais seria quebrada durante as brigas; mas os briguentos... passava longe deles na rua, mantinha distância deles nos bares e discotecas às sextas-feiras à noite, e não respondia quando o xingavam e aos seus amigos. E aprendera a se comportar dessa maneira, transparente e falsamente altiva, ao passar por eles na rua. Uma vez, no ônibus, ele se levantou e desceu porque um deles lhe disse para se levantar e descer. Nem sequer discutiu. Levantou e desceu. E não havia um único dia na sua vida em que não recordasse aquela humilhação.

E agora, apesar de nocauteado e arrebentado, sabia que a coisa havia passado, era como se tivesse se libertado daquilo. Não entendeu muito bem o que acontecera, só que alguma coisa tinha acontecido, e que ele tinha ultrapassado algum grande obstáculo que amargurava sua vida.

"Olha aí", disse o grandão, "vocês estavam com medo de quê? Vamos nessa." Viraram-se para ir embora. Assaf se levantou. Isto é, empurrou a metade superior do corpo para cima e quase se sentou. Um ciclista maluco continuava girando em círculos dentro da sua cabeça, como num globo da morte.

"Eu preciso da cadela", disse alguém nas redondezas, com uma voz lenta e enrolada. Parecia hebraico, parecia o próprio Assaf.

"O que foi que eu ouvi?" O grandão parou. Virou lentamente. Assaf tentou firmar o olhar. Será que havia dois grandões? Os dois se viraram para ele e bem, bem devagar, foram se fundindo num grandão só. Assaf se esforçou e viu a coleira em torno do pescoço de Dinka sendo outra vez puxada pelas mãos enormes. A cabeça dela chegava a estar torta, apertada contra a perna dele.

"Venha-outra-vez-vamos-sair-na-porrada-por-causa-da-cadela", disse aquele que falava em nome de Assaf, e também em total oposição à sua opinião.

O leve sorriso se alargou: "Ouviram a coitadinha?". O grandão olhou para os companheiros, e os dois sorriram com ar de adulação. "A coitadinha quer revanche."

Assaf se levantou. Engraçado como já ultrapassara o medo. Não entendia absolutamente nada do que estava se passando com ele, aquela teimosia interior. Como se nesse momento, tendo superado o medo, fosse capaz de tentar ver cada vez mais como era aquilo, como era quando um cara daquele vinha e arrebentava você até o fim.

Herzl se aproximou. A dança começou outra vez, Assaf e o outro girando em círculos. Assaf ouvia o som de sua própria respiração da forma como se ouvem sons debaixo d'água. Fragmentos de idéias voavam pela sua cabeça. Algo sobre magia, que pena que ele não podia empregá-la agora. Um tipo de magia muito eficaz chamado "invocação". É preciso invocar a *magia*, invocar o *objetivo*, e então a magia gera um raio mágico que traz o objeto a você. Neste caso específico, Dinka. E há também uma magia chamada "*Shrink*", que serve para encolher o inimigo até seu tamanho se reduzir à metade, mas onde estão as magias quando se precisa delas?

De repente percebeu um rápido movimento à sua frente, não viu exatamente o que era, e sentiu um punho no peito, ao lado do coração, um soco nem tão forte, um soco de aquecimento, um soco amigável, brincalhão; mas no seu estado, foi o suficiente. Oscilou pesadamente para trás e caiu. Era tão simples cair. Bastava render-se ao peso e à lei da gravidade, à lei natural que determina que alguém como ele sempre há de vencer alguém como eu. O outro não atacou. Esperou Assaf se levantar. Pouco depois, quando Assaf tinha finalmente conseguido juntar seus cacos e se levantar, enroscou-se no arbusto e caiu de novo. Os joelhos simplesmente se dobraram sob o peso de seu corpo, ele não tinha o menor controle sobre eles. Ficou ali deitado, respirando com dificuldade. Estava começando a ficar ridículo. Estava deitado de costas. Esperou uma porrada. Um chute. Algo que o tirasse definitivamente do jogo. Uma mosca zumbiu no seu nariz. Correntes de dor passavam sem cessar pelas suas costas, por causa do chute no saco. O rapaz alto aproximou-se e lhe deu a mão, ajudando-o a levantar-se. Os dois se olharam diretamente nos olhos. Foi a primeira vez que Assaf o viu de verdade. Não através do medo. Era pelo menos três anos mais velho que Assaf. Tinha um rosto comprido, soturno, bem desenhado e firme, um nariz afilado e uma boca muito fina.

"Qual é o problema, maninha?", disse. "Não tomamos Nescau de manhã? Acabou a papinha da mamãe?"

Assaf tentou chutá-lo. Uma tentativa deplorável. Viu a si mesmo de fora. Viu como se moveu devagar demais. Como precisou canalizar energia demais para erguer um pouquinho o joelho. Mas Herzl agarrou facilmente a sua panturrilha, e sem muito esforço fez Assaf voar alto. Assaf caiu de costas. O ar todo escapou quando ele atingiu o solo. Os ossos se chocaram uns contra os outros. Herzl imediatamente saltou sobre ele e o virou de bruços, apertou-o contra o chão e começou a torcer seu braço para trás.

Assaf não conseguia respirar. Engasgou, engoliu terra, soluçou, talvez até tenha chorado.

Herzl falou num tom estranho, baixinho, no seu ouvido: "Se você não acabar com isso já... diga adeus ao seu braço". Assaf murmurou algo. "Não estou ouvindo", disse Herzl com os lábios cerrados.

"Eu", sussurrou Assaf sem voz, "preciso da cadela."

O outro torceu o braço de Assaf para trás mais um centímetro. Assaf imaginou ouvir o som dos tendões e ligamentos começando a se romper — a qualquer momento agora...

"Cale a boca, estou dizendo", a voz às suas costas de repente se transformou num grunhido áspero, "é a última chance que eu te dou", murmurou Herzl no seu ouvido, pesadamente, e pela primeira vez Assaf sentiu esforço também da parte dele.

"Pode me matar, não importa", sua voz soava grossa e lenta, como numa fita cassete estragada, "mas-eu-preciso-dessa-cadela; não-posso-ficar-sem-a-cadela."

Não veio resposta. De repente tudo ficou leve. Assaf quase levantou vôo. Sentiu que nesse momento nada impedia sua decolagem...

No silêncio que se seguiu, ouviu um riso estranho, como se alguém dissesse no vazio: "Eu não acredito".

A pressão sobre o braço se fora. Assaf pensou: Pronto, já era. O outro havia quebrado seu braço, e ele estava agora naquela fase, aquele segundo antes de a dor chegar ao cérebro.

Porém o rapaz já não estava sobre suas costas, e o braço estava pousado sobre o corpo. Assaf começou a senti-lo de novo, retornando no meio de um ataque de formigas picando. Ouviu vozes à sua volta. E algo que parecia um discussão aos gritos. E pensou que, como nos filmes, no último momento alguém tinha chegado para salvá-lo. Não estava acompanhando direito. As dores em todas as partes do corpo fluíam em correntes, ondas, chocando-se umas contra as outras na base do seu crânio. Fechou os olhos e esperou passivamente. Parecia-lhe que o tempo todo ouvia alguém, muito próximo dele, que continuava murmurando tolamente que precisava de uma cadela.

"Porque eu estou mandando!", ouviu Herzl cuspindo as palavras, ao longe. "Porque é isso que eu quero, é a minha vontade, está entendendo, imbecil?"

"Mas o que vou fazer com ela agora?", lamentou a outra voz, pelo jeito a voz de Avi. "Se eu largar, ela me morde."

"Não morde nada", disse Herzl com muita calma, afirmando um fato: "Ela vai correr até ele". Em seguida, Assaf apoiou-se nos cotovelos. Dinka estava ao seu lado, por cima dele. Assaf viu sua língua chegando perto, lambendo delicadamente seu rosto. Deitou-se outra vez e ficou imóvel, rendendo-se ao toque dela. Mais ao longe, sobre a rocha do morro, viu os três rapazes afastando-se do vale. Já o haviam esquecido. Os dois mais jovens faziam algo, brincavam com alguma coisa, levantando pedras enormes, quase pequenas rochas, jogando-as contra os outros em meio a risos e gritos. O mais velho, o que lhe tinha arrebentado a cara, caminhava um pouco à frente, ereto, alheio, pensativo.

Assaf agarrou-se a Dinka, apoiou-se nela e se levantou. Foi tropeçando até a piscina e lavou lentamente o rosto. Viu seu reflexo na água, e teve esperança de que, até a volta dos pais, conseguiria deixar crescer uma barba espessa. Dinka estava refletida na água, ao seu lado, e esfregava-se no seu corpo emitindo uma espécie de choro, algo que até então não tinha ouvido dela. Como se quisesse consolá-lo. Sentou-se pesadamente na borda da piscina, e ela se sentou ao seu lado. Tentou abstrair das dores latejantes. Não conseguiu. Porém, passados alguns minutos, algo retornou, junto com a tortura da dor, algo que Herzl dissera. Algo relacionado com um agradecimento... Herzl lhe agradecera por alguma coisa… o que tinha sido? Molhou novamente o rosto, gemendo ao toque das próprias mãos. Sua mão, passeando pelo dorso de Dinka, parou de repente. Era isso! Herzl lhe dissera: "Valeu mesmo, obrigado pela licença". Mas Danoch, na prefeitura, dissera que a encontraram sem nenhum sinal de identificação. Assaf começou a retornar do nevoeiro da dor. Seus pensamentos abriram caminho, como dentro de uma sala cheia de fumaça. Agarrou seu pêlo, achou a coleira, tocou a plaquinha metálica. Desde a véspera, desde que encontrara Dinka, encostara diversas vezes na placa, e por algum motivo não pensara até o fim que podia ser a sua licença, e se não fosse aquele Herzl…

Sacudiu a plaquinha em meio ao pêlo úmido, e a colocou sob a luz. Dinka ficou parada pacientemente, virando a cabeça para o lado, permitindo que ele verificasse. Ele fechou um dos olhos e procurou focalizar o olhar.

GUARDA-VOLUMES ESTAÇÃO RODOVIÁRIA EGGED. BOXE 12988.

Olhou para Dinka, estarrecido: "E esse tempo todo você não disse nada?".

ATRÁS DE UMA DAS COLUNAS da estação rodoviária, Assaf se escondeu observando a fila. Três rapazes jovens corriam de um lado para outro atrás de um grande balcão, conversando aos gritos e fazendo piadas entre si e com as pessoas da fila, e agilmente entregavam pacotes a toda pessoa que viesse com uma plaquinha daquela. Um deles, com boné de fiscal ferroviário, deixou Assaf preocupado: era o mais sério e organizado dos três, e toda vez, antes de devolver o volume ali guardado, pedia para ver a carteira de identidade. Quer dizer, pegava o documento e o comparava meticulosamente com os nomes anotados num formulário coberto de manchas de suco de tomate. Os outros dois eram menos rigorosos: pegavam a placa, iam até as prateleiras enormes que cercavam a sala, tiravam o pacote solicitado e o entregavam ao portador da placa sem perguntar nada.

Assaf entrou na fila. Havia sete pessoas à sua frente. A fila avançou depressa, e de algum jeito ele sabia que sua sorte habitual o levaria diretamente aos braços do funcionário de boné, e não tinha idéia do que faria quando ele lhe pedisse a carteira de identidade e descobrisse que ela não combinava com o nome anotado na lista. Ficou ali, procurando não pensar no que havia acontecido ao lado da piscina. Sabia que, se permitisse a si mesmo pensar naquilo, nas porradas que tinha levado, no dinheiro que fora roubado, no sonho da teleobjetiva adiado por meses a fio, simplesmente perderia a cabeça de tanta raiva e angústia. Tensionou todos os seus músculos doloridos. Endureceu-se, ignorando firmemente o passado recente e o futuro próximo. Nesse momento, achava-se em missão. Tinha um dever. E, nesse meio-tempo, os três funcionários do balcão falavam em voz alta sobre o "clássico" que teria lugar no sábado. O rapaz de boné torcia para o Hapoel, e os outros dois, torcedores do Beitar, gritavam gozações, dizendo que nesse sábado, como em todo o milênio, o Hapoel não teria a menor chance. "Não tem chance por quê?", ele respondia seguidamente, a irritação aumentando. "Tudo depende apenas de Danino se recuperar até sábado. Quem é o próximo? Quem é o próximo da fila?"

"E depende também de Danino conseguir segurar o Abuksis", riu o outro rapaz. "E *também* de ele não levar cartão vermelho", acrescentou o terceiro, contribuindo para a gozação. "Em suma: esqueça!" Havia mais dois na frente de Assaf. Ele saiu da fila e foi até a banca de jornal. Restavam-lhe algumas moedas no bolso, um ínfimo resto daquilo que um dia possuíra. Comprou o

*Yediot*, jogou os primeiros cadernos no lixo e ficou lendo o caderno de esportes, a matéria sobre o jogo do fim de semana. Era-lhe confortável esconder por alguns instantes o rosto inchado atrás do jornal. Leu até o final, leu outra vez e mais outra. Lamentou que os funcionários do guarda-volumes não torcessem para o Hapoel no basquete, pois era mais a sua área. Depois, entrou no banheiro público, enfiou o rosto demoradamente na água fria, devolvendo-lhe um pouco da sua aparência normal.

Ao voltar para a fila, havia seis na sua frente. Esfregou a plaquinha, para dar sorte, até deixá-la quente. Tinha certeza de que todos viam seu nervosismo. No seu jogo predileto, Dragonfire, havia quatro personagens principais: o mago, o guerreiro, o cavaleiro, o ladrão. Guerreiro, ele fora pela manhã. Agora seria ladrão. Ao chegar sua vez, o rapaz de boné o chamou com a mão: "O próóóximo! Sai um, entra outro, sem perder tempo!".

"Claro!", exclamou Assaf. "Às duas quero assistir ao treino!"

A mão parou sobre a placa, e o rapaz fitou a face inchada de Assaf com ar de suspeita: "Por quê, você torce para quem?".

"Para os vermelhos. E você?"

"Você é meu irmão", aproximou a cabeça e piscou, "mas o que vai acontecer se sábado ferrarem o jogo, como da última vez? O que vamos fazer com esses caras aí? Onde a gente vai se esconder?", e apontou com a cabeça os outros dois. "E se Danino não jogar?"

"Na quarta-feira o departamento médico dá a palavra final", afirmou Assaf com ar de quem entendia do assunto. "Existe essa possibilidade. O que é que você acha, hein? Diz aí", completou, procurando fazer a cara mais entusiasmada possível.

"Difícil saber." O outro coçou a cabeça como se Danino estivesse deitado na mesa à sua frente aguardando seu veredicto: "Se foi um tendão, já era". Pegou a plaquinha e se dirigiu às prateleiras. Cinco, dez, quinze passos. Assaf dava batidinhas com os dedos sobre o balcão. O rapaz procurou e procurou, deslocou bolsas e malas, sem encontrar. Assaf esfregava forte a cabeça de Dinka. Mago, guerreiro, cavaleiro, ladrão. O ladrão conta com sua perspicácia, sua agilidade e seus truques matreiros. *Escolha o ladrão se quiser usar de esperteza e habilidade para livrar seu herói dos problemas.*

"Quando você deixou isso aqui?", gritou o homem do fundo da sala.

"Ahn... foi minha irmã que deixou. Já faz algum tempo."

Essa não era uma boa resposta. Não tinha outra melhor.

"Achei!", gritou o homem, puxando uma mochila grande, cinzenta e pesada. Tirou-a com dificuldade do meio de outras duas malas. "Acho que faz um mês, não é? Vocês se esqueceram dela? É só me mostrar sua identidade."

Assaf lhe deu um sorriso doce, espiou para o lado para ver por onde poderia fugir. A mochila estava sobre o balcão, a dez centímetros dele. Tamar ao alcance da mão. Jogou sua última cartada: "Pode ser que Shandor também não jogue pelo Beitar".

"O *quê?!* O que foi que você disse?" Os olhos dele se acenderam de esperança e simpatia: "Shandor está contundido?".

"Você não sabia?"

"O quê? Não brinca! Ouviram? Vocês estão ferrados!", gritou para os outros dois, e na balbúrdia de gritos e gestos acabou empurrando a mochila para junto de Assaf. "Shandor não vai jogar!"

"Shandor?", riu um deles. "De onde você tirou isso? Ontem ele treinou, eu vi com meus próprios olhos!"

"Distendeu um músculo", disse Assaf com autoridade, dando um passo para trás, apertando contra o coração a preciosa mochila, "depois do treino. Pode ler no jornal." O torcedor do Hapoel deu um largo sorriso, já atendendo ao cliente seguinte. Para dizer a verdade, Assaf não tinha certeza se era Shandor ou algum outro, talvez Yacobi, que se contundira após o treino, já nos vestiários, mas alguém realmente havia sofrido uma distensão, e por que não deixar um sujeito feliz?

Saiu depressa dali com Dinka, abraçando a mochila com as duas mãos, procurando não chamar a atenção com seu rosto inchado e seu jeito dolorido de andar. Na última hora começara a sentir medo — bem, não exatamente medo, era mais preocupação — de que alguém o estivesse seguindo. Não tinha nenhum motivo aparente para pensar assim, mas apesar disso, talvez pelo que dissera Serguei nas ruínas, ou talvez porque finalmente começara a perceber que Tamar estava enfiada até o pescoço em algo de fato muito perigoso, começara a sentir de vez em quando que sua nuca formigava, como se alguém o observasse com interesse, e às vezes ouvia passos às suas costas, e ao se virar não havia ninguém.

Sua bicicleta o esperava na praça diante do prédio da ONU, branca de poeira das trilhas de Lifta. Soltou a trava e começou a pedalar lentamente, sofrendo a cada movimento. Agora tinha a mochila e, para esquecer as dores, imaginou que o peso nas suas costas era Tamar, desmaiada, inconsciente, dependente dele. Dinka corria atrás, à frente, de todos os lados, farejando excitada os sinais que a mochila lhe enviava. Ao chegarem ao jardim Sakar, Assaf desceu da bicicleta, olhou para todos os lados, seu olhar cruzou toda a extensão do verde. Não havia ninguém. Mesmo assim, esperou. Acompanhou com os olhos uma linda poupa que voejava sobre o gramado, ao mesmo tempo que examinava com atenção as redondezas (o tempo todo Dinka o observava com ar curioso, virando a cabeça para os lados, como que se perguntando quem o teria ensinado a também fazer essas coisas). Então, com um passo quase imperceptível, largou a bicicleta e se meteu no meio dos arbustos.

Sentou-se no chão. Colocou a mochila à sua frente. Resolveu não se apressar. Queria desfrutar o momento, pois apesar de tudo era, sim, um primeiro encontro. Antes de qualquer coisa, leu o papel preso à mochila, com a data de entrada no guarda-volumes. Fez o cálculo: cerca de um mês atrás, um pouco menos. Aparentemente, mandara guardar a mochila e desaparecera em seguida. Mas por que não deixara a mochila em casa? Quem sabe a mochila continha coisas que ela receava chegarem aos pais? Agora se lembrava de como Teodora coçara o nariz ao mencionar os pais de Tamar. Mas o que ela realmente dissera? Fechou os olhos e escaneou sua memória, e num instante a lembrança se materializou, palavra por palavra: "...e Tamar, ela precisa de dinheiro, e dos pais, obviamente, ela não aceita". Refletiu mais um pouco, pesquisando no cérebro tudo que escutara dela, de cada pessoa que dissera algo sobre ela; buscou indícios capazes de lhe explicar por que ela não podia pedir ajuda aos pais. Não achou. Deixou isso na pasta de perguntas em aberto.

Em seguida procurou determinar onde ele próprio estava na data em que ela mandara guardar a mochila. Achou divertido pensar que já houvera uma época em que não sabia da existência dela. É como, digamos, os muitos anos em que sua mãe e seu pai tinham habitado na mesma cidade, e um não sabia da existência do outro, e talvez tivessem até mesmo se cruzado na rua, no cinema, sem imaginar que um dia teriam três filhos juntos.

Mas o que realmente fizera naquele dia, no dia em que ela mandara guardar a mochila? Verificou mais uma vez a data. Era ainda início das férias de verão. Afinal, o que podia estar fazendo? Sua vida lhe pareceu nesse momento tão vazia em comparação com os dois últimos dias, carregados de Tamar.

E não só vazia: pareceu-lhe que até ela entrar na sua vida fazia as coisas de maneira quase mecânica, automática, sem pensar nelas, sem sentir de verdade. E agora, desde ontem, tudo que lhe acontece, toda pessoa que encontra, todo pensamento que lhe ocorre — tudo está ligado e relacionado com um centro determinado, profundo, cheio de vida.

Abriu a mochila. Fez tudo muito vagarosamente. Ficou emocionado ao abrir as fivelas, pois fora ela quem as tinha fechado. Pensou que daí a mais um instante acharia algo da vida dela. Era demais. Tudo era demais. Largou por um momento a mochila aberta à sua frente.

Dinka estava impaciente. Farejava e arfava e rodeava a mochila, farejava e revolvia o chão em volta, tentava incansavelmente meter o focinho dentro dela. Assaf enfiou a mão. Sentiu o toque de tecido amassado, um pouco úmido, roupas fechadas há muito tempo. De repente, percebeu o que estava fazendo e parou, constrangido. O que era isso? Afinal, estava invadindo totalmente a privacidade dela.

Rapidamente, antes de mudar de idéia, tirou uma calça Levi's. Uma blusa indiana colorida, muito amarrotada. Sandálias delicadas. Com o maior cuidado, espalhou as coisas no chão e ficou olhando, hipnotizado. Aquelas roupas tinham tocado nela. Tinham estado sobre o corpo dela. Sentido o cheiro dela. Se não tivesse vergonha de Dinka, teria cheirado as roupas, como a própria Dinka estava cheirando, com ganidos saudosos.

E por que não?

Logo viu que ela era de fato miúda. Um metro e sessenta, dissera o investigador de polícia. Sim, como tinha pensado: chegava-lhe mais ou menos até o ombro. Endireitou-se e respirou fundo. Dobrou as pernas sob o corpo. Olhou. Não estava saciado. De repente — como era mesmo que sua mãe dizia? — sentiu-se preenchido de alegria até os lóbulos das orelhas.

Suas mãos passearam com cuidado entre as outras roupas dentro da mochila. Tocou um saco de papel. Puxou e tirou. Colocou de lado. Revirou a mochila mais um pouco. Achou uma pulseira de prata muito delicada. Passou um dedo sobre ela. Se tivesse um pouco mais de experiência, ou em investigação ou com garotas, tentaria encontrar indícios além das flores gravadas em volta. E justo ele, com a experiência de Réli em jóias, teria a obrigação de examinar melhor. Mas quem sabe, talvez, exatamente por causa de Réli, afastou de imediato a pulseira, colocou-a de volta dentro da mochila, e deixou de ver o nome completo de Tamar gravado na parte interna.

Mais tarde, muitas semanas depois, tentando se lembrar da sua estranha jornada em busca da garota, numa daquelas reconstruções intermináveis que a pessoa faz — "se eu tivesse feito isso, se eu tivesse feito aquilo" — , concluiu que tivera sorte de não descobrir naquele momento o seu sobrenome na pulseira. Pois, se tivesse descoberto, teria procurado o endereço dos pais dela na lista telefônica e ido até lá. Os pais teriam ficado com Dinka, pagado a multa, e tudo teria terminado ali.

Mas naquele instante, pensou em uma coisa apenas: à sua frente, no saco de papel marrom, havia algo. Não ousou abrir, pois pressentiu, ou intuiu, ou presumiu que lá havia algo importante, tão importante que ela tivera necessidade de embrulhar. Apalpou. Achou que eram livros. Talvez álbuns de fotos? Dinka choramingava: não há tempo. Ele abriu e espiou dentro, deixando escapar um leve murmúrio. Cadernos. Cinco. Uns mais grossos, outros finos. Arrumou-os, um sobre o outro. Uma pilha pequena, condensada. Estendeu a mão, como se ela não lhe pertencesse. Pegou um caderno. Folheou rapidamente as páginas diante dos olhos, sem se atrever a ler. Páginas e páginas escritas à mão, uma escrita apertada, torta, difícil de ler.

DIÁRIO, estava escrito na capa do primeiro caderno, entre adesivos coloridos de Bambi e desenhos de pássaros e de corações partidos. A caligrafia era um pouco infantil, e embaixo havia três linhas vermelhas: NÃO LER! PARTICULAR! POR FAVOR!!!

"O que você acha?", murmurou Assaf. "Existe alguma situação em que é permitido ler o diário de alguém?"

Dinka olhou para o outro lado e lambeu os beiços uma vez.

"Eu sei. Mas e se aqui estiver escrito onde ela está? Você tem alguma idéia melhor?"

Dinka lambeu novamente os beiços. Sentou-se ereta e pensativa.

Assaf abriu o caderno. Na primeira página viu uma moldura vermelha, dupla. E dentro dela, um verdadeiro grito:

> Papai e mamãe, por favor, por favor, mesmo se vocês tiverem encontrado este diário, não leiam!!!

E logo abaixo, em letras enormes:

> Eu sei que vocês já leram meu diário algumas vezes. Eu vejo sinais. Mas eu imploro de verdade que *neste caderno* vocês não toquem, não abram, por favor! Eu peço que uma vez na vida vocês respeitem a minha privacidade! Tamar.

Assaf fechou o caderno. O pedido era tão comovente, tão súplice que não ousou avançar. Além disso, ficou chocado por pensar que os pais dela eram capazes de espiar seu diário. Na nossa casa, pensou, sentindo um pouco de superioridade, eu poderia deixar um diário desse (se eu escrevesse) aberto em cima da mesa, e meus pais nem sonhariam em espiar.

Sua mãe tinha o próprio diário, onde fazia anotações quase todo dia. De vez em quando Assaf lhe perguntava — ultimamente cada vez menos — o que ela escrevia, o que tanto havia para escrever, o que tanto acontecia na vida dela? E ela respondia que anotava seus pensamentos e seus sonhos, suas tristezas e suas alegrias. Quando ele era menor, inúmeras vezes lhe perguntara se também tinha permissão de ler. Ela sorria e apertava o caderno junto ao peito, dizendo que diário era uma coisa pessoal, algo só dela. O quê?, espantava-se. Nem o papai pode ler? Imagine, nem o papai. Agora Assaf se lembrava de que durante anos tinha se interessado pelo enigma do diário. O que havia lá que ela não deixava ninguém ler? Será que ela também escrevia sobre ele? Obviamente lhe perguntara se escrevia sobre ele. Ela dera risada, sua risada larga e prolongada, com a cabeça jogada um pouco para trás, sacudindo os cachos revoltos, e dissera que tudo que escrevia sobre ele também lhe diria pessoalmente, com alegria até. Então para que *escrever* tudo isso?!, ele gritara, irritado. Para acreditar, ela dissera, nessa felicidade.

Quando dizia "nessa felicidade", referia-se ao fato de ele, Réli e Muki terem nascido como seus filhos. Pois sua mãe já tinha idade avançada (pelo menos na opinião dela) e, antes de conhecer seu pai, estava segura de que não se casaria. E de repente, por causa de um curto-circuito e problemas na chave geral, conheceu aquele fofo, o eletricista gorducho e risonho que concordou em vir na hora, quase no meio da noite, e consertou tudo. E à medida que o conserto se prolongava, ela sentiu necessidade de falar com ele, e aí se pôs ao seu lado e fez uma ou duas perguntas, e muito se admirou quando ele começou a lhe contar sobre a *sua* mãe — quer dizer, contar mesmo, desde o começo —, e confessou ter sido *obrigado* a sair de casa e alugar seu próprio apartamento. Enquanto falava, não olhava para a mãe de Assaf, e dava a ela a impressão de ser tímido e inexperiente com mulheres. Por isso, sua sinceridade a surpreendeu (e surpreendeu também a ele próprio), pois no momento em que ela lhe fez a pergunta certa, uma pergunta vinda do coração, de dentro dele explodiu uma torrente de palavras, pensamentos e sentimentos que parecia represada havia anos. Ela permaneceu ao seu lado na frente do quadro de luz aberto, muito mais alto e mais largo que ele, segurando uma vela e sentindo — e nesse momento Assaf, Réli e, no último ano, até mesmo Muki gritavam juntos: — que ele estava queimando todos os fusíveis dela!

Mais tarde, com o correr dos anos, Assaf parou de pensar no diário da mãe. Obrigou-se a não pensar. Acostumou-se a vê-la, em geral à noite, recolher-se ao seu gabinete, seu quartel-general, sentar-se no velho sofá com suas calças largas e sua blusa enorme e solta, recostada nas almofadas altas, "como uma grande dama oriental", segundo as suas próprias palavras, segurar a caneta como uma aluna primária, e escrever.

E agora, por algum motivo, voltava a sensação de anos atrás: quem sabe ela já tivesse escrito ali, semanas ou meses antes, o que Réli lhe contara em segredo absoluto dos Estados Unidos? Quem sabe seu diário já soubesse do novo namorado de Réli antes de eu e Tuco começarmos sequer a suspeitar?

Abriu novamente o caderno. Dinka lançou-lhe um olhar rápido e enviesado. Pareceu-lhe ter ouvido dela um grunhido leve, ameaçador. Fechou.

"Eu não sou os pais dela", explicou a ela e a si mesmo, "e não a conheço. Realmente não vai mudar nada se eu ler, entendeu?"

Silêncio. Dinka olhou para o céu.

"Eu na verdade estou fazendo um favor a ela, para poder devolver você, certo?"

Silêncio. Porém um pouco mais suave. Sim, soava razoável. Podia prosseguir nessa linha de raciocínio. "De modo que eu preciso explorar cada possibilidade, cada pista, cada informação, para saber onde ela está!"

Agora ela soltou um leve ganido, escavou um pouco a terra com as unhas, como sempre fazia quando ficava sem graça. Ele prosseguiu: "Veja, ela nem vai saber que eu li. Vou achá-la, devolver você e pronto". Começava a se entusiasmar de verdade com a própria certeza. "E mais que isso: nunca na vida ela vai precisar me ver, seremos como dois estranhos, estranhos para sempre!"

Subitamente ela parou de escavar. Girou o corpo todo e ficou de frente para ele. Os olhos castanhos penetraram fundo nos seus. Assaf não se mexeu. Jamais vira um olhar desse nos olhos de um cachorro. O olhar dela lhe dizia, com um sorriso canino: "Você acha mesmo, é?". E Assaf piscou primeiro.

"Vou ler!", anunciou, e virou as costas. De início, folheou depressa para se acostumar com a idéia do que estava prestes a fazer. Pareceu-lhe sentir um leve perfume de sabonete, talvez da mão dela pressionada contra a página. Depois, passou rapidamente os olhos por algumas linhas. Sem ler, só passou os olhos, para que ele e as letras se acostumassem um com o outro. Viu uma caligrafia infantil, pequenos desenhos a lápis nas margens. Borboletas e caracóis.

Subitamente, de uma só vez, mergulhou:

> ...mas como Mor e Liat e todo mundo sabem direitinho o que vão fazer, no que vão trabalhar e com quem vão se casar, e ela fica o tempo todo perdida na bobeira e nas fantasias, sem a mínima idéia do que pode fazer para o futuro dela começar de uma vez! Agora ela está com medo de que a mulher no sonho tenha razão quando diz que quem é preguiçoso e sonhador como ela sempre vai ter uma vida errada, uma VIDA ERRADA!!!

Apoiou o caderno nos joelhos. Não estava entendendo nada. De quem ela estava falando? Porém a escrita — as próprias palavras, o ritmo das idéias, a explosão final — provocou-lhe um choque estranho. Folheou um pouco mais. Muitos parágrafos curtos. A descrição de um homem louco que tinha visto na rua. De um filhote de gato órfão que Dinka adotara. Uma página com uma única frase:

Como é que se pode viver depois que a gente sabe o que aconteceu no Holocausto?

De repente viu letras em língua estrangeira. Olhou de perto e percebeu que era hebraico escrito ao contrário. Não tinha tempo suficiente para decifrar; porém, ao virar a página, pensou que ela talvez tivesse algum motivo especial para disfarçar o que escrevera ali. Com esforço e teimosia foi lendo, aos poucos:

Às vezes ela pensa que talvez haja um mundo...

Levaria horas para ler uma página dessa. Foi até a bicicleta. Com a ajuda de uma pequena chave de fenda, que sempre trazia presa na parte posterior do sapato ("uma chave de fenda é como um lenço", seu pai lhe ensinara, "você nunca sabe quando vai precisar"), desparafusou o espelho. Voltou ao diário e leu facilmente:

... que talvez haja um mundo onde as pessoas saiam de manhã para o trabalho ou para a escola, e de noite todo mundo volte para uma casa diferente, e ali, na outra casa, cada um desempenhe o seu papel, o papel de "pai", ou de "mãe", ou de "filho", de "avó", e assim por diante. E passem a noite conversando, rindo, comendo, brigando, assistindo à televisão juntos, e cada um se comporte exatamente de acordo com o seu papel. E depois vão dormir e de manhã se levantem e vão outra vez para o trabalho e para a escola, e à noite voltem, mas para outra casa, e aí tudo comece de novo. O pai é pai de outra família, a filha é filha de outra família, e como durante o dia eles esquecem o que aconteceu na noite anterior, eles sempre acham que estão na sua própria casa, na casa certa. E assim a vida inteira.

Largou o caderno devagar. Essa idéia o encheu de excitação e inquietude. Pensou de imediato, é claro, na sua própria casa. E se ela estivesse certa? E se realmente cada noite de sua vida ele fosse para uma casa diferente e encontrasse pessoas diferentes, totalmente estranhas, chamando-as de pai e mãe? Não! Afastou rápido a idéia, na nossa casa não pode ser. Era capaz de reconhecer o cheiro da mãe entre mil outras mães. E o toque da mão do pai no seu rosto, e as suas piadinhas, repetidas e irritantes, para não falar de Muki, que ele era capaz de reconhecer de olhos fechados no meio de mil meninas de seis anos.

Abriu outro caderno, de uma época posterior. Fechou. Aquela idéia esquisita não o deixava em paz. E quem sabe ela não teria um pouco de razão? Pois se estivesse totalmente errada, por que ele estava sentindo um leve aperto no coração, um aperto distante, distante?

Virou a página:

> Mas ela não é bonita. *Não* é bonita. Não importa o que todo mundo diz. Qual é a razão de todo mundo mentir para ela. Liat uma vez lhe disse, talvez dois anos atrás: "Hoje você está quase bonita". E para ela foi o maior elogio que já recebeu, pois o "quase" confirmava que era sincero. Mas agora, quando ela pensa nisso, tem vontade de berrar, porque a beleza exterior vai determinar o seu destino!!!

(Mas ela é, sim, bonita, protestou Assaf, ao se lembrar de como Teodora a descrevera, e até mesmo o investigador disfarçado foi obrigado a admitir isso; e nesse momento Assaf sentiu um pouco de pena dela. E ao mesmo tempo um estranho alívio, justo porque ela talvez não fosse tão excepcionalmente linda...)

Depois da escola ela foi ao Café Atara. Lá havia uma mulher mais velha, uns quarenta anos, mais ou menos. De cabelo liso e curto, até o pescoço, e óculos escuros grossos fora de moda, e pele horrível mesmo. Ficou sentada uma meia hora mexendo o café com a colherzinha, sem tomar. Mas não estava sonhando acordada, porque parecia nervosa. Depois, pegou um livro que eu acho que era em inglês e leu mais meia hora, no mínimo, mas quando passei do lado dela e espiei, vi que o livro era em hebraico! E que ela estava lendo de trás para a frente! Estou anotando isso para lembrar que tudo está cheio de mistérios. Eu já não sou tão ingênua quanto era na minha infância, e sei que cada pessoa no mundo tem os seus jogos secretos. E mais um pensamento de hoje, da aula de ginástica: se acontecesse alguma mutação no mundo e todas as roupas sumissem, evaporassem e pronto! Nada de roupas! E todo mundo tivesse de ir nu para todo lugar, restaurantes, colégio, concertos. Brrrr! Aliás, em relação à mulher no café, parecia uma jornalista ou juíza. E estava claro que essa era a aparência que ela própria vai ter daqui a vinte e cinco anos: uma juíza sábia e triste, sem ninguém para sentar junto dela.

Assaf estava constrangido. Uma coisa á abrir um diário de alguém para procurar pistas que conduzam à pessoa. Outra coisa completamente diferente é espiar dessa forma dentro da alma dela. Mas a espiada já cumprira sua tarefa. Lá havia algo, nas palavras, na tristeza, na solidão, de que Assaf não conseguia se desligar. Abriu outro caderno, mais grosso. Se tivesse alguns dias calmos à disposição, teria sentado e lido tudo. Do começo ao fim, totalmente absorvido pela vida dela. Porém Dinka já estava outra vez inquieta, e ele próprio, exatamente por causa do que descobrira no diário, ficou ainda mais tenso e ansioso para chegar a ela. Assim, folheou às pressas e passou para outro caderno, notando que a caligrafia havia mudado, estava mais adulta, sem caracóis desenhados nas margens. Deparou com mais uma página escrita ao contrário:

> 3.3.98 I. & A. ficam rindo o tempo todo e por qualquer coisa. Eles têm essa facilidade que ela não tem. Um dia ela também já teve. Quando era pequena, ela tem quase certeza de que tinha. E I. & A. nem sempre foram tão animados. Mas eles meio que sabem representar o papel da "pessoa feliz". Talvez para eles seja mesmo diferente, pois eles não têm o que ela tem. Hoje os pensamentos estão especialmente negros. Ratos por todo lado. O que está acontecendo? Nada. Precisa haver motivo? Ontem ela foi visitar Teo, e elas conversaram sobre o filme *Asas do desejo*. Que filme divino! Se ela crescer, há de fazer filmes surrealistas onde tudo pode acontecer. Essa idéia de que os anjos podem caminhar ao lado das pessoas e escutar os pensamentos delas. Brilhante e assustadora! (E também só assustadora.) Tivemos uma grande discussão se havia ou não vida depois da morte. T. não acredita em Deus, mas mesmo assim tem certeza de que existe, e de que a sua vida não tem graça neste vale de lágrimas se não houver alguma promessa de vida depois desta. Eu fiquei sentada quieta, escutando até ela acabar de falar, depois disse que para mim era exatamente o contrário! Quer dizer, eu preciso saber que a vida é só aqui, e Deus me livre haver reencarnação!!! Só de pensar que vou ser obrigada a passar por tudo isso outra vez!

Fechou com força o caderno, como se tivesse espiado dentro de uma ferida aberta. Nem por um momento ficou confuso com as mudanças entre "eu" e "ela". Essa Tamar... Era tão... — procurou a palavra, sem encontrar. Tão sábia, é claro. E também triste, muito triste. E sem ilusões. Encostava no cabo de eletricidade com as mãos despidas. Sua tristeza não era uma tristeza comum, que ele também conhecia, por causa da derrota do

Hapoel, digamos, ou por causa de uma nota baixa. Era uma tristeza de outro tipo, completamente diferente, como de gente muito velha que já sabe tudo sobre a vida. E às vezes Assaf também conhecia essa tristeza, lampejos dela. E não sabia descrevê-la com palavras, e nem tentava, pois se a gente coloca alguma coisa em palavras, isso fica para sempre, é como um veredicto contra nós. Mas se Tamar estivesse aqui, falaria com ela sem medo, tentando finalmente dar um nome a isso, a essa coisa que está sempre à espreita atrás do fino véu da vida cotidiana e familiar, e até mesmo atrás do abraço mais apertado da sua mãe. Não gostava desses pensamentos; eles o atacavam vez por outra, quando estava sozinho em seu quarto, ou antes de adormecer, à noite. De súbito, era atacado por uma idéia fria dessa, e sentia-se caindo, como se estivesse sendo devorado por uma boca enorme.

E Tamar, ele sentia que ela falava exatamente das mesmas coisas. E que era a única pessoa no mundo que tinha conseguido lhe dizer algo tão claro e lúcido sobre essas coisas, fugazes e assustadoras. Ficou ali sentado, mexendo e esfregando os punhos contra as coxas, e ficava abrindo e fechando o caderno, abria e fechava de novo, como se abrisse e fechasse um registro para controlar o fluxo entre os cadernos e ele próprio; e, ainda que nada tivesse mudado à sua volta, no mundo do outro lado da parede de arbustos, Assaf se sentiu subitamente perdido, apavorado, vagando pelo espaço do universo como uma gotinha solitária, precisando desesperadamente saber se havia alguma outra gotinha vagando em algum lugar na amplidão vazia — e se seu nome era Tamar.

E sabia também, sem se iludir, a diferença entre ambos: ela, aparentemente, não tinha medo desses pensamentos. Ou, pelo menos, não fugia deles como ele fugia, como sempre se limitava a dar uma espiada e fugir, lembrar e esquecer. Ela falava dos seus pensamentos mais escuros, suas hordas de ratos, como se falasse de velhos conhecidos. Às vezes até mesmo sorrindo; Assaf tinha a impressão que ela quase chegava a ter um estranho prazer em chafurdar neles. E ao ver a página onde ela escrevera cem vezes, como um castigo, a palavra "defeituosa", teve vontade de riscar com um X enorme e escrever por cima "rara". Se lhe entregasse Dinka, pensou, entusiasmado, como ela ficaria feliz! E sabia que queria fazer por ela mais do que isso, muito mais do que isso.

Levantou-se. Sentou-se. Fechou. Abriu. Todo o seu corpo formigava e ardia. Dinka o acompanhava com o olhar, parecia-lhe que os olhos dela estavam realmente buscando os seus: agora você entende do que estou falando o tempo todo? De repente, quis se levantar e ir embora. Precisava correr. Descarregar a energia que fervilhava em seu sangue. E também aquele monte de palavras girando na sua cabeça. Porque ela era também outra coisa, Tamar — mais que sábia, mais que triste, mais que rara. Era *emocionante*! Era essa a palavra que ele estava buscando, que agora tinha encontrado, que sua mãe adorava dizer após assistir a um bom filme: "Ah-ah! Foi emocionante!". A palavra em si, dita por sua mãe, o emocionava, mesmo antes de compreendê-la perfeitamente; e sentiu exatamente isso naquilo que Tamar escrevera, que era *emocionante*, como se alguém viesse e revirasse tudo o que ele tinha no coração, na cabeça, nas entranhas.

Dinka latiu. *Não há tempo, não há tempo!* Continuou folheando os cadernos, o coração pesado por saber que não teria tempo de ler tudo. Chegara à Tamar dos quinze anos: aqui, de repente, as coisas se arejaram. A tristeza profunda desaparecera, e ele deparava com uma garota alegre. Até mesmo feliz. Que beleza, pensou, e na mesma hora relaxou: certamente era por causa da amizade com Idan e Adi. Os nomes dos dois enchiam páginas, especialmente o do rapaz: Idan disse isso, Idan fez aquilo, Idan avisou que, Idan resolveu que... E Assaf supôs que Idan provavelmente era o tal rapaz, o guitarrista que ela estava procurando. Ela parecia totalmente apaixonada por ele. Continuou a ler e, à medida que lia, começou a sentir nas entrelinhas que na verdade Idan não era tão dedicado a ela, que de certa forma brincava com ela, e talvez também com a outra garota, Adi, e que, se ele amasse alguém, só podia ser a si mesmo. E admirou-se por Tamar não perceber isso, como não lia as coisas que ela própria escrevia! Diz aí, Dinka, como é que ela, com toda a sua inteligência e espírito crítico, pôde se apaixonar por alguém como esse Idan?!

Ao ler a data no final do último caderno, descobriu que o diário terminava exatamente um ano atrás. Verificou rapidamente as datas nos outros cadernos. Arrumou-os em ordem cronológica e percebeu que, se é que havia mais um caderno — o do último ano, o que poderia revelar o motivo do seu sumiço — , não estava lá.

Por um momento Assaf ficou ali sentado, decepcionado e confuso, tomado por sensações conflitantes. Porém não tinha tempo para mergulhar na frustração. Precisava continuar correndo. Estranho: não ocorrera nada que pudesse resultar nessa nova capacidade de determinação. E, mesmo assim, nos últimos minutos começou a ter sensação de que, em algum lugar, havia uma grande ampulheta com areia escorrendo, e de que as coisas estavam se atropelando cada vez mais rápido, aproximando-se de um desenlace.

Colocou tudo de volta na mochila. Roupas, sandálias, cadernos. Não sabia para onde ir agora. Talvez até a Ben Yehuda, procurar o guitarrista que Serguei mencionara. Não tinha a menor vontade de encontrá-lo. E também não tinha forças para fazer algo simples como andar por uma rua movimentada, ou ver pessoas estranhas, ou dizer palavras que todos dizem. Tinha a sensação de que, no curto tempo em que se escondera atrás dos arbustos, algo novo acontecera, algo festivo. Não só para ele, mas para o mundo de forma geral. Não era possível que as coisas continuassem como eram até uma hora atrás. De repente sentiu muita urgência de encontrá-la para lhe contar isso. Talvez nem precisasse lhe contar, talvez ela já estivesse compreendendo neste exato momento, onde quer que estivesse, mesmo sem saber quem ele era, sem saber nada a respeito dele. Ela já estava sentindo.

# COMO UMA ESTRELA SOZINHA OUSA

ELA NÃO SABIA QUANDO veria Shai outra vez. No dia seguinte ao encontro, ele não apareceu para o jantar. Tamar não sabia se ele estava em Jerusalém ou pernoitando em alguma cidade distante; ou se estava evitando, de propósito, encontrar-se de novo com ela. Sentou-se e comeu o purê de todo dia, o olhar incessantemente atraído para a porta. Na outra noite, Shai veio jantar, sentou-se e não levantou a cabeça até o fim da refeição, ignorando os olhares ansiosos e os gritos mudos dos dedos de Tamar. Acabou de comer e foi embora. No outro dia, não veio de novo.

Quem veio foi Pessach Beit Halevi, que se sentou para jantar com eles, e estava de muito bom humor. Sua bermuda agarrava-se às coxas enormes, e Tamar teve a impressão de que ele nunca trocava, nem lavava, aquela camisetinha preta. Contou piadas e passou boa parte do tempo narrando histórias e recordações da época do serviço militar — era encarregado do equipamento de algum desses conjuntos musicais do Exército; e também ficou se gabando das competições de luta das quais participara na juventude. Tamar achou que, se continuasse esperando até Shai se decidir a cooperar com ela, se não fizesse algo imediatamente, acabaria ficando louca.

Olhou de soslaio para o rosto rude de Pessach, e ficou fascinada pelas contradições que brotavam dele. Os lábios carnudos exprimiam certa perversão, uma perversão até mesmo animalesca; e havia uma tirania dissimulada nas duras maçãs do rosto e nos olhos mortos. Ao mesmo tempo, tal semblante tinha também um toque amistoso, meio sem jeito, uma visível ansiedade de ser considerado um "bom rapaz", de ser amado e adorado por todo mundo. Ele se levantou, bateu nos bolsos da bermuda, disse que tinha esquecido o maço no carro e... quem podia lhe dar um cigarro? No mesmo instante, de todo lado surgiram mãos oferecendo-lhe cigarros. Tamar os desprezou pela submissão, mas o gesto das mãos dele batendo nos bolsos se projetou outra vez diante de seus olhos. Seu coração bateu forte: os bolsos vazios da bermuda, a camiseta sem bolsos. Era agora ou nunca.

Esperou até que alguém, algum "privilegiado", lhe acendesse o cigarro. Ele se recostou e sentiu o prazer da primeira tragada. Tamar se levantou, disse a Shéli em voz alta que iria rapidamente ao banheiro, que Shéli não permitisse que lhe tirassem o prato. Saiu do refeitório e correu, o mais depressa que pôde.

O corredor estava vazio. Uma lâmpada pendurada num fio lançava sombras sobre as paredes. Tamar girou a maçaneta. Tinha certeza de que a porta estaria trancada. Toda a empreitada era uma temeridade impossível. A porta se abriu.

O escritório de Pessach estava às escuras, e ela tateou buscando abrir caminho. Contornou uma cadeira e tropeçou em outra. Encontrou a mesa. Ali havia um pouco de luz do luar penetrando pelas frestas. Abriu a gaveta de cima. Deparou com papéis e pastas, uma bagunça total. Porém Tamar estava à procura da caderneta vermelha. Até aquela noite, nunca tinha visto Pessach sem ela. Suas mãos percorreram a gaveta às pressas, tendo o cuidado de manter a ordem daquela desordem. A caderneta não estava lá. O que é que você pensa, ele com certeza a guarda numa bolsinha escondida dentro das calças. Abriu a segunda gaveta. Ali havia pastas e cadernetas antigas, e montes de cartões de estacionamento das mais diversas cidades.

Do lado de fora, no corredor, ouviram-se vozes. Alguém estava andando por ali. Tamar se agachou e tentou se esconder sob a gaveta aberta. Meu Deus, pensou, meu Deus, mesmo que eu não acredite em você, mesmo que Teo dê risada de mim por ter sucumbido e chamado o seu nome num momento de pavor, por favor, faça que eles não venham para cá.

"Você vai ver, no final vou convencê-lo a vender", ela reconheceu a voz de Shishko, "eu preciso ter essa porra desse toca-fitas no meu carro."

"Bota mil em cima, e você vai ver que ele vende", disse a segunda voz, que ela não conhecia, "ele vende na maior, quem disse que não? Vende sim!"

Ouviu os passos bem junto à porta, e depois se distanciando pelo corredor.

Esperou mais um pouco, esgotada de pavor. A gaveta inferior tinha fechadura. Mas é claro! Era por isso que ele não precisava carregar a caderneta: bastava levar a chave. Tamar puxou a gaveta, sem a menor esperança. Em seguida, olhou rapidamente e não acreditou no que viu: é a primeira vez na minha vida, pensou, que eu tenho mais sorte que juízo.

A caderneta estava ali, vermelha e grossa, a capa desgastada e oleosa dos dedos de Pessach.

No início não entendeu nada. As páginas estavam cheias de linhas e colunas, iniciais de palavras, nomes e números. Tudo estava escrito numa caligrafia minúscula, o que era surpreendente, considerando o tamanho da mão que escrevera. Virou as páginas diante da janela, tentando pegar um pouco mais de luz.

Seu olhar percorreu as linhas, os lábios se movendo enquanto lia; parecia um código, e ela sabia que não tinha tempo para decifrá-lo. Fechou a caderneta. Cerrou os olhos. Procurou se concentrar. Ao abri-los novamente, percebeu que as linhas continham nomes de cidades, e as colunas, as datas das apresentações. Colunas e linhas cruzavam-se formando pequenos retângulos. Sentia o pulso nas têmporas, no pescoço, até mesmo atrás dos olhos. Procurou a coluna com a data de hoje. Localizou. Em seguida cruzou com a linha de "Tel-Aviv". No retângulo correspondente achou seu nome. Assim, conseguiu decifrar as iniciais: PD, praça Dizengoff, onde se apresentara de manhã. E SD, o Centro Suzanne Dellal. A caderneta tremia nas suas mãos. Procurou esquecer tudo o que havia do outro lado da porta. Qualquer pessoa podia entrar na sala. Só agora podia compreender realmente a coragem de Shai ao se atrever a lhe telefonar dali. Ou o tamanho do seu desespero. Ele havia ligado às dez da noite, seus pais não estavam em casa, e ela quase desmaiara ao ouvir sua voz depois de tanto tempo. Ele falava num tom sufocado, histérico, contando sobre um acidente que sofrera. Tinha sido difícil entender suas palavras. Implorou que viessem buscá-lo, salvá-lo, mas sem envolver a polícia, pois se a polícia viesse seria o seu fim. Ela estava sentada na cozinha, às vésperas da prova de trigonometria, e levou algum tempo para compreender o que ele dizia. Sua voz soava diferente, a melodia e o ritmo eram completamente outros. Ele parecia um estranho. Disse que o lugar era horrível, uma espécie de prisão, que todas as outras pessoas eram meio livres, que só ele estava cumprindo pena de prisão perpétua; e, sem tomar fôlego, disse a ela que pedisse perdão ao pai em seu nome, que a briga tinha sido uma loucura momentânea. E, por fim, que o chefão do lugar era uma pessoa que ele não conseguia definir se era diabo ou anjo, um sujeito com uma personalidade totalmente confusa, doentia...

Enquanto ele falava, ela ouvira o ranger de uma porta ao fundo. Ela, na cozinha da sua casa, tinha ouvido o som; e Shai não ouviu. Continuou falando mais um pouco e então se calou, começou a respirar fundo — uma respiração ofegante — e murmurava: "Não, não... não...". Depois, ela ouviu outra voz, uma voz não humana, como o rugido de uma fera atacando, uma voz que saía do fundo das entranhas; e aí vieram as pancadas, uma após a outra, como um saco de areia sendo jogado contra a parede. Mais uma vez, e mais uma, um grito, um choro que, num primeiro momento, ela não conseguiu reconhecer se era de gente ou de bicho.

Daqui, desta mesma sala.

Não pense nisso. Continuou folheando a caderneta. Verificou os próximos dias. Procurou nas linhas onde aparecia "Jerusalém". Aí buscou nessas linhas o seu próprio nome, e o nome dele. Não achou, não achou. Do andar de cima, ouviu o ruído de garfos e colheres. Haviam começado a recolher. Tinha, talvez, mais um minuto, um minuto e meio. Seu dedo percorreu as datas. Parou no domingo seguinte. Encontrou apenas seu nome na linha correspondente a Jerusalém. Shai estaria em Tiberíades. O dedo percorreu toda aquela linha. Parou novamente na próxima quinta-feira. Seus olhos se arregalaram: o nome dele e o nome dela, lado a lado. Shai se apresentaria no local indicado por CH, e ela estava designada para PZ. Ambos se apresentariam entre dez e onze da manhã. Fechou a caderneta e colocou-a de volta. Por um instante ficou parada, o corpo todo tremendo: daqui a nove dias. Uma semana e dois dias. Ele estaria no calçadão do Hamashbir, e ela, na praça Zion. A uma distância de algumas centenas de metros. Como fazer que se encontrassem? Nunca na vida conseguiria. Ela o tiraria deste lugar, daqui a nove dias.

*Agora saia!* — era o que todos os seus sentidos exigiam. Haviam passado pelo menos cinco minutos desde que saíra do refeitório, deixando o prato em cima da mesa. Pessach talvez mandasse alguém verificar onde ela se metera. Porém ainda não terminara o que viera fazer. Foi depressa até a porta, abriu um pouco e espiou. O corredor estava vazio. A lâmpada solitária balançava e espalhava feixes de luz amarelos e embaçados. Tamar fechou a porta silenciosamente e voltou para dentro da sala, até a mesa, até o telefone. Os dedos tremiam tanto que ela não conseguia digitar direito. Em algum lugar o telefone tocou. Tomara que ela esteja em casa, rezou com toda a força, tomara que ela esteja em casa.

Léa atendeu. Sua voz estava atenta, alerta, como se estivesse esperando o telefone tocar.

"Léa...", sussurrou Tamar.

"Tami-mami! Onde você está, menina, cadê você? É para eu ir até aí?"

"Não, não agora. Ouça, na outra quinta-feira, entre dez e onze horas da manhã, espere com o carro..."

"Calma, não tão depressa. Preciso anotar..."

"Não, não há tempo. Lembre-se: na outra quinta."

"Entre dez e onze. Mas onde devo esperar?"

"Onde? Um momento..." O fusca amarelo de Léa surgiu diante de seus olhos. Tentou enxergar mentalmente as pequenas ruas do centro da cidade. Não lembrava qual delas estava aberta ao tráfego de veículos, qual delas era mão única, e qual era o lugar mais próximo de Shai, para ele não precisar correr uma distância muito grande.

"Tamar? Você está aí?"

"Estou pensando. Só um minuto."

"Posso falar uma coisinha enquanto você pensa?"

"Estou tão feliz de ouvir você, Léa", disse Tamar, com a voz embargada.

"E eu estou aqui roendo as unhas. Já faz quase três semanas que não sei nada de você! E Noiku está infernizando a minha vida, cadê a Mami, cadê a Mami, me conte, querida, você conseguiu? Conseguiu entrar?"

"Léa, preciso desligar." Ouviram-se passos no corredor. Colocou o fone no gancho e se encolheu numa trouxinha humana atrás da mesa. Esperou mais algumas batidas do coração. Silêncio total. Pelo jeito, o medo a fazia escutar vozes. Ao menos conseguira passar a informação a Léa. Agora precisava sair dali em paz.

Porém, ao se aproximar da porta, na ponta dos pés, foi tomada por uma necessidade avassaladora de ligar para mais alguém. Era dilacerante, aquela desnecessária oscilação entre a razão e a loucura; mas a premência de falar com mais uma pessoa da sua encarnação anterior começou a agir. Já estava junto à porta, segurando a maçaneta, e ficou ali parada, dividida. Tinha de sair logo. Para quem ligaria? Para os pais? Ainda não era possível. Iria se desmanchar toda, falando com eles. Idan e Adi agora estavam em Turim, e mesmo que já tivessem voltado, o que teria para falar com eles? Quem restava? Halina e Teo. Halina ou Teo? Como uma sonâmbula, começou a retornar ao telefone. Léa, Halina e Teo. Suas três amigas. Suas três mães. *Teo é a mãe da cabeça*, escrevera certa vez no seu diário, *Léa é a mãe do coração, e Halina é a mãe da voz.* Sem perceber, levantou o fone. Dentro de seus ouvidos soaram fortes alarmes, mas não teve forças para resistir. A conversa com Léa despertara subitamente tudo o que ela havia reprimido e enterrado dentro de si nessas últimas semanas; Tamar estava comovida e emocionada, lembrando-se da sua vida anterior, do dia-a-dia, da liberdade, da simplicidade, de como é poder fazer cada coisa sem pensar sete vezes se você está ou não sendo observada ou seguida, de como é falar com naturalidade, dizer simplesmente o que lhe vem à cabeça. E, carente de calor e afeto, como se estivesse sonhando ou drogada, digitou mais um número.

Ouviu um toque. Tamar visualizou o aparelho preto, antiquado, com o disco redondo, e o arrastar macio e ligeiro das sandálias de pano.

"Sim, alô?", disse a voz aguda, com seu acento profundo, antigo. "Alô, quem é? Um momento, é Tamar? A minha Tamar?"

UMA MÃO. VERMELHA, PESADA. Um anel com uma pedra preta, quadrada, num aro dourado. Pousando sobre o telefone e cortando a conversa.

"Nunca pensei que você fosse capaz disso", disse Pessach, acendendo a lâmpada e inundando o quarto de luz. "Justo você? Conversas particulares no telefone do albergue? E para quem foram as ligações? Para alguém que a gente conhece? Para o papai, para a mamãe? Para alguma outra pessoa? Sente-se!", berrou, forçando-a a sentar-se na sua cadeira. Ficou atrás dela, andando de um lado para outro. A nuca de Tamar enrijeceu. Estava ferrada, exatamente como Shai. E na mesma sala.

"Agora temos duas alternativas: ou você diz por bem com quem estava falando, ou a gente obriga você a dizer. Qual das duas você prefere?" Apoiou todo o peso do seu corpo sobre a mesa diante de Tamar. A violência se irradiava dele como intensas ondas de calor. Os músculos de seus braços se revolviam sob a pele, como filhotes no ventre materno. Tamar engoliu em seco. "Eu estava falando com a minha avó", sussurrou.

"A vovó, é? Então agora temos mais duas alternativas", disse ele devagar; e ela se espantou de ver como, numa fração de segundo, a volumosa gordura de seu rosto foi sugada para dentro, ressaltando seus ossos, um esboço fantasmagórico de caveira. "Ou eu peço a você o número do telefone, e você me dá por bem..."

Tamar ficou calada.

"Ou então temos outra possibilidade: eu aperto o botão de rediscagem."

Tamar olhou para ele sem expressão. Não posso mostrar que estou com medo. Não posso dar esse prazer a ele.

Pessach teclou a rediscagem. Ergueu o fone e o colocou no ouvido. Silêncio. Um toque. Depois, através da mão de Pessach, Tamar ouviu o "alô" agudo de Teodora, que agora soava preocupado e temeroso. Pessach permaneceu em silêncio, escutando atentamente. Teodora gritou outra vez: "Alô? Alô!!! Quem é? Tamar? Tami? Você está aí?". Então ele desligou.

Sua boca se retorceu um pouco, relutante, contida.

"Bem", disse finalmente, com uma careta de insatisfação, "por acaso, parecia mesmo uma vovó." Os ombros de Tamar cederam um pouco, de alívio. Como um erro tão bobo pode se transformar num salva-vidas! Que merda!, pensou em seguida, esqueci de dar o nome da rua para Léa! Enterrou as unhas nas palmas das mãos: conseguira comunicar o dia e a hora, mas não dera o nome da rua! Que erro terrível...! Pessach a rodeava, caminhando pela sala com passos ameaçadores. Depois, curvou-se mais uma vez sobre ela, com todo o seu tamanho, sua massa, sua agressividade: "Levante-se. Desta vez você se safou. Para mim, a coisa não cheira bem, mas você deu sorte, conseguiu se safar". Ela ficou sentada, imóvel, pensando em como, desde o primeiro momento, havia se complicado ao cantar "Não me chame de benzinho"; e depois, quando chamara Miko de "ladrão" e dera o dinheiro para aquela velhinha russa; diversas vezes tinha agido segundo seus impulsos, contrariando seus próprios interesses e objetivos. "Agora ouça bem: se você cutucar mais uma vez a pontinha da pontinha da minha paciência, eu acabo com você. Mesmo que você cante tão bem como a Hava Alberstein e o Yoram Gaon juntos, vai sair daqui de um jeito que não vai conseguir cantar pelo resto da vida, palavra de honra; e preste bem atenção, benzinho", ele a chamou de *benzinho*, é claro, "eu, até agora, ainda não estou sacando bem qual é a sua, entende? Porque eu sinto o tempo todo que você tem alguma coisa que não me cheira bem. Tenho essa sensação com você, e nunca me engano nessas coisas." Ela sentiu que, dentro de si, foi se dissolvendo pouco a pouco aquela substância misteriosa que mantém grudados e firmes todos os órgãos e traços faciais. "Então ponha isto na sua cabeça: ainda não nasceu a pessoa capaz de fazer Pessach Beit Halevi de trouxa, estamos entendidos?"

Tamar fez que sim.

"Agora suma da minha frente."

Tamar sumiu.

QUANDO ELA TERMINOU A ÚLTIMA CANÇÃO, o público bateu palmas, gritando "Bravo!", e começou a se dispersar. Alguns se aproximaram dela, elogiando-a, agradecendo, fazendo perguntas sobre esta ou aquela música. Contrariando seu hábito, deu respostas detalhadas, estendendo-se nas explicações. Com o rabo dos olhos viu Miko chegar perto da barraquinha de churrasco grego. Examinou rapidamente as pessoas que estavam à sua volta. Quem seria a mais apropriada, aquela em quem poderia depositar confiança? Havia duas mulheres jovens, turistas de algum país do Norte, que falavam inglês com o *r* carregado. Fora de cogitação. Havia um homem muito alto e magro, de cavanhaque e aparência levemente chinesa, que não largava dela, falando da pureza de sua voz. "Tamanha pureza", disse, "que quando você começou a cantar eu estava do outro lado da rua, e achei que era uma flauta." Mas alguma coisa nele lhe pareceu falsa, ou talvez ela quisesse se afastar porque ele a fazia constatar sua própria falsidade nesse momento.

Havia também aquela senhora esguia, de pele transparente, que esfregava as mãos de excitação contida, dizendo que tinha algo maravilhoso para lhe contar, mas que esperaria pacientemente a sua vez. E havia um senhor idoso e gorducho, segurando uma pastinha marrom, muito gasta. Parecia um humilde e dedicado funcionário público. Tinha olhos bondosos, grandes e redondos, atrás de lentes grossas, um bigode pequeno e caído, uma gravata larga e fora de moda, e a camisa saindo da calça. Ela percebeu que ele hesitava, e não havia tempo para hesitações. Virou-se para ele e deu o seu sorriso mais cativante. O homem se iluminou imediatamente e contou que, embora fosse "um completo ignorante em matéria de música", ao escutar sua voz sentira algo que não sentia há muitos anos. Seus olhos ficaram úmidos e suas duas mãos agarraram a mão de Tamar; e então, com extrema rapidez, antes que ele pudesse dizer alguma coisa sobre sua pureza, pousou a outra mão nos seus braços e rapidamente seus olhos procuraram os dele, um olhar de súplica. Tamar viu a surpresa tomar conta de seu rosto, e percebeu o franzir das sobrancelhas ao sentir o pedacinho de papel sendo enfiado na palma de sua mão. Atrás de suas costas, a uns dez metros, Miko erguia o pão sírio junto à boca, lambendo o molho amarelado que pingava. A manhã inteira praticamente não tinha tirado os olhos de Tamar, e ela sabia que Pessach lhe dera instruções especiais após o incidente da véspera. O homenzinho finalmente captou seu desespero, e se recompôs. Fechou a mão sobre o pedaço de papel, deu um sorriso forçado. "Até logo", disse ela com firmeza, e suas mãos quase o empurraram para longe.

Aparentemente ele entendeu. Afastou-se depressa, e Tamar o acompanhou com o olhar, preocupada. A mulher esguia, translúcida, que pacientemente esperava a sua vez, entrou em cena: o canto de Tamar lembrava-lhe alguma coisa. "Você precisa ouvir, vai entender exatamente o que eu digo: havia certa vez uma grande cantora chamada Rosa Raisa, que fugiu de Bialystok; era uma garota judia de nome Rosa Brochstein, não ache graça, é isso mesmo, muita gente a considera a maior cantora do mundo, depois de Caruso; Puccini e Toscanini queriam que ela cantasse..." Tamar escutava através dela, olhava através dela. Meneava a cabeça como se estivesse presa a um fio que subia e descia. Através dela viu o homenzinho dando passadas decididas. Ele passou praticamente voando bem do lado de Miko, e nenhum dos dois desconfiou do outro. A careca redonda estava vermelha de tanto esforço, talvez também de emoção. Tamar rezou para ter feito a escolha correta, para ter escolhido a pessoa certa. Alguém riu à sua frente. A mulher translúcida vibrava de prazer com sua própria história: "... então, um dia essa tal de Rosa Raisa estava viajando de trem pelo México, e justamente nesse dia Pancho Vila e seu bando resolveram assaltar o trem, e vieram atirando. Ela disse que era cantora, e eles não acreditaram. Mas quando ela abriu a boca e cantou 'El Guitarrico', no meio do vagão, em pleno assalto, eles a deixaram em paz e ainda lhe deram um pouco de tequila...". Tamar sorriu distraidamente, recolheu o dinheiro e o toca-fitas, chamou Dinka e foi até o local de encontro combinado com Miko. Com o rabo dos olhos viu que o homem da pastinha marrom já havia chegado quase no fim da rua. Ficou contente por ele não ter parado imediatamente para ler o bilhete, não ter virado a cabeça para trás nem uma vez sequer. Tinha no bolso mais dois bilhetes iguais, preparados na véspera. Pensava em mandá-los por três pessoas diferentes, mas, entre todas aquelas para quem havia cantado, só pudera confiar nele. Tinha a sensação de que ele era a pessoa certa.

Moshe Honigman, ex-estenógrafo judiciário, hoje aposentado, sem filhos, viúvo há quarenta anos. Além da sua profissão, um tanto rotineira, dedicava-se a alguns passatempos modestos:

colecionava mapas antigos, guias turísticos da Terra Santa e discos de bandas de metais. Jogava xadrez por correspondência com amadores do mundo inteiro e criara um hábito: aprender todo ano uma nova língua, o suficiente para manter uma conversação fácil no dia-a-dia. Era um homem solitário, emotivo e sempre animado, que dava a impressão de ter sido surpreendido pela velhice em plena infância. Além de todas as suas atividades, era também fã incondicional de livros policiais, daqueles que podem ser comprados por cinco shekels nos sebos; durante duas horas por dia mergulhava nesses livros e esquecia todos os seus desejos impossíveis.

Nesse momento, caminhava depressa por uma das ruas que saíam do calçadão. O coração batia forte, violentamente, porém não se permitiu parar e se acalmar. Ainda via à sua frente os olhos suplicantes da jovem, e compreendeu que ela estava em sérios apuros. Quanto mais se afastava, mais os pensamentos se expandiam à sua frente, de forma organizada e metódica: entendeu que havia alguém que a estava seguindo e que, provavelmente por causa dessa pessoa, precisou ocultar o seu estranho pedido. Quando Honigman se entusiasmava, seus joelhos ficavam meio moles, e ele foi obrigado a diminuir a marcha. De passo em passo, seu raciocínio foi clareando. Cinqüenta anos nas proximidades do crime — além dos romances policiais, todos aqueles anos como escrivão e estenógrafo —, agora lhe indicavam, com extrema naturalidade, as medidas a serem tomadas. De vez em quando, parava diante de uma vitrine, arrumava os poucos cabelos que ainda se prendiam ao seu crânio, e observava atentamente para ver se não havia às suas costas alguma figura suspeita.

Em total agitação, imerso no caso em que acabara de se envolver, Honigman ficou circulando pela rua, os pensamentos girando na cabeça, tecendo tramas arrepiantes cujo clímax era o momento em que a moça se voltara para ele. Entre a história e suas reflexões, agradeceu à sorte por ter uma aparência tão comum, tão mediana, tão confiável. E, por causa disso, procurou parecer ainda mais comum e mediano, estampando no rosto um sorriso rígido e horroroso que, a seu ver, lembrava muito a expressão do seu avô, tão bondoso e tão míope.

Depois de circular uma hora inteira, despertando as suspeitas da maioria dos transeuntes e das pessoas estabelecidas na rua, entrou no Café Rimon, pediu torradas com queijo e trocou seus óculos por óculos de leitura. Tirou um jornal *Maariv* da pasta, abriu-o em grande estilo, escondeu a cabeça — e quase todo o corpo — atrás do jornal, e finalmente abriu o bilhete. Nele estava escrito:

> Caro senhor ou senhora, meu nome é Tamar, e eu preciso muito, muito da sua ajuda. Sei que vai parecer estranho, mas precisam acreditar que é uma questão de vida ou morte. Por favor, me ajudem. Não esperem mais um só momento. Não deixem isso para amanhã. Agora, agora mesmo, telefonem por favor para o número 625-5978. Se ninguém responder, tentem outra vez mais tarde. *Por favor, não percam este bilhete!!!* Peçam para falar com uma mulher chamada Léa. Peço que contem a ela como receberam o bilhete e, o mais importante, por favor, *por favor*, digam o seguinte a ela: Tamar pediu para avisar: na hora combinada, no dia combinado, na *rua Shamai, na frente do ponto de táxi*. Depois, por favor, eu peço, destruam este papel.

Atrás do *Maariv* começou a surgir lentamente uma face redonda e atônita. Então ele estava certo, caramba! A pequena estava realmente metida numa confusão sem tamanho! Leu o bilhete diversas vezes. Procurou adivinhar de onde fora rasgado o papel que continha a mensagem. Segurou-o contra a luz e tentou ver se havia alguma outra pista.

"Suas torradas, senhor", disse o garçom. Honigman olhou

para ele com expressão atordoada. Torradas? Agora? Numa hora dessa? Agarrou a pasta, jogou uma nota de dinheiro em cima da mesa, e saiu correndo. Na esquina encontrou um telefone público e discou o número.

"Sim!", atendeu uma voz feminina, forte e seca. Ao fundo, atrás da voz, ouviu o som de panelas, de água correndo, de pessoas trabalhando.

"Senhora Léa?", disse Honigman, tremendo.

"Sim. Quem é?"

Ele respirou pesadamente, e falou depressa em voz baixa: "Aqui é Moshe Honigman. Neste momento não tenho a possibilidade de me apresentar de forma adequada, mas preciso lhe contar uma história muito especial. Uma história sobre...", olhou no papel, "sobre Tamar. A senhora tem um segundinho para mim?".

Cinco minutos depois, tonto por causa dos últimos acontecimentos, Honigman voltou voando para o café, obrigou o garçom a trazer de volta as suas torradas com queijo, que ainda estavam quentes, e recostou-se na cadeira com ar de espanto e euforia. Um minuto depois, começou a ficar nervoso por Léa ainda não ter chegado. Levantou-se, espiou pela porta, voltou, suspirou em voz alta. Olhou repetidas vezes para o relógio (tinha um relógio daqueles que se fabricavam em Israel na época do mandato britânico; em vez dos números, viam-se os nomes das doze tribos. Era Zebulun e vinte, e Honigman não sabia como conseguiria passar o tempo até dez para Naftali). Voltava incessantemente a atenção para a mensagem, segurando-a diante dos olhos como se fosse um bilhete de loteria sorteado, lendo vezes e mais vezes as últimas palavras:

> De antemão eu agradeço a vocês pela grande ajuda. Tomara que eu possa retribuir o favor, ou pelo menos pagar o telefonema.

Espero que logo, logo lhes aconteça algo de muito bom, para compensar vocês pela sua bondade.

Obrigada. Respeitosamente, Tamar.

RESTAVAM APENAS SEIS DIAS para a data da fuga, e Tamar não tinha a menor idéia de como fazer para que Shai e ela se encontrassem no meio do caminho entre seus respectivos locais de apresentação. Estava tão apavorada que não conseguia pensar, nem durante as longas viagens, nem de noite, na cama. Era algo ilógico, totalmente irresponsável, e ela simplesmente não conseguia romper a camada de neblina que a envolvia a partir do instante em que seu pensamento se aproximava da zona de perigo.

Na sexta-feira, após o jantar, os rapazes e moças arrumaram as cadeiras ao longo das paredes do refeitório. Pessach e dois de seus auxiliares juntaram-se ao grupo e se sentaram. Sua esposa também veio. Uma mulher miúda e calada, que olhava Pessach com ar de adoração e sorria de lábios fechados. Shai veio também, arrastando-se atrás de Pessach, e se sentou no lugar que Pessach lhe indicou. Formou-se uma roda grande e confortável. A conversa fluía com facilidade. Um garota chamada Ortal, que fazia mágicas, disse que aquelas cadeiras de madeira eram iguaizinhas a cadeiras escolares, daquelas que acabam com as costas da gente, e de repente começaram conversas sobre professores, estudos, excursões escolares. Por alguns momentos, pareceu uma colônia de férias. Ou, como Shéli certa vez dissera, um retiro para jovens artistas.

Shai estava absorto em si mesmo. Evitava a todo custo olhar para ela. Um velho de dezoito anos. Tamar estava sentada à sua frente e, a partir de um hábito que já tinha virado natural, começou a sugar para dentro de si a infelicidade dele. Estavam tão parecidos naquele momento, como duas cartas similares num baralho. Se alguém prestasse atenção, poderia até suspeitar. Tamar começou a pensar nas noites de Shabat na sua casa, antes de desabar sobre eles a desgraça de Shai. Lembrou-se das repetidas e desajeitadas tentativas da mãe de organizar, pelo menos uma vez por semana, uma refeição tranqüila, sem brigas ou discussões. Uma vez por semana, ser uma *família*. Durante algumas semanas sua mãe chegara a acender velas de Shabat, fazer a bênção, buscando fixar um "ritual" em que cada um deles relatasse alguma "experiência emocionante" que tivera durante a semana... De repente, pela primeira vez desde que saíra de casa, Tamar foi tomada de saudades da mãe, da sua insistente boa vontade — que os outros membros da família não se cansavam de reprimir, com crueldade até —, das suas tentativas ingênuas e bem-intencionadas... A mãe, tão pouco indicada para aquela sua família geniosa e turbulenta; a vida dela conosco a transformou numa pessoa amarga e lamurienta, e talvez sua personalidade original não fosse essa..., pensou Tamar, com uma nova compreensão, coitada da mamãe, afinal, ela viveu toda a sua vida em território hostil — com medo de ser ridicularizada pelas coisas que dizia em tom sério e profundo, lutando, sem a menor chance, contra a couraça de sarcasmo do pai, e contra a personalidade agressiva do irmão, e contra a minha recusa de ser sua amiga, irmã e bichinho de estimação... Por um momento esqueceu-se de si mesma, esqueceu-se também de onde se encontrava. Foi tomada de uma onda de compaixão, e também de pesar, pesar pelo erro enorme e irremediável que era aquela família, aquelas quatro pessoas solitárias, quatro pessoas sozinhas no mundo, cada uma por si. E, de súbito, sentiu despertar uma necessidade imensa de falar com alguém sobre essas coisas, falar com toda a sinceridade, alguém de fora, que não pertencesse à família, e compartilhar um pouco o fardo que nesse momento lhe pesava no coração.

Shai suspirou, Tamar conseguiu ouvir seu leve suspiro em meio ao barulho da sala, e também ela deixou escapar um suspiro. Os dois sentados, olhando um para o outro. Quem sabe o que estarão fazendo os pais nesse momento?, ela pensou. Sozinhos em casa. Nas duas extremidades da mesa enorme da sala de jantar. Tinham retornado das férias há alguns dias. "Especialmente este ano, não vamos abrir mão!", seu pai havia declarado com firmeza, com sua determinação cruel e sofrida. "A vida continua. Ponto final." Encerrara a conversa, sua sobrancelha direita se agitando como um rabo de lagartixa, desmentindo a expressão decidida. E depois, obviamente, haviam começado a chegar as cartas que ela deixara com Léa. "Não me procurem", estava escrito em todas as cartas, depois de relatar as histórias mais comuns e tranqüilizadoras que conseguira inventar. E no fim de cada carta, sempre: "Comigo, tudo bem. Não se preocupem. Me dêem um mês, não mais que isso. Trinta dias. Quando eu voltar, explico. Tudo vai ficar bem, vocês vão ver, confiem em mim, por favor, eu prometo".

"Agora se prepare", sussurrou Shéli, despertando-a dos sonhos, "sempre que Adinush vem, há um discurso festivo, prepare o seu saco."

"Meus caros rapazes e moças", iniciou Pessach, erguendo um cálice de vinho para *kidush*, "mais uma semana se passou, e nós nos sentimos felizes por estar aqui juntos, como uma grande e calorosa família, e receber o dia santo do Shabat com o *kidush*."

"A-mém!", murmurou Shéli, e Tamar pressionou sua coxa contra a dela, para que parasse de fazê-la dar risada.

"Esta semana, mais uma vez, cada um de nós cumpriu seu dever, se esforçou e fez por merecer o seu descanso do Shabat." Tamar olhou para Pessach, e mais uma vez ele parecia outra pessoa, imbuído de um espírito pedagógico, quase patriótico. "Os veteranos aqui conhecem o lema no qual eu acredito: a arte é no máximo vinte por cento de talento, e oitenta por cento de trabalho duro."

"E mais cinqüenta por cento de lucro", sussurrou Shéli, e alguém à sua direita caiu na gargalhada. Pessach lançou um olhar ameaçador naquela direção.

"E eu quero lhes dizer, mais uma vez, o quanto estou orgulhoso e feliz de ser a pessoa que incentiva vocês. Eu sei que entre nós há colegas que, de vez em quando, passam por momentos difíceis, e aqui sabemos que ninguém se mete na vida do outro, respeitamos a privacidade. E, apesar de tudo, na qualidade de guia e companheiro de vocês, permitam que eu lhes diga que cada um aqui é superprofissional, e executa suas tarefas da melhor forma possível, e devemos sempre nos lembrar do princípio fundamental: o show tem de continuar, mesmo que a pessoa levante com o pé esquerdo, mesmo que esteja arrasada por dentro. O importante é que o público não perceba isso."

"Agora vem o Rubinstein, e pronto", murmurou Shéli com o canto da boca.

"E como disse um grande artista, Arthur Rubinstein..."

"Louvado seja o seu nome", prosseguiu Shéli, e algumas vozes responderam sussurrando: "A-mém".

"...no final das contas, a arte é, realmente, a fonte número um de felicidade para o ser humano!", citou Pessach. "E vocês sabem, meus caros rapazes e moças, que para mim cada um de vocês aqui tem potencial para se tornar um novo Rubinstein. E Adina, minha esposa, é testemunha de que eu digo para ela, toda manhã e toda noite", e a esposa sacudiu a cabeça vigorosamente, mesmo antes de ouvir o que ele ia dizer, "que talvez, um belo dia, um dos jovens que residem aqui no nosso albergue venha a ser o Rubinstein do século XXI!" Alguns rapazes e moças bateram palmas e o ovacionaram, e Pessach os silenciou com um gesto. "E eu tenho certeza de que ele há de se lembrar de que os fundamentos importantes e saudáveis de como se portar numa apresentação, de como cativar o público, de como manter o profissionalismo a todo custo — a todo custo! —, toda essa base ele aprendeu aqui conosco, no nosso modesto e familiar grupo de artistas. *Shabat shalom e lehayim!*"

"E para a glória do Estado de Israel", concluiu Shéli, e suspirou aliviada.

Pessach entornou o cálice de vinho barato, seu pomo-de-adão subindo e descendo. Alguns jovens exageraram nos aplausos e gritaram: "*Lehayim!*".

"É patético!", sussurrou Shéli. "Não consigo nem olhar para ele. Na semana passada fui à casa dele para trazer os pães trançados do Shabat. Então ele, todo orgulhoso, pega e me mostra o seu *quarto pessoal*. O que é que posso dizer, Tami, um quarto de adolescente dos anos 70: um pôster enorme de Jimi Hendrix ocupando meia parede, uma caveira de plástico com lâmpadas vermelhas nos buracos dos olhos, e uma planta comprida dentro de uma cápsula de bomba, tudo metido a artístico da porra. E um monte de fotos e troféus de luta, e uma guitarra caindo aos pedaços, que com certeza ele roubou do conjunto musical do Exército..."

"E agora", disse Pessach, após enxugar o rosto suado com um lenço, "quem sabe a gente não se diverte um pouco? A novata, Tamar..."

Ela ficou dura, como um coelho debaixo dos refletores. O que ele queria dela? Desde que a surpreendera no escritório, alguns dias atrás, não parava de observá-la com olhares desconfiados.

"Cante alguma coisa, o pessoal ainda não ouviu você cantar."

Encolheu-se. Enrubesceu. Deu de ombros. Era óbvio que se tratava de uma armadilha, uma tática para revelar sua intenção oculta. Alguns jovens começaram a gritar: "*Ta*-mar! *Ta*-mar!", reforçando a primeira sílaba e batendo palmas em sincronia. Uma das moças, a contorcionista de expressão mesquinha, sibilou, ressentida: "Deixem ela em paz, ela é metida a besta, acha que é boa demais para cantar para nós". Tamar enrijeceu. Não conseguiu responder. Sabia que não gostavam dela, achavam que era arrogante, que se mantinha à parte, e mesmo assim ficou chocada de ver o ódio na face da outra. Shéli pulou imediatamente em sua defesa: "Ah é, qual é a sua, ô... da borracha?!", gritou, sua voz subitamente grossa e rude. "Qual é, você já esqueceu como era quando chegou aqui, no começo? Que ficou meses aí de cara fechada, com medo de abrir a sua boca fedida?"

A moça de borracha ficou surpresa e não respondeu, apenas deu algumas piscadas, assustada. Tamar olhou para Shéli com gratidão; porém, por algum motivo, a grosseria de Shéli a deixou ainda mais deprimida.

Pessach ergueu a mão enorme e acalmou a todos com um sorriso, esticou as pernas, abraçou a esposa, quase esmagando-a com o peso de seu braço, e disse: "E então, o que é que há, somos todos uma família, cante alguma coisa, para que a gente possa conhecer você um pouco", e seus olhos, pequenos e ferozes, a examinaram com astúcia e atenção, como se já soubessem algo a respeito dela.

"Tudo bem", disse ela, e se levantou, tendo o cuidado de não se fixar nos olhos dele.

"Queremos 'A flor no meu jardim'!", gritou uma voz, e os outros riram. "Cante alguma coisa de Eyal Golan", gritou outro.

"Quero cantar 'Starry, starry night'", Tamar disse num sussurro, "é uma canção sobre Vincent van Gogh."

"Que castigo!", reclamou baixinho o ex-religioso, e alguns outros sorriram.

"Shhhhh!", fez Pessach, cheio de simpatia. "Deixem ela cantar."

FOI DIFÍCIL, quase insuportável. Ela estava sem a fita de acompanhamento gravado (tocado por Shai), e sentiu-se completamente nua diante dos olhares de Pessach; ao seu redor, sorrisos e risadinhas; Tamar viu alguns escondendo o rosto com as mãos, os ombros sacudindo de tanto rir (era sempre assim quando ela começava, quando passava para sua voz de cantora, que era muito diferente da sua voz normal de falar). Porém, passados alguns momentos, como sempre, ela superava a situação, acalmava-se e purificava-se totalmente.

Cantou para uma única pessoa naquela sala, que já há um bom tempo não a ouvia cantar. Que se lembrava do seu canto como amadora, insegura, com uma voz que ainda não havia se definido.

Não olhou para ele nem uma só vez durante a canção, mas não precisava vê-lo para saber que ele estava ali, escutando-a com cada célula de seu corpo agoniado. Cantou sobre Van Gogh, como este mundo não se ajustava a alguém como ele. Mas, ao mesmo tempo, ia relatando a Shai, nas ricas cores de sua voz, com a delicadeza de seu toque, tudo que se passara com ela nos últimos tempos; seu amadurecimento, que ele ignorava, e o que aprendera desde que ele tinha sumido de casa, sobre as outras pessoas e sobre si mesma. Foi descascando, camada por camada, a pele curtida de frustrações e conquistas, chegando ao ponto onde já não havia mais o que descascar, ao seu próprio núcleo, e então, desse núcleo, cantou para ele as últimas notas.

E durante todo esse tempo ele não olhou nem uma vez para ela. Ficou sentado, a cabeça apoiada numa das mãos, olhos fechados, a fisionomia retorcida de uma dor quase insuportável.

Ao terminar, um silêncio tomou conta da sala. Sua voz ecoou por mais alguns segundos, voejando como se tivesse vida própria. Pessach olhou em volta, quis reclamar da turma por não haver "aplauso", mas até mesmo ele compreendeu que havia algo mais, e ficou calado.

"Uau! cante mais alguma coisa", pediu Shéli com voz macia.

Algumas vozes concordaram.

Shai se levantou. Tamar levou um susto e ficou decepcionada. Ele saiu. Por que ele saiu? Pessach o fulminou com o olhar e ergueu a sobrancelha para Miko, que seguiu Shai enquanto ele saía arrastando seus pés cansados. Passou ao lado dela, sem olhar.

Tamar perdeu a vontade de cantar. Mas, se parasse agora, Pessach talvez relacionasse isso com o fato de Shai sair da sala. Parecia-lhe que ele observava sua reação com um olhar especialmente aguçado. Ela endireitou um pouco sua pequena figura. O que foi que ele tinha dito? Mesmo que a pessoa esteja arrasada por dentro — o show tem de continuar.

Então cantou "Em algum lugar no meu coração, nasce uma flor". Dessa vez, nenhuma risada. Os rapazes e moças ficaram sentados, eretos, olhando para ela. Pessach, pensativo, mordia o palito no canto da boca, sem tirar os olhos. "Os amigos cuidam dela", cantou, "seu caule, suas folhas", sua dor fluía e se espalhava em cada palavra, pois os amigos não cuidaram direito da flor, nem lhe estenderam a mão. Só acenaram de longe, amigavelmente, e viajaram para a Itália. "Os amigos lhe dão luz", cantou, "e, quando precisa, lhe dão sombra; assim ela não murcha..."; lamentou-se pela perda da sua alegria de viver, e estava tão imersa em si mesma que não sentiu como toda a sala foi se tornando *dela*: por um momento, toda a poeira cotidiana se desprendeu das pessoas, desfez-se a rudeza das ruas enfrentadas dia após dia, os comentários tolos e ignorantes dos espectadores, com sua indiferença e incompreensão, e também a humilhação da rotina automática de cantar-três-canções-e-pé-na-estrada, ou engolir-três-espadas-e-rápido-pro-subaru. Alguma coisa em sua concentração, em sua interiorização, fazia que se lembrassem de algo que quase haviam esquecido: que, apesar das circunstâncias temporárias e miseráveis da sua vida atual, ainda assim eram artistas. Essa consciência retornava agora, e jorrava de volta para eles a partir da auto-entrega de Tamar, dando um significado novo e confortador às dificuldades de suas vidas, ao temor aninhado em cada um — o temor de que sua vida talvez fosse um grave erro, quem sabe impossível de reparar; e Tamar lançava uma luz nova também sobre a fuga do lar, sobre a constante e onipresente solidão, sobre a superficialidade e volatilidade da natureza de cada um, sobre o fato de estarem aqui; de súbito, tudo parecia se juntar enquanto Tamar cantava.

Quando terminou, abriu os olhos e viu que Shai tinha voltado. Estava parado sob o batente da porta, olhando para ela. E trouxera o violão.

QUE FAZER AGORA? Ir se sentar, ou continuar cantando, permitindo que ele toque? Ela podia sentir a excitação dos rapazes e moças fervendo ao seu redor. Shéli cochichou a alguém que Shai nunca tocava nessas festas: "Ele jamais perde tempo conosco". E Pessach disse o que Tamar esperava e temia que dissesse: "Por que vocês não cantam alguma coisa juntos?".

Era uma oportunidade que não podia ser desperdiçada. Era também o momento em que tudo corria o risco de ser revelado. Virou-se para Shai, rezando para que sua voz não a traísse: "O que... o que vamos cantar?".

Pronto, falara com ele, na frente de todos.

Ele se sentou. Colocou a cabeça cansada sobre o violão: "O que você quiser. Eu te acompanho".

Você acompanha qualquer coisa que eu cante? Acompanha qualquer coisa que eu faça? Você tem força para isso?

"Você toca 'Imagine', de John Lennon?", perguntou, vendo como os olhos dele sorriram. Uma pequena ondulação num lago cinzento, esquecido.

Shai esticou as cordas, afinando-as. Com aquela ligeira inclinação da cabeça e o sorriso leve, displicente, num dos cantos da boca. Como se ouvisse as notas de um jeito que mais ninguém podia ouvir.

Por um momento, Tamar esqueceu de si mesma. Shai lançou-lhe um olhar rápido, e começou a tocar. Tamar limpou a garganta. Desculpe. Ainda não estava pronta. Atrapalhada demais por estar aqui, junto dele; ficou simplesmente parada, fitando-o: ele, e tudo o que ela sabia sobre ele. O menino que tinha nascido indefeso, com a doçura, o brilho, a sensibilidade e o humor capazes de enlouquecer uma pessoa; e com a sensação de estar sendo sufocado em todo e qualquer lugar, em todo e qualquer contexto; e, às vezes, também se sentia sufocado dentro de si mesmo, e precisava explodir com toda a força e violência; e a suavidade em relação a ela, capaz de fazê-la derreter-se; e a agressividade súbita e feroz em relação a todos, inclusive ela. E a arrogância, insuportável, que desenvolvera nos últimos anos, como uma armadura sobre a pele; e a sua eterna tensão, a constante vibração das cordas da sua alma, que ela às vezes podia sentir como um ruído incessante emanando dele.

Ele ergueu seus olhos inquiridores. Onde você está? O que está acontecendo? Ela ainda estava sonhando: diante do olhar desconfiado de Pessach, ela sonhava. Por um momento, Shai escapou da sua própria fraqueza e esforçou-se para resgatá-la, resgatar sua irmãzinha caçula. Chamou-a na freqüência secreta de ambos, seus olhos flamejaram o apelido carinhoso que só os dois conheciam, e o coração dela fluiu para ele, através do macacão.

Ele tocou novamente as notas da introdução, abrindo-lhe a porta, convidando-a a se unir a ele. Ela começou baixinho, quase sem som, um fiozinho de voz sendo levado pelas ondas da melodia. Como se sua voz fosse apenas mais uma corda do violão, manuseada pelos dedos dele. Precisava ter cuidado, para que não notassem a mudança em sua fisionomia. Mas não queria tomar cuidado, e, na verdade, não conseguiria. Ele tocou, e ela cantou, mais e mais pedras de gelo se derreteram em seu coração, fragmentando-se, caindo no mar gelado que havia entre ambos: as coisas que tinham acontecido a cada um dos dois, o mundo que havia desabado sobre eles. E as coisas que talvez ainda acontecessem, se ao menos se atrevessem a imaginar que fosse possível.

Quando as últimas notas evaporaram no ar, fez-se um silêncio absoluto: ninguém respirava. Em seguida, aplausos calorosos. Por um instante, Tamar fechou os olhos. Shai ergueu a cabeça, olhou em volta com ar de espanto, como se tivesse esquecido que ali havia mais alguém além deles dois. Deu um sorriso breve, encabulado. A covinha da bochecha ficou mais funda. Ambos tiveram o cuidado de não olhar um para o outro.

Pessach, um pouco confuso, suspeitando de algo que não sabia bem o que era, e mesmo assim enlevado com o aquilo a que acabara de assistir, gritou: "Agora, a verdade: quantos anos vocês ensaiaram isso?".

E todos riram.

Shéli disse: "Vocês têm outro nível, combinam bem, encaixam mesmo. É coisa fina. Deviam dar espetáculo juntos".

Um silêncio constrangedor se instalou, e Pessach disse, com voz exagerada, como se quisesse se livrar da culpa de mandar rapazes e moças se apresentarem nas ruas: "Vamos lá, cantem mais uma!".

E Tamar pensou: que não seja "A flauta".

Shai não olhou para ela, afinou uma das cordas e fez aquele movimento típico com a cabeça, tirando o cabelo do olho direito, o cabelo que já não era mais o que tinha sido um dia, restando apenas o gesto, cheio de graça e magia, e aí perguntou para o vazio: "Você conhece 'A flauta'?".

Sim.

Baixou a cabeça sobre o violão e dedilhou, com seus dedos tão longos. Tamar sempre achou que ele tinha uma articulação a mais em cada dedo. Ela respirou fundo. Como cantar sem chorar?

*A flauta*
*É simples e delicada;*
*Sua voz é a voz do coração,*
*A flauta.*

*Como as correntezas...*
*E crianças cantando...*
*A brisa soprando*
*Num pomar, a beleza,*
*A flauta.*

Os jovens ficaram sentados quietos, sérios, cada um absorto em si mesmo e nos próprios pensamentos. Quando Tamar terminou de cantar, uma das moças sussurrou: "É a interpretação mais linda que eu já ouvi na vida".

Shéli se levantou e abraçou Tamar, e Tamar ficou agarrada a ela por alguns instantes. Já fazia quase um mês que ninguém a tocava daquela maneira, desde o abraço de despedida de Léa. Entregou-se a Shéli de todo o coração, abraçando-a de um jeito que não podia abraçar seu irmão, tão próximo, tão inatingível.

Shéli enxugou os olhos e disse: "Uau, que vergonha, pode

uma coisa dessa? Estou chorando!". A moça de chapéu vermelho e espinhas no rosto, a silenciosa que tocava celo, disse: "Vocês precisam se apresentar juntos. Até mesmo na rua, hein, Pessach".

Tamar e Shai não se olhavam.

Pessach disse: "Talvez não seja má idéia. O que você acha, Adina?". Voltou-se para a esposa, e os mais antigos já sabiam que quando ele perguntava algo, ela sempre encolhia os ombros num gesto vazio e dava um sorriso assustado; na verdade, Pessach já havia decidido.

E, de fato, tirou a caderneta vermelha do bolso. Folheou um pouco. Deus me ajude, implorou o coração de Tamar. Faça ele concordar, por favor, por favor, por favor!

"Na próxima quinta-feira", disse Pessach, corrigindo algo na caderneta, "justamente teremos uma oportunidade: vocês dois vão estar em Jerusalém... vamos experimentar uma vez. Por que não? Que tal apresentar o duo na praça Zion?"

As mãos de Tamar estavam grudadas junto ao corpo. Tentou penetrar no sorriso largo, ursino, de Pessach. Temia que ele estivesse armando uma cilada: que, de algum modo, ele pressentisse que lá, no espetáculo junto com Shai, a verdade sobre ela seria revelada. Shai não reagiu, como se não tivesse ouvido. Tamar percebeu que a apresentação havia sugado suas últimas gotas de vitalidade.

"Mas eu quero que vocês dêem a alma!", soou a voz de Pessach. "Exatamente como agora, certo?"

Alguns jovens aplaudiram. Shai se levantou, tão frágil que parecia estar prestes a cair. Mal conseguiu erguer o violão. Tamar não se moveu. Os outros olharam para ela, como que esperando que ela o acompanhasse; a situação realmente pedia que ela saísse junto com ele. Ela ficou parada, ereta, rígida. Shai saiu, e Miko se apressou em segui-lo com suas passadas silenciosas de tigre. Alguém ligou o rádio e encheu o espaço de batidas rítmicas. Um rapaz de lenço vermelho de pirata na cabeça começou a piscar as luzes, ligando e desligando. Pessach se levantou, abraçou a esposa: "Vamos, querida, agora é a vez dos jovens". Deixou instruções para dois dos mais antigos na casa, acertou alguns detalhes com Shishko, e se foi.

Alguns pares começaram a dançar. A moça de chapéu vermelho levantou-se de repente e foi dançar sozinha, abraçando a si mesma. Jamais havia se mostrado tão solta. Tamar olhou para ela e pensou que gostaria de conhecê-la; ela parecia inteligente e delicada, e não combinava em absoluto com as ruas, ainda menos que a própria Tamar. Shéli já estava dançando com um dos seus admiradores fixos, o rapaz alto, um pouco com cara de macaco, que tocava serrote. Estendeu sua mão bronzeada para Tamar, chamando-a para dançar junto, a três. Tamar os observou, e num piscar de olhos viu *o seu próprio trio*. Estranho, há quase duas semanas não pensava neles. Até esta noite havia tirado férias dos dois. Disse "não" a Shéli com a cabeça, forçando um sorriso. Nunca haviam dançado juntos, os três, pois Idan não gostava de dançar, e provavelmente nem sabia. Realmente, nunca haviam realmente se tocado na época em que ainda formavam um trio. Pelo menos era o que Tamar achava. Nem mesmo um abraço, nem mesmo um simples abraço de alegria. Havia um acordo implícito: nenhuma das duas teria prioridade sobre Idan. Mas, quem sabe, talvez os dois já estejam dormindo juntos há duas semanas naqueles quartos-de-hotel-com-vista-maravilhosa. Pronto, mais uma vez, ao vivo, queimando, pegando fogo. Pegou uma Sprite e tomou um copo cheio, procurando apagar o incêndio que de repente tomou conta dela. Não deu certo. As últimas semanas com os dois desfilaram à sua frente: quando começou a ficar claro que ela não viajaria por causa de Shai, eles já estavam imersos nos preparativos da viagem. Então, ela começou a se movimentar, mergulhar lentamente num mundo novo e estranho, circular por lugares onde poderia haver alguma chance de encontrá-lo, entabular conversas com homens desconhecidos em parques públicos, com jogadores de gamão e bilhar, com seguranças de boates; e eles, Idan e Adi, não foram junto com ela. As coisas estavam esquisitas, confusas: ela continuava participando dos ensaios do coral todas as tardes, cinco vezes por semana; todo mundo já estava febril com as expectativas da viagem; as ameaças de Sharona, a regente, foram ficando cada vez mais nervosas; todos decoravam frases em italiano tiradas do guia de viagem que dividiam entre si: afinal, cantar árias de Querubino e Barbarina não servia para nada em lojas e restaurantes; ela própria continuou a trabalhar incansavelmente no seu querido solo, tirou passaporte, leu os guias turísticos, repetindo com dedicação: "*Dove si comprano biglieti?*". Mas, na verdade, já estava muito distante deles. Sharona foi a primeira a perceber que Tamar não estava de fato ali: "Onde está a sua cabeça, e onde, pelo amor de Deus, está o seu diafragma? Você está esquecendo mais uma vez de se apoiar na parte inferior! Como você espera que as pessoas escutem lá no último balcão?!". E após os ensaios, quando andavam a pé pelas calçadas, tentava lhes contar onde estivera na noite anterior, com quem conversara, vocês não podem acreditar nas pessoas que existem a cem metros daqui, que miseráveis e infelizes, dizia ela, ainda utilizando o tom e a linguagem do trio, quer dizer, de Idan; mas já começava a perceber que o tom de zombaria, reservado às outras pessoas, começava aos poucos a visar mais um alvo, ela, como se naquele momento ela também estivesse infectada, ou como se um odor desagradável estivesse perturbando o espaço dos três; e então chegou aquele dia, depois de ter estado com os jovens russos em Lifta e de ter visto aquele jovem, Serguei, com cara de garoto e corpo fragilizado: estava tão necessitada de conversar com alguém, desabafar o que tinha visto; Idan a interrompeu dizendo que estava com um pouco de dificuldade de aprender italiano e "droguês" ao mesmo tempo, e Adi deu uma risadinha dizendo que era verdade: "Ultimamente você está usando um monte de palavras novas, é um pouco difícil de acompanhar", e sacudiu levemente suas tranças douradas, e disse que Tamar estava lhes pedindo algo que não podiam, ou não queriam, lhe dar. Tamar então se calou, e caminhou ao lado deles, quieta e abatida; porém a conversa dos dois recomeçou imediatamente, sem a participação dela, como se apenas um pé-de-vento os tivesse incomodado um pouco. Ela continuou andando, corajosamente, sorrindo das piadas, enquanto sentia um par de tesouras frias e afiadas recortando precisamente o contorno de seu corpo, excluindo-a do retrato.

O refeitório ficou vazio, e o pátio externo se encheu de pessoas dançando. A música fluía através de todos. Nuvens de maconha queimando pairavam suavemente pelo ar. O rapaz de trança comprida, amarrada com fitas coloridas, começou a tocar violão, e os outros se juntaram a ele numa música que tomou conta do pátio. "Uma estrela-de-davi partida ao meio", cantou ele com voz grave e profunda, e os outros responderam num murmúrio: "As idéias de Herzl já morreram faz tempo". E ele: "Apodreceram na cova com espinhos de sabra". Todos ergueram as mãos em conjunto, balançando e cantando: "Mas tudo segue de acordo com o plano". Tamar ficou parada junto à janela, no refeitório semivazio, olhando para fora. Eles lhe davam a impressão de caules frágeis, balançando assim, caules de plantas novas.

*Minha alma queria só descansar,*
*Não queria os jogos de guerra;*
*Mas o Exército é um dever nesta terra,*
*E eu gosto tanto de ser militar...*

(Aqui alguém gritou com uma voz terrível: "Gosto tanto, tanto, do Exército!!!)

*Como homem, a arma eu seguro,*
*Eu estouro cabeças humanas*
*Marchar para a morte, sem futuro*
*E tudo segue de acordo com o plano...*

E de repente, de todos os cantos, de todos os lados, um rugido se espalhou:

*E que se foda o plano...*

Mais uma vez, e mais uma vez, dezenas de vezes, minutos intermináveis, talvez meia hora, como uma oração, uma oração invertida, irada, e no final Tamar murmurava junto, cantarolava junto, como todos, "que se foda o plano", e enquanto isso o quadro foi mudando, e Tamar de repente sentiu, com toda a convicção, que eram eles que estavam certos, eram eles que eram sinceros consigo mesmos, eram eles que ousavam se rebelar, chutar, soltar seu grito com toda a força.

Porque, ela pensou, o que eu sou em comparação a eles? Um menina boazinha, caseira, um passo ou outro fora da linha. E eles, com que coragem se recusam a ser parte do jogo cínico e hipócrita do mundo, do jogo de força e ambição... Naquele momento realmente teve inveja deles — da liberdade, da coragem de quebrar as regras, de se revoltar assim, até o fim, de renunciar à segurança da casa, dos pais, da família, que, de toda forma, não passavam de uma grande ilusão, um tipo diferente de droga tranqüilizante, capaz de eliminar os medos...

Ao se virar para sair do refeitório, para voltar ao seu quarto, alguns rapazes e moças bloquearam seu caminho. Dançavam à sua frente, rindo, rodeando-a, fazendo reverências, pedindo que ficasse. Um deles, um baixinho de cabelos encaracolados, um dos três malabaristas, implorou: "Juro pela minha mãe, até agora eu nem tinha visto você, nem sabia que você existia!". Tinha um rosto simpático e uma voz aguda, parecida com a de Steve Arkel. "Mas depois que você cantou, eu fiquei totalmente perdido! Fique mais um pouco, dê um pouco do seu tempo para nós, conte quem é você, por que não?"

Tamar riu: Não.

Veio o poeta das ruas e se ajoelhou diante dela:

*Oh, Tamar, Tamar,*
*Não vá nos deixar,*
*Não vá se deitar.*
*Oh, Tamar, Tamar,*
*Deixe-nos saborear*
*Você neste lugar,*
*Sem amargar*
*O prazer de cantar.*
*O que lhe importa, Tamar...*

Ela riu: Não. Duas moças saltaram à sua frente. Lindas, morenas, misteriosas. As duas gêmeas que liam pensamentos: "Você se importa de ficar um pouquinho parada na nossa frente? Dê aqui a sua mão. Só um pouquinho. Nós duas juntas... Um minuto só, o que você acha?".

Tamar se assustou. Só faltava essa! Deu um sorrisinho contido, o grupo todo ao seu redor, chamando, insinuando. Tamar abriu caminho com as mãos, passou no meio deles e saiu. Precisava ficar sozinha.

SHÉLI VOLTOU PARA O QUARTO depois de duas horas, animada, exalando cheiro de fumaça. Talvez também estivesse bêbada. Entrou fazendo bagunça. Ficou andando pelo quarto, atrapalhada com a saia, acordou Tamar, pedindo-lhe que abrisse o fecho de trás. Pediu desculpas por estar assim. Disse que tinha lambido papeizinhos. Tamar, meio dormindo, perguntou hesitante o que era isso. Shéli caiu na gargalhada. "Faz um mês que você está aqui e ainda não sabe?"

Nem italiano, nem droguês.

"São uns selinhos com LSD. É isso aí. Aliás, e você e aquele carinha, o Shai?"

"O que tem ele?" Numa fração de segundo ficou totalmente desperta.

"Calma. Faz tempo que eu percebi que rola alguma coisa entre vocês dois."

"Entre nós dois?"

"Ah, qual é? Olhares. O tempo todo. Você acha que eu não vejo? Vocês dois juntos, parece que estão chapados. Você põe o dedo no seu rosto, ele põe no rosto dele... O que é isso? É uma dança? E esta noite, o jeito como você cantou com ele."

"Nem o conheço, nem sei quem é ele", disse Tamar com exagerada firmeza.

"Mas quem sabe você já conheceu antes? Na outra encarnação, talvez? Saiba que eu acredito nisso."

"Talvez na outra encarnação", disse Tamar.

"E você viu que covinha linda?", disse Shéli entusiasmada. "Já deve fazer quase um ano que ele está aqui, e foi a primeira vez que eu vi a covinha."

"É sim", sussurrou Tamar, "ele é uma gracinha."

"Mas não vá se apaixonar por ele; lembre-se: ele está acabado. Totalmente ferrado. Mal consegue viver."

Tamar despejou concreto e cimento em torno das suas trêmulas cordas vocais: "Então por que tomam conta dele desse jeito, por que tem sempre algum deles de olho nele? Ninguém aqui dentro é tão vigiado assim, não é?".

Shéli sentou-se na cama, só de calcinha. Como de costume, estava totalmente indiferente à própria nudez. Aceitava seu corpo enorme com a mesma facilidade com que aceitava qualquer corpo estranho. Riu: "Você é mesmo uma figurinha: a gente olha para você e pensa: ela não está nem aí. E então, a gente percebe que você não deixa passar nada, saca tudo... Os buldogues? É porque ele tentou fugir".

"Fugir? Mas eu achava que quem quer ir embora... pode ir, não pode?"

Shéli ficou calada. Tirou um pouco de esmalte roxo da unha do pé.

"Shéli!"

Silêncio.

"Shéli, por favor, me ajude."

"Olha", murmurou Shéli por fim, "quem é médio, quer dizer, nas apresentações, Pessach deixa ir embora na maior, depois de pagar todas as dívidas, é claro."

"Dívidas?" Tamar ficou atenta. Lembrou-se de Shai ter dito ao telefone algo sobre o dinheiro que devia.

"Ele... ele faz aquelas contas dele, é a caderneta preta, de quanto nós devemos a ele por morar aqui, a comida, a eletricidade, tudo. Então, se você é médio nas apresentações e quer se mandar, você paga, pede aos seus pais, de quem você fugiu, que paguem para você, pede emprestado aos amigos, rouba de umas velhinhas na rua, das esmolas das crianças, até conseguir pagar o último centavo, e então ele concorda em liberar você." Acendeu um cigarro e tragou fundo. "Agora, se você é valioso de verdade... não sai daqui tão fácil, não. Porque ele, Pessach, faz umas contas que nem mesmo um advogado consegue tirar você daqui. E é capaz de perseguir você até o fim do mundo. Contam aí umas histórias..."

O rapaz de olhar dilacerado, pensou Tamar. As saliências de osso nas articulações. "E o cara do violão, esse Shai, ele é bom, não é?"

"O cara do violão, ela diz!", disse Shéli, imitando-a. Logo em seguida, viu a expressão de Tamar e ficou séria. "Ele é o melhor de todos. É realmente valioso. Até mesmo naquele estado, está bem acima de todos nós. Você ouviu ele tocar. Acontece que algum tempo atrás houve um problema, ele tentou roubar o carro de Pessach. Um Mitsubishi novinho."

"Para fugir?"

"Não sei. A gente só ouve os boatos. Disseram que ele bateu numa cerca, num muro, acabou com o Mitsubishi, perda total. Agora, está cumprindo prisão perpétua, até conseguir pagar." Soltou um longo fio de fumaça. "Com certeza até a próxima encarnação."

Tamar permaneceu deitada, olhando para o teto. Onde será que ela estava no dia do acidente? E como era possível que na mesma hora que Shai entrava com o carro no muro ela estivesse, por exemplo, com Idan e Adi no Café Aroma, chupando com um canudo o fundo de uma taça de milk-shake?

"Sabe o que pensei quando você cantou?", perguntou Shéli delicadamente. "Que você... tudo em você vem lá de dentro. Do fundo do seu ser. Não, é sério... eu te observo já faz algum tempo, e saco você: você, tudo que você faz ou diz, até o seu jeito de olhar, ou de falar, ou de não falar, tudo é cem por cento você. E eu, olha só para mim, fumaça e reflexos, não, não diga nada. Só olhe — sou a Rita, sou a Whitney Houston, sou a Zahava Ben, sempre alguma outra pessoa que não eu." Calou-se um instante. "Até mesmo eu aqui, eu não precisava levar esta vida", sua voz tremeu subitamente, "não estava escrito que eu ia terminar assim, num buraco desse, fodida da cabeça. Maluca." De repente, o tremor na voz se transformou num choro. Começou a soluçar. Tamar, um tanto surpresa pela rápida passagem do riso ao pranto, aproximou-se dela, afagando seu cabelo tingido, endurecido.

"Shéli", sussurrou. Mas Shéli a interrompeu: "Saca mais uma: até o meu nome, Shéli, certo?". Fungou ruidosamente. "Minha querida mamãe me deu esse nome para eu lembrar eternamente que sou *dela*. Ou você não sacou que 'Shéli' e 'shelí' — *minha* — é a mesma coisa? Eu não sou de mim mesma, sou *dela*, entende?"

Tamar a acariciou, abraçou forte, afirmando que ela era sim dona de si mesma, como era generosa e cheia de amor, e como a ajudara quando ela, Tamar, tinha acabado de chegar. Mas Shéli não estava disposta a ouvir.

"Bom, e aí, o que vai ser de nós?", disparou de repente, erguendo a voz em meio às lágrimas e o nariz entupido. "Vamos colecionar histórias para o programa do Yossi Syias? Bom, então estamos de acordo, você não vai nem pensar em se apaixonar por ele. Tem aqui uns candidatos que valem muito mais a pena, pode crer. Eu mesma já provei uma boa parte deles."

"Não se preocupe", disse Tamar, "não vou me apaixonar por ele. Só cantamos juntos."

"Sei", riu Shéli com os olhos molhados, "chamam isso de cantar."

"Se eu tivesse um travesseiro aqui, jogava na sua cara."

Tamar esperou a gargalhada, mas o que ouviu foi um breve silêncio; em seguida, Shéli disse com determinação: "Travesseiro é uma palavra como omelete da mamãe. Apagada do dicionário".

Deitou e caiu no sono.

TAMAR NÃO CONSEGUIU adormecer. Não só por causa do que ouvira sobre Shai, e não só pelo que ficara sabendo sobre os métodos de cálculo de Pessach; justamente aquela frase ingênua — "Faz tempo que eu percebi que rola alguma coisa entre vocês dois" — penetrou nela de forma inesperada, fazendo-a relembrar de uma só vez tudo que lhe fora tirado, tudo de que ela própria se distanciara. Seu coração se apertou de dor — aquele órgão, o coração, estava realmente doendo —, e naquele momento quis tanto que houvesse mais alguém no mundo, talvez um rapaz, sim, um rapaz, não uma freira de sessenta e dois anos, nem Léa, alguém mais ou menos da sua idade, que fosse possível dizer dele e dela: já faz tempo eu percebi que rola alguma coisa entre vocês dois.

"Esse Idan Schmidan é uma roubada, saia dessa", disse imediatamente Léa dentro da sua cabeça, como se estivesse só esperando a oportunidade, "esqueça esse cara, chega! Ele não vale nem o seu dedo mindinho!" Tamar se cobriu com o cobertor de lã, relembrando com prazer a última conversa que tivera com Léa sobre assuntos de amor. "Não, não me interrompa! Deixe eu lhe dizer uma vez só!"

"Você já disse mil vezes", sorriu Tamar, e dobrou os joelhos sobre a barriga.

"Sabe qual é o seu problema? É que você está procurando um cara que também seja artista, não é?"

"Digamos que sim."

"Mas para que você precisa de outra pessoa igual a você, diga? Que baboseira é essa de 'alma gêmea'? Você acha mesmo que precisa de alguém doido como você? Ao contrário, ouça bem, você precisa... sabe do que você precisa?"

"Do que eu preciso?" Tamar já não conseguia conter o riso. Cobriu também a cabeça com o cobertor, para que ninguém a visse.

"Você precisa de um homem de mão grande", declarou Léa, e sabe por quê?"

"Por quê?" Sabia que agora veria um retrato à sua frente.

"Um cara que fique com a mão para o alto, aberta, forte, firme, como a Estátua da Liberdade. Mas sem aquele sorvete na mão, apenas a mão aberta para cima, e você...", Léa ergueu sua mão quadrada, calejada, de unhas roídas, e a moveu delicadamente de um lado para outro, como um pássaro voando, "você, de longe, de qualquer lugar do mundo, poderá ver essa mão e saber que ali você pode chegar e descansar um pouco. Certo ou errado?"

"Ah, Léa..."

ELA NÃO VIU Shéli na manhã seguinte, nem no outro dia. Não era algo incomum, devido à agenda de apresentações apertada que ambas tinham. Mas à noite teve tanta saudade dela que chegou a perguntar a um rapaz no refeitório se tinha visto Shéli. Ele a olhou como se ela tivesse caído das nuvens, e disse: "Você não soube? Ontem de manhã ela fugiu com aquele cara, o cara do serrote, e até agora não voltou".

Tamar ficou perplexa. Tanto pelo fato em si como por Shéli não ter dado a menor pista durante a conversa que tiveram na noite anterior à fuga.

Durante o dia começaram a chegar rumores. Alguém a tinha visto em Rishon com o rapaz. Havia sido vista na pousada do Kushi, no caminho de Eilat. Um dos buldogues, que levara os três malabaristas, a tinha visto lá, mas ela estava em companhia de alguns marginais de Eilat, e ele ficou com medo de se meter. Ela tivera até mesmo o atrevimento de se aproximar dele e dos malabaristas, dar umas risadas ao lado deles, e mandar lembranças para Pessach e a turma. Os rapazes disseram que ela parecia estar totalmente chapada. Durante a refeição, Tamar conseguiu se sentar ao lado de um deles, e então ele se lembrou de que Shéli pedira para mandar lembranças especiais a ela e a Dinka. Tamar pediu-lhe que contasse tudo o que tinha visto e ouvido. Contar o quê?, disse ele, dando de ombros, Shéli estava na pior, comendo o pão que o diabo amassou. Tamar implorou que ele procurasse se lembrar do que ela dissera, cada detalhe era importante. O que foi que ela disse? O rapaz coçou a cabeça, não sei, disse que lambeu um monte de selinhos de ácido e que ficou muito doida, que curtiu todas, nos morros, com os beduínos, com a bandidagem, mil viagens, mil fodas, com todo mundo. E por que você não disse para ela parar com isso?!, gritou Tamar, angustiada por ela própria não ter interferido quando ainda era possível. O rapaz olhou para ela agressivamente: Parar por quê? Que porra de mandar parar? Qual é a sua? O que é que eu tenho a ver com Shéli? Tamar achou que fosse enlouquecer.

No dia seguinte, de manhã cedo, veio uma viatura de polícia, e dois policiais com expressão séria entraram no escritório de Pessach, e foram embora pouco depois. Ele saiu em seguida, pálido e assustado. Nunca ninguém o tinha visto daquele jeito. Estava completamente confuso na hora de enviá-los para o trabalho. Os rapazes e moças falavam, cochichavam, boatos terríveis circulavam pelo ar. Tamar fez força para não ouvir nada. Foi o seu pior dia de apresentações. Na esquina da Allenby, ao lado do teatro da ópera, chegaram a vaiá-la, merecidamente. Ela interrompeu a apresentação e foi embora chorando. Ao chegar ao albergue, por volta da meia-noite, teve o desgosto de descobrir que todos os pertences de Shéli haviam desaparecido do quarto. Os livros, os sapatos amarelos, a mochila. Sua cama estava vazia, sem os lençóis. Tamar saiu correndo pelos corredores, porém o albergue estava às escuras e totalmente silencioso, como se tivesse se enrolado num cobertor de silêncio. Ela entrou em quartos estranhos, acendeu luzes sobre pálpebras que se fechavam à sua frente. Nem sequer lhe gritavam que fosse embora. Ninguém disse nada. Tamar passou a noite toda sentada na cama, puxando Dinka para si, desorientada, num choro baixo e intermitente.

No dia seguinte, às seis da manhã, já estava sabendo. E mais tarde — em viagem, entre duas apresentações em Ashdod — viu Shéli, numa foto antiga, sorrindo, numa página de jornal. Havia um breve artigo: em Eilat, Shéli se envolveu com um traficante, um homem mais velho, que a convidou para uma festinha especial na praia, só os dois. Difícil descobrir o que de fato aconteceu ali. Nas palavras do oficial de polícia, parece que ambos estavam bêbados, ou quiseram experimentar algo mais radical. De qualquer modo, quando a ambulância chegou, já não foi mais possível salvá-la.

ATÉ O FIM DO DIA Tamar andou de um lado para outro, fora de si. Pensou em cancelar o plano de fuga, achou que não podia ficar ali nem mais um dia, e sabia, com absoluta certeza, que não podia deixar Shai ali nem mais um segundo; mas onde encontrar agora forças para fugir e carregá-lo junto? Ela não o viu no dia seguinte — o jantar foi mais silencioso que de costume, e ninguém disse nem uma palavra sobre Shéli — e tampouco na manhã de quinta-feira, o dia em que iriam se apresentar juntos, como havia sido programado. Os artistas se reuniram no corredor ao lado da sala de Pessach, esperando para ouvir a programação do dia, e Shai não apareceu. Ela caminhava de um lado para outro com óbvio nervosismo, tinha certeza de que algo faria o seu plano fracassar. Shai teria um ataque de medo e arranjaria alguma desculpa para não ir; ou Pessach mudaria de idéia na última hora e não permitiria que os dois se apresentassem juntos; ou, por causa de Shéli, a organização do albergue mudaria; ou...

Quando estava quase histérica, viu as pernas compridas descendo a escada, degrau por degrau, o cinto largo dando quase duas voltas na cintura, o corpo esguio descendo, desconjuntado; e soube, sem sombra de dúvida, que quando chegasse o momento ele não conseguiria.

"Vocês aí, o casal maravilha", chamou Pessach, que se recobrara maravilhosamente desde a visita dos policiais, "vocês vão ficar com Miko e Shishko. Ei, que beleza, rimou! Quero um show fora de série, entenderam?"

Ambos concordaram.

"Vejam os dois", exclamou Pessach rindo, "morrendo de vergonha, como um garoto de *yeshiva* e a mulher com quem vai ter de se casar. Olhem um pouquinho um para o outro, o que é que há, dêem um sorriso. O público gosta de ver um casal apaixonado!"

Tamar arrancou um sorriso de dentro de si, mas pensou aterrorizada: são dois! Ele botou dois para ficar conosco! Não vamos conseguir nunca.

No Subaru, sentaram-se lado a lado, olhando para a frente. Miko e Shishko conversavam em voz alta sobre uma festa de *bar mitzvah* em que estiveram na noite anterior.

Shai se curvou e afagou Dinka, e ela lambeu sua mão sem parar, fitando-o com os olhos cheios de amor, ganindo, virando-se dentro do carro de um lado para outro, tentando colocar a cabeça entre os joelhos dele e de Tamar alternadamente. Tamar esperava que os dois no banco da frente não estranhassem essa excitação de

Dinka. A perna de Shai moveu-se levemente e encostou na perna dela. Ela sentiu uma corrente elétrica por todo o corpo.

Com extremo cuidado, abriu a mão. Esperava que o suor provocado pelo medo não tivesse borrado as letras. Shai não notou a mão aberta à sua frente. Shishko disse: "Eu sempre prefiro bufê, assim você pega o que tem vontade, não vem um garçom escroto e joga — pá! — uma porra qualquer no seu prato, e diz: isso é arroz, isso é batata frita". Tamar abriu e fechou a mão diversas vezes. Shai percebeu que havia algo escrito. Ela notou o esforço em seus olhos. Ficou com medo, talvez tivesse escrito com letras miúdas demais. Ergueu a mão diante dos olhos dele, o mais alto que pôde, às costas de Miko e Shishko. Shai leu: "Aula de geografia, terceira estrofe, corra atrás de mim".

Tamar olhou pela janela. Do lado de fora, a rua Jafa, abandonada, negligenciada, imunda, de partir o coração. Passou um pouco de saliva no dedo e apagou o que estava escrito na mão. Shai olhava pela sua janela. Ela conseguiu ver o medo dele, até mesmo sentir o cheiro. Seu pomo-de-adão subia e descia sem parar. Ele abria e fechava o primeiro botão da camisa. Agora ela podia realmente ouvir o zumbido dentro dele. Na encarnação anterior de ambos, era capaz de localizá-lo nos quartos da casa por meio desse ruído; às vezes, podia durar dias, deixando todo mundo da casa fora de si, até que finalmente se resolvia na forma de uma melodia maravilhosa, ou de uma nova canção, ou simplesmente num ataque de raiva e terror. Então, seu corpo longo e esguio jogava-se no chão, apertando a cabeça e os membros contra o chão; e apenas ela, com seu abraço, com as palavras que sussurrava nos ouvidos dele, era capaz de acalmá-lo.

Chegaram à praça Zion, e o carro seguiu um pouco adiante, até a subida da rua Rainha Heleny. Miko lhes mostrou onde ficaria estacionado, e por onde deveriam voltar até ali. Shishko desceu para examinar o terreno. Viram-no circular de um lado a outro, com seu andar de gato magro, e seu proeminente topete de Elvis. Tudo calmo, informou pouco depois a Miko pelo telefone celular, exceto as policiais femininas e dois guardas que só estavam interessados em árabes.

"Vamos lá, ao trabalho", Miko despachou os dois, "Pessach confia em vocês, ele espera que vocês dêem o melhor show da sua vida."

Shai tirou o violão do estojo. Os dois foram juntos. O ombro dela na altura do peito dele. Dinka corria na frente, indescritivelmente feliz. Ia e voltava correndo, dando voltas em torno dos dois. Desse momento em diante, Tamar sabia, teriam três minutos para caminhar juntos, como se estivessem livres.

E apesar disso, no espaço em que seus corpos se moviam, na área do círculo que Dinka traçava ao redor de ambos, nesse momento eram livres de verdade, e juntos; por um instante, se poderia supor que tudo estava normal, irmão e irmã passeando juntos pelo centro da cidade, acompanhados de sua cadela.

Shai murmurou com o canto da boca: "Não vai dar certo. Vão nos pegar".

E Tamar, também sem mexer os lábios: "Mais ou menos daqui a quinze minutos alguém vai estar nos esperando na rua Shamai. Uma amiga minha, de carro".

Shai fez que não com a cabeça: "Eles vão me perseguir por toda parte. Você não faz idéia do que eles são capazes".

"Eu tenho um lugar onde não vão achar você."

"Por quantos anos? Vou ter de me esconder pelo resto da vida?" Sua voz ficou fina e lamuriosa: "No fim ele vai me achar. É capaz de me perseguir até o fim do mundo". Ela conhecia aquela voz queixosa, e a desprezou. Era assim que costumava reclamar quando, em casa, de manhã, não achava o tipo de cereal de que gostava, ou quando não encontrava cuecas limpas. "Estou dizendo, ele vai me matar. Pense bem."

Ela não tinha resposta para isso. Mais um furo assustador no seu plano. Shai continuou reclamando: "Que idéia maluca foi essa? Quem você pensa que é, James Bond? Você não passa de uma garota de dezesseis anos, e a vida é assim, acorde, não é o filme *Operação Entebe*. A vida não é como nos seus livros. Me deixe fora disso". Ele não tinha força para andar e falar ao mesmo tempo, então parou e respirou um pouco. De repente sua voz enfraqueceu: "Você não está vendo o meu estado? Você não entende o que eu sou? Não consigo nada sem a minha dose de droga. Watson, basta, eu sou um caso perdido".

Ela engoliu em seco. "Mas eu comprei o suficiente para os primeiros dias. Para você ficar calmo até a gente começar de verdade."

"Você... o quê?!"

Lançou-lhe um olhar atordoado. Seus ombros se curvaram, como se alguém tivesse colocado sobre eles um peso enorme. Deram mais alguns passos em silêncio. Estavam de novo na rua Jafa. Caminharam bem devagar, como que em câmera lenta. Tinham mais um minuto de liberdade, não mais que isso.

"Mas esse esconderijo...", disse Shai, mais submisso, "quanto tempo vou precisar ficar lá?"

"Até estar totalmente limpo."

"Limpo?" Ele parou de repente, atônito, e alguém tropeçou nele por trás. As cordas do violão ressoaram.

"Mas você disse! Você mesmo pediu!", explodiu de súbito Tamar, como uma menininha zangada, assim, no meio da rua, esquecendo totalmente que Shishko os observava de algum lugar. "No telefone! Você disse!"

"Eu *disse*, sim, claro que eu disse..." Shai deu um sorrisinho e continuou a andar, arrastando pesadamente os pés. E começou a se lembrar dessa sua irmã, que certa vez, aos oito anos, num dia de inverno em que havia previsão de neve, o pai a mandara trazer mais um pão da mercearia, e quando ela chegou lá, o pão já havia terminado, e a neve começou a cair, e Tamar foi a outra mercearia, mais distante, e a neve cobriu as ruas, e na outra mercearia também não havia pão, e Tamar resolveu ir até a padaria Angel, e caminhou cerca de três quilômetros, na neve, que já lhe chegava até os joelhos, e depois fez todo o caminho de volta, chegando em casa às sete da noite. Ele se lembrava de como ela aparecera de repente na porta, toda azul de frio, as botas encharcadas de água, mas com o pão na mão.

"Você não vai conseguir... não dá para fazer uma coisa dessa sozinho. Existem instituições que...", ele engasgou, "e eu não vou para nenhuma instituição! Esqueça! Eles vão me encontrar rapidinho. Aquele cara, ele tem contatos em todo lugar." Ondas de choro provocaram um tremor no seu queixo e se refletiram nas maçãs do rosto. Tamar pensou que desde sempre, até onde podia se lembrar, ela tinha sido na verdade a irmã mais velha dele. "Não adianta, Watson", ele cochichou, mal emitindo som, "fuja sozinho. Agora. Fuja enquanto pode. Ele vai deixar você em paz. Ele não tem nada contra você. Fuja sozinho, agora."

Falou com ela no masculino, como costumava fazer.

"Mas por que não havemos de conseguir?", cochichou ela, agitada. "Eu preparei tudo. Li tudo. Já estou fazendo preparativos há meses. Perguntei para as pessoas. Eu realmente..." Não sabia como transmitir a ele tudo o que havia feito. "Shitchuk, meu querido, Holmes, vai ser muito difícil, vai ser terrível, mas veja, tem pessoas que conseguiram assim, sozinhas, com amigos, com parentes, eu sei que conseguiram, e eu também posso conseguir. Você vai sair dessa. Não desista por causa dele!"

Já estavam vendo a praça à sua frente. Tinham de parar de falar, mas ambos estavam muito emocionados. Shai não olhava para ela. Caminhava encurvado, arrastando os pés. Sacudia a cabeça, incrédulo. "Você é doida, não sacou em que está metendo a gente. Não é uma prova de estudos bíblicos, que a gente se prepara, estuda e passa. Você não imagina o que é uma crise de abstinência. Eu sou capaz de matar por uma dose."

Tamar parou, segurou o ombro dele, virando-o de frente para ela: "Você seria capaz de me matar?".

Ele a fitou longamente, e todos os traços de seu rosto começaram a tremer enquanto fazia força para não chorar. "É isso, Tami", disse finalmente, com a voz embargada, "eu já não consigo mais controlar."

Na praça, acharam um lugar à sombra, ao lado do banco. Shai tirou o violão, e o estojo preto ficou aberto no chão. Em seguida, sentou-se sobre um pequeno banco de pedra e afinou as cordas.

Apesar de tudo, quando ele começou a tocar, sua alma se encheu de alegria.

As pessoas foram parando do lado deles. Alguns reconheceram Tamar das apresentações anteriores, e outros reconheceram Shai. Mesmo antes que ela começasse a cantar já havia se formado uma platéia bem maior que de costume. Ao longe, perto da grade, estavam postados dois policiais enormes que, sob seus quepes, pareciam irmãos gêmeos. Tamar ficou contente de ver os policiais. Sorriu para eles com o olhar. Ambos retribuíram o sorriso. Um deles cutucou ligeiramente o outro, e os dois começaram a se aproximar. Ela resolveu cantar "Suzanne", a canção com que iniciara sua breve carreira de cantora de rua. E, como sempre, quando sua voz se fez ouvir, mais e mais pessoas pararam e se achegaram, formando uma roda de quatro ou cinco filas. Viu a camisa xadrez de Miko começando a se movimentar entre as duas últimas filas. Não viu Shishko, e isso a deixou preocupada.

Terminou a canção e agradeceu os aplausos. As pessoas se aproximaram e lançaram olhares para dentro do estojo do violão. Um casal de pais mandou um garotinho pequeno, com calças um pouco abaixo dos joelhos, jogar uma moeda de cinco shekels; ele chegou perto, ficou com vergonha e retornou, aí foi empurrado de volta, até fazer o que devia fazer, ao som das palmas. Tamar obrigou-se a sorrir com doçura, porém todo o seu espírito estava concentrado nos minutos seguintes. Shai não reagia. Ela tinha a impressão de que ele se desligara totalmente, abrindo mão de toda e qualquer vontade própria, como se depositasse — ou abandonasse — seu destino nas mãos de Tamar. Quando o olhar dela pousou sobre o irmão, ela pensou, constrangida: Não tenho parceiro, estou sozinha nisso. Dinka se levantou. Esticou as patas e se deitou outra vez, mas imediatamente se ergueu. Não achava um lugar confortável. Captava as ondas de nervosismo de Tamar.

"Aula de geog...", disse ela, e engasgou. "Aula de geografia."

Shai tocou os acordes iniciais. Ela sentiu como sua voz sufocava na garganta, sumindo de tanto medo. Limpou o pigarro, e Shai começou de novo. Dessa vez, ela entrou no tempo certo. Cantou sobre o fazendeiro arando a terra, num quadro antigo na parede da sala de aula, e ao fundo... os ciprestes, e um céu de verão, e o fazendeiro afinal produz pão, para que todos nós possamos crescer.

Encerrou a primeira estrofe e ficou escutando o violão, e nem percebeu quando Shai se desligou da melodia conhecida e improvisou durante um ou dois minutos, como se sussurrasse algo dirigido somente a ela, uma melodia ainda mais calma e comovente do que a própria canção, como um anseio pessoal em meio à música saudosa da terra inocente, infantil, que já não existia mais, que talvez nunca tivesse existido de verdade; e, aos poucos, com muita delicadeza, foi lhe devolvendo a canção, e ela ergueu a cabeça, umedeceu os lábios e viu Miko parado atrás de uma senhora idosa. Tamar olhou para ela com um estranho desalento, e pensou que ela era muito bonita: ereta, seu cabelo prateado preso num coque sobre a cabeça, o rosto queimado de sol, fortes rugas de expressão, olhos azuis e brilhantes. Visualizou os dedos de Miko abrindo agilmente o fecho de sua bolsa, tateando o que havia dentro. O jornal que ele tinha no braço ocultava sua mão dos olhos das pessoas próximas. Desesperada, girou a cabeça, procurando Shishko. Onde estaria escondido? De onde estaria espreitando?

*Fantasia feliz,*
*Milagres daquele tempo,*
*Ferramentas soando,*
*De júbilo cantando,*
*Lavrar a terra, plantar.*
*Oh, terra de pastores...*
*Assim era nossa infância,*
*Tão lin...*

E parou no meio da palavra, e gritou com toda a força: "Ladrão! Assalto! Aquele de xadrez! Guarda! Pega ladrão! Ali, ali!".

Os olhos de Miko a encararam perplexos, cheios de ódio e de amarga ironia. Ninguém ainda encostara a mão nele, ninguém se atrevia, mas estava preso entre as filas de pessoas se comprimindo à sua volta. Os policiais o agarraram. As pessoas gritavam, se atropelavam, pisavam umas nas outras. Tamar agarrou o braço de Shai e o puxou atrás de si. Ele se levantou com dificuldade. Dinka corria, confusa, entre as pernas da multidão. Tamar gritou a Shai que corresse. Ele andou. Devagar demais. Como se quisesse ser apanhado. Dinka parou e latiu forte. Tamar a chamou, na esperança de que a cadela a seguisse. A praça fervilhava de agitação. Pessoas correndo para todo lado. Tamar ouviu apitos de policiais, e depois uma sirene. Correram. Quer dizer, ela correu, e Shai tentou, mas depois de dez passos precisou respirar fundo para tomar fôlego. Ela tirou o violão das suas mãos. Teve a impressão de ouvir passos fortes atrás de si. Rezou para que seu recado tivesse chegado a Léa, que aquele senhor simpático não tivesse estragado tudo. Porém, ao olhar para Shai, achou que naquele estado ele não chegaria nem até a esquina. Seu rosto estava amarelo e banhado de suor. "Não pare, não pare, é logo aí, só mais um pouco, já estamos chegando, só mais uns metros..."

Mas ele não conseguia. Grunhia e cuspia um catarro negro, já não corria, apenas andava, tropeçando nas próprias pernas. "Corra você, não agüento mais! Fuja!" "Não faça isso!", ela gritou. As pessoas olhavam o estranho par, a garota miúda de cabeça raspada e o rapaz mais alto que ela, que parecia muito doente.

Ela largou o violão sobre a cadeira de um café, abandonando-o. Passou o braço em torno da cintura de Shai e, com toda a sua força, o ergueu e puxou. Não tenho escolha, seu coração bombeava as palavras, não tenho escolha. Ela o arrastou, cutucou, sussurrou que ele agüentasse firme, xingou por entre os lábios cerrados, seus olhos se embaçaram pelo esforço, ao longe avistou um pontinho amarelo e correu naquela direção, o fusquinha amarelo de Léa, ela veio, ela recebeu a mensagem. Lágrimas começaram a inundar seus olhos, conseguiu ver vagamente Léa sentada com as mãos no volante, alta, expressão séria, concentrada para partir, o motor ligado, fazendo aqueles ruídos familiares, mais um instante, e eles chegariam à liberdade.

"ENTÃO É ASSIM, vocês acharam que iam fugir?"

Shishko. Apoiado no muro. Também suando muito. Bloqueando a passagem: "E ainda por cima ferrar Miko? Muito feio. Amigos não fazem uma coisa dessa". Seu semblante se enrijeceu, tomado de ódio: "Vamos, acabou a brincadeira. Voltem para o

Subaru. Sem barulho. Pessach vai fechar a conta de vocês. Vocês vão lamentar o dia em que nasceram".

Suas pernas quase desmontaram. O resto de sua força evaporou. Não é justo, pensou, não é justo perder desse jeito, no último momento. Shai ficou parado, chorando. Chorando sem parar, como se estivesse vendo o seu fim.

De repente, o tempo pára. As coisas começam a acontecer em outra dimensão, uma dimensão inconcebível: Sishko é empurrado um pouco na direção dos dois, contra a sua vontade, quase cai sobre eles e, ao se virar, agressivamente, seus olhos se arregalam de espanto.

"Afaste-se deles, senhor valentão", diz um homem desconhecido, um cidadão baixo e todo abotoado. "Afaste-se, seu malandro vigarista. O seu jogo terminou!"

Shishko se afasta para o lado, pois embora a voz do homem esteja trêmula e entrecortada de tensão, sua mão está segurando um fuzil de cano longo e de inequívoco significado, daqueles que Shishko tinha visto apenas em filmes. Ele se encosta na parede, arruma nervosamente o topete desmanchado e procura o momento adequado de atacar e tomar a arma. Porém a sensação de ridículo que o homem desperta é justamente o que deixa Shishko confuso, certo de que se trata de alguma cilada: alguém colocou o gnomo ali como isca para ele agir de maneira impensada e, de alguma forma, cometer o maior erro da sua vida. Assim, Shishko vacila um pouco, e é o suficiente para que Tamar empurre Shai para dentro do carro, no banco de trás, e entre também. A pequena Noa está ali sentada e não a reconhece. E o homenzinho gorducho, que lhe parece muito familiar, mas ela não consegue se lembrar de onde, entra e se senta tranqüilamente no banco dianteiro, como se tivesse todo o tempo do mundo. O rifle aponta direto para o coração de Shishko.

"Escute, cuidado com isso aí", diz Shishko, com um sorriso amarelo, "isso não é brinquedo."

"Você fala só quando alguém perguntar!", exclama o homenzinho à sua frente, a careca ficando rubra.

"Vamos, Léale, pode ir", diz ele com segurança, e o carro toma seu rumo, deixando para trás um Shishko atônito e irritado, olhando de um lado para outro, procurando os perigosos parceiros da figurinha abotoada — ou então, o sujeito da televisão, aquele com a câmera escondida.

"Mami!", Noa explode de repente, estendendo os bracinhos na sua cadeirinha. "Mami, eu senti tanta saudade! Cadê o seu *cabelo*?"

"Eu também tive saudade, minha querida", sussurra Tamar, enfiando a cara no pescoço da menina, inspirando seu cheiro.

"A babá deu o cano", explica Léa, "na última hora. Não tive alternativa, fui obrigada a trazê-la. Tudo bem com você, Tami?", disse Léa mudando a marcha com um solavanco, jogando todos para a frente e para trás.

"Estou viva", murmura Tamar, acariciando Noiku, sua pele pura, absorvendo o olhar inocente e risonho da criança. Pensa em Shéli. Que um dia também havia sido um bebê como esse. Que um dia talvez tivesse sido amada desse jeito. Shai observa Noa sem qualquer expressão. Não lhe restam forças nem mesmo para se expressar. Lágrimas ainda pendem de seus longos cílios. Vez por outra, Noa lança para ele olhares cautelosos. Algo nele não lhe agrada. Ele sente o desconforto da criança e vira o rosto para a janela; pelo espelho, Léa vê a reação de Noa, acreditando firmemente no poder de discernimento de sua pequena, e franze um pouco a testa. Tamar beija com carinho os dois olhos e o narizinho de Noa, depois se recosta no banco. Cheira seu próprio suor. Pensa no chuveiro na casa de Léa. Dormir numa cama macia.

Não estar em lugar nenhum durante algumas horas. Tudo aconteceu depressa demais, difícil acreditar que já aconteceu, mas tem a impressão de que, apesar de tudo, ela conseguiu, de que o plano deu certo, quer dizer, a idéia básica, entrar lá e depois sair junto com ele, no fim a idéia deu certo. Não é mesmo? Ela procura os olhos de Léa no espelho, necessitando da aprovação final, alguém precisa lhe dizer que isso de fato aconteceu, que aconteceu na sua vida, que suas fantasias tocaram a realidade... Mas Léa está totalmente concentrada no caminho, e por que Tamar sente que alguma coisa ainda não está completa? Por que sente uma espécie de coceirinha no fundo da memória, não está claro exatamente onde? Como se alguém quisesse lhe dizer algo, que ainda há uma coisa urgente que ela precisa fazer.

"Para onde vamos?", pergunta Léa.

"Para sua casa", orienta Tamar, "vamos ficar lá uns dois ou três dias, acalmar um pouco, ganhar força, e depois a gente vai para um lugar novo."

"Para onde, precisamente?", pergunta o homenzinho com o rifle.

"Deixe-me apresentá-los", diz Léa com um primeiro sorriso, "esse é Moshe Honigman. Foi ele que trouxe o seu bilhete, e resolveu ficar e ajudar até o fim." Sua mão bate amigavelmente no joelho dele. "Ele é meio bobão, esse Stallone que você me enviou, mas é muito legal." E pisca para Tamar pelo espelho.

Honigman não está prestando atenção. Ainda se recusa a abandonar o papel de guarda-costas, seu olhar examina as ruas com atenção, os lábios tocando o próprio punho e murmurando sem parar, como se possuísse um pequeno rádio transmissor.

Tamar observa seus estranhos movimentos, aos poucos vai entendendo e lança um olhar ansioso para Léa. Léa responde ao olhar e dá de ombros. "Depois da operação de resgate, estamos todos aqui, não é?"

"Cadê Dinka?", pergunta Noa.

"Dinka!" Tamar dá um salto. "Esquecemos Dinka!"

Na multidão. No emaranhado de pernas e pessoas. Dinka ficou parada, latindo. Estava confusa. Havia se perdido deles.

É preciso voltar, pensa Tamar febrilmente, não posso abandoná-la. Ela não vai saber voltar daqui para casa. Vamos voltar já! Mas ao olhar para Shai, sua cabeça pendendo inerte, como se quase não tivesse mais energia vital, ela sabe que não vai voltar agora, que não vai mais voltar. Uma mão pesada se fecha em torno de sua garganta, estrangulando-a com toda a força. Como pôde esquecer a cadela? Como pôde trair Dinka?

Faz-se um silêncio pesado. Até mesmo Noiku sente algo, e fica calada. Léa percebe a fisionomia de Tamar. "Nós vamos achá-la, não se preocupe", ela sussurra sem convicção.

"Não vamos achar nunca mais", responde Tamar. Ela se recosta e fecha os olhos. Sabe que algo muito terrível aconteceu, que ela ainda não consegue captar todo o significado. Dinka, que está com ela desde os sete anos, a sua verdadeira amiga, a sua outra metade, se foi. Ela se foi. Um pensamento a atormenta: é como se tivesse sido necessário sacrificar algo, alguém, para salvar Shai. Dinka foi o sacrifício.

Uma mão escorrega para dentro da sua. Shai, de olhos cerrados, ofegante. Puxa-a um pouco para si. Ela encosta sua orelha na boca dele, e ele diz baixinho, com dificuldade: "Sinto muito, Tamári. Juro, eu sinto muito".

Honigman se vira para trás: "É preciso levá-lo ao médico, o seu namorado".

"Eu vou cuidar dele", responde Tamar brevemente. De súbito Shai, com o pingo de força que lhe resta, diz: "Eu não sou namorado dela, ela é minha irmã". E sua cabeça pousa no ombro de Tamar, e ele prossegue: "Ela é a única pessoa que eu tenho no mundo". E seus dedos apertam os dela, debilmente.

# MINHA AMADA,
# JÁ PERGUNTEI
# A TODOS OS ERRANTES

QUATRO DIAS DEPOIS de Tamar ter fugido com Shai e perdido Dinka, Assaf caminhava com pressa pelo calçadão da Ben Yehuda. Estava quase correndo, tentando encontrar, sem muita esperança, aquele rapaz do violão. A mochila dela, nas suas costas, de repente estava pesada demais, cheia de vida, sussurrando palavras, pensamentos e pedidos de ajuda. Passou diante de uma roda de pessoas reunidas em torno de uma moça que fazia truques de mágica; deteve-se um instante para escutar a melodia de um violinista muito jovem, quase um menino; depois viu mais um rapaz, sentado, recostado na parede do banco, extraindo sons monótonos de um instrumento semelhante a um sitar com o auxílio de um arco preso entre os dedos dos pés. Assaf nunca notara que havia tantos artistas de rua se apresentando; e ficou surpreso também de ver como eram jovens — a maioria tinha mais ou menos a sua idade; ele ficou observando-os, procurando adivinhar se tinham alguma relação com a tal máfia que Serguei mencionara.

Em certo momento, uma agitação: um pouco mais adiante, um novo círculo se formou, as pessoas assistiam a uma moça sentada numa cadeira tocando celo. Assaf não entendia nada de música, mas espantou-se que alguém tivesse a idéia de tocar tal instrumento na rua. Era uma jovem pequena, de óculos, e usava um chapéu vermelho, e Assaf teve a impressão de que as pessoas se juntavam ao seu redor não exatamente por causa da música melancólica, e sim porque ela própria — com seu celo enorme — era por si só um espetáculo estranho.

Assaf e Dinka passaram pelo círculo de pessoas, mas aí a cadela parou, como se o seu corpo tivesse absorvido um choque invisível. Ficou andando em círculos, confusa, farejando intensamente, e de súbito virou-se e, com teimosia, meteu-se pelo meio das pessoas. Assaf foi arrastado atrás dela, sem alternativa, abrindo caminho entre os espectadores até se encontrar diante da moça, no centro da roda.

Ela continuou tocando, de olhos fechados, seu rosto mudando de expressão rapidamente, como se estivesse sonhando. Dinka latiu forte. A moça abriu os olhos, curiosa, e olhou para a cadela. Assaf teve a impressão de que ela empalideceu um pouco. Endireitou-se rigidamente na cadeira, lançou olhares nervosos para os lados e continuou a tocar, mas simplesmente fazendo vibrar as cordas, sem emoção. Dinka se jogou para a frente com toda a força. Assaf puxou-a de volta. As pessoas ao redor começaram a censurá-lo, que levasse a cadela embora e deixasse de perturbar; ele se assustou ao perceber que todos o olhavam, que naquele momento ele e Dinka eram um espetáculo de rua...

A moça foi a primeira a se recompor. Parou de tocar, curvou-se rapidamente e cochichou para Assaf num tom assustado, quase engasgando: "Onde está ela? Diga a ela que ela é incrível, que toda a galera diz que ela é dez! Dez! Agora fuja, *fuja*!".

Ajeitou-se na cadeira, reclinou-se para trás, fechou imediatamente os olhos, com força, como se quisesse apagar da lembrança o instante anterior, e continuou a tocar, espalhando pelo público a sua magia estranha e melancólica.

Assaf não entendeu nada do que ela dissera. E, sobretudo, não entendeu por que deveria fugir. Dinka entendeu primeiro. Disparou depressa como um raio, puxando consigo a mão de Assaf, que ainda segurava a coleira. Assaf teve a sensação de que ela queria efetivamente tirá-lo dali, arrastá-lo com toda a força. Ele se reequilibrou. Deram a volta em torno da moça, meteramse entre os espectadores e saíram correndo do círculo. Teve a impressão de que alguém tinha gritado para ele parar. Não se deteve. Se tivesse olhado para trás teria visto um homem baixo e largo observando-o, e depois fazendo uma ligação apressada no telefone celular. Assaf correu e pensou: ela conhecia Tamar, isso é certo. Reconheceu Dinka e pediu para dizer a Tamar que ela é incrível. Agora é preciso pensar rápido. A galera toda diz que ela é dez? O que foi que ela fez? E que *galera* é essa? Assaf corria, a cabeça a mil, raciocinando, computando, filtrando, juntando pedaços, elaborando todo tipo de hipóteses. Ele sabia e não sabia. Seu coração lhe dizia que estava no rumo certo; que já se encontrava num ponto mais favorável, no meio da sua corrida de cinco mil metros. Estava imerso em si mesmo, atento à história que estava começando a se desenhar em seu interior. E mais, moviase em total sincronia com Dinka. Sem olharem um para o outro, metiam-se pelo meio dos transeuntes, pelo tráfego intenso, cruzando ruas como certa vez, no início da amizade dos dois (ontem? meu Deus!, refletiu Assaf, é possível que tenha sido só ontem?!), mas dessa vez sem nenhuma corda ligando-os, apenas um olhar rápido de vez em quando, consulta, permissão, concordância silenciosa, estou com você, também estou, bela curva, obrigado, onde você está agora?, dez passos atrás de você, há algumas pessoas entre nós mas não se preocupe estou seguindo você pode seguir em frente, estou ouvindo alguém correr atrás de nós, eu não ouço mas entre nessa ruazinha, não, não vou entrar aqui estou farejando algo, onde?, um momento continue correndo estou chegando perto de alguma coisa boa mas não pare de correr, estou achando graça, basta pare de falar você atrapalha a minha concentração, espero que você saiba aonde está me levando, claro que sei e já, já você também vai saber, ei Dinka é um lugar muito familiar me parece que já passamos por essa rua ao lado desse muro alto, abra os olhos Assaf estivemos aqui ontem, certo você tem razão aqui é... finalmente você reconheceu?, siga-me, depressa, é aqui.

Dinka saltou sobre o portão verde, sentou-se sobre as patas traseiras e pressionou a maçaneta com as duas dianteiras. Ambos entraram correndo. Assaf espiou por cima do ombro e viu que não havia ninguém, os perseguidores ainda não tinham chegado, ele foi até o pátio, correu sobre o cascalho branco, passou voando pelo poço, entre os galhos das árvores carregadas de frutas e foi imediatamente envolvido por um silêncio profundo, familiar.

Porém, antes de correr para os fundos da casa, em direção à janela virada para o ocidente e o cesto de vime descendo com a chave, aquele cestinho leve e delicado, percebeu algo estranho, sentindo o ar em torno de seus ouvidos se congelar subitamente: a porta da casa estava aberta, oscilando levemente para a frente e para trás.

Assaf entrou correndo. Dinka o seguiu. Ambos pararam juntos, arregalando os olhos, estarrecidos.

Catástrofe geral! O saguão de entrada parecia ter sido varrido por um furacão. O chão, coberto de livros. Centenas de livros, abertos, rasgados, inutilizados. Os grandes armários estavam tombados e destruídos, como se alguém os tivesse despedaçado a machadadas. Até mesmo o altar fora deslocado, revelando uma marca mais clara no chão. Parecia que o tinham tirado do lugar para ver se havia alguém escondido embaixo.

Teodora, ele pensou, e por um instante não ousou correr até o andar de cima, pois para chegar lá teria de pisar em cima dos livros. Depois correu, pisando nos livros, supondo que aquilo que acontecera tinha sido por culpa dele, por causa da visita que lhe fizera. Voou, apavorado, pelo corredor redondo, sua mente antecipando as cenas terríveis que o esperavam lá em cima, as cenas que conhecia dos filmes de terror e dos jogos de computador. Um menininho amedrontado começou a choramingar na sua cabeça, e Assaf fez um tremendo esforço para não se render a ele. Teodora, tão pequenina, pensou, parece um passarinho, como é que ela vai conseguir viver depois de uma desgraça dessa? Mesmo correndo, deu uma espiada no dormitório. As camas estavam viradas, os colchões rasgados, cortados a faca. Ainda era possível sentir no ar o ódio daqueles que haviam feito isso. Subiu de dois em dois os seis últimos degraus, abriu a porta azul, e forçou a si mesmo a não fechar os olhos de medo.

No primeiro momento não conseguiu enxergá-la no meio do caos absoluto que reinava no quarto. Depois a viu: na sua cadeira de balanço, olhos arregalados. Parecia uma boneca de pano que alguém tinha esquecido sobre a cadeira. Seus olhos não davam sinal de vida. Uma eternidade se passou. Então, sua boca se abriu um pouco, e seus olhos se mexeram na direção de Assaf.

"Assaf", murmurou sem voz, "é você, *ágori-mu*? Fuja daqui. Depressa."

"O que aconteceu, Teodora? O que fizeram com você?"

"Fuja antes que eles voltem. Vá, encontre-a. Tome conta dela." Seus olhos se fecharam.

Assaf correu para ela. Ajoelhou-se ao seu lado, segurou sua mão. Então viu o ferimento aberto descendo da têmpora até o canto da boca.

"Quem fez isso com você?"

Ela respirou lentamente e mostrou três dedos esticados:

"Três", indicou, e subitamente sua mão agarrou o braço de Asssaf com força. "Uns animais. E o pior de todos, o sujeito grande, um demônio." Calou-se, enfraquecida, porém sua mão continuou segurando o braço de Assaf com força, como se toda a sua personalidade estivesse concentrada ali: "Lembre-se, ele é quase careca — oh, Satanás! — e tem uma trança atrás, que o pendurem pela trança, amém". Seus olhos se fecharam outra vez, como se estivesse desmaiando, mas mesmo de olhos fechados continuou a dar vazão a sua raiva; Assaf percebeu com alívio que a dificuldade de fala não havia atingido sua consciência: "Ele perguntou de Tamar, o maldito, o cão, o coisa-ruim, e quando eu não respondi... páá! Me deu um tapa na cara! Mas não se preocupe, meu querido", e um leve traço daquele seu conhecido sorriso, o sorriso da menina rebelde, brilhou do fundo dela: "Eu dei uma boa mordida nele, ele não vai esquecer nunca mais a força da minha boca".

"Mas o que eles queriam?"

Ela abriu os olhos e deu um sorriso cansado: "Ela".

"E como souberam chegar até aqui?"

"Quem sabe você pode me dizer?"

Seus longos cílios tremeram e, por um momento, as pálpebras se fecharam de dor. Fora ele quem os trouxera até ali. Mas como? Provavelmente alguém o tinha visto sair na véspera, reconheceu Dinka e teve certeza de que Tamar estava na casa, escondida.

Teodora gemeu e lhe fez um sinal de que desejava se levantar. Assaf não acreditou que ela tivesse forças para ficar em pé. Ela se levantou e ficou parada, apoiada nele, oscilando, com uma débil chama de força de vontade. Durante alguns momentos nenhum dos dois se moveu. Em seguida, aos poucos, sua face recuperou a cor.

"Agora estou melhor. De noite foi muito ruim. Pensei que ia morrer."

"Dos golpes?"

"Não. Ele só deu aquele tapa. De desespero." Assaf compreendeu.

Um dedo dela tocou seu pulso: "E se tiverem visto você de novo a caminho daqui?".

"Me viram, sim", admitiu, "me perseguiram. Eu fugi. Talvez eles estejam por aí." Ao dizer isso, começou a entender o que até então não tinha ousado: os homens que perseguiam Tamar estavam certos de que ele era parceiro dela.

"Se é assim", disse ela com lucidez, "daqui a pouco vão começar a pensar se você não veio aqui de novo, e vão procurar você, não eu. E, com você, não vão ser tão delicados. Você tem de ir embora, meu caro."

"Se eu sair agora, eles me pegam."

"Se você ficar, eles pegam você ainda mais depressa."

Os dois se calaram, amedrontados. Ambos imaginaram ouvir as batidas do coração como passos no corredor. Dinka os observava com os olhos brilhantes, tremendo de nervoso.

"A não ser que...", disse Teodora.

"A não ser que o quê?"

"A não ser que alguma coisa os distraia."

Assaf não entendeu: "Mas o que é que pode...".

"Silêncio! Não me atrapalhe!"

Ela começou a andar pelo quarto, abrindo caminho entre as pilhas de livros. Entre as prateleiras quebradas, pisando nos cacos de louça, nos montes de cartas presas com grossos elásticos amarelos. Assaf não compreendia como ela tinha forças para se movimentar, pensar, preocupar-se com ele, quando toda a vida dela estava ali espalhada, derramada.

Um pequeno gabinete de madeira estava jogado no chão, bloqueando a passagem para a cozinha. Ela abriu uma portinhola e tirou uma sombrinha branca com uma fina estrutura de madeira.

"Em Lycsos", explicou, compenetrada, "o sol é muito forte." Assaf ficou tenso, e seus lábios perderam a cor: ela está enlouquecendo, pensou, o choque a deixou completamente fora de si.

Teodora o fitou e leu seu pensamento: "Por favor, não se preocupe, querido. Não estou ficando louca".

Tentou abrir a sombrinha. As ripinhas de madeira deslizaram de forma rápida e silenciosa, porém o tecido branco, delicado, imediatamente se desfez quando a sombrinha se abriu, caindo sobre sua cabeça como pequenos flocos de neve.

"Parece que vou ter de desistir do meu disfarce. Mas onde foi que deixei os sapatos?"

Falava com uma naturalidade estranha, compenetrada, como se todo o seu ser se concentrasse nas pequenas ações que teria pela frente. De uma gaveta oculta tirou um par de sapatos embrulhados num jornal amarelado, pretos e antigos, minúsculos como sapatos de criança. Soprou, levantando nuvens de poeira. Esfregou-os com a manga do roupão, deixando-os polidos. Em seguida, sentou-se na beira da cama e tentou calçá-los. Assaf percebeu que seus dedos se atrapalhavam com os cadarços.

"Que velha desajeitada é esta sua nova amiga", disse ela, lançando-lhe um olhar encabulado, "faz cinqüenta anos que ela não amarra sapatos, e já esqueceu!"

Ele se ajoelhou diante dela e, com a máxima reverência, como o príncipe de Cinderela, amarrou-lhe os cadarços dos sapatos.

"Veja como os meus pés quase não mudaram desde aquela época!", exclamou a freira com indisfarçável orgulho, esticando as pernas à sua frente e esquecendo por um momento a gravidade da situação.

O rosto de Assaf estava bem diante do rosto dela. Diante da mancha de sangue coagulado espalhada por todo um lado da face. Ela percebeu o choque no seu olhar. "Maravilhosos são os caminhos do mundo", suspirou, "durante cinqüenta anos nenhuma pessoa tocou o meu rosto, e logo na primeira vez... um tapa." Um breve acesso de choro passou no meio de seus olhos, parando na ponta do nariz. Ela disse: "Chega! Basta! Agora me conte, por favor, depressa, qual é a situação?".

"Não parece nada boa", respondeu, "você precisa fazer um curativo."

"Não, não aqui! Ali!", e apontou para trás, por cima do ombro, para o lado de fora.

"Ali...?", Assaf relutou. O que dizer? Como descrever o mundo exterior em apenas meio minuto. "Preciso ver para compreender", disse baixinho.

Os olhos preocupados da freira mergulharam fundo nos dele. Nenhum dos dois falou. Assaf sabia que levaria algum tempo para digerir o que presenciava ali.

"Vou sair pelo portão, para o lado desta mão aqui", disse Teodora respirando profundamente; e Assaf percebeu que ela nem sequer sabia distinguir entre esquerda e direita, "e você espere mais um ou dos minutos aqui dentro de casa. Se eles estiverem à espreita, vão sair correndo atrás de mim, para ver o que a velha está tramando..."

"E se pegarem você?"

"Mas é isso mesmo. Eu quero que me peguem, e que não peguem você."

"E se baterem?"

"O que podem fazer que ainda não tenham feito?"

Ele a fitou, comovido com a sua coragem: "Você não tem medo?".

"Tenho, tenho medo, sim, e não é pouco, mas já não é medo deles. Apenas o desconhecido me dá medo." Baixou a cabeça e falou para um fio solto na manga do roupão: "Por favor, diga... quando eu sair, quando passar pelo portão externo... o que vou ver, qual é a primeira coisa que está ali, do lado de fora?".

Assaf procurou se lembrar: era uma rua lateral muito tranqüila. Alguns carros estacionados e outros andando devagar. Na esquina havia uma agência bancária e uma loja de artigos elétricos, com um televisor ligado na vitrine. "Nada de especial", murmurou, e se calou, percebendo a tolice que dissera.

"E o barulho? O que eu mais tenho medo é do barulho. E da luz. Por acaso você não tem óculos de sol?"

Não, não tinha. "Pode ser um pouco difícil no começo", disse, sentindo grande necessidade de protegê-la, de envolvê-la numa camada de algodão. "Tome cuidado ao atravessar a rua, olhe para a esquerda, para a direita, e de novo para a esquerda. E quando houver um farol, se a luz vermelha estiver acesa, é proibido atravessar..." Quanto mais falava, mais se assustava de perceber o quanto ela tinha de aprender para ser capaz de sobreviver durante cinco minutos no centro da cidade.

Desceram as escadas. Ela ainda tinha dificuldade de andar, e se apoiava no ombro de Assaf. Lentamente caminharam pelo corredor circular, e Assaf sentiu que para ela também era uma pequena viagem de luto, a despedida de algo que não voltaria mais. Perplexa, ela disse: "Quando caíram as muralhas da Cidade Velha... eu não saí. E também não saí quando houve explosões nas ruas e no mercado, embora eu quisesse muito, muito, doar sangue. E também não saí quando assassinaram Itzhak Rabin, que sua memória seja abençoada, e sabia que o povo todo passou diante do seu caixão. E agora, de repente... *Christos ke Apóstolos!*", murmurou quando se revelou aos seus olhos a catástrofe do saguão de entrada. E silenciou. Assaf achou que agora ela desmaiaria, mas foi justamente aí que ela soltou o braço em que se apoiava, endireitou ao máximo sua minúscula estatura, e quando ele viu a profunda ruga que se estendia do nariz até o queixo, soube que ninguém poderia intimidá-la. Ele tentou abrir um caminho para ela entre os livros espalhados, mas ela disse que não havia tempo, e num movimento gracioso começou a caminhar sobre as capas, quase sem tocá-las, como se flutuasse.

Parou diante da porta que dava para o pátio. Esfregava as mãos nervosamente.

"Escute", exclamou Assaf, "talvez não seja preciso. Eu vou dar um jeito. Eu corro depressa, eles não vão me alcançar."

"Silêncio!", ela ordenou. "Agora ouça bem: Procure Léa. É bem possível que ela possa ajudar. Você sabe quem é Léa?" Assaf hesitou. No diário havia deparado com o nome algumas vezes. Lembrou-se de ter lido acerca de alguma discussão misteriosa que se estendera por alguns meses, e não poucas conversas entre ela e Tamar sobre o assunto, algo a ver com um bebê, temores, dúvidas, algo que terminara — se sua lembrança estivesse correta — com uma viagem ao Vietnã; mas obviamente não poderia lhe contar que tinha lido o diário.

Assaf perguntou onde poderia encontrar Léa, e Teodora estendeu as mãos, irritada: "O problema é esse, que ela não fala, essa Tamar! Uma vez ela me diz: 'Existe Léa'. Muito bem, digo eu. Meio ano depois ela diz: 'Léa tem um restaurante'. *Bon appétit*. Eu digo: Mas onde? O quê? O que ela é para você, e o que você é para ela? E ela não diz nada. E agora? O que nos resta?". Olhou para ele, pesarosa, depois agachou-se perto de Dinka, afagou suas orelhas, puxou uma delas e cochichou dentro. Assaf ouviu fragmentos: "Para Léa... para o restaurante... entendeu? Depressa! Pelo caminho mais curto!". Dinka a fitou atentamente. Assaf pensou que Teodora estivesse realmente meio louca se acreditava que Dinka havia entendido.

Subitamente as duas mãos de Teodora agarraram a mão de Assaf: "E você certamente vai contar a Tamar que eu saí, certo? E ela não vai acreditar!", disse, com um risinho de alegria. "Ela vai ficar assustada, essa Tamar! Mas escute, não diga que eu saí por causa dela, senão vai ficar angustiada, e ela já tem angústias demais sem precisar de mim. *Po! Po!* Até mesmo essas palavras — eu saí — têm um sabor totalmente novo na minha boca: eu saio, eu logo sairei, pronto, estou saindo."

Abriu a porta e olhou o grande pátio. "Este lado eu conheço um pouco. Às vezes, quando Nasrian traz as roupas da lavadeira, ou as compras do mercado, eu fico aqui dentro e espio pela porta aberta. Mas quando a gente fica aqui...", e deu um passo atravessando o batente, quase sem respirar, "que beleza! Tudo é tão amplo!"

"Veja, veja", murmurou para si mesma, e de súbito começou a falar em grego fluentemente. As palavras iam se atropelando, as mãos segurando a cabeça, como se a cabeça fosse explodir. Depois, suas pernas começaram a conduzi-la espontaneamente. Assaf achou que devia correr atrás dela, mas teve medo de sair, talvez houvesse alguém à espera no portão principal. Lembrou-se dos primeiros passos de Muki, como ele se preocupara, e que milagre tinha sido quando ela conseguira chegar sozinha da cama até a mesa.

E Teodora já tinha se distanciado, como uma canoa sendo levada por um rio caudaloso. Abriu o portão para a rua, olhou para a direita e para a esquerda. Parecia não haver ninguém, pois quando virou o rosto para Assaf exibia um largo sorriso, ligeiramente enlevado. Na verdade, pensou Assaf, se não há ninguém, ela não precisa sair! Um momento! Espere! Você pode voltar!

Mas não havia força no mundo capaz de impedi-la agora, os cabelos revoando atrás. Assaf ficou sozinho no pátio vazio. Imaginou Teodora caminhando pela rua. Os olhos se arregalando cada vez mais. Ficou preocupado, pensou que dali a mais um minuto a veria correndo de volta, morta de medo, trancando-se no quarto por mais cinqüenta anos. Na sua fantasia mais ousada, não teria imaginado a felicidade que a inundou diante do turbilhão do dia-a-dia. Todas as suas dores e fraquezas sumiram de uma hora para outra. Suas pernas a conduziram para a rua Jafa. Cinqüenta anos atrás, numa noite quente, chegara aqui num ônibus velho, e depois, na carroça de um mascate, que a levara até o portão da sua cela. E agora, aqui estava, os sentidos aguçados diante do milagre da rua. Seu semblante trêmulo de mil expressões. Mil corações batendo no seu peito. Todos os cheiros, todas as cores, todas as vozes e ruídos... não tinha nomes para as coisas que via, não tinha nomes para as sensações novas, as palavras conhecidas iam falhando, uma depois da outra, e, se é possível morrer de tanta vida, este era o momento.

Ela ignorou as dezenas de carros, a multidão de gente, e também os dois homens de Pessach que a descobriram no instante em que chegava à rua principal (Olhe, Shishko, a sua freira maluca, vou ligar para Pessach, vá atrás dela aonde ela for), desceu direto para a rua, embriagada de felicidade, totalmente indiferente às buzinas tocando ao seu redor, aos rangidos dos freios, ajoelhou-se no meio da rua Jafa, juntou suas mãos pequeninas e, pela primeira vez em cinqüenta anos, rezou de todo o coração agradecendo a Deus.

CINCO MINUTOS DEPOIS ele já estava correndo a toda a velocidade, morto de medo. Suas mãos cortavam o ar com violência, e seus olhos não enxergavam quase nada. Pela primeira vez desde que iniciara essa jornada, não conseguia de forma nenhuma controlar sua respiração. Dinka percebeu imediatamente a sua mudança, e de vez em quando virava a cabeça para trás e olhava para ele com preocupação. Ele não imaginara quão terrível seria essa experiência. Todo par de olhos que pousava nele despertava aflição. Tinha a sensação de que a cidade inteira estava cheia de perseguidores à sua espera. E tinha razão: nos últimos quatro dias todos os homens de Pessach estavam ocupados unicamente na perseguição a Tamar — e, desde a véspera, também na captura dele. Todos os espetáculos nas outras cidades foram cancelados. Os artistas foram obrigados a ficar de olho e fazer relatórios — no albergue corria o boato de um prêmio de dois mil shekels, não menos que isso, a quem desse uma informação proveitosa — , e os buldogues receberam instruções explícitas de interromper suas atividades normais, sair às ruas e procurar Tamar, ou o rapaz desconhecido, alto, surgido do nada, que andava pela cidade com a cadela de Tamar, metendo o nariz em toda parte, sempre um passo à frente de Pessach e seus homens.

E assim sucedeu que Assaf, que saiu da casa de Teodora deslocando-se apenas pelas ruas secundárias, atraiu para si, sem perceber, uma corrente de atenção imediata. Corria atrás de Dinka, depositando seu destino nas suas mãos, ou melhor, nas suas patas, e não lhe importava para onde ela estava correndo, contanto que ambos se afastassem cada vez mais da área perigosa, da casa arrombada. E tentava com tanto afinco se fazer invisível que as coisas acabaram se tornando invisíveis aos seus olhos. Assim, deixou de ver um homem robusto, na esquina da Rei George com Agrippas, ao lado da barraca de faláfel, tentando consertar — desde ontem, assim parecia — um Subaru com o motor pifado. E eis que o seu celular toca, e alguém, na vizinha rua da Histadrut, um homem sem braço que toma conta de um ponto de loteria, relata que acabou de ver um rapaz e uma cadela que se encaixam na descrição, e informa a direção que tomaram. O robusto recebe a informação, não diz nada e digita um número. Alguém impaciente a ponto de não esperar um toque completo atende de imediato. O robusto passa a informação. O outro ouve, desliga e, para sua surpresa, no mesmo momento passam à sua frente o rapaz e a cadela. Assaf, na sua corrida desenfreada, não prestou atenção tampouco nesse homem, o magricela de costeletas largas, que começou a segui-lo rapidamente, numa meia corrida, enquanto discava e falava em voz baixa ao telefone: agora eles estão ao lado da moça de borracha, a cachorra parou, o que aconteceu? Um momento (falava depressa, certamente se sentindo como um narrador esportivo), agora estão entrando na roda, não consigo ver nada daqui, diga a todos os outros que venham já para cá, mande um carro, eles estão na minha mão, certo, ouvi, não precisa gritar, um momento, o que é isso? o que está acontecendo?

Acontece que a moça de borracha reconheceu a cadela. Foi um momento antes de conseguir enfiar todo o seu corpo flexível dentro do grande aquário de vidro, até ser possível fechar a tampa. De repente seu olhar, até então ausente, totalmente voltado para dentro, entrou em foco, e seu rosto ligeiramente amargurado se contorceu num movimento brusco; ela se desenrolou e se desdobrou, desfazendo nó por nó com estalos e rangidos, puxando agilmente uma perna debaixo da axila e um braço que estava em torno do joelho, ficou de pé e gritou: "Shishko! A cadela! A cadela!".

Criou-se a confusão. As pessoas foram tomadas de surpresa e saíram correndo em todas as direções, tropeçando umas nas outras e esbarrando em quatro homens mal-encarados, provenientes de quatro ruelas distintas, que tentavam à força penetrar no círculo de espectadores. Em meio à balbúrdia, Assaf e Dinka se esgueiraram, voaram para fora, separaram-se e voltaram a se reunir três ruas adiante, encontrando-se mutuamente pela intuição, por uma profunda e terrível consciência interior de que o mundo todo estava atrás deles, a cidade era um campo de caça, e cada homem ao redor era um caçador disfarçado. Agora tudo dependia de Dinka, pois Assaf estava quase paralisado de medo, não tinha a menor chance sozinho. Ela o chamou, arrastou-o e avançou com uma força sobrecanina. Era ao mesmo tempo uma cadela de trenó, uma cadela são-bernardo, uma cadela guia e uma loba. Numa ruela estreita, sem saída, ela mergulhou com ele num pequeno quintal, e os dois ficaram esperando, agarrados um ao outro, cheios de pavor, e viram o magricela, que lembrava a Assaf um Elvis Presley ressequido, passar por eles e desaparecer. Dinka ganiu e grunhiu. Assaf pôs a mão na sua boca. Pouco depois saíram de lá e tomaram a direção oposta. Mais um minuto de corrida desenfreada, sem chance, pensou Assaf, na próxima ruazinha eles nos pegam; e então, um breve latido de alegria, e diante deles um portão com uma placa: CHEZ LÉA. Ele soltou um grito de espanto. Dinka ficou de pé sobre as patas traseiras e abriu o portão, ele olhou pela última vez para trás, e quase caiu dentro do quintal com um suspiro de alívio.

No pequeno quintal havia uma tamareira jovem. Algumas mesas e cadeiras espalhadas, postas para o jantar. Um casal de certa idade estava sentado numa delas, conversando baixinho, e nem sequer levantou a cabeça para olhar quando eles entraram. Assaf e Dinka percorreram o quintal, subiram três degraus e entraram numa sala grande. Ali também havia mesas postas, e em quase todas elas alguém sentado, comendo. Assaf tremia e não sabia o que fazer, a quem se dirigir. As pessoas olharam para ele. Sentia-se sujo, suado, capaz de estragar o apetite de qualquer um. Dinka o arrastou por entre as mesas, puxando-o através de uma porta vaivém dupla, e de repente Assaf se viu na cozinha.

Seus sentidos captaram uma miscelânea de impressões diferentes — um cozinheiro, uma panela enorme borbulhando, aromas de pratos desconhecidos, uma frigideira chiando, alguém gritando de fora por uma janelinha: "Rúcula com roquefort!", um rapaz jovem cortando rodelas de tomate, um homem baixinho e gorducho parado, visivelmente deslocado naquele lugar, e uma mulher alta e zangada subitamente se virando para ele, o rosto marcado por grandes cicatrizes de feridas mal curadas; ela pára à sua frente, cruza os braços sobre o peito e resmunga que diabo ele está fazendo na cozinha dela?

E então viu a cadela, e seus olhos se acenderam: "Dinka, Dinkush!", gritou, e se ajoelhou diante dela, acariciando-a e puxando-a para si. Foi exatamente dessa maneira que Teodora a abraçou, pensou Assaf, tentando recuperar o fôlego. "Dinka, Mamush, minha querida, onde você esteve esses quatro dias? Procurei você por toda a cidade! Zion, depressa, dê água para ela, olha como ela está com sede!" Assaf aproveitou a oportunidade de espiar um instante através da porta vaivém, verificando se os homens ainda não haviam invadido o restaurante.

A mulher se levantou devagar e parou à sua frente: "E quem é você?".

O olhar dela se tornou subitamente tão penetrante que Assaf não conseguiu responder. Não tinha a menor idéia de como explicar a selvagem invasão da cozinha de seu restaurante. Todos os funcionários, os dois garçons, o rapaz que cortava legumes, o cozinheiro erguendo a mão para sinalizar à sua assistente a prateleira onde se encontrava a rúcula — todos ficaram parados, como que imobilizados no meio do movimento. Assaf olhou em volta, aflito. Então vestiu sua couraça profissional: "Por acaso você conhece os donos da cadela?", perguntou no tom mais formal que conseguiu fazer, o tom do formulário 76.

"Perguntei quem é *você*!", a voz dela era dura e firme, uma voz de "não banque o espertinho". E o encarava com uma suspeita tão óbvia que Assaf se sentiu ofendido, e quase explodiu num discurso zangado e detalhado que já há dois dias se cozinhava dentro dele ("Como assim, quem sou eu? Eu sou o cara que está há dois dias circulando com essa cadela por toda a cidade para devolvê-la aos seus legítimos donos, eu sou o cara que todo mundo que vê quer atacar, quer perseguir, quer arrebentar" etc. e tal).

Em vez disso, falou: “Eu trabalho na prefeitura, e estou procurando os donos”.

“Então pode deixá-la aqui”, disse ela com determinação. “E tchau. Estamos trabalhando.”

Já estava segurando a porta com uma mão grande e pesada sobre o ombro dele. E a pequena cozinha retornou à vida e ao movimento. O rapaz com a faca voltou a fatiar tomates, e o cozinheiro beliscou com carinho a bochecha da sua assistente.

“Não”, disse Assaf, “eu não posso.”

A mulher parou no meio do gesto, e todos pararam ao mesmo tempo: “Por que não? Qual é o problema?”.

“É que... você não é a dona.”

“É mesmo?” O “é mesmo?” dela o envolveu como se fosse um fio de arame impedindo seus movimentos. “E como é que você sabe que eu não sou a dona?”

Dinka, que lambia a água ruidosamente, latiu de repente. Parou de beber, aproximou-se e ficou parada na frente de Léa, latindo para ela com força, com uma agressividade incomum. Seus bigodes espirravam água, mas ela não parou para lamber: ficou entre os dois, fitando Léa com olhar duro, e por um momento pareceu que iria bater as patas de impaciência.

“Pode parar, Dinka”, disse Assaf constrangido. “É Léa. Não está vendo? O que é que há com você?”

Mas Dinka não sossegou. Ficou dando voltas em torno de Assaf, como se desenhasse uma linha ao seu redor. Depois, sentou-se nas patas traseiras, de costas para Assaf e de frente para Léa, e deu mais um latido, de significado muito claro.

“Vejam só”, disse Léa baixinho.

Alguma coisa o cutucou por trás. Sob a mochila de Tamar. Quis se virar, mas o contato ficou mais forte. Como se houvesse um cano de ferro pressionando suas costas.

“Por favor, responda às perguntas que esta senhora lhe fez”, disse uma voz masculina idosa, "se não quiser que eu encha você de balas que vão se espalhar por todo o seu corpo e rasgar você por dentro."

"Moshe!", exclamou a mulher, irritada. "Não precisa dar uma descrição tão detalhada. As pessoas estão comendo!"

Estou ficando louco, pensou Assaf; um fuzil? Estão me ameaçando com um fuzil? Qual é a deles? O que foi que Tamar fez, que todo mundo fica fora de si por causa dela?

"Vou contar até três", disse o homem, "e depois disso meu dedo vai começar a apertar o gatilho bem devagarinho."

"Você não vai apertar coisa nenhuma, e pare de dizer besteira!", gritou Léa. "E baixe imediatamente essa sua arma! Samir, prepare uma mesa para dois no reservado, e dê comida para Dinka, aqui mesmo. Você, como você se chama?"

"Assaf."

"Venha comigo."

Ela o conduziu a uma pequena sala com duas mesas apenas. Ambas estavam desocupadas. Sentou-se diante dele: "Agora explique, do começo ao fim. Mas eu estou avisando", e tocou a ponta do nariz, "este nariz é capaz de farejar mentiras".

Assaf lhe mostrou o formulário, e lhe explicou o método Danoch de encontrar os donos de cães perdidos. Porém Léa mal olhou para o papel. Examinou Assaf meticulosamente, focalizou seu rosto, como se o estivesse absorvendo dentro de si. "Aliás", disse, interrompendo a explicação, "eu sou Léa." Estendeu-lhe sua mão enorme, masculina, e surpreendeu-se com o aperto de mão de Assaf, tão forte quanto o seu.

"Agora, onde foi que você arranjou isso?", e mostrou o seu nariz machucado.

Assaf contou.

"Não entendo, o que você foi fazer lá, como chegou àquele lugar?"

Ele contou. Também falou de Serguei.

"E isto aqui, é de onde?", e mostrou o longo arranhão na testa, que ele já tinha esquecido.

"Isto? De onde?... Ah, lembrei. É de ontem, um policial."

E contou.

E Léa escutou.

E ele contou como o perseguiram pela cidade.

"E isto aqui é dela", disse, e finalmente tirou a mochila dos ombros, contando como a tinha pegado no guarda-volumes.

Ela não disse uma palavra. Ficou apenas sentada, olhando para ele, e suas duas rugas verticais na testa se acentuaram. De súbito, pareceu acordar: "Mas com toda essa correria, aposto que você ainda não comeu nada hoje! Agora coma. Depois continuamos".

Quando ela disse isso, ele realmente sentiu um forte aperto no estômago: "Mas, e Tamar?", murmurou, engolindo em seco. "Acho que não há tempo, é preciso nos apressarmos." Léa viu seu pomo-de-adão subir e descer, também ouviu sua resposta, e algo dentro dela se remexeu. Dirigia o restaurante há mais de doze anos, e até esse momento nunca havia encontrado ninguém que rejeitasse o convite para uma refeição. "Tamar está em local seguro", disse, contrariando todas as normas de cautela, "antes de tudo, você vai comer."

"Mas eu não tenho dinheiro", lembrou-se desesperado, "me roubaram."

"Esta é por conta da casa. Do que você gosta?"

"De tudo", sorriu Assaf, e esticou as pernas, sentindo-se confortável.

"Você vai ter de tudo", declarou Léa, levantando-se e ocupando todo o seu espaço, "vou voltar para a cozinha, mas não se preocupe, não vou abandonar você."

Ele ficou sentado e devorou com deleite a sucessão de pratos que Léa lhe mandou. A comida era fina e bem temperada, um desfile de sabores que o embriagavam e estimulavam seus sentidos; e que tinham um significado muito preciso: alguém aqui queria deixar Assaf feliz.

Léa espiava de vez em quando pela janelinha da cozinha, com um olhar comprido, profundo e pensativo, sentindo enorme prazer no seu apetite voraz, visceral. Num dado momento congelou, ficou estática, como se atacada por um súbito puxão nas costas ou por uma idéia repentina, chamou Samir e trocou algumas palavras com ele num canto. Pediu que ele fosse até sua casa, liberasse a babá e trouxesse Noiku. Depressa. Samir a encarou, surpreso: "Para cá? No meio do expediente? Você tem certeza?".

Sim, sim, ela tinha certeza. Depressa. Ela precisava esclarecer uma coisa importante.

"VEJA, EU SEI que ela sumiu", disse Assaf, sentindo ter chegado a hora de falar sério. Léa estava sentada à sua frente, mexendo um café preto. "E também sei que ela está metida em alguma confusão, eu quero encontrá-la. Você me ajuda?"

"Eu bem que gostaria", respondeu ela diretamente, "mas não posso."

"Ah", disse ele, decepcionado, "Teodora disse a mesma coisa." Fez-se um longo silêncio, uma leve tensão no ar. Léa pensou, maravilhada: O quê, você chegou até Teodora? Algo nele a deixava extremamente comovida, o tempo todo. Ela nem sabia bem o que era. Assaf ficou calado. Achou que não era justo. Que agora alguém tinha de ajudá-lo. Que sozinho ele não conseguiria. Léa também se sentiu mal com sua recusa. Tentou reanimar a conversa: "Você sabe que eu nunca na vida conheci essa Teodora?". Ela deu de ombros. "Às vezes eu pensava, sério, talvez seja só uma fantasia de Tamar. Bem", disse em tom de expectativa cautelosa, "você já sabe que às vezes ela tem fantasias e idéias de todo tipo, não é?"

Assaf se lembrou de Vitório, visualizou a garota em cima do barril, e sorriu.

"E também...", Léa sentiu que estava caminhando sobre um arame muito fino, falando de Tamar a ouvidos completamente estranhos; e, apesar disso, suas entranhas lhe diziam que estava fazendo isso em favor de Tamar. "É muito importante para ela que seus amigos não se conheçam entre si. Ela... ela precisa estar a sós com cada um, como se fosse um mundo só dos dois", disse, mais uma vez examinando o efeito das suas palavras sobre Assaf, e pensou que, além de tudo, ele também tinha um sorriso lindo, "e quando eu pergunto a ela por que isso, o que ela me responde? 'Dividir para conquistar!' O que você acha disso?"

"O que *eu* acho?" Era um prazer ser promovido a comentarista de assuntos sobre Tamar; como se, na jornada em busca dela, tivesse juntado experiência e conhecimento suficientes para explicá-la. Disse: "Talvez... talvez assim ela tenha mais liberdade, quer dizer, ela tenha...", e de repente veio à sua boca a palavra de Réli, "*espaço*".

"Exatamente o que eu penso!", disse Léa emocionada. "Se você quer saber, é como se ela, com o seu 'dividir para conquistar', pudesse ser uma pessoa totalmente diferente com cada um, não é?"

"Também foi o que eu pensei", disse Assaf concluindo o debate, "a liberdade dela. É o mais importante para ela." E ficou um instante quieto, preocupado, alguma coisa o deixara confuso, de um ângulo totalmente diferente, do prisma de Réli e Tuco, como se, pela primeira vez, lhe tivesse ocorrido que talvez também houvesse algo sensato naquilo que Réli dizia.

Léa apoiou o rosto na mão enorme e fitou Assaf, um pouco

como se olhasse através dele; foi levada por uma idéia longínqua, brincou com ela um pouco, retornou a ele.

"Diga, você...", como perguntar isso, "além do colégio, você transa mais alguma coisa? Arte ou algo assim?"

"Não...", ele riu, "por que você perguntou?"

"Bobagem. Só pensei." Um ligeiro sorriso de satisfação passou pelos seus lábios. Assaf se perguntou se a fotografia poderia ser considerada arte. Talvez sim. Seu professor do curso de fotografia achava que sim. Na exposição de fim de ano foram expostos cinco trabalhos seus, mas ele nunca pensara em si mesmo como "artista". Chegava a incomodá-lo um pouco pensar assim. Talvez porque Réli fazia questão de se apresentar como "artista", e sempre lhe parecera uma coisa falsa; artistas de verdade eram Cartier-Bresson, ou Diane Arbus, e todos os outros cujas obras ele valorizava e estudava, mas o que era ele em comparação com esses?

UMA TROUXINHA QUE BERRAVA surgiu diante de seus olhos. Samir voltou e, com um suspiro de alívio, entregou a Léa uma menininha irada; explicou que ela estava dormindo quando ele chegou, e viera berrando o caminho todo.

Assaf calculou que ela devia ter dois ou três anos. Era miúda, de pele clara, cabelo preto e muito liso, olhos negros puxados que, nesse momento, estavam fechados de raiva e quase não se viam. Ele desviou o olhar para Léa, e de novo para a menina, tentando estabelecer alguma ligação entre a mulher enorme, escura, com cicatrizes no rosto, e a criança de olhos puxados. De repente, compreendeu. Era tão simples.

"Léa!", ouviu-se uma voz da cozinha. "E os marinados?"

Léa se levantou, a menina berrando nos braços, relutou um

instante na porta da cozinha, voltou e, num gesto súbito, depositou-a no colo de Assaf. Agora ele tinha nas mãos uma criancinha, surpreendentemente leve, pesando mais ou menos a metade do peso de Muki, que era, nas palavras da mãe de Assaf, "um passarinho sem asas". E esta aqui era leve como uma pluma, cheirosa e linda, quando se conseguia ver alguma coisa através da tempestade à sua volta, seus punhos minúsculos batendo para todo lado. Assaf sorriu para ela, e ela berrou. Ele lambeu os lábios, como fazia Dinka, e ela chutou. Ele latiu, e ela silenciou. Olhou fixo para ele, espantada. Ele latiu outra vez, e mexeu as duas orelhas. Ela lançou um olhar maroto para Dinka. Algo começou a surgir por entre as lágrimas. Ele ergueu um dedo no ar. Ela estendeu um dedo e o tocou. Ainda restavam alguns soluços dentro do sorriso. Ele fez que sim com a cabeça, e ela o imitou; ele fez que não, ela também; e assim foi indo, sem palavras, apenas olhares, piscadelas e caretas. Assaf sentiu que dentro si toda a saudade de Muki despertava, se espalhava, doía. Noa estendeu suas mãozinhas para tocar o rosto de Assaf, alisou seus olhos, o nariz ferido, tocou os lábios azulados de sangue pisado; Assaf ficou parado, olhos semicerrados, permitindo-lhe brincar, e desfrutando intimamente. Ao abrir de novo os olhos, viu que Léa tinha voltado e quis devolver-lhe a menina, mas a criança não quis se separar dele.

"Estou vendo que Noa gostou de você", disse seriamente. "Agora..."

No entanto, Noa também não concordou em dividi-lo com ninguém. Agarrou seu rosto com as duas mãos, virando-o para si, e começou a lhe contar com entusiasmo sobre o mascote que tinham na creche, que se cortou no vidro e saiu sangue... Assaf ia repassando mentalmente suas meias palavras, e as decifrou uma a uma. Quando Muki tinha essa idade, em que as crianças pronunciam somente uma sílaba de cada palavra, Assaf preparou um dicionário especial para que sua babá pudesse entender o que ela dizia. Léa ficou sentada ao lado, atenta à conversa, a expressão radiante. "Agora ouça...", disse por fim, quando Noa consentiu em se separar dele por um momento e começou a brincar com Dinka no chão, "quero lhe contar uma coisa."

Imediatamente Assaf ficou sério, um pouco tenso. Ela ergueu as mãos e colocou os dedos em concha junto à boca, como um minúsculo alto-falante; e do lado externo da concha, seus dois olhos o encaravam, estreitos e brilhantes: "Saiba que se alguma vez você fizer algo de ruim a essa moça, eu vou atrás de você até o fim do mundo, e estrangulo você com estes dez dedos. Ouviu o que eu disse?".

Assaf balbuciou alguma resposta. Lembrou que Teodora também dissera algo semelhante, mas aqui, com Léa, teve a sensação de que ela talvez já tivesse feito algo assim alguma vez.

"Posso não ser a pessoa mais inteligente do mundo", começou ela, com o tom solene de quem estava iniciando um discurso, "e só Deus sabe quantas besteiras já fiz na vida...", e inconscientemente seus dedos tocaram as longas cicatrizes; tinham sido feitas por três marginais de um bando rival, com uma gilete espetada numa batata, "e não se pode dizer que eu tenha nível superior, só fiz até o primeiro colegial. Mas entendo alguma coisa do ser humano, e estou aqui com você faz mais de uma hora, e o que eu precisava saber já sei."

Assaf não entendeu aonde ela queria chegar, mas não quis interromper.

"O caso é o seguinte", disse, colocando as mãos abertas sobre a mesa: "Tamar se meteu numa complicação".

Drogas, pensou Assaf.

"Uma coisa ruim, com marginais. Criminosos, até."

Ele estava prestando atenção. Nada do que Léa disse o surpreendeu. (Na verdade, só uma coisa o surpreendeu — ser capaz de ficar ali sentado conversando tranqüilamente, e com naturalidade, com uma pessoa que tinha acabado de conhecer; e, apesar de toda a tensão e preocupação, sentiu que estava aprendendo, sem esforço, os passos de uma dança extremamente complicada.)

"E da mesma forma que te perseguiram quando você veio para cá", prosseguiu ela, "suponhamos que — vamos apenas supor — que eu lhe diga onde ela está agora, e *suponhamos* que você vá até lá; antes de você dizer 'a', eles já estarão em cima de você. E por mais esperto que você seja, não vai conseguir fugir deles. Na malandragem eles são melhores que você. Agora você entende qual é a minha preocupação?"

Assaf ficou calado.

"É por isso que estou sugerindo que você deixe a cadela aqui."

"Por quê?"

"Porque estou raciocinando, eles estão à procura de um rapaz com uma cadela, certo? Se você sair sem ela, aposto que ninguém vai nem olhar para você. Eu conheço a cabeça deles."

Assaf ficou pensativo.

"O que é que você me diz?"

"Que eu levo Dinka e continuo procurando Tamar."

Ela suspirou, observando sua face esfolada. "Diga", e fez a pergunta que, quinze anos atrás, costumavam lhe fazer constantemente, "você não tem medo de nada?"

"Claro que tenho medo", ele riu, e pensou: Você precisava ver como eu tremia na frente deles, ao lado da piscina. E como tremi vindo para cá. "Mas eu vou achá-la." Não sabia de onde vinha tanta certeza. Sentiu que, assim como o velho do fuzil, também falava como se fosse um herói de cinema. "Não, eu tenho certeza", murmurou, embarcando nas próprias reflexões, esquecendo-se por um instante de si mesmo, "no fim vou acabar encontrando..."

Ela o encarou com curiosa satisfação: como ele se debruçava um pouco para a frente na cadeira, como juntava os joelhos sem juntar os pés; os dedos das mãos, cruzados de forma desajeitada, cada um virado numa direção ligeiramente diferente, esfregando-se uns nos outros num gesto infantil e sonhador, como se estivesse fazendo mentalmente um pedido. O sorriso tímido, interior, transparecia deixando dois pontos de luz nos cantos da boca. E Léa se rendeu.

"Sim...", disse num sussurro estranho, como se respondesse ao pensamento dele.

"De tanto ir atrás dela, é como se eu já a conhecesse", ele murmurou, para sua própria surpresa. As palavras simplesmente lhe escaparam.

"É exatamente o que eu penso desde o instante em que começamos a falar", disse ela em voz baixa.

"O quê?", ele se recompôs, surpreso com o tom sonhador da conversa.

"Venha", disse ela, "vamos passear um pouco."

"Onde?"

"Já, já vamos ver." E ao se levantar disse mais uma coisa para si mesma: "Nós, as garotas, precisamos ajudar umas às outras".

ELA DEIXOU INSTRUÇÕES para o cozinheiro, preparou uma garrafa de água para Noa, escreveu algo num pedaço de papel e o enfiou num envelope. Assaf não fez uma única pergunta. Ao sair do quintal do restaurante olhou para a direita e para a esquerda. A ruela estava vazia. Percebeu que Léa também olhava para os lados, e até mesmo Dinka verificava o terreno. No estacionamento, Léa o apresentou a um velho fusca amarelo, e colocou Noa numa cadeirinha especial para crianças, tão cheia de recursos que parecia tão cara quanto o próprio automóvel. Durante algum tempo passearam por ruas estreitas; de vez em quando Léa parava junto à calçada e esperava longos minutos, para só depois prosseguir. A certa altura deu uma freada súbita, numa rua que parecia totalmente vazia, virou bruscamente para um pequeno local de estacionamento, e esperou. Um minuto depois, passaram dois homens correndo, e Assaf reconheceu um deles, o magricela que o perseguira. Assaf olhou para Léa espantado, sem compreender como ela adivinhara que estavam ali. "Um cachorro conhece o outro", disse com um sorriso irônico, e virou em sentido contrário, na contramão. Passearam ainda por um bom tempo, sempre de acordo com o que ditava a intuição de Léa. Assaf notou que ela olhava pelo retrovisor mais do que pelo pára-brisa, mas não perguntou nada.

"Escute...", disse pouco depois, "não se ofenda, mas eu quero que você feche os olhos. É melhor que não veja aonde estamos indo."

Ele compreendeu de imediato. Fechou os olhos. Ouviu-a dizendo: "Se alguma hora, que Deus nos livre, eles pegarem você... você não vai poder contar onde esteve".

"Você quer que eu ponha uma venda nos olhos?"

"Não", ela riu, "confio em você."

Foi gostoso passear assim. Acalmar-se um pouco após a correria do dia e antes de enfrentar o que o esperava. Noa tinha adormecido, e Assaf achou que também não tinha nada contra tirar um cochilo.

"Quer ouvir música?"

"Não."

"Quer ouvir uma história? Não abra os olhos!"

"Sim."

Então ela lhe contou acerca do restaurante e dos difíceis anos de aprendizagem na França; e para isso, precisou contar algo, apenas de passagem, sobre sua encarnação anterior, e espiou para ver sua reação, percebendo satisfeita que ele não se assustou. Respirou fundo e esticou as duas mãos sobre o volante, e continuou falando baixinho, como às vezes falava com Tamar, sem tentar se opor a essa estranha necessidade que tomara conta dela, ao contrário, entregando-se ao elemento prazeroso, inebriante, que flutuava no ar em torno de Assaf. Por um momento, pensou em contar sobre Shai, mas concluiu que já havia falado demais, e que já dera um quadro suficiente de Tamar, e era preferível que ele descobrisse o resto sozinho. Ocasionalmente espiava de lado, imaginando que podia adivinhar direitinho qual seria sua aparência daqui a dez anos, e daqui a vinte, e trinta. Às vezes tinha a impressão de que ele havia adormecido, e então parava de falar; ele soltava um leve murmúrio, e ela prosseguia. E contou sobre Noiku, o maior presente que a vida lhe dera, e que, aliás, devia muito a Tamar pela decisão de dar esse passo. De repente, deu uma risada: "Não sei por que estou lhe contando todas essas coisas. Você com certeza está pensando que eu conto tudo a qualquer pessoa que acabo de conhecer, não é?".

"Claro. Conte mais."

O caminho se estendia. Noa dava leves suspiros em meio ao sono. Léa falava. Depois de algum tempo, calou-se. Mesmo sem abrir os olhos, Assaf sentiu que ela estava ficando mais tensa. Pegaram uma ladeira cheia de buracos. A luz alaranjada do sol da tarde penetrava através de suas pálpebras. Agora Léa estava guiando bem devagar. "Se você me perguntasse", disse de repente, em outro tom, "com certeza eu lhe diria."

"O quê?", perguntou Assaf.

"Que deixei Tamar aqui, anteontem."

Ele abriu os olhos. Viu que estavam estacionados ao lado de uma parada de ônibus vazia. Um cartaz de papelão balançava num poste de eletricidade próximo: PARA O CASAMENTO DE SIGUI

E MÓTI. Léa ergueu seus óculos escuros, examinou o lugar, olhou atentamente pelo retrovisor. Noa acordou e começou a chorar. Viu Assaf e sorriu para ele. Ele passou o dedo pela sua bochechinha, ela agarrou seu dedo e disse o nome dele.

Assaf desceu do carro, e Dinka, que dormira o caminho inteiro, pulou atrás e se sacudiu toda. Léa pegou um pequeno envelope e o deu a Assaf. "Dê isto aqui para Tamar, diga que fui eu que mandei. Uma carta de explicação. Para ela não ficar com raiva de mim. E cuide-se!", e lhe deu um beijo. "Que dê tudo certo, Assaf, e cuide bem dela."

Ele desceu imediatamente da estrada para o vale. Agachou-se atrás de uma rocha e esperou alguns minutos, escutando se não havia algum outro carro por ali. Silêncio absoluto. Nem motor, nem passos. Estava sozinho, ninguém o seguira. Mas se sentiu pouco à vontade por não ter idéia do lugar onde estava.

Entre as rochas desenhava-se uma trilha. Assaf desceu por ela. Dinka se pôs alerta, atenta. Repetidas vezes Assaf precisou chamá-la para si. Ao lado de um carvalho encurvado ele a deteve, ajoelhou-se e cochichou: "Precisamos nos aproximar em silêncio. Não dê nenhum latido agora, certo? Nenhum som enquanto não descobrirmos o que se passa. Promete?".

Desceram mais, o vale era bem mais profundo do que parecia do alto. Passaram por uma fenda estreita. Caminharam lentamente, em silêncio total. Quando estavam entre dois pequenos morros, ouviram as vozes.

Não conseguiu saber de onde vinham. Vozes de briga, gritos e urros. Voz de um homem muito jovem, talvez um rapaz; gritava histérico, isso não adianta, você não vai me prender aqui, eu não sou seu prisioneiro. E uma moça chorando, ou implorando algo.

Dinka escapou da sua mão, e só no alto de um monte de terra ele conseguiu alcançá-la, saltar sobre ela e prendê-la. Ambos estavam ofegantes. Assaf implorou sussurrando, silêncio. Silêncio,

Dinka, ainda não. Não sabia o que fazer agora. Estava confuso e assustado, e talvez por isso tirou seu cinto e prendeu Dinka, pela coleira, a um fino tronco de árvore. Ela o fitou com um olhar tão ofendido que ele quase não conseguiu prender o cinto. Então ele se arrastou até o topo do morro. Embaixo, atrás de uma árvore grossa, viu uma mancha escura que parecia uma grande boca, que revelou ser a abertura de uma gruta. Havia um rapaz jovem de pé na entrada, suado e ofegante, os braços tremendo ao longo do corpo. Era alto e muito magro, e mal se equilibrava sobre as pernas. Após um momento Assaf percebeu que havia mais alguém, caído no chão, imóvel sob os pés do rapaz. Assaf achou que era um garoto, de cabelos muito curtos. Ficou totalmente confuso: quem são esses? onde está Tamar? Mas o rapaz o viu atrás da beirada do morro, seus olhos brilharam de medo, e ele começou a fugir no sentido oposto. Assaf saiu correndo atrás, bastante confuso. A perseguição durou alguns segundos. O rapaz corria devagar, debilmente, mas toda vez que Assaf estava quase chegando, o medo o fortalecia por mais alguns passos vale acima. Ao lado de um emaranhado de arbustos, Assaf o derrubou e deitou-se em cima dele, torceu seu braço para trás, como lhe haviam feito mais de uma vez nos últimos dias. O rapaz ficou deitado por baixo, chorando, implorando que Assaf não o matasse, e Assaf refletiu distraidamente que ali havia algo estranho, não muito lógico: era impossível que um cara como esse, tão frágil e assustado, fosse um dos que ameaçavam Tamar. O rapaz tentou saltar e ficar de pé. Seu corpo girou e se dobrou. Assaf o empurrou de volta para o chão e gritou para ele não se mexer. No mesmo instante, ouviu passos rápidos entre os arbustos às suas costas. Virou-se para trás, devagar demais, e viu algo descendo sobre sua cabeça, e o céu se partiu em dois e desabou. Após um instante começou a sentir que havia levado um golpe forte num dos lados da cabeça. Depois, nada.

# COMO VOCÊ,
# QUANDO ABRE AS ASAS

"NÃO SE MEXA! Não se levante! Se você se mexer...!"

Assaf ouviu, mas foi obrigado a se mexer. Receou que, se permanecesse deitado, o cérebro escorreria por um dos ouvidos. E isso se somava agora a todas as dores que latejavam na sua cabeça, provocadas pelos golpes que tinha levado de manhã; com a adição da última pancada, elas haviam despertado em toda a sua intensidade, tomando conta do crânio inteiro, como se saudassem e dessem boas-vindas à nova dor.

"Quem é você?", gritou Tamar. "O que você quer?"

Assaf a encarou, procurando compor o quadro à sua frente, porém a cabeça sem cabelos que via recusava-se a combinar com a voz que ouvia. Em meio ao nevoeiro que preenchia sua mente, filtrou uma observação: É uma garota, não um rapaz. Quem é essa?

E de repente foi acometido de uma dor adicional muito aguda: É ela. Mas onde estão os cabelos? Onde está a cabeleira preta?

Do alto do morro ouviram-se latidos. Tamar, talvez por estar tão concentrada em Assaf, não ouviu. Ele quis lhe dizer que era Dinka, mas antes precisou se sentar, aliviar a dor excessiva que sentia. Ergueu-se um pouquinho. Tamar deu um salto, aterrissou bem em cima dele e o acertou com um enorme pedaço de madeira. Quando ele olhou de novo para cima, doíam-lhe também os olhos. Uma fileira de pregos enferrujados sobressaía da tábua, e Assaf torceu para que não o tivessem cortado. Levou a mão à cabeça, acima da orelha, e não sentiu sangue. Só mais um galo enorme e quente para juntar à coleção. O rapaz magro estava sentado no chão, não muito longe dele, recostado numa rocha e de olhos fechados.

"O que você veio fazer aqui?", a voz dela estava sufocada, ofegante por causa do esforço e do medo. "O que você quer?" Assaf começou a entender: ela pensava que ele era um dos homens que a perseguiam. Era preciso explicar. Tentou, pesadamente, ficar de pé.

"Se você ousar se levantar...!"

Ele não sabia o que fazer. Ela oscilava à sua frente, aproximando-se e afastando-se, parecendo feroz, assustada e perigosa. Fitou-a e pensou que, mesmo assim, de cabelo raspado e tremendo de raiva, com a tábua na mão e o macacão imundo, mesmo assim era muito mais bonita do que ele tinha imaginado, ou pelo menos do que ela escrevera sobre si mesma no diário. Simplesmente ficou sentado olhando para ela, procurando adequar a imagem que via a tudo que sabia dela, e tudo que havia imaginado e esperado em segredo no seu coração; e, mesmo assim, ela era totalmente diferente. Seus olhos, por exemplo, Teodora dissera algo sobre eles, sobre o olhar transparente, provocador, mas não dissera nada sobre a sua cor peculiar, o azul-cinzento (certa vez ele havia fotografado uma cor parecida, nuvens de outono no céu, no monte Scopus ao amanhecer), e também como eram distantes um do outro, seus olhos, como se houvesse um lugar entre eles, um lugar tranqüilo; *espaço*.

Ele tinha tanta coisa para dizer a ela, e não abriu a boca. Não por ter medo dela, mas porque sempre era assim com garotas. Com qualquer garota, quase. E quando estava com uma que realmente mexia com sua emoção, sentia como, de forma submissa e conformada, começava a descer degrau por degrau a escala evolutiva.

Sentou-se com os braços em torno dos joelhos, e esperou. O rapaz magro balançava para a frente e para trás de olhos cerrados, e ambos pareciam um pouco prisioneiros dela. E quanto mais o silêncio se prolongava, mais aumentava a irritação de Assaf consigo mesmo: depois de toda a árdua jornada para alcançá-la, esperava que fosse um pouco diferente; até com Léa sentiu que estava começando a mudar um pouco. E agora, o que se via? Que continuava sendo o mesmo pobre coitado, com medo de abrir a boca.

De súbito o rapaz, sem abrir os olhos, disse: "Essa não é Dinka?".

"Dinka?" Tamar se arrepiou. Olhou na direção dos latidos.

Assaf disse: "Eu a trouxe pra você".

"*Você* trouxe Dinka? Mas como... de onde...?"

"Não importa. Eu precisava trazê-la para você, então eu trouxe." Meteu a mão no bolso da camisa e pegou aquela folha de papel, o formulário 76, que já estava quase impossível de ler. "Não importa", murmurou, e amassou a folha, transformando-a numa bolinha de papel, e a enfiou dentro do bolso. Mais cento e cinqüenta shekels, ou melhor, *menos* cento e cinqüenta. A teleobjetiva já havia ficado para o ano que vem.

Tamar deu um passo rápido para trás, sem tirar o olho de Assaf. Subiu o morrinho e, ao gritar "Dinka!", a cadela simplesmente arrancou o cinto do tronco e saltou em cima dela. Uma nuvem de poeira se formou no local do encontro. Gritos de surpresa, ganidos, latidos. Assaf ficou olhando e, apesar de todas as dores, foi obrigado a sorrir.

Levantou-se com dificuldade, procurando se recompor. Sabia que era hora de simplesmente ir embora, voltar para casa, e odiar a si mesmo pelo resto da vida por sua insegurança e covardia — e, ainda assim, não conseguiu modificar nada. Se Roy estivesse aqui no seu lugar, há muito tempo já teria começado a falar, impressionando-a com os relatos exagerados de suas aventuras e, principalmente, ele a teria feito dar risada. Dar risada, só? Ele a teria feito rolar, cair no chão de tanto rir.

Quando Assaf se moveu, Tamar imediatamente ergueu a tábua diante do rosto. Assaf deu dois passos à frente. Deu de ombros, mostrou as mãos vazias, que ela o deixasse passar e ele iria embora. Sua missão estava cumprida, e amanhã havia um novo dia de trabalho na prefeitura. Tamar o observou, intrigada, pois toda a discussão interior dele manifestou-se na sua fisionomia, que nesse momento parecia muito triste e atormentada. Não entendia quem ele era, e por um momento não teve tanta certeza de que ele fosse de fato perigoso; mas ainda estava com medo, e quando ele deu mais um passo na sua direção, ela ordenou com firmeza: "Dinka! Go!". Assaf a encarou estarrecido. (Obviamente ele não podia saber: nove anos atrás, o pai de Tamar concordara em lhe comprar uma cadela com a condição de que passasse por um treinamento especial para defender Tamar quando fosse necessário. Agora, nove anos depois, de repente Tamar se lembrou daquele estranho treinamento.) Dinka ergueu as orelhas, e não se mexeu. "Go, Dinka, go!", gritou Tamar apavorada, imitando inconscientemente o sotaque sul-africano do treinador. Dinka deu alguns passos, encostou em Assaf, esfregou a cabeça no joelho dele e enfiou o focinho dentro da sua mão. Tamar ficou parada, atônita. Jamais tinha visto Dinka fazer esse gesto com nenhuma outra pessoa que não ela mesma. Assaf disse: "Alguém a encontrou andando pela cidade, trouxe-a para a prefeitura, e eu estou trabalhando lá nas férias...".

"Na prefeitura?"

"É, meu pai conhece... não importa. Então andei um pouco por aí com ela, procurando você."

Tamar olhou para Dinka, como se esperasse uma confirmação. Dinka olhou para a direita, para a esquerda, lambeu o focinho. Então ergueu-se nas patas traseiras e apoiou as dianteiras no peito de Assaf.

Tamar jogou a tábua no chão. "Estou vendo que também lhe deram umas porradas no caminho", disse. Ela passou a mão na sua coleção de ferimentos.

"Geralmente eu não fico assim", disse ele, constrangido.

"Geralmente eu não bato assim."

Assaf ficou calado. Passou o peso do corpo de uma perna para outra. Coçou a barriga da perna com o pé. "Ah, um monte de gente manda lembranças", lembrou-se de repente. "Teodora, e o vendedor de pizza. E também Vitório. E Léa. E Noa, é isso. E o tal Honigman, que estava com ela", a cada nome os olhos de Tamar se arregalavam mais, "e um cara de Lifta, Serguei, e também um investigador de polícia que uma vez quase pegou você. E uma garota, que toca celo no calçadão, de chapéu vermelho."

Tamar deu um passo na direção dele. Ele achou que ela tinha olhos de loba, séria, triste. "Você encontrou *todos* eles?"

Ele coçou o pêlo de Dinka, embaraçado. "Ela me levou ao encontro deles."

À parte na rocha, Shai balançava e gemia. Nenhum dos dois prestou tenção. Para cada um, o mundo era apenas um par de olhos à sua frente. Tamar se aproximou de Assaf, observou-o com absoluta concentração, esquecendo-se de si mesma, como se sugasse algo dos seus olhos, do seu rosto, do seu corpo crescido e desajeitado. Assaf não se moveu. Geralmente um olhar desse o torturava, fazia-o cambalear e tropeçar. Dessa vez sentiu apenas uma ligeira fraqueza nas pernas.

"Eu sou Tamar."

"Sim, eu sei." Após um momento, lembrou: "Eu sou Assaf".

Um instante de constrangimento. Apertar as mãos? Formal demais. Pouco antes, já haviam tido uma intimidade maior.

Tamar cedeu primeiro, apontando: "E aquele é o meu irmão, Shai".

"Seu irmão?!"

"Meu irmão. Por quê? Você não sabia?"

"O tempo todo pensei que ele era... quer dizer, que você e ele... mas eu não sabia mesmo!"

Ela entendeu imediatamente: "Você pensou que ele era o meu namorado?".

Assaf deu um sorriso sem jeito. Corou. Esfregou as mãos. Uma sutil engrenagem em seu cérebro começou a girar mais depressa que as outras, soando mais ou menos desta maneira: "Se é assim... então é assim, não é?". De certo modo, dentro de Assaf as coisas começaram subitamente a se mover num ritmo novo e confuso. Na alma, no corpo, uma sensação estranha. Como se, de repente, um novo inquilino começasse a habitá-lo e, de uma hora para outra, *trocasse a mobília* no seu interior num ritmo alucinante, arrastando mesas pesadas, jogando fora armários velhos e quebrados, trazendo para dentro algo leve, arejado, flexível, algo feito de bambu. De súbito Assaf sentiu que precisava, agora, já, abordar um assunto importante. Baixou a mochila das costas e entregou a ela. Tamar a arrancou de sua mão, apertou-a contra o peito, fitou Assaf com um olhar oblíquo, cheio de suspeita: "Até isto você...?".

Ele endireitou os ombros preparando-se para o que viria: "Escute, ahn... eu li um pouco. Quer dizer, li os cadernos. Não tive alternativa".

"Leu o *diário*?!", ela berrou, recuando. E Assaf sentiu a dor de ela ter se afastado, mesmo que um único passo. "Você leu o meu diário?!" Os olhos dela brilhavam de raiva, a bandeira da sua guerra pela privacidade tremulando dentro deles, e Assaf sabia que a tinha perdido no exato instante em que a encontrara.

E com a mesma rapidez, ela arriou a bandeira. Olhou para ele com um olhar de dor, de decepção, aguardando uma explicação.

"Li só um pouquinho", murmurou, "só algumas páginas, aqui e ali. Achei que talvez... pelo diário, entende? Que eu conseguiria encontrar você..."

Ela não reagiu. Arredondou um pouco os lábios, no seu gesto típico de reflexão. Mesmo com o coração carregado de raiva, estava admirada por ele ter lhe contado. Por ter lhe revelado o fato imediatamente após encontrá-la. Afinal, ele poderia ter ocultado, e ela jamais saberia. Estranho, pensou, como ele se sentiu quase obrigado a tirar esse peso de cima de si, na mesma hora, não queria que houvesse entre os dois nenhum segredo ou mentira.

"Então você leu", ela repetiu lentamente, buscando absorver o significado da coisa, que ainda não havia captado totalmente: ele havia lido seu diário particular. Era a coisa mais terrível que alguém poderia lhe fazer. Agora ele sabia sobre ela. Ele a conhecia tal como era de si para si mesma. Fitou-o com cautela. Não lhe pareceu que ele estivesse especialmente consternado ou aborrecido por causa disso. Deu uma piscada, confusa. Havia aqui algo novo. Precisava de um pouco de tempo para entender.

Assaf interpretou mal o silêncio dela: "Veja, de qualquer maneira, eu já esqueci tudo".

Ela sentiu uma estranha ponta de pesar: "Não, não, não esqueça nada", disse depressa, surpreendendo-o, e mais ainda, surpreendo a si mesma, "tudo o que você leu sou eu. É isso que eu sou. Agora você me conhece".

Ele disse: "Não de verdade". Na realidade quis dizer: O que eu queria era conhecer mais, mas lhe era praticamente impossível dizer frases longas sem ter de engolir durante a frase.

"Então, e agora?", ela perguntou, um pouco constrangida pela sorte dele, e pelo fato de ainda estarem parados perto demais, face a face. "Quer dizer, o que fazemos agora?"

De repente sentiu falta do seu cabelo longo e espesso, ao menos poderia se esconder um pouco dentro dele sem se sentir tão exposta, quase nua. E que bobagens eram essas que ela estava dizendo? O que era aquele "fazemos"... nós, os dois, juntos? O que era isso de ela e ele? Tentou dar um passo para trás, mas não conseguiu. Fendas, rachaduras súbitas começaram a se abrir dentro dela.

"O que você decidir."

"O quê, o que foi que você disse?" Ela não entendeu. O calor que emanava do corpo dele era muito mais compreensível do que suas palavras desajeitadas. Ele se calou. Por que ele fica tão quieto? Ela abraçou a si mesma, como se de repente tivesse ficado com frio. Baixou a cabeça e sorriu consigo, um tipo de sorriso que há muito tempo não dava, mas, afinal, não achava graça em nada. Em seguida, olhou para a orelha esquerda dele, para o seu pé direito. Passou a língua no lábio inferior, que estava seco. Encolheu um pouco os ombros, sem motivo, mexeu um pouco os braços e esfregou as mãos. Sentiu que não tinha o menor controle sobre tudo isso. Seu corpo começou a fazer movimentos como se participasse de um ritual antigo, ou de uma dança com gestos predeterminados, milhões de anos antes, e não tinha o menor controle sobre tudo isso.

"O que eu decidir?" Ela sorriu, e alguém dentro dela fez um gesto rápido e sinuoso. Assaf também sorriu. Deu de ombros. E estendeu os braços sobre a cabeça. Seu corpo estava todo preso. Chutou um pouco o chão para soltar as pernas. Passou a mão nos cabelos desalinhados. As costas, as costas estavam coçando muito, no alto, entre os ombros, naquele ponto impossível de alcançar sozinho.

O sorriso dela ficou um pouco mais distante: "Mas você disse que veio me entregar Dinka. E já entregou, certo? E agora?".

Assaf lançou um olhar pensativo para as pontas dos seus sapatos, nunca havia prestado atenção no interessante formato deles, a fascinante combinação entre o corpo do sapato, que era preto, e a sola, branca. Depois de um minuto lhe pareceram esquisitos, horríveis e, principalmente, enormes demais: como é possível passar o ano inteiro andando com uns monstros desses? Não era de admirar que todo mundo risse dele. Não era de admirar que Dafi tivesse vergonha dele. E, nesse momento, a grande pergunta, a pergunta fatal, era: será que Tamar já tinha prestado atenção neles, ou ainda era possível salvar alguma coisa? Com cuidado, mas com rapidez, escondeu um deles atrás do outro, e quase perdeu o equilíbrio. Só faltava essa, levar um tombo aqui na frente dela. O que fazer, cacete? De uma hora para outra seu rosto estava fervendo. Quem sabe quantas espinhas estariam lhe saindo neste exato momento? E a coceira nas costas, era de enlouquecer. O que estava acontecendo com ele?

Esticou novamente os ombros, e todo o comprimento dos braços; depois, recolheu-os sobre o peito como se estivesse extraindo força de si mesmo. Então disse o que não acreditava ter coragem de dizer: "Se você quiser... quero dizer, quem sabe você não quer que eu fique?".

"Quero, quero sim." Ela se calou, assustada. De onde pularam esses dois "quero"? Era isso que ela queria? Quando foi que esse desejo se criou dentro dela? O que havia entre ela e ele? Ela mal o conhecia. Como podia fazê-lo participar da sua coisa mais fatal, da sua coisa mais privada? "Espere um segundo", ela se forçou a rir, subitamente muitos anos mais adulta que ele, "você tem alguma idéia de onde está se metendo?"

Assaf vacilou. Sabia que ela estava fugindo de algo, disse, e via que Shai, ahn, não estava numa situação muito...

"Já faz quase um ano que ele está viciado em heroína", interrompeu Tamar, examinando a reação dele. Ficou aliviada ao ver sua expressão. "Estou aqui com ele desde anteontem. Agora ele está num momento bom, mas um pouquinho antes de você chegar, nós tivemos..."

"Eu sei", disse Assaf, "eu ouvi. Mas por que ele está assim?"

"Está tendo uma crise de abstinência. Você sabe o que é isso?"

Assaf fez que sim. Uma nova possibilidade, não menos animadora, começou a se desenhar dentro dele. As drogas que ela comprara, quem sabe, afinal, não eram para ela?

"Então esta noite, amanhã durante o dia e amanhã à noite, vai ser o auge", explicou com voz tensa, verificando muito bem o efeito das suas palavras sobre ele, "o auge da crise. Pelo menos é o que me disseram umas pessoas... ahn... entendidas no assunto."

"Léa?"

"*O quê?!*" Ela estava tão perplexa que sua voz perdeu toda a formalidade, ficando completamente exposta e despida de qualquer estranheza: "Sim, Léa também". Silêncio. Fitou-o obliquamente, começando devagar a tomar consciência de que ele seria capaz de surpreendê-la sempre de novo, por todos os meios, sabendo também que não tinha tempo para digerir isso agora, e que era melhor voltar para o terreno sólido dos fatos: "Geralmente, numa situação como a dele, a crise demora uns quatro ou cinco dias. Já passaram dois dias e meio. Então pense se você quer mesmo ficar, pois não vai ser fácil". Fez uma pausa e acrescentou com uma seriedade tocante: "E, afinal, para que você precisa disso?".

"O quê? Não, tudo bem. Mas me diga uma coisa."

"O quê?" Ela já tinha se virado para ir ajudar Shai, que estendia os braços como um bebê desamparado. Mas também tinha se virado para dar a Assaf a oportunidade de ir embora dali, agora, consciente, antes de se sentir na obrigação.

Ele já estava ao lado dela: "E por que... por que é mesmo que ele está nesse estado? Ele não tem droga aqui?".

"Ele está tentando largar. Nós...", ela não sabia como dizer isso, "nós dois juntos estamos tentando que ele largue."

Shai deu um grito. Uma dor lancinante fez seu corpo dobrar. De um momento para outro passou de um estado de semitorpor a dores e uivos terríveis. Tamar olhou para Assaf. O momento íntimo dos dois havia terminado. Os olhos dela diziam: Você fica? E os olhos dele diziam sim. Ela disse: "Então vamos levá-lo para a gruta". Assaf ainda tinha outras perguntas. Também tinha coisas para contar a ela, sobre Teodora que tinha saído, por exemplo. Mas agora era hora de agir. Uma atitude única e decisiva. Pegou Shai por baixo dos braços, ajudando-o a levantar-se. Ficou surpreso com a leveza de seu corpo: era como se estivesse totalmente vazio por dentro. Shai agarrou-se nos ombros de Assaf com dedos de quem está se afogando. Assaf achou isso esquisito, afinal ele e Shai não haviam trocado uma única palavra, e já estavam tão enredados um no outro.

Esse pensamento voltou a lhe ocorrer dezenas de vezes durante a noite, até que finalmente se dissolveu. Shai berrou, chorou e vomitou por toda parte. Às vezes ficava deitado com olhar fixo, coçando as mãos e os pés até sangrar. Mais ou menos uma vez a cada minuto dava um bocejo longo e sonoro, até quase arrebentar o maxilar. Num momento adormecia, exausto, e de repente seu corpo se contorcia e praticamente se jogava no ar de tanta dor. Assaf e Tamar cuidaram dele o tempo todo. Limparam, lavaram, enxugaram, trocaram suas roupas, deram de beber. Assaf não percebeu o sol se pôr, a noite descer. O tempo era composto não de instantes, e sim de ações. A cada instante havia algo novo a fazer. No vazio da gruta, ouviam-se apenas os sons de Shai. Tamar e Assaf quase não se falaram entre si. Rapidamente desenvolveram uma linguagem de sinais, olhares e gestos, como uma equipe numa sala de cirurgia, ou dois mergulhadores em águas profundas. Assaf apagou de sua mente qualquer pensamento externo à gruta. O mundo não existia. Não existiam pessoas queridas, não existia Tuco, capaz de mobilizar a polícia para procurá-lo, e não existiam aqueles que tinham perseguido Tamar e ele próprio. Quando pensava nos dois dias que Tamar passara ali sozinha com Shai, não conseguia entender como ela havia agüentado. Depois lhe ocorreu que provavelmente ela não tinha pregado o olho desde que chegara. Mas não deixou escapar uma única queixa. Deitou-se em cima de Shai, na sua frente, Assaf lhe passou a toalha, ela lhe passou a garrafa de água vazia fazendo um sinal com os olhos para que ele trouxesse outra cheia. Seus lábios pronunciaram sem som as palavras "papel higiênico", e Assaf achou que ela tinha lábios tão bonitos que pareciam desenhados. Foi até o fundo da gruta e trouxe dois rolos. Ela já havia tirado as calças de Shai. Assaf pegou da mão dela o papel higiênico sujo. No mesmo instante, perceberam que Shai vestia cueca do Snoopy; ambos olharam a cueca, trocaram olhares, certificando-se de que era isso mesmo, Snoopy, tão deslocado no meio de tudo isso.

HORA APÓS HORA. Três horas, cinco horas. Oito. Nos raros momentos em que Shai adormecia, quase não se falavam. Por causa do cansaço, e também porque parecia estranho entabular, de repente, uma conversa educada, como duas pessoas que haviam acabado de se conhecer. Estiravam-se no chão ao lado de Shai, que dormia; ou deitavam-se atravessados no outro colchão, pernas na terra. Respiravam profundamente, olhos fixos no teto, nas paredes da gruta, tentavam cochilar um pouco, sem conseguir. Tinham o cuidado de não encostar um no outro. Sentiam que a presença do outro carregava-os de novas e estimulantes energias, mas também os impedia de dormir. De vez em quando Tamar lhe dava um sorriso um tanto infeliz, um sorriso de solidariedade para com os problemas dele. Para que você precisa de tudo isto?, dizia o sorriso dela como desculpa, e Assaf lhe retribuía com seu melhor sorriso, seu sorriso mais seguro. Mas ela via como ele estava se desgastando, se esgotando — não do esforço físico, ele parecia totalmente invulnerável, feito de material forte —, e sim devido aos tormentos de Shai, devido a essa nova realidade, para a qual fora repentinamente sugado sem nenhuma preparação.

Às duas da madrugada, Shai acordou e começou a procurar a sua dose com desespero. Tinha certeza de que Tamar escondia ali ainda mais uma. Não parava de lhe perguntar: quantas doses você comprou exatamente do traficante na praça Zion? Cinco, não é? Então, cadê a quinta? Já tomei quatro, falta uma, cadê a quinta?

Não adiantava explicar. Ela lhe disse mil vezes que já tinha tomado as cinco quando estavam na casa de Léa. Ele andava de um canto a outro da gruta como um animal enjaulado, derrubava os mantimentos que ela arrumara, procurava dentro do violão que ela trouxera de casa, dentro dos sapatos. Obrigava-os a tirar os sapatos e procurava também ali. Na sua loucura, conseguiu encontrar até o buraco onde Tamar escondera as correntes e o aparelhinho de choque. Sentou-se e ficou olhando longamente essas coisas. Tamar achou que agora, ao descobrir o que ela havia lhe preparado, as coisas que, na sua estupidez, achara que teria coragem de usar, simplesmente ele a mataria. Porém sua mente funcionava de forma totalmente diversa, seu mundo se dividia em dois extremos: a droga, e tudo o que não era a droga. As correntes absolutamente não lhe interessaram. Não se traduziam no seu cérebro como algo capaz de ajudá-lo. Mas Assaf viu os objetos, presumiu alguma coisa, e olhou para Tamar com olhar confuso. Ela deu de ombros: eu tinha alguma opção? E Assaf começou finalmente a captar partículas de tudo o que Tamar havia planejado e feito.

Depois, Shai caiu em desespero, começou a perfurar seu colchão. Furou a espuma de lado a lado, no comprimento e na largura. De vez em quando soltava um grunhido de esperança, um grito de alegria, depois golpeava o colchão, desapontado. Assaf e Tamar o observavam incansavelmente. Assaf pensou: Ele não dá a mínima para eu estar aqui, está totalmente indiferente ao fato de haver mais alguém junto com Tamar. Está interessado numa coisa só. E Tamar pensou outra vez: Quanto tempo será que Assaf vai agüentar esta loucura? Quando será que vai desistir e ir embora? Ou apenas sumir sem dizer palavra? Às vezes, quando estava ocupada com Shai, sentia, nas suas costas, que Assaf caminhava na direção da entrada da gruta. Olhava disfarçadamente para trás. Via como ele parava um momento, esticava-se todo e respirava o ar fresco da noite. Ela se obrigava a não olhar. Proporcionava-lhe outra vez a possibilidade de dar mais um passo para fora, e desaparecer. Para que ele precisa de tudo isto?, pensava. Por que uma pessoa normal haveria de se meter numa coisa dessa? Pessoas mais próximas a ela sumiram em situações mais fáceis que esta. Imediatamente em seguida, ao ouvi-lo murmurar baixinho atrás de si, pegando de suas mãos a garrafa vazia, ou as roupas sujas, ou qualquer outra coisa que a estivesse atrapalhando no momento, seu corpo sentia suaves ondas de calor.

SHAI SE ARRASTOU COM DIFICULDADE e foi de quatro até um dos cantos da gruta. Tentou escavar com as unhas o solo duro.

Durante alguns momentos ouviram-se apenas os ruídos das mãos cavando e sua respiração ofegante. Eles não podiam tirar o olho de Shai, era como presenciar um pesadelo acordado. Ele cavava depressa, tufos de terra voando atrás de seu corpo, enquanto a boca emitia grunhidos estranhos. Subitamente ergueu a cabeça, os olhos brilhando para eles com um sorriso frágil, totalmente lúcido: "Vocês podem ao menos me dizer se estou perto ou não, quente ou frio?".

E os três caíram na gargalhada, surpresos, como três crianças numa colônia de férias. Shai riu, e por um instante conseguiu ver a si mesmo de fora. Balançou o traseiro para os dois, e Tamar desabou, largou-se de costas no chão, exausta da tensão dos últimos minutos, estendeu os braços e riu até chorar; e, em meio às lágrimas, espiou e viu Assaf, e achou que ele tinha uma risada masculina e doce.

Depois as dores voltaram. Shai se queixou de que todos os seus ossos estavam se desmanchando de dor, podia senti-los estourando, se quebrando. E então seus músculos começaram a se rasgar, nas suas palavras, a se romper, se apertar, se enrolar dentro do corpo. Não sabia que possuía músculos em tantos lugares, atrás das orelhas, por exemplo, nas gengivas. E Tamar, que se lembrava de que em casa ele era capaz de descrever qualquer dorzinha de barriga de forma extremamente detalhada, choramingando, mimado, nesse momento teve de superar a repulsa que lhe despertava a descrição — não as dores em si. Ela procurou desviar a consciência dele das dores, trazê-lo um pouco de volta. Falou-lhe sobre o diafragma, um músculo que não se pode sentir de forma direta, e que, mesmo assim, é impossível cantar sem ele. Imitou Halina, quando ela exigia: "Apoiar! Apoiar-se no diafragma!". Deu um verdadeiro espetáculo imaginando o que Halina diria ao saber que Tamar havia cantado na rua: "É mesmo? E eles gostaram? Muito interessante... mas como você conseguiu cantar tão agudo depois de Kurt Weil? Aqui você nunca consegue... aqui sempre precisa de uma pausa depois de cantar Kurt Weil...". Shai não ria. Assaf ria muito. Tamar percebeu que era bem fácil fazê-lo achar graça, contrariando sua aparência séria. Teve prazer em fazê-lo, ocorreu-lhe que Idan jamais tinha rido das suas piadas, talvez até achasse que ela não tinha senso de humor. E Assaf, por sua vez, tinha descoberto agora a covinha que Teodora mencionara, e também começou a imaginar o que Tamar fizera nas ruas durante o último mês. Perguntou-se se alguma vez a ouviria cantar. Resolveu que começaria a olhar os anúncios de concertos nos jornais, e que se achasse o nome dela... de repente sua bolha de ilusões estourou: estava apenas sonhando, nem sequer sabia o seu nome completo! Mas não havia tempo para se deprimir, pois Shai começou a alucinar com uma larva, que ele chamava de mandrágora, e que o corroía e sugava por dentro. Sentia como ela revirava suas entranhas e devorava sua carne a cada movimento. Sentia que se desmanchava completamente na sua boca, virando um monte de órgãos, fibras e células. As pernas lhe fugiram, abrindo-se convulsivamente para os lados; depois, também os braços. Assaf viu e não acreditou: o corpo longo e esguio parecia se desmembrar em espasmos. Tamar se deitou sobre ele, segurando-o com força, e Assaf viu os músculos pequenos, alongados, em seus braços, e — como Teodora lhe assegurara que aconteceria — seu coração simplesmente abriu asas e voou para ela. Falava com Shai ininterruptamente, dizendo que o amava, que o ajudaria, que faltava pouco, mais um ou dois dias, que tudo isso iria passar, que começariam uma vida nova. E em meio a um emaranhado de braços e pernas, subitamente Shai adormeceu.

Tamar rolou para o lado. Não lhe restava um pingo de força. Viam-se gotas de suor nas suas axilas. Manchas de vômito e urina de Shai se espalhavam pelo seu macacão. Assaf podia sentir o cheiro dela, e sabia que ela também sentia o seu. Ela ficou deitada observando Assaf com aqueles seus olhos que viam demais. Um olhar totalmente exposto. Ela tinha a sensação de que estava completamente nua diante dele, e não se importava, não tinha forças para entender o que se passava. No início, por exemplo, ficou incomodada por ele ver a nudez de Shai; por causa do próprio Shai, por ele ter sua intimidade exposta, mas também porque alguma coisa nela mesma se despia ao despir o corpo do irmão, a matéria da qual ela própria também era feita. Após algumas horas, já havia se acostumado. Agora tentava dormir. Ouviu Assaf se levantar em silêncio e ir até a entrada da gruta. Observou-se e não encontrou em si nenhum tremor de preocupação com a possibilidade de ele fugir, e pensou que, apesar de tudo, haviam cruzado alguma fronteira juntos. Ele saiu, seu corpo engolido pela escuridão. Dinka se levantou e também ficou olhando. Um minuto se passou, e mais um. Tamar pensou corajosamente que era muito bom para ele refrescar-se um pouco. Até mesmo dar um breve passeio, esticar as pernas. Quem sabe teria ido mijar? Mais um minuto se passou. Não se ouviam passos do lado de fora. Tamar disse a si mesma que tinha uma dívida eterna pelo que ele já fizera, mesmo que agora não voltasse. Em seguida deu-se conta, admirada, de que não sabia seu nome completo. A cauda de Dinka começou a balançar e a levantar poeira do chão. A figura de Assaf retornou, surgindo das trevas. Dinka voltou a se deitar, e Tamar voltou a respirar. Ele veio e se deitou cuidadosamente ao seu lado, atravessado no colchão, sem tocá-la. Ela sentiu como de repente havia prazer até mesmo numa boa respiração, ao ouvir ao seu lado aquela respiração tranqüila; e, por algum motivo, ouvi-lo assim lhe deu grande prazer. Pensou que era um jeito estranho de conhecer alguém, de fazer amizade. Pois é isso que está acontecendo, refletiu, nós também, de alguma maneira, estamos ficando amigos, nos aproximando um do outro, não está claro como, quase sem falar, quase sem nos conhecermos, sem que nada *aconteça* entre nós. Agora, com ele deitado tão perto, até achava divertido pensar que não sabia nada sobre ele, onde ele mora, por exemplo, onde estuda, se tem amigos, ou namorada, todos os fatos acerca dele lhe eram desconhecidos, e mesmo assim sentia haver nele algo que ela já conhecia, um conhecimento claro, sólido, que naquele momento lhe bastava.

Havia também momentos de dor, tudo misturado, esse sentimento, talvez algo novo, na hora em que precisava estar totalmente dedicada a Shai, sem distrações. Estava cansada demais para refletir sobre qual era de fato o problema, em outra ocasião certamente se apressaria em fazer tal reflexão, afiada como uma lâmina; mas agora não tinha força nem disposição para isso, e só sabia em seu íntimo que havia alguma incongruência: como se Shai se tornasse, por alguns instantes, apenas um meio para estabelecer essa nova relação. Pronto. Apesar de tudo, conseguira tirar uma conclusão. Ficou assustada, sentou-se por um momento, fitou o vazio da caverna, viu o débil campo de luz do lampião, verificou que Shai dormia, que Dinka dormia, que Assaf olhava para ela. Voltou a se deitar. O que mais a perturbava era pensar que Shai nem sequer percebia o que estava se passando à sua volta. E se tudo fosse só a sua imaginação? E se fossem apenas, mais uma vez, as suas fantasias românticas, e Assaf não estivesse nem aí? E se ele fosse apenas um cara bonzinho que, por alguma razão, tinha decidido ajudá-la? No seu profundo cansaço, virou-se, e sua mão encostou no peito de Assaf. Ui, desculpe, não faz mal, por um momento esqueci que você estava aí, onde eu haveria de estar?, estou meio dormindo, tá? durma, você não dormiu nada nesses dois dias, certo? nem me lembro direito, acho que não, durma, eu fico acordado.

E ao lhe dizer durma, eu fico acordado, ao lhe tirar com tanta facilidade e delicadeza o fardo de ter de montar guarda... não, melhor não pensar nisso agora. Por um momento, quase se desfez o terrível nó que lhe apertava a garganta, quis lhe contar tudo, detalhar um pouco tudo o que lhe acontecera desde que saíra para a estrada, e o que passara aqui na gruta, com Shai, nos últimos dias; pois se existe o inferno, pensou, foi aqui, nesses dois dias, sozinha com ele, até Assaf chegar. Mas sentiu que se abrisse a boca, se permitisse uma fenda mínima na sua couraça, explodiria uma torrente que a arrastaria de forma inapelável, e ainda não podia se permitir, não devia. Além disso, disse consigo, levemente tomada de pânico, na verdade mal o conhecia.

Virou-se de lado, olhando para ele, sentindo o cheiro do seu suor, e pensou que delícia tomar um banho quando tudo isso acabar. Talvez eles se encontrem, sim, mais uma vez, depois, no mundo exterior, por exemplo, num café, limpos, arrumados, perfumados. E contarão um ao outro quem são na realidade. Talvez ela lhe compre, como um bem-humorado presente de agradecimento, algum desodorante caro. Pronto, outra vez se esquecia de Shai, permitindo-se mergulhar em devaneios. Como se sempre alguém tivesse de se sacrificar, pensou, para que os outros pudessem começar algo novo. Do que você está falando?, censurou-se. Que algo novo? Ele nem está pensando em alguma coisa com você. Adormeceu, do seu jeito, no meio desses pensamentos confusos, deitada no chão.

ASSAF SE SENTOU e a observou dormindo, seu coração inundado por ela. Sentiu desejo de cobri-la, limpar a poeira do seu rosto, fazer algo de bom por ela. A melhor coisa que podia fazer era não acordá-la. Portanto, não se mexer. Apenas ficou olhando para ela, incansavelmente, devorando-a com os olhos e pensando como era bonita. Ela deixou escapar um som, deitada de lado, encolhida, a cabeça repousando sobre as mãos juntas. Tinha dedos longos e finos. Em volta do seu tornozelo imundo havia uma fina correntinha de prata, quase invisível. Ele olhava, olhava, e não se satisfazia. Conversou com ela em silêncio, dentro da sua cabeça, uma conversa vívida: Você sabe que tem uns olhos que eu nunca vi iguais? *Sei, já me disseram, aliás, você sabe por que eu tenho esses olhos?* É porque você olha o mundo com admiração? *Puxa, com você não dá! Você simplesmente leu tudo, não é?* Não, só algumas folhas aqui e ali. *Não é justo você saber essas coisas a meu respeito, e eu não saber nada de você! Você, digamos, estaria disposto a me deixar ler o seu diário?* Eu não tenho diário. *Mas e se tivesse?* Se eu tivesse...? *É, se você tivesse, estaria disposto?* Mas para que você precisa do meu diário? Eu posso lhe contar tudo pessoalmente.

Ela entreabriu um olho, viu que ele sorria para si mesmo, os dedos unidos no gesto infantil de pedir um desejo, e voltou a dormir tranqüila. Assaf se levantou. Esticou-se todo. Pensou que em algum momento, não mais tarde que amanhã, teria de sair e telefonar para Tuco, e para os pais, nos Estados Unidos, antes de Tuco mobilizar toda a polícia de Israel. A idéia o irritou. O mundo exterior estava estendendo uma mão fria, batendo no seu ombro. Novamente surgiu a pergunta de como contaria a Tuco a respeito de Réli. Agora, parecia ainda mais complicado, e ele não entendia por quê: talvez porque tenha compreendido, de repente, que até agora não tinha a menor noção daquilo que Tuco sentia pela sua irmã. Talvez. Mas talvez também porque fosse difícil para Réli lidar com Tuco, refletiu, levantando-se em direção à luz mortiça que começava a se apagar. Procurou na gruta e achou o saquinho com as pilhas que Tamar deixara preparadas. Imediatamente percebeu que ela comprara pilhas que não serviam para o equipamento. Lembrou-se de que no íntimo sempre culpara Réli por não amar Tuco o bastante. E sempre estivera claro para ele, aliás para todos, que Tuco amava *mais*, e que era impossível competir com todo aquele amor e cuidado e generosidade dele. Procurou entre os mantimentos e latas de conservas, e achou algumas embalagens de biscoitos, fechadas e amarradas com fita adesiva. Começou a tirar o plástico. Sentia-se desconfortável com esses pensamentos. Por exemplo, de tanto Tuco falar e falar que sentia saudade de Réli, tinha virado uma espécie de ritual, um assunto interminável nas conversas entre eles. Assaf sabia repetir de cor, palavra por palavra, as expressões que Tuco usava para dizer que a tinha perdido, e o erro fatal que cometera ao não pressioná-la para se casarem imediatamente depois do Exército, e que idiota fora ao concordar que ela viajasse para os Estados Unidos. Desenrolou os aramezinhos dos sacos plásticos, esticou-os e conseguiu dois fios de metal compridos. Enfiou a mão no bolso do jeans e tirou uma fita adesiva preta ("fita isolante é tão importante quanto um lenço", dizia seu pai), em seguida arrumou as seis pilhas, uma do lado da outra, negativo com negativo, positivo com positivo. E, para dizer a verdade — prendeu os fios às pilhas, e a outra extremidade no lampião, agora está funcionando —, pensou Assaf, nunca tinham falado, em todas as conversas que tiveram, sobre Réli em si, o que ela sentia. Veio-lhe uma pontada no coração, não sabia por quê, aflito por talvez ter traído Tuco com esses pensamentos; logo em seguida, obrigou-se a pensar sobre o que aconteceria agora, como Tuco receberia a notícia dos Estados Unidos, e como poderia continuar vivendo sem a mulher que tanto amava?

QUANDO ABRIU OS OLHOS (aparentemente adormecera sem perceber), Shai não estava na gruta. Assaf se ergueu de um salto, instantaneamente. Considerou se deveria acordar Tamar e decidiu que ainda não. Assobiou baixinho para Dinka e saiu. Do lado de fora estava começando a clarear. Uma faixa rosada se estendia no céu, a leste. Assaf correu, com Dinka ao seu lado. Tentou numa direção, não achou nada. Na direção oposta, também nada. Procurou ao máximo manter-se frio. Sabia que Shai, naquele estado, não podia ir muito longe. Conseguiu até postergar a corte marcial que impusera a si mesmo pelo fato de tê-lo deixado sair. Dinka corria à sua frente, procurando, farejando. Assaf confiava mais nela do que em si próprio, corria atrás dela, e só agora notava que, desde que haviam chegado, Dinka se colocara em segundo plano, como se sua missão tivesse terminado no instante do encontro dele com Tamar. E no meio dessa corrida tão urgente, chamou-a para si e se agachou diante dela, acariciou seu pêlo, juntou sua cabeça à dela, misturando seus odores. E ela permaneceu parada, absorvendo-o. Apenas um instante... e voltaram a correr.

Um caminhão passou na estrada acima deles. Assaf levou um susto: Shai não podia chegar até a estrada. Seria atropelado. E se não fosse atropelado, pegaria uma carona até a cidade, e lá arranjaria droga, e todos os três primeiros dias de recesso e todo o gigantesco esforço cairiam por terra. Havia também um cenário ainda mais terrível: quando Shai chegasse à cidade, seus perseguidores o encontrariam. Imediatamente Assaf começou a suar. Quis se matar por ter adormecido e falhado com Tamar.

No alto do morro, encostado num pinheiro sem folhas, estava Shai, curvado, um líquido verde escorrendo dos cantos da boca. Assaf correu na sua direção. Agarrou-o quando ele estava prestes a cair. Seus olhos já estavam revirados, e mesmo assim ele grunhia que Assaf não o impedisse agora, que precisava alcançar a estrada. Chegou a propor dinheiro a Assaf, um suborno, para que lhe contasse onde Tamar havia escondido a droga. Assaf enfiou o braço entre as pernas de Shai e jogou-o sobre os ombros, do jeito como se carrega um homem ferido. Voltou com ele ao fundo do vale, achou os arbustos e entrou na gruta. Um minuto antes de entrarem, Shai apertou com força o pescoço de Assaf, obrigando-o a parar: "Por favor, se ela estiver dormindo não diga a ela que eu fugi". E implorou: "Não diga a ela, não diga a ela". Assaf refletiu e considerou: sua lealdade a Tamar contra o forte desejo de Shai de não decepcioná-la. "Ok, mas é a última vez que você tenta fugir." Shai mexeu seus dedos compridos, pelo jeito isso significava "sim". Assaf o colocou de volta sobre o colchão. Deitou-o e ajeitou seus membros longos e finos, como se estivesse arrumando um boneca de trapos. Tamar ouviu os movimentos ao seu lado, e despertou. Abriu os olhos. Espreguiçou com prazer, numa ausência momentânea. "Nossa..., como eu dormi... ei, você aí, por que está de pé?" Assaf ficou calado. Shai implorou com o olhar. Assaf deu de ombros: "Nada, quis me esticar um pouco". Tamar lhe deu um sorriso doce, um sorriso matinal. Shai, deitado, piscou para Assaf em sinal de gratidão. Um raio de sentimento vívido, puro, passou pelos seus olhos turvos, e Assaf sorriu de volta. Tamar viu a troca de olhares. Fechou os olhos e pensou que talvez as coisas acabassem dando certo no final.

O NOVO DIA foi um pouco mais fácil que o anterior. Shai sofreu menos, mas ainda tinha propensão a passar horas procurando a droga no colchão e nos cantos da gruta. Tinha certeza de que na véspera vira a dose que faltava, tinha visto mesmo, só que agora não conseguia se lembrar onde. Assaf e Tamar deixaram de responder suas repetidas e intermináveis perguntas. Massageavam incansavelmente suas pernas para aliviar as dores e restabelecer a circulação sangüínea. A cada hora obrigavam-no a tomar alguns goles de água, e às vezes Assaf precisava segurá-lo à força, para que Tamar pudesse pingar algumas gotas com auxílio de um bico de mamadeira; nesses momentos ele parecia um bebê crescido, muito doente. E quando os olhos de Tamar cruzavam os de Assaf, ela sabia que ele estava vendo o mesmo quadro, exatamente o mesmo, talvez com as mesmas palavras, e sentia um ligeiro choque, como se de repente estivesse espiando a intimidade mais íntima dele; e se lembrava, surpresa, daquilo que sempre pensava a seu próprio respeito, que sua alma carecia de uma peça de ligação, a peça no jogo de montar que une um ser humano a outro, mas talvez até mesmo esse assunto necessitasse agora de uma reavaliação, pensou ela.

Lá embaixo, no fundo do vale, havia uma pequena fonte, um córrego minúsculo. Ela foi até lá, levando lençóis sujos e roupas dos três. Ali, agachada, esfregando as roupas na água, ocorreu-lhe que, desde que entrara no albergue de Pessach, praticamente não tinha estado sozinha. Essa tinha sido uma das coisas mais difíceis para ela no albergue, pois sempre, desde criança, tinha a necessidade — como do ar para respirar — de ficar sozinha consigo mesma pelo menos uma ou duas horas por dia. Agora estava um pouco confusa: desde que Assaf chegara, podia permitir-se aquela pequena "folga", caminhar um pouco pelo vale, respirar sozinha; e, apesar disso, justo agora essa necessidade parecia ter sumido. Lavou-se no córrego, e sentiu-se alegre como uma criança. "Os amigos lhe dão água, como fonte em dia de calor...", cantarolou com alegria, e colocou as roupas para secar nos ramos do arbusto, num lugar escondido ao lado da gruta, "... como fonte em dia de calor, e ele está a-pai-x...", e se conteve a tempo, recriminando sua súbita infantilidade; e prosseguiu com as recriminações, dizendo a si mesma algumas coisas duras e pesadas; em suma, recuperou a compostura obrigando-se a lembrar quem era quem, mas ao mesmo tempo não parou de admirar seu macacão azul balançando levemente ao lado da camiseta de Assaf.

Ela havia preparado de antemão uma muda de roupa, mas Assaf não tinha mais nada para vestir. Assim, vestiu uma das roupas que ela trouxera para Shai — uma das poucas que lhe serviram. Quando estas também ficaram sujas, vestiu uma camiseta enorme de Tamar, daquelas que ela trouxera especialmente para servir como "roupa de trabalho"; eram da época em que ainda era gorda, contou, e ele disse que era difícil acreditar que ela um dia tivesse sido gorda; Tamar riu, ele que esperasse para ver as fotos, eu era uma elefanta, e o coração dele vibrou de felicidade, pois havia um vislumbre de futuro naquele "espere para ver".

"Ooops", pensou Assaf, quando ela pegou sua escova de dentes, "eu não tenho."

"Use a minha", disse ela depois de escovar, e Assaf — sim, sim, se a mãe dele soubesse, seria a parte mais terrível de todos os acontecimentos desses dias — usou a escova dela, sem problema.

Os vômitos cessaram, e também os bocejos gigantescos. Começaram as diarréias, mais uma provação a ser superada, e eles a superaram juntos, os dois, aliás os três, pois Shai já tinha começado a voltar si; ele recuperou a vergonha e mostrou curiosidade em relação a Assaf, quem é ele, o que está fazendo aqui; e Tamar respondeu simplesmente: É um amigo.

Mas quando Assaf disse que precisava voltar para a cidade por uma ou duas horas, a fisionomia de Tamar escureceu tanto que Assaf quase desistiu. "Tudo bem, pode ir", disse ela, como se tivesse imediatamente concluído, sem a menor possibilidade de errar, que ele não voltaria. Sentou-se com uma súbita falta de forças, de costas para ele, parecendo brava consigo mesma por ter se aberto e confiado nele. Ele explicou detalhadamente o que precisava fazer lá. Procurou falar da forma mais racional e equilibrada possível, mas sentiu que ela já havia erguido uma muralha entre os dois, e não sabia o que fazer para tranqüilizá-la. E, além disso, como ela podia reclamar dele depois do que fizera na noite passada? Olhou para ela com raiva, com ansiedade, pressentindo como começava a ser dominada por um lado complicado e distorcido, como se rendia com estranho prazer ao ataque dos seus ratos, e sentiu que apenas com palavras não conseguiria convencê-la jamais.

Quando ele saiu da gruta, Tamar se levantou e lhe agradeceu por tudo que fizera. Sua polidez era quase um insulto. Ele também se despediu de Shai e, principalmente, de Dinka, que também se mostrou preocupada com sua saída, correndo atrás dele e retornando a Tamar, percorrendo repetidas vezes, ida e volta, a distância entre os dois. Quando já estava longe da gruta, virou-se, pois ouviu — ou teve a impressão de ouvir — Tamar chamando-o baixinho, como que testando se ele podia escutá-la. Correu de volta para ela, quase surfando numa onda de dolorosa emoção. Tamar também se assustou com a onda que a banhou ao vê-lo voltando. Sim? O que você queria?, perguntou ele, ofegante. Por que você voltou?, indagou ela. Porque você me chamou, e também porque esqueci de lhe dar uma carta de Léa. Uma carta de Léa? É, ela me pediu para entregá-la a você, mas quando cheguei você me deu uma pancada na cabeça, e depois cuidamos de Shai, e acabei esquecendo. Ele lhe entregou a carta. Ficaram parados frente a frente. Formais, magoados. Ela dobrou a carta na mão e a apertou com força. Ele viu uma veia azulada pulsando forte no seu pescoço e quase esticou um dedo para tocá-la, acalmá-la. Só então lembrou-se de perguntar por que ela o havia chamado. “Por quê?”, surpreendeu-se Tamar. “Ah, sim, um momento. Escute.”

Ela perguntou se ele poderia lhe fazer um imenso favor, o

último. Assaf abriu os braços, desanimado, até bateu o pé no chão; por que o *último*, por quê? Mas não disse nada, pegou o número de telefone que ela havia anotado, prestou atenção às numerosas e detalhadas instruções e advertências que ela lhe deu, e à pergunta que ela lhe pediu que fizesse a eles. Para dizer a verdade, a incumbência lhe pareceu um pouco pesada demais, e absolutamente inadequada para ele. Ela também percebeu: "É claro que sou eu que tenho de falar com eles, é óbvio, mas como? Daqui?". Ele disse que faria o que fosse preciso. "Então repita mais uma vez o que você vai dizer a eles." E o obrigou a repetir a pergunta exatamente da forma como ela queria, e ele repetiu, curtindo um pouco esse primeiro contato com o lado duro e autoritário dela, mas também admirado com as suas complicadas relações familiares, expostas assim a ele em toda a sua feiúra. Obviamente ela também sentiu isso, e quando ele passou na prova, suas mãos relaxaram e toda a rigidez desapareceu. "Veja só isso, estou lhe contando coisas que não contei nem aos meus melhores amigos." "Escute, às três estou de volta." "Sei, sei. Preciso voltar para Shai." E virou-se para a gruta, realista até o fim, consciente de como seria difícil para ele retornar a esse inferno depois de experimentar de novo o sabor da sua vida normal, lá fora.

ASSAF SUBIU ATÉ A ESTRADA, pegou um ônibus, e imediatamente começou a se orientar em relação ao lugar onde estava, recorrendo às placas da estrada e aos nomes das ruas, até saber com absoluta precisão aonde Léa o trouxera de olhos fechados. Em casa, escutou as mensagens na secretária eletrônica. (Roy voltou a ligar, com um tom cauteloso, sugerindo que talvez ele e Assaf devessem se encontrar para uma conversa de homem para homem. Tinha a impressão de que Assaf estava com algum problema, valia a pena esclarecer isso, não? Não, disse Assaf, e passou para a mensagem seguinte.) Seus pais diziam que iam partir para uma excursão de três dias no deserto, e que ele não se preocupasse. Assaf sorriu: três dias. Até quando sumiam da sua vida, seus pais lhe davam o tempo exato de que precisava. Escutou novamente suas vozes animadas: já haviam se recuperado totalmente da diferença de fuso horário. Naquela manhã visitaram a empresa de alta tecnologia de Jeremy, e até mesmo o pai, eletricista há trinta anos, disse que jamais tinha visto uma coisa como aquela.

Depois havia mais sete mensagens seguidas, todas de Tuco, e a última dizia que se Assaf não ligasse até o meio-dia, ele, Tuco, iria telefonar para a polícia.

Restavam ainda dez minutos. Assaf bebeu três copos de suco de manga, um atrás do outro, e ligou para a oficina. O berro de Tuco fez silenciar de imediato o ruído das máquinas ao fundo. E Assaf se lembrou exatamente da razão por que gostava tanto de Tuco, se é que havia necessidade de lembrar. Assaf lhe contou tudo. Não escondeu nada, exceto as novidades dos Estados Unidos, e exceto o que sentia quando estava com Tamar (ou seja, exceto o mais importante). Tuco escutou tudo, sem interromper. Aí estava mais uma coisa de que Assaf gostava nele: podia lhe contar uma história inteira, do começo ao fim, sem que ele interrompesse com intermináveis perguntas idiotas. Quando terminou, Tuco disse em voz baixa: "Então você conseguiu, hein? Virou Jerusalém de pernas para o ar, mas no final você a encontrou... Quer saber a verdade, Assaf? Não acreditei que você fosse conseguir". E de fato só agora, pela primeira vez, Assaf realmente compreendeu que tinha conseguido, tinha achado Tamar, e estranhou a idéia não ter lhe ocorrido antes, talvez porque, no instante em que a encontrou, tivesse se jogado de corpo e alma na nova missão de tratar de Shai, e depois... mal houve tempo para respirar. Então Tuco, com rapidez e precisão militar, fez algumas perguntas pertinentes: Assaf sabe quem são as pessoas que estão perseguindo Tamar e Shai? Na opinião de Assaf, Tamar e Shai estão correndo perigo por causa desses homens? Onde fica exatamente o restaurante da Léa? É possível obter algumas referências sobre a localização da gruta, apenas para caso de emergência? Três vezes advertiu Assaf para prestar muita, muita atenção se não o estão perseguindo agora, pois enquanto estava escondido no vale achava-se protegido, mas agora, ao circular, estava se expondo, e provavelmente também há alguém à sua procura. Depois perguntou casualmente o que havia de novo na Diáspora.

Assaf disse que na verdade não conseguira falar com os pais. Apenas deixaram uma mensagem na secretária, bem sucinta, dizendo que estavam partindo para uma excursão de três dias, mas parecia que tudo estava em ordem. Falou um pouco depressa demais, foi o que sentiu, esperando que Tuco não tivesse percebido, com o ruído das prensas e tornos ao fundo.

Em seguida, discou o número que Tamar anotara num papel de embalagem de chocolate. Esta conversa, que durou apenas três minutos, foi ainda mais difícil do que a anterior. Marcou encontro num lugar determinado — um café, no shopping que ficava a meio caminho entre as duas casas, e deu uma breve descrição de si, para que pudessem reconhecê-lo, sem esquecer de incluir as mais recentes novidades na sua aparência.

Tomou um banho de meia hora, vestiu roupas limpas, e saiu para o shopping. Sentiu-se meio desorientado andando na bolha de ar condicionado, entre as lojas elegantes. Ele próprio não se sentia autêntico naquele lugar; como se fosse apenas um sósia do verdadeiro Assaf, aquele que estava onde realmente deveria estar naquele momento. Com o dinheiro de emergência que sua mãe lhe deixara na caixinha de costura, comprou quatro hambúrgueres (um para Dinka), algumas barras de chocolate, de diversos tipos, pois Shai não parava de avançar no chocolate e o suprimento preparado por Tamar já tinha quase se esgotado. Andando entre todas aquelas pessoas descontraídas, lembrou-se da sua sensação ao entrar às vezes no quarto de Muki enquanto ela estava dormindo; ela dormia como as crianças pequenas, de costas, os braços e pernas estendidos, entregando-se totalmente ao mundo. E então Assaf percebia o quanto ela era inocente e ingênua, e sentia uma necessidade imensa de protegê-la. E ali também, no shopping center, sentia que todas as pessoas que lá passeavam não sabiam de fato o que acontecia não muito longe dali, e como a vida é perigosa, obscura, frágil.

Ao terminar o encontro com eles, estava suado e exausto, e quase pensou em voltar para tomar outro banho. Não havia nenhuma razão física para essa sensação de cansaço. Encontrou-se com um casal de pessoas muito limpas, bem vestidas e reservadas. Pessoas que eram um pouco mais jovens que seus pais, bem mais cultas, muito racionais, que quase não o deixaram abrir a boca, e para tudo tinham uma boa resposta. E — apesar de *ele* ter vindo lhes contar as coisas, comportaram-se como se fossem eles que estivessem lhe fazendo um favor. Também discutiram com Assaf — especialmente o homem — como se ele fosse culpado de algo, e realmente brigaram para que ele entendesse — e soubesse — como tinham razão, e como estavam magoados. Assaf simplesmente não sabia como se comportar com os dois. Nem tentou discutir. Comunicou-lhes o que ela pedira para comunicar. Recusou-se a fornecer mais detalhes, e fez apenas uma pergunta, a pergunta que Tamar lhe pedira que fizesse, e se espantou ao ver o esforço feito pelo homem à sua frente para ceder, se curvar, concordar.

Mas no momento em que isso aconteceu, seu rosto começou a tremer. Primeiro, a sobrancelha direita, que tremia como se fosse uma criatura com vida própria, e então toda a face se rendeu ao tremor; e aquele homem adulto mergulhou num choro amargo, a cabeça enterrada nas mãos; a mulher também explodiu em prantos, diante do olhar de todos, sem tocarem um no outro, sem tentarem se afagar, se confortar, se acalmar mutuamente. Ficaram ali sentados, separados e distantes, cada um chorando seu terrível pranto particular; e Assaf, pelo que Tamar tinha contado, sabia que estava testemunhando o fato mais impossível para aquelas duas pessoas — a renúncia total da sua imagem. Não sabia o que fazer para acalmá-los, portanto falou de Tamar. Eles choravam, e ele falava. Disse que ela os ajudaria, que podiam confiar nela mil por cento, que tudo terminaria bem, e outras bobagens desse tipo. Não paravam de soluçar, parecia um pranto há muito tempo contido. Quando conseguiram se acalmar, ficaram sentados mudos, infelizes, até mesmo dignos de pena. E aí a conversa começou de novo, desde o princípio, como se até esse momento não tivessem escutado o que ele lhes dissera. Perguntaram-lhe, em tom relutante e submisso, coisas para as quais não tinha resposta, pois não sabia o suficiente sobre Shai e Tamar, nem o que tinham passado até ele os encontrar. E mesmo que ele não soubesse responder, continuaram perguntando. Assaf tinha a sensação de que não haviam ousado fazer essas perguntas durante todo aquele tempo, nem mesmo para si próprios. Ficou sentado, em silêncio, às vezes dizia uma ou duas palavras, por fim foi obrigado a interrompê-los, primeiro porque os hambúrgueres estavam esfriando, e principalmente porque sabia que durante todo aquele tempo Tamar estava lá, certa de que ele nunca mais voltaria, e esse era um pensamento insuportável.

E quando se foi, refletiu sobre o quanto sua mãe tinha razão quando, às vezes, ficava chocada com a idéia de que para exercer a profissão mais difícil e definitiva do mundo — ser mãe ou pai — não é preciso passar por nenhum comitê de aceitação nem ser aprovado em nenhum exame.

ESTAVAM OS TRÊS SENTADOS fora da gruta devorando a comida que ele trouxera. Isto é, Assaf estava devorando, e Dinka junto com ele; Shai dava uma ou outra provadinha, e só Tamar não conseguia engolir coisa nenhuma. Seus olhos não desgrudavam de Assaf, radiantes de felicidade, como se ele fosse um grande presente que ela recebera de surpresa. Depois de comer, cochilaram um pouco ao sol, deitados, formando um triângulo — a cabeça de Shai sobre as pernas de Tamar, cuja cabeça repousava nas pernas de Assaf, que, por sua vez, tinha a cabeça deitada na mochila. Pela primeira vez Shai contou as coisas que lhe aconteceram no último ano. Assaf sentiu, penetrando pelo seu jeans, o mal-estar de Tamar ao saber das coisas, lugares, humilhações e misérias que Shai vivera. De vez em quando Tamar também contava algo, recordando alguma apresentação divertida, em Ashdod ou Nazaré, falando das viagens intermináveis, de como era cantar nas ruas, diante de gente estranha. Assaf escutava encantado, achando que seria incapaz de fazer o que ela tinha feito, só de pensar como havia preparado tudo aquilo com tanta antecedência, sem desistir, sem fraquejar, realmente, uma moça como ela deveria ser corredora de longa distância, de distâncias muito, muito longas.

Shai e Tamar começaram a contar histórias sobre seus espetáculos de rua, e falaram de Pessach; quando mencionaram sua trança, Assaf soube que era esse o homem que havia agredido Teodora. Mas Tamar parecia tão leve e contente que ele não quis contar a ela o que se passara. Tamar falou dos buldogues, dos furtos durante os espetáculos, da pobre mulher russa, do pai com o menino em Zichron, e de muitos outros casos de furto que testemunhara. Depois, ela e Shai imitaram para Assaf a maneira como as pessoas depositavam as moedas no chapéu — Shai fazendo a direção de cena e Tamar representando graciosamente; interpretou aqueles que tentam esconder dos outros que estão dando pouco, os que jogam o dinheiro como se tivessem comprado você, os que têm coração tão sensível que acabam não dando nada, os que mandam o filho colocar o dinheiro, os que ficam escutando a apresentação inteira e no instante em que termina a última canção, na última nota... somem, evaporam...

Ela representava, ria e se movia com graça e leveza, era possível constatar como seu corpo voltava à vida, como ia brotando de dentro da couraça que construíra ao seu redor. Ela própria também sentia que isso estava acontecendo, sentia que era um pouco como o título daquele livro de Yehuda Amichai, só que ao contrário — *O punho volta a ser uma mão aberta com dedos*. Ao terminar, fez uma reverência solene, e Assaf aplaudiu, pensando que gostaria que ela o deixasse fotografá-la e capturar todas as suas expressões.

Shai perguntou a Assaf de onde ele era afinal. Foi a primeira vez que se relacionaram diretamente; perguntou também onde Assaf estudava, lembrou-se de dois sujeitos que conhecia e que estudavam na mesma escola; Assaf, que nunca esquecia um rosto, disse que tinha a impressão de uma vez ter visto Shai num jogo do Hapoel. Pode ser? Shai deu risada, claro que pode. Assaf perguntou se ele ainda vai aos jogos. Shai respondeu: "Eu ia, comigo agora tudo é no passado". Assaf perguntou: "E qual é essa de ter um pôster do Manchester United aqui na gruta?". Shai deu outra risada: "Foi ela que trouxe, ela se confundiu, pensou que eu torcia para eles, erro grave, Watson!", e jogou alguns galhinhos secos em Tamar. Ela sorriu: "Qual é a diferença, Manchester ou Liverpool, não é tudo a mesma coisa?". E os dois rapazes protestaram, e explicaram que nenhum torcedor consciente do Hapoel seria capaz de torcer para um time como o Manchester. Mas por quê?, ela quis saber, curtindo imensamente a conversa. "Explique para a menina", suspirou Shai, "porque eu não tenho forças"; e Assaf explicou que um verdadeiro torcedor do Hapoel nunca na vida pode torcer para um time vencedor como o Manchester. "Nós podemos nos identificar apenas com times perdedores, só com times que *quase* ganham o campeonato, times como o Liverpool, por exemplo (que era o time de Shai), ou o Houston..." "Pois agora imagine que em cima da minha cabeça tem um pôster do Manchester!", grunhiu Shai. "Como é que vou conseguir sair algum dia desta situação com o Beckham e o York na minha cara?" Tamar riu de coração, lembrando-se de uma pergunta urgente que a atormentara não muito tempo atrás, algo como: se, durante uma determinada tarefa, a pessoa decide se resguardar do mundo, resguardar sua alma, uma vez terminada a tarefa, ela consegue voltar a ser ela mesma? Assaf contou sobre um amigo seu, Roy, que também torcia para o Hapoel, na verdade um ex-amigo, que não tinha no quarto absolutamente nada amarelo, nem uma xícara, nem roupa, nem vaso, nem tapete, nada que lembrasse o amarelo do Beitar. E assim continuaram batendo papo, Tamar escutando com prazer redobrado, sorvendo a conversa como um remédio eficaz para dois males diversos. Uma ou outra vez fazia uma pergunta, por exemplo sobre o "ex-amigo" de Assaf, e ele contou, sem ocultar nada, e Tamar escutou com a máxima atenção, e pensou, com alívio, que Assaf era exatamente o oposto dela — nos seus interesses (ou desinteresses), no ritmo, na família, na sua total incapacidade de fingir. Agradava-lhe, por exemplo, que ele falasse devagar, pesasse cada resposta, detalhasse precisamente cada coisa, como se assumisse plena responsabilidade por cada palavra emitida. Jamais imaginara que teria paciência para alguém lerdo como ele, que até teria prazer junto dessa pessoa. Ele é do tipo, refletiu, que mesmo que você lhe vire as costas, continua sendo exatamente como é. Tem uma voz límpida, disse consigo, e isso não é coisa que se aprende com um professor de técnica vocal. Através do jeans, ela sentia seu sangue pulsando na veia da coxa, e achou que ele certamente viveria cem anos, sempre crescendo e se transformando, lentamente, e aprenderia muita coisa no seu caminho profundo e definido, e jamais se esqueceria de nada.

MAIS TARDE FORAM OBRIGADOS a entrar na gruta, pois dois excursionistas ao longe começaram a descer para o vale por uma das trilhas. Precisavam ficar um pouco mais atentos aos dois homens, pois não estavam trajados para uma caminhada no campo. Mas os três estavam tão contentes e relaxados que não se preocuparam demais, esquecendo o instinto da suspeita. Assim, apenas recolheram depressa os pertences que estavam do lado de fora, ocultaram a entrada da gruta com arbustos, e sumiram dentro dela.

Logo em seguida as dores retornaram, como se a breve folga tivesse terminado, e Assaf e Tamar voltaram a cuidar de Shai. Outra vez as mesmas dores musculares, mais fracas, porém ainda perturbadoras. A gruta se encheu do odor da loção que Tamar tinha comprado para isso. Shai reclamou que a loção lhe provocava ondas de calor e de frio, e então, de súbito, regrediu, deixou-se dominar pela dor, pela absoluta falta de controle, e começou a se queixar de Tamar: que ela o estava torturando, sendo cruel, quem precisava de tudo isso?, o que havia de errado com ele antes?, nunca na vida conseguiria tocar como tocava quando estava drogado, só Deus e Jim Morrison podiam sentir aquilo. E ele sentia antes, e agora não sentia mais. Por um momento, pareceu-lhe que, apesar de tudo, iria ter a sua dose, que havia ocorrido algum milagre, e que estava num táxi a caminho de Lod. Ficou deitado descrevendo a estrada com surpreendente vividez, chegando a mencionar a árvore de sacrifícios coberta de poeira na entrada da porra daquele bairro. Os dois não sabiam do que ele estava falando, mas escutavam, hipnotizados. E ele manda o motorista do táxi parar e esperar no acostamento; e chega à casa de muro alto; bate na porta; o dono da casa não abre, mas remove um tijolo do muro. Eu não o vejo, mas posso ouvi-lo, eu sei o que ele tem na mão, enfio o dinheiro pelo buraco no muro, e ele, meu Deus, me dá a droga, já estou com ela, já estou no táxi, vamos nessa, rápido, corto a borda com a gilete, meu Deus, cadê os pavios, Tamar, cadê os meus pavios?!

Ficou berrando, esfregando a mão na coxa, como se estivesse enrolando um papel. De repente, estremeceu e caiu no choro: "Essas alucinações, não agüento mais"; adormeceu por um instante, despertou irado, levantou-se e ficou de pé no colchão, cheio de energia, e começou a discursar: O que é o ser humano? perguntou, o ser humano é nada, zero, tudo mercadoria de segunda, morre de medo da originalidade, da genialidade. Toda sociedade humana tem um único objetivo — castrar seus habitantes, domesticá-los. E isso é verdade em relação aos países, em relação aos povos e em relação às famílias, principalmente em relação às famílias! Ele, nunca na vida há de ter uma família, nunca! Para que ele precisa desse monte de hipocrisia? Para fazer filhos e deixar mais uma geração infeliz? Afinal, as pessoas estão dispostas a devorar seus próprios rebentos apenas para evitar que eles prejudiquem a sua preciosa imagem pública e não os envergonhem diante dos amigos. Ele mal respirava, e os olhos quase saíam das órbitas. Sua face parecia estar coberta por uma camada de poeira. Tamar sabia que isso já não fazia parte da crise, eram sim a sua raiva e o seu terror que agora, sem a proteção da droga, começavam a se liberar, a explodir. Quando ela se aproximou tentando fazê-lo sentar-se, ele a empurrou com toda a força, e ela caiu de costas, gritando de dor. Assaf imediatamente se levantou para impedir Shai de prosseguir, mas ele não continuou agredindo, pelo menos não com as mãos: gritou que ela era igualzinha a eles, que tentava sufocar a sua genialidade, domá-lo e domesticá-lo. Quanto mais sua ira crescia, mais cruéis e ríspidas se tornavam suas palavras. Assaf achou que precisava interromper esse tormento, porém quando olhou para Tamar, viu, ou sentiu, que ela o proibia de se meter, que era um assunto particular entre ela e Shai. E Assaf se perguntou se ela não estaria torturando a si mesma, até mesmo se punindo por meio das palavras de Shai, da mesma maneira que costumava se auto-recriminar em seu diário.

De súbito, Shai sossegou, sem motivo aparente. Jogou-se para trás, caiu deitado no colchão, agarrou a mão de Tamar e a beijou, pediu que ela o perdoasse, pela agressão recente e por tudo. E chorou do fundo do coração, dizendo como ela era boa para ele, que era uma verdadeira mãe, sempre foi assim, mesmo ela sendo dois anos mais nova, nunca na vida ele permitiria que ela se afastasse dele, é a única pessoa no mundo que me entende, não foi sempre assim? Não era assim lá em casa? Só por causa dela valia a pena viver. De repente se sentou, e, como num pesadelo, ficou de pé outra vez e berrou que ela na verdade estava querendo matá-lo, que sempre tivera inveja dele porque era mais talentoso, mais artista, mais *inteiro* e *absoluto*, e ela sabia que sem a droga ele seria um zero, seria castrado como ela, porque ela, estava totalmente claro, no final ela se entregaria, venderia sua arte por nada, iria estudar direito ou medicina, casaria com algum imbecil que trabalhasse num escritório de advocacia, como o pai, ou, pior ainda — com computadores. Alguém como esse babaca aí.

Quando ele finalmente adormeceu, os dois saíram da gruta e se jogaram no chão, exaustos. Dinka se sentou diante dos dois, com aparência igualmente deprimida. Tamar achou que mais um minuto e ela explodiria. Que, se demorasse mais um segundo, teria estourado e jogado tudo o que represara durante aquele tempo. Tinha na ponta da língua o argumento de que só estava aqui por causa dele, de que por causa dele perdera a viagem para a Itália, e talvez o próprio coral, talvez toda a sua carreira. Suas entranhas se reviravam de tanto ódio dele e daquelas idéias que ela conhecia muito bem, pois toda vez que ele tinha um de seus "ataques", ou brigava com os pais, invadia o quarto dela, sem perguntar se ela tinha cabeça para ele, se estava a fim de escutá-lo, trancava a porta e ficava fazendo um discurso, com um ódio frio, um fogo estranho, às vezes durante uma hora ou mais. Discursava, gesticulava, resmungava, citava um monte de filósofos que ela não conhecia, falava do "egoísmo nobre", e que, em última instância, todo homem age unicamente de acordo com a sua absoluta individualidade, até mesmo em relação a pais e filhos, até mesmo no amor, e não saía do quarto enquanto não a forçasse a admitir que ele tinha razão, e dizia que ela tinha medo de que, se aceitasse de coração aberto a noção de justiça dele, toda a sua visão de mundo, restrita e burguesa, desabaria. E às vezes, especialmente no último ano, ela tinha uma sensação de que essas idéias, apesar de tudo, haviam conseguido penetrar nela e envenená-la.

Agora estava contando a Assaf essas coisas que guardara nas entranhas, coisas que não contara nem mesmo para Léa, para não desmoralizar Shai.

"Às vezes eu também penso como ele sobre a humanidade e o egoísmo", disse Assaf, para surpresa de Tamar, "é bem deprimente pensar que talvez ele tenha razão em algum ponto."

"Bem deprimente, é sim", disse Tamar com amargura, "e também é bem difícil dizer que ele está totalmente errado. O que se pode responder a ele?"

“Há três respostas”, disse Assaf depois de refletir, “primeiro, eu... toda vez que consigo superar o meu egoísmo, me sinto um pouco melhor.”

“Mas é exatamente por causa disso que Shai e seus amigos filósofos vão dizer que você se faz de bonzinho!”, retrucou Tamar. “No fundo você tem medo de agir de forma diferente de todos, e prefere se sentir bem, só porque tem medo de ser ruim.” Sim, pensou no íntimo, a questão é essa: ele realmente tem medo de ser ruim, não passa de um bonzinho profissional. É por causa disso que está aqui comigo. Ele nunca vai conseguir me compreender.

“Ao contrário”, disse Assaf, grave, “porque se o egoísmo é uma coisa comum a todo mundo, então justamente quando eu consigo superá-lo, sinto que sou *diferente* de todos, não é?”

“É mesmo?”, sorriu Tamar, um pouco surpresa. “Um momento, essa resposta foi a primeira; e a segunda?”

“Segundo, é algo que Teodora me disse, referindo-se a outra coisa: é claro que no mundo existem pessoas desse tipo, como Shai procura ser, mas também existe outro tipo de gente, por exemplo gente como alguém que tirou Shai da lama em que ele estava. Certo?” Encarou-a com um olhar profundo, penetrante, e o coração dela bateu forte, em sobressalto. “E, aliás”, ele prosseguiu, “Teodora diz que é justamente por causa dos outros que vale a pena viver.”

Nesse momento Tamar foi acometida por um pensamento desagradável, provocador: ficou imaginando o que Idan diria de Assaf. Mas antes de se entregar a esse pensamento, com todas as suas conseqüências perniciosas, pensou que nessa hora seria muito mais interessante saber o que Assaf diria de Idan, se algum dia chegasse a falar dele.

“E a terceira?”, perguntou.

“A terceira é que eu não tenho respostas boas para essas questões filosóficas. Há um campinho do lado da minha casa, de tempos em tempos eu sinto necessidade de ir até lá. Ali há uma lixeira, pequena, velha, cheia de entulho e milhares de garrafas de vidro. Eu pego uma garrafa, ponho em cima de uma pedra grande, e fico jogando pedras nela. Uma hora, duas horas fazendo isso, vinte, trinta garrafas. E isso me ajuda. Me limpa." Riu. "Para você entender, eu dou um nome a cada garrafa, não só nomes de pessoas, também nomes de idéias, de...", hesitou por um momento, "daquilo que você chama de 'ratos'..." Tamar lhe deu um olhar zangado, ferido, magoada com a intromissão dele, e imediatamente foi inundada por uma onda de prazer (nós temos um segredo, pensou, temos um segredo em comum, como Léa disse sobre os verdadeiros casais...). "E eu simplesmente as derrubo e quebro, uma depois da outra, e me acalmo um pouco, até a próxima vez." Deu um sorrisinho de desculpas: "Sou um bobão, eu sei".

"Não é bobão coisa nenhuma", respondeu ela sem vacilar, talvez só um pouco apressado. "Você me leva lá algum dia? Neste momento eu quebraria várias garrafas com o maior prazer."

Voltaram para dentro. Shai dormia. De vez em quando soltava um grito, e seu corpo se retraía, como se tivesse sido agredido por alguém no sonho. Tamar e Assaf tinham a intenção de se revezar para dormir, mas nenhum dos dois conseguiu adormecer. No turno de Assaf, Tamar ficou deitada no colchão, debaixo de um cobertor fino. Seus olhos ficaram abertos, observando-o. Não disse nada, mas sentia necessidade de vê-lo. O tempo todo. Como se sua figura, seus movimentos largos e desajeitados, os sorrisos tímidos que lhe dava vez por outra fossem uma espécie de medicamento raro que ela precisasse tomar para finalmente começar a convalescer.

Shai dormiu três horas (mas reclamou que não tinha conseguido pregar o olho), levantou-se, devorou quatro barras de chocolate, e voltou a dormir. Estava irritadiço, talvez também um pouco sem jeito por causa do seu estouro, mas foi incapaz de se desculpar. Mais ou menos à uma da madrugada acordou, pegou o violão e saiu da gruta. E tocou. Assaf e Tamar ficaram dentro, escutando. Assaf achou maravilhoso, mas Tamar percebeu muito bem como ele se debatia com as cordas, perdendo o ritmo, procurando desesperadamente algo que costumava ficar escondido no seu tocar. Ela achou que o som tinha ficado achatado, opaco. Depois, silêncio. Tamar fez um sinal a Assaf de que era melhor sair e dar uma olhada. Mas antes de se levantarem, ouviram uma batida forte, o som de madeira rachando e quebrando, e um som prolongado de cordas vibrando. Shai voltou, sozinho, olhou para Tamar com ar assustador, acusador: "Não tem mais jeito. Eu disse. Perdi, perdi para sempre. O que eu sou sem isso?". Jogou-se no colchão, encolheu-se todo, choramingando num tom monocórdio. Tamar deitou-se ao seu lado, abraçando-o com o corpo todo, cantarolando baixinho, como uma canção de ninar, e ele, numa fração de segundo, de tanto terror e desespero, adormeceu.

"Você não quer saber o que Léa escreveu na carta?", perguntou Tamar durante o seu turno, os dois sentados ao lado de Shai, que dormia, juntinhos debaixo de um mesmo cobertor, tentando aquecer um ao outro.

"O que foi que ela escreveu?", perguntou Assaf, embaraçado.

Tamar sorriu: "Não, quero que você diga que está curioso".

"Estou curioso, claro que estou curioso. E então, o que ela escreveu?"

Tamar lhe deu o papel amarrotado.

Tami-mami, não fique brava comigo, mas só uma louca não aproveitaria uma oportunidade dessa. Bruce Willis e Harvey Keitel no mesmo pacote!!! Aliás, olhe e me diga: não é exatamente a mão da Estátua da Liberdade?

P. S.: Noiku também aprovou.

Assaf não entendeu nada. Tamar cutucou o ombro dele com o seu. Quis saber qual tinha sido sua impressão sobre Léa, e ele lhe contou tudo que havia acontecido ao chegar ao restaurante, e finalmente se lembrou de que ainda não tinha lhe contado sobre Teodora.

Tamar escutou, soltando um grito de surpresa; quando ele terminou, pediu que contasse outra vez, agora com mais detalhes, toda a história do encontro entre os dois, e o que havia acontecido com ela, e os seus primeiros passos fora da casa, e como tinha olhado para a rua, e qual era a expressão do seu rosto naquele momento. Tamar se levantou e ficou andando de um canto a outro da gruta. Disse que era de enlouquecer, não poder estar com Teodora nesse momento, acompanhá-la nos primeiros passos fora de sua prisão. No íntimo, pensou: Se Teo finalmente saiu, talvez Shai também consiga se salvar.

"Mas como pode ser que ela tenha lhe contado como nos conhecemos, ela e eu? E como foi que Léa lhe contou tudo? E o resto das pessoas? O que foi que você fez com todas elas?"

Assaf deu de ombros. A verdade? Ele também ficava surpreso toda vez que acontecia.

"Você é um mago. Veja como faz as pessoas falarem com você. É um dom que você tem!"

Na sua cabeça um estribilho se formou: guerreiro, ladrão, cavaleiro, mago. Já fui três deles, só falta o cavaleiro (e, por um momento, ficou confuso: não tinha a menor idéia de como ser cavaleiro). Dinka subitamente latiu nervosa, e Assaf saiu para verificar do lado de fora, mas não viu nada. Depois não voltaram a falar sobre o assunto.

* * *

Às duas da madrugada chegou o seu turno, e dessa vez foi Tamar quem disse que não conseguiria adormecer. Saíram da gruta. Tentaram se sentar de um jeito, depois de outro, e se tentarmos deste outro jeito, quem sabe? No fim, sentaram-se com as costas grudadas, e ambos ficaram surpresos de sentir quantas sensações, carinhos e conversas cada um tinha nas costas — nas costas! Nessa região tão neutra! E ficaram tão confusos com isso, os dois, que imediatamente se desligaram por completo do que estava se passando e voltaram a falar sobre o que mais lhes interessava no momento; Assaf contou de novo, pela terceira vez, sobre o encontro que tivera no meio do dia, no café, com os pais dela. Não lhe escondeu nada, apenas as coisas que poderiam magoá-la demais. Ela lhe contou os fatos do último ano, tentando lhe explicar de que forma um casal de pessoas civilizadas e inteligentes como eles podia se comportar daquela maneira, desistindo do filho quase sem lutar por ele, eliminando-o de sua vida — como se assim eliminasse o problema. Tamar contou tudo. As brigas de Shai com os pais, sua constante sensação de que viviam em dois planetas completamente separados, que cerca de dois anos atrás ele tinha começado a sumir por dias inteiros, sem voltar à noite para casa, e ao voltar não contava nada; as pessoas o viam em todo tipo de lugares, e os pais se recusavam a acreditar. Depois, os furtos, pequenos e grandes, pois precisava de dinheiro, cada vez mais dinheiro para a droga, até chegarem à terrível cena final, quando o pai tentou impedir que ele saísse de casa, e os dois saíram na porrada.

"Então, digamos que eu consiga entender que na primeira semana meu pai estivesse zangado, magoado e humilhado, tudo bem. Mas e depois? E minha mãe? Como? E durante esse tempo todo, mais de um ano, só foram procurar duas vezes a polícia, você acredita? Duas vezes! Se alguém tivesse roubado o carro, não teriam parado de reclamar, teriam mobilizado todos os contatos sem o menor constrangimento; e aqui, era o filho deles! E quando a polícia disse que Shai já era maior de idade, e que se tinha saído de casa por vontade própria eles não podiam se meter — aí deixaram até mesmo de tentar!" Ela bateu a palma da mão na testa: "Você entende a cabeça deles? Os seus pais teriam deixado uma coisa dessa acontecer?".

"Não", disse Assaf, e ajeitou um pouco suas costas contra as dela, e pensou que gostaria que ela um dia conhecesse seus pais; imediatamente todo o seu corpo foi inundado pela consciência de como seria bom para ela estar com eles, da mesma forma que era bom para Tuco, e viu com perfeita nitidez como ela viria para a sua casa, como brincaria com Muki, como conversaria com sua mãe na cozinha, e como depois entraria no seu quarto e ele fecharia a porta, e resolveu tirar da fantasia algumas coisas constrangedoras, resíduos da sua vida anterior, como a coleção de figurinhas coloridas, principalmente a do horrendo Doink, ou uma fotomontagem dele com o rabino Kaduri, e pôsteres antigos dos Power Rangers, que guardava desde os dez anos.

Ela entrou para ver Shai. Ele estava acordado e pediu água. Depois de beber, deitou-se e ficou olhando para ela, pedindo desculpas por tudo o que fizera e dissera. Em seguida disse, em voz muito baixa, com uma frieza lúcida, que a vida não teria sentido para ele se não pudesse tocar. Tamar explicou que neste estágio não havia possibilidade de ele conseguir tocar como antes, mas que em um ou dois meses a habilidade voltaria, junto com muitas outras coisas. Shai balançou levemente a cabeça e disse que ela estava se iludindo, mas que ele não tinha ilusões. "Por que você não me deixa aqui para morrer?", perguntou, e ela evitou que ele percebesse o que sentiu ao ouvir essas palavras. "Você ainda não entendeu, Sherlock", esforçou-se para dar um sorriso, "que eu não vou deixar você cair? Que você pode fazer o que quiser, pode não se esforçar, mas eu vou ficar sempre atrás de você e segurar a barra? Você ainda não entendeu que não tem escolha?" Durante um longo instante seus olhares se cruzaram em silêncio, um silêncio no qual só os dois podiam entender o que estava sendo dito sem palavras; sempre fora assim, desde crianças, como se fossem gêmeos idênticos, duas chaves do mesmo cofre.

"Você vai mesmo cuidar de mim?"

"O que você acha?"

"Acho que sim." Deu uma respirada longa e profunda, estufando o peito debilitado, e ela sabia que ele tinha acabado de lhe dar um grande presente, o maior presente que podia lhe dar. "Vamos nessa", ele a incentivou em tom brincalhão, "desligue os violinos ao fundo, agora traga alguma fruta ou outra coisa, estou morto de fome, e vá para perto do seu amiguinho, vá, qual é?, estou vendo que você está morrendo de vontade de ficar com ele, pode deixar que eu me ajeito."

Ela voltou para perto de Assaf e informou secamente que agora Shai estava um pouco melhor. Ficaram sentados em silêncio mais alguns minutos. Tamar sentia que, quanto mais Shai se recuperava, mais espaço ia se criando dentro dela para Assaf, e para si mesma, para todas as coisas nas quais antes não podia sequer pensar.

Então lhe contou sobre Shéli, sua alegria de viver, sua graça e humor, e sua tendência à autodestruição. Falou quase uma hora sem parar, Assaf escutando. Descreveu como Shéli viera ajudá-la com o colchão, como a levou para o quarto, e como não tinha medo de ninguém no mundo. Só agora, falando dela, começou finalmente a compreender o horror do que havia acontecido.

"Nada mais de Shéli", disse chocada, como se só agora tivesse ficado sabendo, "ela não existe mais e não vai mais existir. Nunca mais vai existir no mundo a pessoa única que ela era. Você entende? Eu digo as palavras, mas não capto de verdade. Por que não sou capaz de entender isso de verdade? Diga, tem alguma coisa errada comigo? Falta alguma coisa em mim?"

Por estarem sentados de costas, ela não viu o rosto de Assaf, mas pensou que nunca havia encontrado um rapaz que soubesse escutar dessa maneira, com tanta devoção e calor. Em seguida — ela nem sentiu direito como aconteceu —, ele a levou a falar sobre o seu cantar. Tamar lhe contou sobre a mudança enorme na sua vida três anos atrás, quando obrigou os pais a inscrevê-la no coral. Como de repente começara a desabrochar, a sentir finalmente que valia alguma coisa. E falou também de Halina, que acreditara nela desde o primeiro momento, e não tivera medo dos seus espinhos, nem da sua arrogância. E Assaf disse que não tinha a menor noção de música, mas o mais difícil era entender como ela era capaz de cantar diante de uma platéia. Tamar riu e disse que sempre se sentia intimidada como se fosse a primeira vez, mas que tinha curiosidade de saber qual era a coisa que lhe parecia mais difícil em tudo isso. Ele pensou por um ou dois minutos. Ela aguardou pacientemente. "Dar algo de dentro de si", disse ele finalmente, "algo que vem lá do fundo, de verdade, dar para pessoas que você não conhece, não sabe como vão receber..." "Você tem tanta razão", disse ela, "mas para mim também é gostoso, entende? Ficar cada vez na frente de pessoas estranhas e tentar cativá-las..." "Eu entendo, mas sou diferente. Eu não seria capaz." Ele riu baixinho, pois imaginou-se cantando diante de um público, e ela se encostou com mais força nas suas costas, absorvendo todos os tremores da sua risada, sem desperdiçar nenhum. "E com certeza ia parar depois de cada verso, e pensar: Saiu direito? Saiu errado? Saiu como tem de ser?" Ele deu de ombros. "Isso nunca acontece com você?" "Mas é exatamente isso que eu estou tentando aprender todos esses anos!", suspirou ela, espantada de ver como ele conseguia botar o dedo precisamente nas coisas mais complicadas, com as quais ela se debatia há anos, coisas que nem mesmo Halina conseguia lhe dizer com tanta clareza. "Porque preciso aprender a *me entregar*, entende? Abandonar a autocrítica, abandonar essa porra de senso crítico, e ainda não sei direito como. E toda vez que consigo parar um pouco de pensar na última nota — já era. Eu me fecho, fico rígida, perdida." Ele estava preparado para ouvi-la falar a noite toda, sem entender como era capaz de ficar ali sentado em silêncio, contido, com as costas pegando fogo, quando a coisa que mais gostaria de fazer agora era correr pelos morros e berrar com toda a força que algo estava acontecendo, que toda a sua vida até o presente momento não passava de uma introdução, um aquecimento, e que finalmente estava *começando a viver*. Ela falava, e ele não sabia se estava saudável ou doente, todo o seu corpo doía de tanto se apertar contra ela. Até os dentes doíam, até as unhas. "Mas quando você canta bem", ele pergunta, apegando-se com o que restava de suas forças a um tom de voz pretensamente calmo e equilibrado, "como é nessa hora, qual é a sensação?" "Ah, é a melhor coisa do mundo", riu Tamar, "e para mim é quase uma experiência mística. É uma sensação, sei lá, de que tudo no universo está no seu devido lugar...", como estou me sentindo agora, pensou. "Diga, você quer vir algum dia assistir a um recital meu?" "Claro. Quero sim. Mas você vai ter de me explicar tudo antes." "Não se preocupe. Você virá preparado." Ele quis lhe pedir que cantasse algo agora, que cantasse agora para ele. Mas ficou com vergonha, para o inferno com essa vergonha!

De tempos em tempos, um dos dois se levantava e ia verificar se estava tudo em ordem com Shai. Aquele que ficava um pouco sozinho percebia como seu corpo sentia falta do toque do outro. Dinka latia e farejava o ar. O tempo todo ouviam-se ruídos estranhos nos arbustos em volta, mas Assaf e Tamar estavam mergulhados e absortos no momento deles. Depois, quando tudo acabou, não cansaram de se admirar de quanto tinham sido cegos e surdos àquilo que se passava ao redor, e com que negligência criminosa haviam montado guarda.

Quase sem perceber, recostaram a cabeça de um na do outro. Tamar perguntou se seu cabelo espetado o incomodava, e Assaf disse que não, que era macio. Aí lhe contou como se espantara ao vê-la assim, pois todo mundo o havia preparado para uma cabeleira enorme. Tamar perguntou se ele gostava desse jeito, e ele respondeu que sim. "Só 'sim'?", ela perguntou, e Assaf disse que gostava muito, e que para ele não tinha a menor importância como o cabelo dela estava, que de um jeito ou de outro tinha certeza de que ela era bonita. Que, na opinião dele, era muito, muito bonita, de verdade. E se calou, perplexo e atônito consigo mesmo.

Dinka latiu, dessa vez mais forte. Tamar sentia o peso da cabeça dele na sua. O prazer era quase insuportável. Faltou pouco para se levantar e se afastar. Pois o que iria acontecer quando tudo estivesse terminado? Será que o encanto funcionaria quando deixassem a gruta? Não se desgrudou até o calor do corpo dele derreter todos aqueles blocos de gelo, até a sensação de prazer se espalhar por todo o seu corpo. Esta é a realidade, pensou, pronto, neste momento as minhas fantasias estão tocando a realidade, e o balão não está estourando na minha cara. Assaf perguntou o que estava acontecendo, por que ela tinha suspirado daquela maneira, e ela disse que não havia acontecido anda. Mas no seu íntimo uma estranha frase se formou: Parabéns, temos o prazer de lhe informar que você foi aceita na humanidade.

"Eu queria lhe pedir uma coisa, quer dizer, não tive coragem", disse Assaf (sem acreditar que estava dizendo isso, como se soubesse o que estava fazendo).

"O quê? Diga." A voz dela às suas costas era macia e generosa.

"Que você cantasse para mim."

"Ah, é isso."

Ela nem sequer se ajeitou. Para não desgrudar do corpo dele. Cantou com perfeita naturalidade, sem nenhum esforço ou desejo de impressioná-lo. Cantou "Como uma estrela sozinha ousa". Sentiu sua própria voz soando diferente, e não entendeu por quê: "Uma estrela sozinha, eu não ousaria...", costas nas costas, ambos fecharam os olhos. "E na verdade não estou sozinha...", cantou baixinho, sabendo que algo mudara na sua voz desde a última vez que cantara na praça, uma mudança muito leve, como se sua pureza infantil tivesse desaparecido totalmente, dando início a algo novo, e ela não sabia bem o que era.

No meio da canção, Dinka se levantou e começou a andar de um lado para outro, inquieta. Latiu algumas vezes, em todas as direções.

"Talvez haja algum animal nos arbustos", disse Assaf quando Tamar terminou de cantar. Era uma delícia sentir sua respiração suave nas costas. Ainda não havia lhe contado sobre o seu amor pela fotografia, mas não tinha vontade de falar de si.

"Vamos pegar uma lanterna e dar uma olhada?"

"Não, fique assim."

Ela se lembrou de algo: "Esta noite, algumas horas atrás, em Milão, foi o último concerto do meu coral", e acrescentou, "e Adi cantou o meu solo".

"Cante o solo aqui."

"Sério? Você quer ouvir?"

"Quero. Se você se contentar com uma platéia tão pequena."

Ela se levantou. Ficou totalmente ereta, mostrando-se a ele

com seu vestido preto de gala com o amplo decote nas costas, sapatos de salto alto que a deixavam pelo menos três anos mais velha, e balançou a cabeça jogando para trás sua vasta cabeleira ondulada. Em seguida, curvou-se em graciosa reverência a todo o público presente na platéia, nos balcões elevados e nos camarotes laterais. Limpou um pouco a garganta e fez um sinal ao pianista...

"Espere", disse Assaf, e se pôs agilmente em pé, "tem alguém ali."

E então aconteceu. Tão rápido quanto um acidente. Assaf recusou-se até o último instante a entender o que estava se passando, pois estavam tão perto de um final feliz... e de repente tudo desabou. Um pensamento tolo lhe ocorreu: a sensação que você tem quando joga um daqueles jogos de tabuleiro, e está quase chegando ao número cem, e pára no noventa e nove, e tem de voltar até o treze, voltar tudo, tudo, tudo até o treze.

E que treze!

"Como uma operação militar", pensou Assaf um segundo depois. "Como um pesadelo", pensou Tamar. De todos os lados, do alto dos morros, de trás das rochas. No início pareciam dezenas. Depois ficou claro que eram apenas sete: seis buldogues e Pessach. E nos primeiros momentos, em meio à tempestade de medo, Tamar atormentou-se principalmente com a idéia de que estavam ali o tempo todo, escutando, profanando com a sua presença os momentos preciosos dele e dela.

Alguém bateu nas costas de Assaf, alguém derrubou Tamar no chão. Ouviram golpes e gritos dentro da gruta, e então Shishko apareceu na entrada, segurando Shai agressivamente. Shai estava confuso e assustado, sangue escorrendo da boca.

"O Monte do Templo está em nossas mãos", disse Shishko,

fitando Tamar com ódio. "Agora vamos cuidar também da Tumba dos Pais."

Assaf viu sua face se contrair, e alguém mais uma vez empurrou por trás o seu rosto contra o chão. Pensou que acabaria se acostumando com o gosto de terra.

Pessach tinha um plano.

"Olhe bem, Shai, meu garoto", disse, parando diante dele, "veja o que eu tenho na minha mão direita e na esquerda."

Shai tentou desviar o olhar. Assaf ergueu a cabeça do chão. Dessa vez não o empurraram de volta. Ao ver a trança, compreendeu que tudo estava perdido.

"Uma coisa de que você gosta tanto", insinuou Pessach, "uma coisa que vai lhe dar o maior barato do mundo."

Tamar soltou um suspiro profundo e enfiou a cabeça na terra.

"O que é?", perguntou Shai debilmente, e suas pernas avançaram por vontade própria. "Deixa eu ver, deixa eu ver."

"Na mão direita tem uma presença de herô, embrulhadinha, direto da fábrica." Shai soltou um grunhido de descrença e desejo. Sua mão se estendeu para a frente. Num piscar de olhos ficara totalmente enfeitiçado.

"Não toque na mercadoria!", censurou Pessach. "Agora olhe aqui, na minha mão esquerda, o que eu tenho? Surpresa! Uma pastilhazinha simpática, uma porra de uma pastilha! Leva você para o céu! E então, o que você me diz? Vai começar com qual das duas?"

Shai respirava com dificuldade. Seu pescoço longo e fino se projetou para a frente; como um pescoço de cisne, pensou Tamar; prestes a ser decapitado, pensou Assaf.

"Porque eu ouvi", Pessach espichou as palavras, "fontes fidedignas me informaram que a sua querida irmãzinha lhe fez aqui uma pequena sessão de reabilitação, por conta própria, é verdade?"

Shai fez que sim. À luz do luar, Assaf viu a cor cinzenta da crise retornando à sua face.

"Então eu acho que você já não está nem um pouco interessado naquilo que nós temos a lhe oferecer", afirmou Pessach com uma voz macia de arrepiar; e, como um bruxo, fechou as duas mãos. Shai, enfeitiçado, sacudiu a cabeça negativamente, e engasgou numa amarga decepção ao ver a droga sumindo.

"Shai!", berrou Tamar com toda a força. "Shai!"

Aquele que a estava segurando empurrou sua cabeça de volta na terra, mas seu berro teve algum efeito: Shai ficou atordoado, estremeceu, recuou um passo, arregalou os olhos. Assaf teve a impressão de que subitamente haviam se revelado seus olhos verdadeiros.

"Não", disse Shai.

Pessach pôs a mão em concha no ouvido, num gesto exagerado: "Repita, por favor!".

"Eu disse não", grunhiu Shai com fraqueza, "estou fora dessa. Eu acho."

"Você acha que está?", disse Pessach com maldosa delicadeza, aproximando-se de Shai, "mas sabe muito bem que não está fora, nem nunca vai estar. Porque não existe, não existe força no mundo capaz de tirar você dessa. E sabe por quê?", curvou-se para alcançar Shai e pousou a mão pesada sobre o ombro frágil. Tamar pôde sentir, do lugar onde estava, a onda de violência reprimida que se formava em volta do corpo de Pessach; Assaf espiou os outros homens que ali estavam, e viu como eles praticamente repetiam os movimentos poderosos do enorme líder. "Você quer mesmo saber por que não vai sair dessa? Porque sem a droga você não é *nada*, é um zero à esquerda, não consegue passar nem meio dia sem ela, não tem coragem nem de sair na rua e falar com as pessoas, nem de entrar num café, nem de falar com um amigo, nem de cantar uma garota, ir com ela para a cama. Ainda mais com as suas complicações de cabeça. É brincadeira! Nos seus sonhos talvez você consiga deixar ele duro sem se drogar. Então eu, Pessach, que sou seu pai e sua mãe, seu amigo e sua namorada, seu agente profissional e seu futuro, eu aconselho: pegue, pegue, para o seu próprio bem."

O tempo todo enquanto Pessach falava, Shai permaneceu de cabeça baixa. A cada frase encolhia-se, como se estivesse sendo martelado para dentro do chão. Quando Pessach terminou, Shai ficou ereto, tirou sua mecha de cabelo dos olhos e disse não.

"Azar seu", retrucou Pessach, "você tem dedos de Jimi Hendrix, mas se é assim que prefere." Deu um passo para trás e fez um sinal a Shishko. Shishko se aproximou, esquelético e lúgubre, e segurou com força a mão direita de Shai, a mão que fazia vibrar as cordas. Shai deu um grito de terror e tentou puxar a mão.

"A verdade é que estou meio em dúvida", disse Pessach coçando a cabeça, "se o primeiro dedo vai ser pelo Mitsubishi que você destruiu, ou pelo nosso amigo Miko, que agora está pastando na penitenciária de Migrash Harussim. O que vocês acham?", perguntou, virando-se para os outros parados à sua volta, que o observavam hipnotizados. "Quem sabe a gente quebra primeiro e resolve depois, não é?"

"É melhor não", disse uma voz nova, lenta e pesada, vinda do alto da gruta. Assaf achou que estava ficando louco.

Shishko congelou no meio do movimento. Shai puxou a mão com força, levando-a para trás do corpo. Os buldogues olharam nervosos para a direita, para a esquerda, para cima. Dinka latia ferozmente para o alto. Pessach recuou um pouco e ficou parado nas sombras, os olhos faiscando.

"Me atrapalhei um pouquinho", disse Tuco descendo o

morro, quase acima de suas cabeças, "mas que lugar vocês foram descobrir! Minhas pernas dormiram, oi, Ássaf."

Com acento no primeiro A, é claro.

NOS DIAS SEGUINTES, quando Assaf repassava os fatos na sua cabeça, tinha a sensação de que o final deveria ter sido ligeiramente diferente. Um pouco mais dramático. Algo com fogo e fumaça, uma luta sobre-humana de vida e morte, que durasse horas...

Na verdade, foi meio decepcionante: ali havia policiais à paisana, nove, escondidos no vale desde as primeiras horas da noite, atrás das plantas e arbustos, e agora bastante exaustos e irritados. E também um oficial do Departamento de Entorpecentes, patente de subcomandante, um homem sério e seco, de óculos, que estivera no Líbano na mesma divisão de tanques que Tuco. Mais tarde, ele contou a Assaf que, como poderia explicar?, de certa forma devia a vida a Tuco. Também gravou Pessach falando, tentando convencer Shai a voltar às drogas. "Sim, senhor. Temos provas suficientes, com certeza", declarou sem emoção, como se fosse da Scotland Yard.

Tudo não durou mais de dez minutos. O mundo virou de pernas para o ar, e depois voltou a se arrumar. Pessach tentou fugir. Com todo o seu enorme peso, ainda era rápido e ágil, e foram necessários quatro policiais para segurá-lo. Mesmo assim, não desistiu. A briga foi dura, socos e chutes. Tamar lembrou que Pessach, na juventude, havia sido lutador profissional; mas no final conseguiram deitá-lo no chão, o rosto para baixo, e prenderam suas mãos. Quando o levantaram, ele parecia muito infeliz, vazio e amedrontado. Os policiais algemaram o grupo todo, fazendo que se sentassem de costas uns para os outros, proibindo-os de falar. (Um par de algemas se perdeu durante a briga com Pessach, e não havia com que prendê-lo. Tamar entrou na gruta e trouxe de lá as correntes que comprara, dando-as aos policiais com a maior naturalidade. Um deles perguntou: "Será que por acaso você também não tem óculos de visão noturna? Os meus quebraram".)

Os policiais vieram e espiaram dentro da gruta, tentando entender o que se passara ali. O subcomandante fez diversas perguntas a Tamar, anotou algumas observações e, a julgar pelas lentes levemente embaçadas de seus óculos, era possível imaginar que ele estava quase entusiasmado.

"E se você não tivesse conseguido?", perguntou finalmente, com sua voz sem expressão, "pois você entende que todas as chances estavam contra, o que teria feito?"

"Teria conseguido", respondeu Tamar, "eu simplesmente não tinha alternativa."

Shai sentou-se por perto e recostou-se numa rocha, atordoado e molhado de suor. Ela se aproximou e sentou-se junto dele, abraçando-o pelos ombros. Cochicharam. Assaf a ouviu dizendo: "Esta noite, agora. Vamos levar você até lá, você bate na porta e entra".

Ele disse: "Eles jamais vão concordar. Você viu, nem me procuraram".

Tamar disse que ainda teriam de conversar sobre isso, todos, sobre toda essa época horrível, mas sabia que eles estavam à sua espera. Shai riu, quis saber de onde ela tinha tanta certeza. Ela fez um sinal para Assaf, que se agachou ao lado deles e contou a Shai, em voz baixa, o encontro no café, no início da tarde. O que ele lhes dissera, o que haviam dito, e como choraram no final.

"Não acredito", disse Shai, "ele chorou? Na frente de outras pessoas? Você tem certeza de que viu lágrimas?"

Os policiais se foram, conduzindo uma pequena caravana de homens zangados e derrotados. Tuco permaneceu com eles três. Sugeriu levá-los para casa. E que voltassem amanhã, à luz do dia, para recolher tudo. Assaf sentiu seu coração afundar. O quê, tudo termina assim? Porque aqui também havia certa magia, morar com eles, com ela, toda essa rotina dolorosa, e os raros momentos de felicidade.

Subiram o morro, Dinka correndo na frente e Tuco apoiando Shai. Depois, Tuco deixou Shai nas mãos de Tamar e afastou-se um pouco com Assaf. Assaf lhe perguntou como havia organizado tudo aquilo, e como Pessach tinha descoberto que estavam ali. Tuco contou que há alguns dias, desde que uma moça que fugira do albergue havia morrido em Eilat, o pessoal do Departamento de Entorpecentes estava jogando duro com Pessach, grampeando os telefones, formando uma bela ficha, só faltava a cereja no alto do bolo; e quando Tuco telefonou para o amigo, o tal sujeito lacônico, a reação foi de puro entusiasmo. "E aí foi fácil. Hoje à tarde alguém deu um telefonema anônimo para Pessach, pode até ter sido eu, explicando exatamente onde ele podia achar os dois passarinhos fugitivos. E aí, realmente, foi fácil demais."

A lua sumiu. Era difícil enxergar qualquer coisa no escuro. Assaf tentou algumas vezes contar a Tuco a respeito de Réli, mas não encontrou palavras. Passaram pelo emaranhado de arbustos. Ouviam-se apenas as respirações, e os gemidos breves de Shai. Assaf deu uma olhada para o lado. Tuco lhe pareceu um pouco mais pensativo que o normal. Assaf achou que talvez já não fosse necessário lhe contar.

Depois, espremeram-se na perua de Tuco. Todos calados. Só uma vez Shai disse: "Agora, por exemplo, não teria nada contra enrolar um baseado". E Tamar sabia como ele estava assustado de ter de enfrentar o que iria acontecer, totalmente exposto, sem o escudo das drogas. Assaf ficou olhando a paisagem no escuro, e pensou: É isso aí, mais dez minutos e pronto, acabou, mais cinco, mais um minuto.

Apenas uma luminária iluminava o jardim diante da casa. Tamar olhou pela janela do carro, lembrando-se de como tinha saído dali um mês antes. Dinka farejou o seu lugar, começando a se virar de um lado para outro dentro do carro. E Assaf viu a bela casa, o jardim bem cuidado, os dois automóveis prateados na garagem, e seu coração afundou um pouco mais.

Shai desceu e ficou parado diante do portão. Dinka pulou para fora e rolou na grama. Shai virou-se para Tamar: "E então, você vem?".

Tamar olhou a casa. "Vá você", disse, "encontre-se com eles primeiro, sozinho. Vocês têm muita coisa para conversar. Eu venho amanhã de manhã."

Assaf a contemplou estarrecido. Tuco estava sentado de costas para eles, dando tapinhas no volante. De repente, suas costas ficaram enormes.

"Pensei", disse Tamar hesitante, "pensei que preciso de mais uma noite ali. Ainda não me despedi daquele lugar como se deve."

"Sozinha?", perguntou Tuco em voz baixa. "Como você vai ficar ali sozinha?"

Silêncio.

"Dinka vem comigo", sussurrou ela.

"Ahn... eu... eu também", disse Assaf, com uma estranha fraqueza.

Tuco deu de ombros. Apoiou a cabeça nas mãos, cotovelos

no volante. À frente, do outro lado do pára-brisa, viram Shai andando, passando pelo portão, caminhando pela trilha pavimentada. Sabiam que ele estava apenas começando seu caminho de volta, de volta à vida, e não sabiam ao certo se conseguiria. Ao chegar à porta, virou-se um instante. Tinha a expressão de um animal acuado. Assaf e Tuco, juntos, fizerem sinal de positivo com a mão. Tamar balançou a cabeça. Ele bateu à porta. Ela não se abriu. Ele aguardou exatamente um segundo e virou-se para voltar, num movimento cheio de irritação, ofendido. Mas então uma luz se acendeu na casa, e depois mais uma. Shai parou. Pronto para fugir imediatamente. Logo em seguida viram a porta se abrir. Shai olhou para dentro, um olhar prolongado e infeliz. Depois, lentamente, bem lentamente, entrou, e a porta se fechou atrás dele. Assaf ouviu um soluço ao seu lado, e viu que o rosto de Tamar estava molhado. Pensou que até esse momento não a tinha visto chorar.

"Não estou chorando", ela lhe disse no ouvido, com medo de agora não agüentar mais. Assaf tocou com o dedo o fio de lágrimas que descia pela sua face.

"Não, não", ela sorriu através das lágrimas, ainda evitando se render, "é que eu sou um pouquinho, sei lá, alérgica a tristeza".

Assaf tocou seu dedo com a língua: "É choro", declarou, e durante todo o caminho da volta ela soluçou no seu ombro, deixando para trás, com tremores fortes e amargos, tudo o que tinha passado nos últimos meses.

Tuco os deixou na parada de ônibus no alto do vale. Despediu-se deles e seguiu seu caminho. Ainda era noite, mas já havia um pouco de claridade. Dinka correu em torno dos dois sacudindo o rabo. Caminharam pela beira da estrada, e depois desceram para o vale, ajudando-se nos pontos mais difíceis, achando pretextos para se tocar, para se segurar. Quase não falaram. Tamar pensou que ainda não havia encontrado nenhum ser humano com quem se sentisse tão à vontade para calar.

26/11/1999

ESTA OBRA FOI COMPOSTA EM ELECTRA PELA SPRESS E IMPRESSA
PELA GRÁFICA BARTIRA EM OFSETE SOBRE PAPEL PÓLEN SOFT DA
SUZANO BAHIA SUL PARA A EDITORA SCHWARCZ EM JUNHO DE 2005